后浪出版公司

# 诗经全译

周振甫 译注

大象出版社

# 目 录

## 国 风

## 齐风

## 魏风

## 唐风

## 秦风

## 陈风

## 桧风

## 曹风

## 豳风

# 小　雅

## 鹿鸣之什

## 白华之什

# 颂

### 周颂清庙之什

### 周颂臣工之什

### 周颂闵予小子之什

### 鲁颂

### 商颂

# 国 风

# 周南

"周，国名。南，南方诸侯之国也。周国本在《禹贡》雍州境内，岐山之阳。后稷十三世孙古公亶甫始居其地，传子王季历，至孙文王昌，辟国寖广。于是徙都于丰，而分岐周故地，以为周公旦、召公奭之采邑，……于是德化大成于内。而南方诸侯之国，江、沱、汝、汉之间，莫不从化。……至子武王发，又迁于镐，遂克商而有天下。武王崩，子成王诵立。周公相之，制作礼乐，乃采文王之世风化所及民俗之诗……杂以南国之诗，而谓之周南。言自天子之国而被于诸侯。"（朱熹《诗集传》）

## 关　雎

| 关关雎鸠，① | 鱼鹰关关对着唱， |
| 在河之洲。 | 停在河中沙洲上。 |
| 窈窕淑女，② | 漂亮善良好姑娘， |
| 君子好逑。③ | 该是君子好对象。 |
| | |
| 参差荇菜，④ | 或长或短的荇菜， |
| 左右流之。⑤ | 或左或右把它采。 |
| 窈窕淑女， | 漂亮善良好姑娘， |
| 寤寐求之。⑥ | 睡里梦里求怎样。 |
| | |
| 求之不得， | 求她总是得不到， |
| 寤寐思服。⑦ | 睡里梦里想更牢。 |
| 悠哉悠哉，⑧ | 长啊长啊长想念， |
| 辗转反侧。⑨ | 翻来覆去睡不好。 |
| | |
| 参差荇菜， | 或长或短的荇菜， |
| 左右采之。 | 或左或右把它采。 |

| | |
|---|---|
| 窈窕淑女， | 漂亮善良好姑娘， |
| 琴瑟友之。⑩ | 弹琴鼓瑟把她爱。 |
| | |
| 参差荇菜， | 或长或短的荇菜， |
| 左右芼之。⑪ | 或左或右把它采。 |
| 窈窕淑女， | 漂亮善良好姑娘， |
| 钟鼓乐之。⑫ | 敲钟鼓使她开怀。 |

①关关：雌雄两鸟的和鸣声。雎鸠（jū jiū）：一种水鸟，即鱼鹰。　②窈窕（yǎo tiǎo）：娴静漂亮。淑女：贤德的女子。　③好：男女相悦。逑（qiú）：通"仇"，配偶。　④参差（cēn cī）：高低不齐。荇（xìng）菜：水中植物，叶浮在水面上，根茎可吃。　⑤流：择取。　⑥寤寐（wù mèi）：犹言日夜。睡醒为"寤"，睡着为"寐"。　⑦思：语助词。服：思念。　⑧悠：长久。　⑨辗转反侧：翻来覆去，睡不着觉。　⑩友：亲爱。　⑪芼（mào）：采。　⑫乐：娱悦。

# 葛　覃

| | |
|---|---|
| 葛之覃兮，① | 葛藤长又长， |
| 施于中谷，② | 山沟里延伸， |
| 维叶萋萋。③ | 叶儿密密层层。 |
| 黄鸟于飞，④ | 黄莺飞成群， |
| 集于灌木，⑤ | 聚集在灌木丛中， |
| 其鸣喈喈。⑥ | 叽叽叽叽叫不停。 |
| | |
| 葛之覃兮， | 葛藤长又长， |
| 施于中谷， | 山沟里延伸， |
| 维叶莫莫。⑦ | 叶儿密密层层。 |
| 是刈是濩，⑧ | 割啊煮啊忙不停， |
| 为𫄨为绤，⑨ | 织成粗布和细布， |
| 服之无斁。⑩ | 穿上了它多舒服。 |

| 言告师氏，⑪ | 我向女师告个假， |
|---|---|
| 言告言归。⑫ | 要回娘家。 |
| 薄污我私，⑬ | 脏了的内衣搓一搓， |
| 薄浣我衣。⑭ | 脏了的外衣涮一涮。 |
| 害浣害否？⑮ | 哪件该洗哪件不该洗？ |
| 归宁父母。⑯ | 急着要见爹妈。 |

①葛：一种多年生蔓草，纤维可织布。覃（tán）：延长。　②施（yì）：蔓延。中谷：山谷中。　③维：发语词。萋萋：茂盛貌。　④黄鸟：黄莺，一说黄雀。于：语助词。　⑤集：群鸟栖息在树上。　⑥喈喈（jiē jiē）：鸟鸣声。　⑦莫莫：茂盛貌。　⑧刈（yì）：割。濩（huò）：煮。　⑨絺（chī）：细葛布。绤（xì）：粗葛布。　⑩服：服用，指穿。斁（yì）：厌恶。　⑪言：语助词。下同。师氏：女师。《传》："师，女师也。古者女师教以妇德、妇言、妇容、妇功。"　⑫告归：告假回父母家。　⑬薄：语助词。污：洗去污垢。私：内衣，一说指日常所穿的衣服。　⑭浣：洗。衣：外衣，一说礼服。　⑮害（hé）：通"曷"，何。　⑯归宁：归问父母安。

# 卷　耳

| 采采卷耳，① | 采啊采啊采卷耳， |
|---|---|
| 不盈顷筐。② | 卷耳装不满浅筐。 |
| 嗟我怀人，③ | 一心思念出门人， |
| 寘彼周行。④ | 搁下浅筐大路旁。 |
| | |
| 陟彼崔嵬，⑤ | 登上高高的峻岭， |
| 我马虺隤。⑥ | 我的马儿腿发软。 |
| 我姑酌彼金罍，⑦ | 且把壶酒来斟满， |
| 维以不永怀。⑧ | 喝上一杯心稍安。 |
| | |
| 陟彼高冈， | 登上高高的山冈， |

| | |
|---|---|
| 我马玄黄。⑨ | 我的马儿眼花昏。 |
| 我姑酌彼兕觥，⑩ | 且把壶酒来斟满， |
| 维以不永伤。⑪ | 宽慰自己不忧伤。 |
| | |
| 陟彼砠矣，⑫ | 登上高高的石山， |
| 我马瘏矣，⑬ | 我的马儿要趴下， |
| 我仆痡矣，⑭ | 我的仆人快累垮， |
| 云何吁矣！⑮ | 这份忧伤何时了啊！ |

①卷耳：草木植物名，嫩苗可食，也可药用。　②盈：满。顷筐：斜口筐，后高前倾。　③我：采卷耳的女子自称。怀：思念。　④寘：同"置"。周行（háng）：大道。　⑤陟（zhì）：登。崔嵬：高峻的山。　⑥我：思妇代远行丈夫的自称。下同。虺隤（huī tuí）：马疲不能升高之病。　⑦姑：姑且。金罍（léi）：饰金的酒器，大肚小口。　⑧维：发语词。永怀：常想念。　⑨玄黄：马生病而变色。闻一多《诗经通义》："眼花亦谓之玄黄。"　⑩兕觥（sì gōng）：用犀牛角做的酒器。　⑪永伤：永久伤痛。　⑫砠（jū）：有土的石山。　⑬瘏（tú）：劳累过度致病。　⑭痡（fū）：疲困不能行走。　⑮云：语助词。吁（xū）：忧叹。

# 樛　木

| | |
|---|---|
| 南有樛木，① | 南山有棵弯腰树， |
| 葛藟累之。② | 野葛到来缠住它。 |
| 乐只君子，③ | 有这快乐的君子， |
| 福履绥之。④ | 幸福到来安定他。 |
| | |
| 南有樛木， | 南山有棵弯腰树， |
| 葛藟荒之。⑤ | 野葛到来掩盖它。 |
| 乐只君子， | 有这快乐的君子， |
| 福履将之。⑥ | 幸福到来扶助他。 |

| | |
|---|---|
| 南有樛木, | 南山有棵弯腰树, |
| 葛藟萦之。⑦ | 野葛到来萦绕它。 |
| 乐只君子, | 有这快乐的君子, |
| 福履成之。⑧ | 幸福到来成就他。 |

①樛（jiū）木：向下弯曲的树木。　②葛藟（lěi）：藟似葛，有茎可以缠树。累：缠，挂。　③只：语助词。　④福履：犹福禄。绥：安。　⑤荒：掩盖。　⑥将：扶助。　⑦萦：缠绕。　⑧成：成就。

# 螽　斯

| | |
|---|---|
| 螽斯羽,① | 螽儿的翅膀, |
| 诜诜兮。② | 发出沙沙响。 |
| 宜尔子孙, | 应该您的子孙, |
| 振振兮。③ | 多得无可量。 |
| | |
| 螽斯羽, | 螽儿的翅膀, |
| 薨薨兮。④ | 飞得嗡嗡响。 |
| 宜尔子孙, | 应该您的子孙, |
| 绳绳兮。⑤ | 相继无可量。 |
| | |
| 螽斯羽, | 螽儿的羽翼, |
| 揖揖兮。⑥ | 发出响唧唧。 |
| 宜尔子孙, | 应该您的子孙, |
| 蛰蛰兮。⑦ | 多得称密集。 |

①螽（zhōng）：蝗虫的一种，身长色青，叫声从翅膀里发出。斯：的。羽：翅膀。　②诜诜（shēn shēn）：和顺的响声。　③振振（zhēn zhēn）：众盛貌。　④薨薨（hōng hōng）：昆虫群飞的声音。　⑤绳绳：不绝貌。　⑥揖揖（jí jí）：聚集。　⑦蛰蛰（zhí zhí）：和集。

## 桃 夭

| | |
|---|---|
| 桃之夭夭，① | 桃树年轻枝正好， |
| 灼灼其华。② | 花开红红开得妙。 |
| 之子于归，③ | 这个姑娘来出嫁， |
| 宜其室家。④ | 适宜恰好成了家。 |
| | |
| 桃之夭夭， | 桃树年轻枝正好， |
| 有蕡其实。⑤ | 结的果儿大得妙。 |
| 之子于归， | 这个姑娘来出嫁， |
| 宜其家室。 | 适宜恰好成一家。 |
| | |
| 桃之夭夭， | 桃树年轻长得好， |
| 其叶蓁蓁。⑥ | 叶儿茂密密得妙。 |
| 之子于归， | 这个姑娘来出嫁， |
| 宜其家人。 | 适宜一家人都好。 |

①夭夭：指树还年轻长势好。　②灼灼（zhuó zhuó）：指红红。　③之子：这个姑娘。子也可指女的。于归：出嫁。归指嫁。　④室家：家庭。　⑤蕡（fén）：大。　⑥蓁蓁（zhēn zhēn）：茂盛。

## 兔 罝

| | |
|---|---|
| 肃肃兔罝，① | 严肃认真结兔网， |
| 椓之丁丁。② | 柱子敲打响丁当。 |
| 赳赳武夫，③ | 赳赳武夫真勇猛， |
| 公侯干城。④ | 公侯要他做屏障。 |
| | |
| 肃肃兔罝， | 严肃认真结兔网， |
| 施于中逵。⑤ | 放在大路的中央。 |
| 赳赳武夫， | 赳赳武夫真勇猛， |

公侯好仇。⑥　　　　　　　公侯用作好伴当。

肃肃兔罝，　　　　　　　严肃认真结兔网，
施于中林。　　　　　　　放在树林的中央。
赳赳武夫，　　　　　　　赳赳武夫真勇猛，
公侯腹心。　　　　　　　公侯认作腹心样。

　①肃肃：严肃认真的样子。兔：野兔。罝（jū）：网。　②椓（zhuó）：敲击。丁丁（zhēng zhēng）：伐木声。　③赳赳（jiū jiū）：健壮威武。　④干城：盾牌和城墙，犹屏障。　⑤施：加到。中逵：逵中，九达之道，四通八达的大路。　⑥仇：同"逑"，配偶，这里指伴当、帮手。

# 芣 苢

采采芣苢，①　　　　　　采呀采呀车前子，
薄言采之。②　　　　　　赶些快快来采它。
采采芣苢，　　　　　　　采呀采呀车前子，
薄言有之。　　　　　　　赶些快快占有它。

采采芣苢，　　　　　　　采呀采呀车前子，
薄言掇之。③　　　　　　赶些快快拾取它。
采采芣苢，　　　　　　　采呀采呀车前子，
薄言捋之。④　　　　　　赶些快快捋取它。

采采芣苢，　　　　　　　采呀采呀车前子，
薄言袺之。⑤　　　　　　翻过衣襟装着它。
采采芣苢，　　　　　　　采呀采呀车前子，
薄言襭之。⑥　　　　　　插好衣襟藏着它。

　①采采：采了又采。芣苢（fú yǐ）：车前子，多年生草本，叶自根际丛生，广椭圆形。开淡紫小花，结果。诗称"捋之"，当指捋果实。叶可供食用，实可供药用。　②薄言：发语词。　③掇（duō）：拾取。　④捋

（luō）：用手握物而脱取。　⑤袺（jié）：手执衣襟以承物。　⑥襭
（xié）：翻动衣襟插于腰带以承物。

# 汉　广

| | |
|---|---|
| 南有乔木，① | 南方有棵高高树， |
| 不可休思。② | 树下少荫不可休。 |
| 汉有游女，③ | 汉水之上有游女， |
| 不可求思。 | 女虽好游不可求。 |
| 汉之广矣， | 汉水太广太直流， |
| 不可泳思。 | 汉水上面不可游。 |
| 江之永矣，④ | 长江的水长又长， |
| 不可方思。⑤ | 航行不用小船舫。 |
| | |
| 翘翘错薪，⑥ | 高高杂草做柴好， |
| 言刈其楚。⑦ | 割草首要割荆条。 |
| 之子于归， | 这个姑娘要出嫁， |
| 言秣其马。⑧ | 赶快喂饱她的马。 |
| 汉之广矣， | 汉水太广太直流， |
| 不可泳思。 | 汉水之上不可游。 |
| 江之永矣， | 长江之水长又长， |
| 不可方思。 | 航行不用小船舫。 |
| | |
| 翘翘错薪， | 高高杂草做柴好， |
| 言刈其蒌。⑨ | 割草先要割蒌蒿。 |
| 之子于归， | 这个姑娘要出嫁， |
| 言秣其驹。 | 喂饱马驹为了她。 |
| 汉之广矣， | 汉水太广太直流， |
| 不可泳思。 | 汉水上面不可游。 |
| 江之永矣， | 长江之水长又长， |

不可方思。　　　　　　航行不用小船舫。

①乔木：高树。树高则树荫少。　②思：语助词。　③汉：汉水。游女：爱游的女子，不必指为仙女。　④江：指长江。永：水流长。　⑤方：《鲁诗》"方"作"舫"，小舟。　⑥翘翘（qiáo qiáo）：如鸟尾上长羽的高起。错薪：错杂为薪。　⑦楚：牡荆。　⑧秣（mò）：用草喂马。　⑨蒌（lóu）：蒌蒿，多年生草本，多生水滨，高四五尺，叶互生，羽状深裂。叶嫩时可食，老则为薪。

## 汝 坟

遵彼汝坟，①　　　　　　顺那汝水走上大堤岸，
伐其条枚。②　　　　　　砍那树枝再砍树干。
未见君子，　　　　　　　没有看见那位君子，
惄如调饥。③　　　　　　如同早上没吃饭。

遵彼汝坟，　　　　　　　顺那汝水上大堤，
伐其条肄。④　　　　　　砍那新生的树枝。
既见君子，　　　　　　　既然看到那君子，
不我遐弃。⑤　　　　　　还好不把我抛弃。

鲂鱼赪尾，⑥　　　　　　鲂鱼劳累尾巴红，
王室如燬。⑦　　　　　　王朝与火烧相同。
虽则如燬，　　　　　　　虽则与火烧那样，
父母孔迩。⑧　　　　　　父母很近要供奉。

①遵：沿着。汝：汝水，源出河南嵩县西南天息山，东南流入淮水。坟：河堤。　②条：树枝。枚：树干。　③惄（nì）如：饥困貌。调：通"朝"，早晨。　④条肄（yì）：新生的枝条。　⑤遐：远。　⑥鲂（fáng）鱼：一名鳊鱼，细鳞，鱼之美者。赪（chēng）：赤色。　⑦燬（huǐ）：火。　⑧孔迩：很近。

# 麟之趾

麟之趾，<sup>①</sup>　　　　　不踏生物的麟脚趾，
振振公子。<sup>②</sup>　　　　好比仁厚的公子。
于嗟麟兮！　　　　　值得赞美的麟啊！

麟之定，<sup>③</sup>　　　　　不顶人的麟额头，
振振公姓。<sup>④</sup>　　　　好比公孙多仁厚。
于嗟麟兮！　　　　　值得赞美的麟啊！

麟之角，　　　　　　不触人的麟头角，
振振公族。<sup>⑤</sup>　　　　好比仁厚的公族。
于嗟麟兮！　　　　　值得赞美的麟啊！

①麟：《广雅·释兽》："（麒麟）步行中规，折还中矩……不履生虫，不折生草。"　②振振（zhēn zhēn）：仁厚貌。　③定：额。严粲《诗缉》："有额者宜抵，唯麟之额，可以抵而不抵。""有角者宜触，唯麟之角，可以触而不触。"　④公姓：公孙，诸侯的孙子。　⑤公族：诸侯的族人。

# 召南

召，地名，与周邑皆在岐山阳。武王得天下后，封姬奭于召。在今陕西岐山县西南。周成王时，与周公旦分陕而治，自陕而西，召公主之，自陕而东，周公主之。召南，指自陕以西的南方诸侯国之地。《召南》与《周南》近，地同俗同，诗之音亦略同，故与《周南》同为《国风》之正。

## 鹊 巢

| | |
|---|---|
| 维鹊有巢， | 喜鹊树上有个窠， |
| 维鸠居之。① | 斑鸠飞来居住它。 |
| 之子于归， | 这个姑娘要出嫁， |
| 百两御之。② | 百辆车子侍候她。 |
| | |
| 维鹊有巢， | 喜鹊树上有个窠， |
| 维鸠方之。③ | 斑鸠飞来占有它。 |
| 之子于归， | 这个姑娘要出嫁， |
| 百两将之。④ | 百辆车子来送她。 |
| | |
| 维鹊有巢， | 喜鹊树上有个窠， |
| 维鸠盈之。⑤ | 斑鸠飞来占满它。 |
| 之子于归， | 这个姑娘要出嫁， |
| 百两成之。⑥ | 百辆车子成就她。 |

①鸠：斑鸠，喜占有其他鸟的巢。　②御：侍候。　③方：占有。　④将：送。　⑤盈：满。古时诸侯嫁女，有陪嫁的媵女，即以侄娣陪嫁，所以诸侯一娶九女。　⑥成：成就，即成礼。

## 采 蘩

| | |
|---|---|
| 于以采蘩，① | 什么地方采白蒿， |

| | |
|---|---|
| 于沼于沚。② | 水边洲上和湖沼。 |
| 于以用之， | 什么地方能用到， |
| 公侯之事。 | 公侯的事祭祖考。 |
| | |
| 于以采蘩， | 什么地方采白蒿， |
| 于涧之中。 | 山涧中间能找到。 |
| 于以用之， | 什么地方能用到， |
| 公侯之宫。 | 公侯宫里祭祖庙。 |
| | |
| 被之僮僮，③ | 首饰佩戴得丰崇， |
| 夙夜在公。 | 早夜祭祀在从公。 |
| 被之祁祁，④ | 首饰佩戴得多众， |
| 薄言还归。 | 祭祀完毕回家中。 |

① 于以：问词。蘩：白蒿，生陂泽中，叶似嫩艾，茎或赤或白。　② 沼：沼泽。沚：小洲。　③ 被：通"髲（bì）"，首饰。僮僮：盛。　④ 祁祁（qí qí）：繁盛。

## 草　虫

| | |
|---|---|
| 喓喓草虫，① | 喓喓只听草虫叫， |
| 趯趯阜螽。② | 蚱蜢只会拍拍跳。 |
| 未见君子， | 没有看见君子人， |
| 忧心忡忡。③ | 心里忧愁咚咚跳。 |
| 亦既见止，④ | 既然看见他， |
| 亦既觏止，⑤ | 既然交好他， |
| 我心则降。 | 我的心平不再跳。 |
| | |
| 陟彼南山， | 登那南山路不缺， |
| 言采其蕨。⑥ | 为采山中那个蕨。 |
| 未见君子， | 没有看见君子人， |

| | |
|---|---|
| 忧心惙惙。⑦ | 心里忧愁好惶惑。 |
| 亦既见止， | 既然看见他， |
| 亦既觏止，⑤ | 既然会见他， |
| 我心则说。⑧ | 我的心儿才喜悦。 |
| | |
| 陟彼南山， | 登那南山路不奇， |
| 言采其薇。⑨ | 为采山中那个薇。 |
| 未见君子， | 没有看见君子人， |
| 我心伤悲。 | 我的心里又悲凄。 |
| 亦既见止， | 既然看见他， |
| 亦既觏止， | 既然会见他， |
| 我心则夷。⑩ | 我心才能得欣喜。 |

①喓喓（yāo yāo）：虫声。　②趯趯（tì tì）：跳跃。阜螽：蚱蜢。　③忡忡（chōng chōng）：心跳。　④止：语助词。　⑤觏（gòu）：相会。　⑥蕨（jué）：羊齿类植物，地下茎很长，春季长嫩叶，可吃。　⑦惙惙（chuò chuò）：惶惑。　⑧说：同"悦"。　⑨薇（wēi）：野菜，叶子一种绿色，一种褐色，嫩的可吃。　⑩夷：平，这里指平静。

## 采 蘋

| | |
|---|---|
| 于以采蘋，① | 什么地方采浮萍， |
| 南涧之滨。 | 在那南涧的水滨。 |
| 于以采藻，② | 什么地方采浮藻， |
| 于彼行潦。③ | 在那流水的沟边。 |
| | |
| 于以盛之， | 什么东西装得好， |
| 维筐及筥。④ | 只有方筐圆筥好。 |
| 于以湘之，⑤ | 什么器具能煮好， |
| 维锜及釜。⑥ | 三足釜和釜煮得好。 |

于以奠之，            什么地方祭献它，
宗室牖下。⑦          宗室里头南窗下。
谁其尸之，⑧          什么人来主这事，
有齐季女。⑨          有个斋戒的少女娃。

①蘋（pín）：浮萍，蕨类植物，生浅水中。    ②藻（zǎo）：藻类植物，没有根、茎、叶的区分，用细胞分裂繁殖，生浅水中。    ③行潦（háng lǎo）：流的水沟，流的积水。    ④筥（jǔ）：圆竹器。    ⑤湘：烹煮。    ⑥锜（qí）：三足釜。釜：炊具。    ⑦牖（yǒu）：窗子。    ⑧尸：主持。古代祭祀用人作神，称尸。    ⑨齐：同"斋"，沐浴视敬。季：排行第四。

# 甘　棠

蔽芾甘棠，①          茂盛的棠梨树，
勿翦勿伐，            不剪不砍它，
召伯所茇。②          召伯曾留在树下。

蔽芾甘棠，            茂盛的棠梨树，
勿翦勿败，③          不剪不坏它，
召伯所憩。            召伯曾休息在树下。

蔽芾甘棠，            茂盛的棠梨树，
勿翦勿拜，④          不剪不弯它，
召伯所说。⑤          召伯曾经住过夜。

①蔽芾（fèi）：茂盛。甘棠：棠梨树，落叶乔木，开花白的叫甘棠，果实圆而小，味甜。    ②召伯：召公奭为诸侯的长，称伯。茇（bá）：草舍，止于其下以自蔽，犹草舍。    ③败：败坏。    ④拜：弯，弯枝向下如人拜。    ⑤说：通"税"，舍，休憩。

# 行　露

厌浥行露，①          沾湿是路上的露，

岂不夙夜，②　　　　　　难道清早不走路，
谓行多露。③　　　　　　怕的是路上多露。

谁谓雀无角，　　　　　　谁说雀儿没有角，
何以穿我屋？　　　　　　怎么啄穿我的屋？
谁谓女无家，　　　　　　谁说女儿没婆家，
何以速我狱？④　　　　　怎么催我进牢狱？
虽速我狱，　　　　　　　虽然催我进牢狱，
室家不足！⑤　　　　　　成室的道理还不足！

谁谓鼠无牙，⑥　　　　　谁说老鼠没长牙，
何以穿我墉？　　　　　　怎么穿透我的墙？
谁谓女无家，　　　　　　谁说女儿没婆家，
何以速我讼？　　　　　　怎么催迫告我状？
虽速我讼，　　　　　　　虽然催迫告我状，
亦不女从！　　　　　　　也不从你告我状！

①厌浥（yè yì）：沾湿。行：路。　②夙夜：早夜，夜未尽天未明
时。　③谓：通"畏"。　④速：催，加快。　⑤室家：成室成家，即
婚姻。　⑥牙：牙比齿长。说鼠只有齿无牙。

## 羔　羊

羔羊之皮，　　　　　　　羔羊的皮需要缝，
素丝五紽。①　　　　　　白丝交错来细缝。
退食自公，②　　　　　　退朝进食亦自公，
委蛇委蛇。③　　　　　　委曲前进态从容。

羔羊之革，④　　　　　　羔羊的革需要缝，
素丝五緎。⑤　　　　　　白丝交错来细缝。
委蛇委蛇，　　　　　　　委曲前进态从容，

自公退食。　　　　　　　退朝进食亦自公。

羔羊之缝，⑥　　　　　　羔羊的皮需要缝，
素丝五总。⑦　　　　　　白丝交错来细缝。
委蛇委蛇，　　　　　　　委曲前进态从容，
退食自公。　　　　　　　退朝进食亦自公。

　①五紽（tuó）：陈奂《传疏》：五当读为交午之午。严粲《诗缉》："紽，缝也。"闻一多《通义》："缝之义亦交午也。""五紽"即"午紽"，丝线交午缝制的意思。　②退食自公：退朝进食出自公家，是公家供食。　③委蛇（yí）：委曲自得之貌。　④革：犹皮。　⑤五緎：犹五紽。　⑥缝：革。　⑦五总：犹五紽。

# 殷其雷

殷其雷，①　　　　　　　殷殷的雷声，
在南山之阳。②　　　　　在南山的南边啊。
何斯违斯？③　　　　　　何以在此又离开此呀？
莫敢或遑。④　　　　　　没有敢休息啊。
振振君子，　　　　　　　诚厚的君子，
归哉归哉！　　　　　　　归来啊归来啊！

殷其雷，　　　　　　　　殷殷的雷声，
在南山之侧。　　　　　　在南山的旁边啊。
何斯违斯？　　　　　　　何以在此又离开此呀？
莫敢遑息。　　　　　　　没有敢休息啊。
振振君子，　　　　　　　诚厚的君子，
归哉归哉！　　　　　　　归来啊归来啊！

殷其雷，　　　　　　　　殷殷的雷声，
在南山之下。　　　　　　在南山的下边啊。

| | |
|---|---|
| 何斯违斯？ | 何以在此又离开此呀？ |
| 莫或遑处。⑤ | 没有敢闲暇呀。 |
| 振振君子， | 诚厚的君子， |
| 归哉归哉！ | 归来啊归来啊！ |

①殷（yǐn）：雷声。　②阳：指山的南方。　③何斯：斯，指此人。违斯：违，离开；斯，指此地。　④或：有。遑（huáng）：暇。　⑤处：居。

## 摽有梅

| | |
|---|---|
| 摽有梅，① | 落下的有梅子， |
| 其实七兮。 | 枝头留下梅子七成。 |
| 求我庶士，② | 追求我的众士人， |
| 迨其吉兮。③ | 及到这是好时辰。 |
| | |
| 摽有梅， | 落下的有梅子， |
| 其实三兮。 | 枝头留下梅子三成。 |
| 求我庶士， | 追求我的众士人， |
| 迨其今兮。 | 及到今朝是好时辰。 |
| | |
| 摽有梅， | 落下的有梅子， |
| 顷筐塈之。④ | 尽这筐来取它。 |
| 求我庶士， | 追求我的众士人， |
| 迨其谓之。⑤ | 及时说话就得成。 |

①摽（biào）：落下。　②求：追求。庶：众。　③迨：及。　④顷筐：同"倾筐"。塈（jì）：取。　⑤谓：说话。

## 小　星

| | |
|---|---|
| 嘒彼小星，① | 微光的是那小星， |

| | |
|---|---|
| 三五在东。② | 三颗五颗在东方的是大星。 |
| 肃肃宵征，③ | 急急忙忙夜里行， |
| 夙夜在公， | 从早到夜都从公， |
| 寔命不同。④ | 实在命运各不同。 |
| | |
| 嘒彼小星， | 微光的是那小星， |
| 维参与昴。⑤ | 参宿与昴宿是大星。 |
| 肃肃宵征， | 急急忙忙夜里行， |
| 抱衾与裯，⑥ | 被子帐子自己抱， |
| 寔命不犹。⑦ | 实在命运不如人。 |

①嘒（huì）：微光。　②三五：参宿三星，昴宿五星。　③肃肃：急忙。征：行。　④寔：实。　⑤参（shēn）、昴（mǎo）：二十八宿中的二宿。　⑥衾（qīn）：被子。裯（chóu）：床帐。　⑦犹：如。

## 江有汜

| | |
|---|---|
| 江有汜，① | 大江也有水倒流， |
| 之子归。 | 这个男人归来正时候。 |
| 不我以，② | 他不用我， |
| 不我以， | 他不用我， |
| 其后也悔。 | 他的懊悔在后头。 |
| | |
| 江有渚，③ | 大江也有小的洲， |
| 之子归。 | 这个男人归来正时候。 |
| 不我与， | 他不同我好， |
| 不我与， | 他不同我好， |
| 其后也处。④ | 他的发愁在后头。 |
| | |
| 江有沱，⑤ | 大江也会有支流， |
| 之子归。 | 这个男人归来正时候。 |

不我过，⑥　　　　　他不到我处，

不我过，　　　　　他不到我处，

其啸也歌。　　　　他把哭当歌在后头。

①汜（sì）：由主流分出而复汇合的河流。　②以：用。　③渚：水中的小洲。　④处：闻一多《诗经新义》训为忧。　⑤沱（tuó）：江的支流。　⑥不我过：不至我处。

## 野有死麕

野有死麕，①　　　　野地里有死獐子，

白茅包之。　　　　用白茅草包裹它。

有女怀春，　　　　有个姑娘动了心，

吉士诱之。②　　　　吉祥的人引诱她。

林有朴樕，③　　　　树林里有小树，

野有死鹿。　　　　野地里有死鹿。

白茅纯束，④　　　　白茅草捆着它，

有女如玉。　　　　有个女儿美如玉。

舒而脱脱兮，⑤　　　缓缓地慢慢来啊，

无感我帨兮，⑥　　　不要动我的围裙啊，

无使尨也吠。⑦　　　不要使狗叫啊。

①麕（jūn）：獐子。　②吉士：男子的美称，当指青年猎人。　③朴樕（sù）：小树。　④纯束：捆扎。　⑤舒：缓缓。脱脱（duì duì）：慢慢。　⑥感：通"撼"。帨（shuì）：围裙。　⑦尨（máng）：多毛狗。

## 何彼襛矣

何彼襛矣？①　　　　怎么那么繁盛？

唐棣之华。②　　　　郁李开的花。

| 曷不肃雍？<sup>③</sup> | 何以不严肃雍容？ |
|---|---|
| 王姬之车。 | 那是王姬的车。 |

| 何彼襛矣？ | 怎么那么繁盛？ |
|---|---|
| 华如桃李。 | 花像桃和李。 |
| 平王之孙，<sup>④</sup> | 那是平王的外孙， |
| 齐侯之子。 | 是齐侯的好女。 |

| 其钓维何？ | 她钓鱼用什么？ |
|---|---|
| 维丝伊缗。<sup>⑤</sup> | 用丝线做钓绳。 |
| 齐侯之子， | 是齐侯的好女， |
| 平王之孙。 | 是平王的外孙。 |

①襛（nóng）：繁盛。　②唐棣（dì）：郁李，落叶灌木，高五六尺，春开花，夏结实。　③曷：何。肃雍：严肃雍容。　④平王：东周第一代君主，名宜臼。　⑤缗（mín）：纶，捻丝成纶，即钓丝。

# 驺　虞

| 彼茁者葭，<sup>①</sup> | 那茁壮的芦苇做箭干， |
|---|---|
| 壹发五豝，<sup>②</sup> | 一箭发射到五母猪啊， |
| 于嗟乎驺虞。<sup>③</sup> | 正好样的猎人啊。 |

| 彼茁者蓬，<sup>④</sup> | 那茁壮的蓬蒿做箭干， |
|---|---|
| 壹发五豵，<sup>⑤</sup> | 一箭发射到五小猪啊， |
| 于嗟乎驺虞。 | 正好样的猎人啊。 |

①茁（zhuó）：壮实。葭（jiā）：芦苇。　②豝（bā）：牝猪。　③驺（zōu）虞：天子掌鸟兽之官，即官家的猎人。　④蓬：蓬蒿。　⑤豵（zōng）：小猪。

# 邶风

邶、鄘、卫：三国名。周武王克商以后，夺商王纣都朝歌，即今河南淇县东北。朝歌而北谓之邶，在今河南汤阴县东南；南谓之鄘，在今河南卫辉东北；东谓之卫，即朝歌，后卫有邶鄘。文公迁楚丘，在河南滑县东。成公迁帝丘，在河南濮阳县西南，后还有濮阳。但邶鄘地既入卫，其诗皆为卫事，而犹系其故国之名，当为编《诗》者不同意卫之并邶鄘，特于《诗》中著（注）名《邶风》《鄘风》欤？

## 柏　舟

| | |
|---|---|
| 泛彼柏舟，① | 柏木船儿随水流， |
| 亦泛其流。② | 也是随波顺着流。 |
| 耿耿不寐，③ | 心内不安难入睡， |
| 如有隐忧。④ | 像有深切的忧愁。 |
| 微我无酒，⑤ | 不是我没有酒， |
| 以敖以游。⑥ | 用来到处游。 |
| | |
| 我心匪鉴，⑦ | 我的心不是镜子， |
| 不可以茹。⑧ | 不可以照。 |
| 亦有兄弟， | 也有兄弟， |
| 不可以据。 | 不可以靠。 |
| 薄言往愬，⑨ | 说是去诉苦， |
| 逢彼之怒。 | 碰上他们在发怒。 |
| | |
| 我心匪石， | 我的心不是磨石， |
| 不可转也。 | 不可以转。 |
| 我心匪席， | 我的心不是席子， |
| 不可卷也。 | 不可以卷。 |

| | |
|---|---|
| 威仪棣棣，⑩ | 我的尊严面子， |
| 不可选也。⑪ | 不可退让自止。 |
| | |
| 忧心悄悄，⑫ | 心内忧愁不了， |
| 愠于群小。⑬ | 成群小人憎恨不少。 |
| 觏闵既多，⑭ | 遭到痛苦既已多， |
| 受侮不少。 | 受的侮辱也不少。 |
| 静言思之， | 静静地想它， |
| 寤辟有摽。⑮ | 交互拊心只扰扰。 |
| | |
| 日居月诸，⑯ | 太阳啊月亮啊， |
| 胡迭而微。⑰ | 为啥轮流不放光。 |
| 心之忧矣， | 心内的忧愁除不了， |
| 如匪浣衣。 | 好像没洗脏内衣。 |
| 静言思之， | 静静地想想它， |
| 不能奋飞。 | 不能奋翅起高飞。 |

①泛（fàn）：随水流动。　②流：中流。　③耿耿（gěng gěng）：不安貌。　④隐：深。　⑤微：非。　⑥敖：游。　⑦鉴：镜子。　⑧茹（rú）：容纳。　⑨愬：同"诉"。　⑩威仪：庄严容止。棣棣：雍容闲雅。　⑪选：屈挠退让。　⑫悄悄：忧貌。　⑬愠（yùn）：怨恨。　⑭闵（mǐn）：忧伤。　⑮寤：交互。辟（pì）：捶击。摽（biào）：拊心，捶胸。　⑯居、诸：语助词。　⑰迭：更动。微：隐微，无光。

# 绿　衣

| | |
|---|---|
| 绿兮衣兮，① | 绿啊上衣啊， |
| 绿衣黄里。② | 绿上衣啊黄里衣。 |
| 心之忧矣， | 心里的忧啊， |
| 曷维其已！③ | 何时它才止哩！ |

绿兮衣兮，　　　　　绿啊上衣啊，
绿衣黄裳。④　　　　　绿上衣啊黄下衣。
心之忧矣，　　　　　心里的忧啊，
曷维其亡！⑤　　　　　何时它才消失哩！

绿兮丝兮，　　　　　绿啊丝呀，
女所治兮。　　　　　女人所做的呀。
我思古人，⑥　　　　我想念前人，
俾无讻兮。⑦　　　　使我没有过错啊。

绤兮绤兮，⑧　　　　葛布不论粗或细，
凄其以风。　　　　　穿上身凉风凄凄。
我思古人，　　　　　我想念前人，
实获我心。　　　　　实在获得我心意。

①衣：指上衣。　②里：指上衣的衬里，黄布做衬里。　③曷：何时。　④裳：下衣，即裤子。　⑤亡：止。　⑥古人：一说"古人"即"故人"，改字，不从。　⑦俾：使。讻：同"尤"，过错。　⑧绤（chī）：细葛布。绤（xì）：粗葛布。

## 燕　燕

燕燕于飞，　　　　　燕子展开翅膀飞，
差池其羽。①　　　　翅膀展开不整齐。
之子于归，　　　　　这个妇人要大归，
远送于野。　　　　　远远送她到郊区。
瞻望弗及，　　　　　睁眼望她望不见，
泣涕如雨。　　　　　哭泣眼泪落如雨。

燕燕于飞，　　　　　燕子展开翅膀飞，
颉之颃之。②　　　　忽上忽下望见它。

| | |
|---|---|
| 之子于归， | 这个妇人要大归， |
| 远于将之。 | 远远出来往送她。 |
| 瞻望弗及， | 睁眼望她望不见， |
| 伫立以泣。③ | 久立哭泣想着她。 |

| | |
|---|---|
| 燕燕于飞， | 燕子展开翅膀飞， |
| 下上其音。 | 下下上上发呢喃。 |
| 之子于归， | 这个妇人要大归， |
| 远送于南。④ | 远远送她去向南。 |
| 瞻望弗及， | 睁眼望她望不见， |
| 实劳我心。 | 实在劳我心不安。 |

| | |
|---|---|
| 仲氏任只，⑤ | 仲氏你姓任， |
| 其心塞渊。 | 你心想得远又深。 |
| 终温且惠， | 终于温柔又惠爱， |
| 淑慎其身。 | 善良谨慎及你身。 |
| 先君之思，⑥ | 你还想念到先君， |
| 以勖寡人。⑦ | 用来勉励我寡人。 |

①差（cī）池：不整齐。　②颉颃（xié háng）：飞而上下。　③伫（zhù）：久立。　④南：南方。　⑤仲：第二。氏：姓氏。任：姓任。　⑥先君：已死的君主。　⑦寡人：寡德之人，庄姜自称。

# 日　月

| | |
|---|---|
| 日居月诸，① | 太阳啊月亮啊， |
| 照临下土。 | 照亮下面的疆土。 |
| 乃如之人兮， | 是这样的人啊， |
| 逝不古处。② | 不用古道和我相处。 |
| 胡能有定， | 怎么能够有一定， |
| 宁不我顾。③ | 岂有不把我照顾。 |

| | |
|---|---|
| 日居月诸， | 太阳啊月亮啊， |
| 下土是冒。④ | 下面的土地是光照。 |
| 乃如之人兮， | 是这样的人啊， |
| 逝不相好。 | 不和我相好。 |
| 胡能有定， | 怎么能够有一定， |
| 宁不我报。⑤ | 岂有不向我回报。 |
| | |
| 日居月诸， | 太阳啊月亮啊， |
| 出自东方。 | 出来从东方。 |
| 乃如之人兮， | 是这样的人啊， |
| 德音无良。⑥ | 好话完全变样。 |
| 胡能有定， | 怎么能够有一定， |
| 俾也可忘。⑦ | 使我也可以把他忘。 |
| | |
| 日居月诸， | 太阳啊月亮啊， |
| 东方自出。 | 出来从东方。 |
| 父兮母兮， | 父亲啊母亲啊， |
| 畜我不卒。⑧ | 对我为啥不终养。 |
| 胡能有定， | 怎么能够有一定， |
| 报我不述。 | 回报我的话不好讲。 |

①居、诸：语助词。　②逝：语助词。古：古道。　③宁：岂。　④冒：覆盖。　⑤报：回答。　⑥德音：好话。　⑦俾：使。　⑧畜：养育。

## 终　风

| | |
|---|---|
| 终风且暴，① | 整天刮风又狂暴， |
| 顾我则笑。 | 看见了我就好笑。 |
| 谑浪笑敖， | 戏谑狂浪又讪笑， |
| 中心是悼。 | 我的心中是伤悼。 |

| | |
|---|---|
| 终风且霾，② | 整天刮风又扬土， |
| 惠然肯来。 | 惠爱哪样肯光顾。 |
| 莫往莫来， | 如果不去不来问， |
| 悠悠我思。 | 老是令我把他想。 |
| | |
| 终风且曀，③ | 整天刮风又阴沉， |
| 不日有曀。 | 不定哪天有天阴。 |
| 寤言不寐，④ | 卧时醒着不能睡， |
| 愿言则嚏。⑤ | 愿他想我打喷嚏。 |
| | |
| 曀曀其阴， | 黑沉沉是天阴， |
| 虺虺其雷。⑥ | 轰隆隆是天打雷。 |
| 寤言不寐， | 卧着不能入睡， |
| 愿言则怀。 | 愿他能对我长怀。 |

①终风：整天刮风。　②霾（mái）：阴尘。　③曀（yì）：阴沉。　④寤（wù）：睡醒。　⑤嚏（tì）：打喷嚏。　⑥虺虺（huǐ huǐ）：打雷声。

# 击　鼓

| | |
|---|---|
| 击鼓其镗，① | 敲击大鼓堂堂响， |
| 踊跃用兵。② | 士兵跳跃弄刀枪。 |
| 土国城漕，③ | 为国兴土功，为漕建城墙， |
| 我独南行。 | 我独向南走一趟。 |
| | |
| 从孙子仲， | 跟从统帅公孙子仲， |
| 平陈与宋。④ | 交好与国陈和宋。 |
| 不我以归， | 不许我归来， |
| 忧心有忡。⑤ | 心里忧苦有忡忡。 |
| | |
| 爰居爰处，⑥ | 在哪里定我的住处， |

爰丧其马。　　　　　　在哪里失掉他的马。

于以求之，　　　　　　在哪里去找它，

于林之下。　　　　　　在树林之下。

死生契阔，⑦　　　　　死活和契合远隔，

与子成说，⑧　　　　　同您成功相说。

执子之手，　　　　　　握着您的手，

与子偕老。　　　　　　同您到老不脱。

于嗟阔兮，　　　　　　可叹啊如今远隔啊，

不我活兮。　　　　　　不许我还活啊。

于嗟洵兮，⑨　　　　　可叹我的信用啊，

不我信兮。⑩　　　　　不能使我伸说啊。

①镗（tāng）：堂堂，击鼓声。　②踊跃：跳跃，表高兴。兵：兵器。　③土国：为国家兴土功。城漕：在漕地筑城。一说漕在河南滑县东。　④平：和好。陈与宋：陈国和宋国。　⑤忡（chōng）：忧愁状。　⑥爰（yuán）：于何。　⑦契阔：契合疏阔。　⑧成说：成约，约定。　⑨洵（xún）：信用。　⑩信：古"伸"字。

# 凯　风

凯风自南，①　　　　　和风来从南方了，

吹彼棘心。②　　　　　吹那酸枣树还小。

棘心夭夭，③　　　　　酸枣树小小，

母氏劬劳。④　　　　　母亲勤累又辛劳。

凯风自南，　　　　　　和风来从南方了，

吹彼棘薪。　　　　　　吹那酸枣成柴篠。

母氏圣善，　　　　　　母亲圣明又善良，

我无令人。⑤　　　　　我们没有善人怎么好。

| | |
|---|---|
| 爰有寒泉， | 有寒冷的泉水， |
| 在浚之下。⑥ | 在浚城下面围绕。 |
| 有子七人， | 有儿子七个人， |
| 母氏劳苦。 | 母亲还是勤苦辛劳。 |
| | |
| 睍睆黄鸟，⑦ | 好看的黄鸟， |
| 载好其音。 | 传来好听的叫声。 |
| 有子七人， | 有儿子七个人， |
| 莫慰母心。 | 没有能安慰母亲的心。 |

①凯风：和风。 ②棘心：酸枣小树，酸枣树枝上多刺，初生即有刺，心指刺，棘心指小酸枣。酸枣为落叶灌木，开黄绿色小花，结枣味酸。 ③夭夭：指树小小，未长大。 ④劬（qú）：辛勤。 ⑤令人：善人。 ⑥浚（Jùn）：卫国地名。 ⑦睍睆（xiàn huǎn）：好看。

# 雄 雉

| | |
|---|---|
| 雄雉于飞， | 雄的野鸡展翅飞， |
| 泄泄其羽。① | 展开翅膀慢慢飞。 |
| 我之怀矣， | 我的怀念啊， |
| 自诒伊阻。② | 独留阻隔忧伤啊。 |
| | |
| 雄雉于飞， | 雄的野鸡展翅飞， |
| 下上其音。 | 或下或上传它的音。 |
| 展矣君子，③ | 诚实的君子啊， |
| 实劳我心。 | 确实劳苦我的心。 |
| | |
| 瞻彼日月， | 眼看日月向人催， |
| 悠悠我思。 | 长长思念积成堆。 |
| 道之云远， | 道路又说这么远， |
| 曷云能来。 | 何时说他能回来。 |

百尔君子，④　　　　众多的君子们，
不知德行。　　　　不知什么叫德行。
不忮不求，⑤　　　　不去害人不贪富，
何用不臧。⑥　　　　怎么不善都可行。

①泄泄（yì yì）：慢慢。《传》："雄雉见雌雉飞，而鼓其翼泄泄然。"比喻丈夫因想念她，精神萎靡。　②诒（yí）：留。伊：语助词。阻：忧。　③展：诚实。　④百尔：指众多。　⑤忮（zhì）：害。　⑥臧（zāng）：善。

## 匏有苦叶

匏有苦叶，①　　　　葫芦叶子味道苦，
济有深涉，②　　　　济水深处也得渡。
深则厉，③　　　　　水深连带衣裳过，
浅则揭。④　　　　　水浅提起衣裳过。

有弥济盈，⑤　　　　茫茫水满济河充，
有鷕雉鸣。⑥　　　　雌野鸡叫声不穷。
济盈不濡轨，⑦　　　济河水不浸车轴头，
雉鸣求其牡。　　　　雌野鸡叫着求那雄。

雝雝鸣雁，⑧　　　　和谐叫声是雁子，
旭日始旦。　　　　　初升太阳东方红。
士如归妻，　　　　　你如有心来娶妻，
迨冰未泮。⑨　　　　过河切莫解冰封。

招招舟子，　　　　　船夫招招开渡船，
人涉卬否。⑩　　　　人来摆渡我则否。
人涉卬否，　　　　　人来摆渡我则否，
卬须我友。　　　　　我是须要我的友。

①匏（páo）：葫芦。　②济：水名，源出河南济源市王屋山，古时

与黄河并入海，今下游古道为黄河所夺。　③厉：以衣涉水。　④揭
（qì）：提起衣裳渡水。　⑤弥：水满。　⑥鹭（wěi）：雌野鸡叫
声。　⑦轨：车轴头。　⑧雝雝（yōng yōng）：雁鸣声。　⑨泮（pàn）：
冰解。　⑩卬（áng）：我。

# 谷　风

| | |
|---|---|
| 习习谷风，① | 哗啦啦吹来山里风， |
| 以阴以雨。 | 又是阴天又下雨。 |
| 黾勉同心，② | 同心合意来生活， |
| 不宜有怒。 | 不该对我来发怒。 |
| 采葑采菲，③ | 采了萝卜采蔓菁， |
| 无以下体。 | 不要不用它的根。 |
| 德音莫违， | 好话不要来违反， |
| 及尔同死。 | 说是同你一同死。 |
| | |
| 行道迟迟， | 出门走走走得慢， |
| 中心有违。④ | 心中有恨走不快。 |
| 不远伊迩，⑤ | 不远很近难回去， |
| 薄送我畿。⑥ | 你只送我大门槛。 |
| 谁谓荼苦，⑦ | 谁说荼菜味道苦， |
| 其甘如荠。⑧ | 它的甜味像荠菜。 |
| 宴尔新昏， | 你的新婚多快乐， |
| 如兄如弟。 | 像兄像弟加成对。 |
| | |
| 泾以渭浊， | 泾水因为渭水浑， |
| 湜湜其沚。⑨ | 泾水停下也清澄。 |
| 宴尔新昏， | 你的新婚多快乐， |
| 不我屑以。 | 不屑与我来相亲。 |
| 毋逝我梁，⑩ | 不要放开我鱼梁， |

毋发我笱。⑪　　　　　不要打开我鱼筐。

我躬不阅，⑫　　　　我身尚且不相容，

遑恤我后。⑬　　　　难忧我后终无穷。

就其深矣，　　　　就它的水深啊，

方之舟之。⑭　　　　用并船或船来渡它。

就其浅矣，　　　　就它的水浅啊，

泳之游之。　　　　用游泳来渡它。

何有何亡，　　　　什么有什么没有，

黾勉求之。　　　　没有的勉力去相求。

凡民有丧，　　　　凡是人家有丧亡，

匍匐救之。⑮　　　　走不动也要爬着去救。

不我能慉，⑯　　　　不再爱我，

反以我为雠。⑰　　　反而以我为仇。

既阻我德，　　　　既然掩盖我的好处，

贾用不售。⑱　　　好比卖货不能售。

昔育恐育鞫，⑲　　　从前生活恐惧又潦倒，

及尔颠覆。　　　　同你一起倾覆颠倒。

既生既育，　　　　现在生活过得好，

比予于毒。　　　　你却把我比作毒虫。

我有旨蓄，　　　　我有好的积蓄，

亦以御冬。　　　　也可用来抵御过冬。

宴尔新昏，　　　　你新婚很快乐，

以我御穷。　　　　用我来抵御困穷。

有洸有溃，⑳　　　又动武又发怒，

既诒我肄。　　　　既已让我劳苦。

不念昔者，　　　　从前的恩情你不睬，

| 伊余来塈。⑳ | 我昔来时曾相爱。 |

①习习：风声。谷风：山谷里来的风。　②黾（mǐn）勉：勉力。　③葑（fēng）：萝卜。菲（fēi）：蔓菁。　④违：恨。　⑤迩：近。　⑥畿（jī）：门槛。　⑦荼（tú）：苦菜。　⑧荠（jì）：荠菜。　⑨湜湜（shí shí）：水清。沚（zhǐ）：水停止。　⑩梁：鱼梁，筑堤以捕鱼。开梁则鱼皆游去。　⑪笱（gǒu）：捕鱼竹笼，鱼能进不能出。　⑫阅：容纳。　⑬恤（xù）：忧。　⑭方：并船。　⑮匍匐（pú fú）：爬行。　⑯愪（xù）：好，爱。　⑰雠：同"仇"。　⑱贾（gǔ）：经商。　⑲鞫（jū）：穷困。　⑳洸（guāng）：武貌。溃（kuì）：怒貌。　㉑塈（xì）：爱。

# 式　微

| 式微式微，① | 衰微啊衰微， |
| 胡不归？ | 为什么不归？ |
| 微君之故，② | 不是君主的缘故， |
| 胡为乎中露？③ | 为什么身上受露？ |

| 式微式微， | 衰微啊衰微， |
| 胡不归？ | 为什么不归？ |
| 微君之躬， | 不是为了您的身体， |
| 胡为乎泥中？ | 为什么滚在泥巴里？ |

①式：发语词。微：衰落。　②微：非，不是。　③中露：露户。

# 旄　丘

| 旄丘之葛兮，① | 土山上的葛茎啊， |
| 何诞之节兮？② | 怎么长的茎啊？ |
| 叔兮伯兮， | 叔啊伯啊， |
| 何多日也？ | 怎么多天不来行？ |

| | |
|---|---|
| 何其处也？ | 怎么安处啊？ |
| 必有与也。 | 一定有相与的人。 |
| 何其久也？ | 怎么这样久啊？ |
| 必有以也。 | 一定有它的原因。 |
| | |
| 狐裘蒙戎，③ | 狐皮的毛乱纷纷， |
| 匪车不东。④ | 不是车子不东行。 |
| 叔兮伯兮， | 叔啊伯啊， |
| 靡所与同。⑤ | 没有同情结成群。 |
| | |
| 琐兮尾兮，⑥ | 小啊微啊， |
| 流离之子。⑦ | 流亡的人。 |
| 叔兮伯兮， | 叔啊伯啊， |
| 褎如充耳。⑧ | 微笑着充耳不闻。 |

①旄（máo）丘：前高后低的土山。　②诞之节：长的茎，葛茎较长。　③蒙戎：龙茸，多毛。　④匪：同"非"。　⑤靡：无。同：同情。　⑥琐：小。尾：微。　⑦流离：流亡。　⑧褎（xiù）如：多笑貌。充耳：耳旁挂的塞物，挂在帽上。

# 简　兮

| | |
|---|---|
| 简兮简兮，① | 选择啊选择啊， |
| 方将万舞。② | 刚要开场的《万舞》。 |
| 日之方中， | 太阳刚在中间， |
| 在前上处。 | 他在前面的上处。 |
| | |
| 硕人俣俣，③ | 高大的人身体魁梧， |
| 公庭万舞。 | 在卫公的院子内跳《万舞》。 |
| 有力如虎， | 有力量像老虎， |
| 执辔如组。④ | 拿着缰绳像柔轻的带组。 |

| | |
|---|---|
| 左手执籥，⑤ | 拿笛吹奏指挥的靠左手， |
| 右手秉翟。⑥ | 拿野鸡尾舞蹈的靠右手。 |
| 赫如渥赭，⑦ | 脸红得像深色的赭石， |
| 公言锡爵。⑧ | 公说赐他一杯酒。 |

| | |
|---|---|
| 山有榛，⑨ | 山上有榛栗， |
| 隰有苓。⑩ | 湿地长苦苓。 |
| 云谁之思， | 说在想哪一个， |
| 西方美人。 | 想西方来的漂亮人。 |
| 彼美人兮， | 那个漂亮人啊， |
| 西方之人兮。 | 是西方来的人啊。 |

①简：选择。　②将：大。万舞：一种舞名。合武舞与文舞称万舞，武舞用干（盾牌），文舞用野鸡尾。诗里讲执籥，不讲执干，可能又改了。　③硕（shuò）：高大。俣俣（yǔ yǔ）：大而美。　④辔：马缰绳。驾车的，一车四马，一马两绳，四马八绳，两绳系车上，六绳执驾车人手。组：丝带。　⑤籥（yuè）：乐器，可吹。　⑥翟（dí）：野鸡尾。　⑦赫：红色。渥（wò）：厚。赭（zhě）：赤褐色。　⑧锡：赐。爵：酒器。　⑨榛（zhēn）：榛树所结的果，称榛子。　⑩隰（xí）：湿地。苓（líng）：一种苦的药。

# 泉　水

| | |
|---|---|
| 毖彼泉水，① | 涓涓流的那泉水， |
| 亦流于淇。② | 也流到淇水。 |
| 有怀于卫， | 有心想到卫国， |
| 靡日不思。 | 没有一天不想念。 |
| 娈彼诸姬，③ | 诸位姓姬的好女， |
| 聊与之谋。 | 姑且和她们商议。 |

| | |
|---|---|
| 出宿于泲，④ | 出门住宿在泲， |
| 饮饯于祢。 | 亲朋饯行在祢。 |

| 女子有行，⑤ | 姑娘要出嫁， |
|---|---|
| 远父母兄弟。 | 远远离开父母兄弟。 |
| 问我诸姑， | 回家问候众位姑姑， |
| 遂及伯姊。 | 还连到大姊。 |

| 出宿于干， | 出门住宿在干， |
|---|---|
| 饮饯于言。 | 亲朋饯行在言。 |
| 载脂载辖，⑥ | 油脂涂车安好轴， |
| 还车言迈。⑦ | 调转车行远又快。 |
| 遄臻于卫，⑧ | 直到卫国多么快， |
| 不瑕有害。⑨ | 何不问有什么害。 |

| 我思肥泉，⑩ | 我想到肥泉， |
|---|---|
| 兹之永叹。 | 对此不免长叹息。 |
| 思须与漕， | 想到须邑和漕邑， |
| 我心悠悠。 | 我的心里长想念。 |
| 驾言出游， | 驾车去出游， |
| 以写我忧。 | 用来书写我的忧。 |

①毖（bì）：水流貌。　②淇：水名，源出山西陵川县，流至淇县入卫河。　③诸姬：卫姓姬，卫女出嫁时有娣侄陪嫁亦姓姬。　④泲（Jǐ）、祢（Nǐ）、干、言：皆卫国地名。　⑤行：嫁。　⑥辖（xiá）：车轴两头的金属键。　⑦迈：远。　⑧遄（chuán）：速。臻（zhēn）：到。　⑨瑕：何。　⑩肥泉：卫地名。

# 北 门

| 出自北门， | 我从北门出来， |
|---|---|
| 忧心殷殷。① | 心里忧愁意漫漫。 |
| 终窭且贫，② | 既鄙陋又贫困， |
| 莫知我艰。 | 没人知道我艰难。 |

| | |
|---|---|
| 已焉哉！ | 算了吧！ |
| 天实为之， | 天实在这样安排， |
| 谓之何哉！ | 说它什么啊！ |

| | |
|---|---|
| 王事适我，③ | 周王的事派给我， |
| 政事一埤益我。④ | 公差一发加给我。 |
| 我入自外， | 我从外面回家， |
| 室人交徧谪我。 | 家人交互地责备我。 |
| 已焉哉！ | 算了吧！ |
| 天实谓之， | 天实在这样安排， |
| 谓之何哉！ | 说它什么啊！ |

| | |
|---|---|
| 王事敦我，⑤ | 周王的事逼迫我， |
| 政事一埤遗我。 | 公差一发加给我。 |
| 我入自外， | 我从外面回家， |
| 室人交徧摧我。⑥ | 家人交相讽刺我。 |
| 已焉哉！ | 算了吧！ |
| 天实为之， | 天实在这样安排， |
| 谓之何哉！ | 说它什么啊！ |

①殷殷：忧貌。　②窭（jù）：鄙陋不能备礼。　③适：派给。　④埤（pí）：加。　⑤敦：逼迫。　⑥摧：挫折，讥刺。

# 北　风

| | |
|---|---|
| 北风其凉， | 北风吹得冷， |
| 雨雪其雱。① | 下雪下得猛。 |
| 惠而好我，② | 惠然爱好我， |
| 携手同行。 | 握手一同走。 |
| 其虚其邪，③ | 慢慢又慢走， |

| | |
|---|---|
| 既亟只且。④ | 既然急迫宜快走。 |
| | |
| 北风其喈， | 北风吹得响， |
| 雨雪其霏。 | 下雪下得猛。 |
| 惠而好我， | 惠然爱好我， |
| 携手同归。 | 握手同回一起走。 |
| 其虚其邪， | 慢慢又慢走， |
| 既亟只且。 | 既然急迫宜快走。 |
| | |
| 莫赤匪狐， | 没有赤的不是狐， |
| 莫黑匪乌。 | 没有黑的不是乌。 |
| 惠而好我， | 惠然爱好我， |
| 携手同车。 | 握手同趁一车走。 |
| 其虚其邪， | 慢慢又慢走， |
| 既亟只且。 | 既然急迫宜快走。 |

①霏（páng）：雪盛貌。　②惠而：惠然，爱好貌。　③虚：慢。邪：通"徐"，也是慢意。　④亟（jí）：急迫。只且（jū）：语助词。

# 静　女

| | |
|---|---|
| 静女其姝，① | 幽静姑娘长得美， |
| 俟我于城隅。② | 等我在城角里。 |
| 爱而不见，③ | 隐蔽着看不见， |
| 搔首踟蹰。④ | 搔着头立在那里。 |
| | |
| 静女其娈，⑤ | 幽静姑娘真美丽， |
| 贻我彤管。⑥ | 送我彤管有用意。 |
| 彤管有炜，⑦ | 彤管有着红艳艳， |
| 说怿女美。⑧ | 我是喜爱你的美。 |
| | |
| 自牧归荑，⑨ | 野外归来送我荑， |

洵美且异。⑩　　　　　确实美丽又怪异。
匪女之为美，　　　　　不是认为黄美丽，
美人之贻。　　　　　　因是美人的赠贻。

①静：幽雅。姝（shū）：美。　②城隅：城边隐蔽处。　③爱：隐。　④踟蹰（chí chú）：徘徊不定。　⑤娈（luán）：美丽。　⑥彤（tóng）管：红管草。　⑦炜（wěi）：光彩。　⑧说怿（yì）：喜悦。　⑨牧：野外。荑（tí）：初生的茅。　⑩洵（xún）：实在。

# 新　台

新台有泚，①　　　　　新台照水倒影明，
河水弥弥。②　　　　　河水涨得与岸平。
燕婉之求，③　　　　　求的安顺夫婿好，
籧篨不鲜。④　　　　　嫁个蛤蟆不像人。

新台有洒，⑤　　　　　新台靠水造得高，
河水浼浼。⑥　　　　　河水涨满浪滔滔。
燕婉之求，　　　　　　求的安顺夫婿好，
籧篨不殄。　　　　　　嫁个蛤蟆不得了。

鱼网之设，　　　　　　鱼网设备为捕鱼，
鸿则离之。⑦　　　　　蛤蟆入网空怜渠。
燕婉之求，　　　　　　求的安顺夫婿好，
得此戚施。⑧　　　　　得这蛤蟆怎么了。

①新台：卫宣公替世子伋（Jí）娶齐女，听说齐女美，在河边造了一座新台，把齐女给自己娶来，称为宣姜。泚（cǐ）：鲜明貌。　②弥弥（mǐ mǐ）：盛满貌。　③燕婉：安顺。　④籧篨（qú chú）：蛤蟆。鲜：善。　⑤洒（cuǐ）：高峻貌。　⑥浼浼（měi měi）：水盛貌。　⑦鸿：指蛤蟆。离：通"罹"。　⑧戚施：指蛤蟆。

# 二子乘舟

二子乘舟，①　　　　　两位公子去坐船，
泛泛其景。②　　　　　漂浮河上去得远。
愿言思子，　　　　　思念啊思念两公子，
中心养养。③　　　　　心里很是忧愁。

二子乘舟，　　　　　两位公子乘船来，
泛泛其逝。　　　　　漂浮河上去不还。
愿言思子，　　　　　思念啊思念两公子，
不瑕有害。　　　　　该不会有危害。

①二子乘舟：卫宣公夺娶了世子伋的妻，生了寿和朔，想杀死伋，立寿做世子，派伋去坐船，叫船夫翻船淹死伋。寿知道了，就同伋一起去乘船，船夫因此不敢翻船。　②泛泛：浮水。景：同"憬"，远行貌。　③养养：忧貌。

# 鄘风

见《邶风》注。

## 柏　舟

| | |
|---|---|
| 泛彼柏舟， | 浮荡水中柏木船， |
| 在彼中河。 | 浮在河中水泱泱。 |
| 髧彼两髦，① | 那人头发分两边， |
| 实维我仪。② | 实是我的好对象。 |
| 之死矢靡它！③ | 到死发誓没他心！ |
| 母也天只，④ | 母亲也像天那样， |
| 不谅人只！ | 不体谅人呀怎么样！ |

| | |
|---|---|
| 泛彼柏舟， | 浮荡水中柏木船， |
| 在彼河侧。 | 在那河边好浮荡。 |
| 髧彼两髦， | 那人头发分两边， |
| 实维我特。⑤ | 实是我的好对象。 |
| 之死矢靡慝！⑥ | 到死发誓不变心！ |
| 母也天只， | 母亲也像天那样， |
| 不谅人只！ | 不体谅人啊怎么样！ |

①髧（dàn）：发垂貌。当时头发上戴帽，帽上挂两块耳塞，头发也分成两股。两髦（máo）：即把头发分成两股。　②仪：配偶，对象。　③之：到。矢：誓。靡：无。　④只：语助词。　⑤特：同"仪"。　⑥慝（tè）：邪恶。

## 墙有茨

| | |
|---|---|
| 墙有茨，① | 墙上有蒺藜草， |
| 不可扫也。 | 不可以来扫。 |

| 中冓之言，② | 宫中的话， |
| 不可道也。 | 不可以向外传道。 |
| 所可道也， | 如可以向外传道， |
| 言之丑也。 | 说了使人害臊。 |

| 墙有茨， | 墙上有蒺藜草， |
| 不可襄也。③ | 不可以除掉。 |
| 中冓之言， | 宫中的话， |
| 不可详也。 | 不可以详细讲。 |
| 所可详也， | 如可以详细讲， |
| 言之长也。 | 说的内容也太长。 |

| 墙有茨， | 墙上有蒺藜草， |
| 不可束也。 | 不可以捆束。 |
| 中冓之言， | 宫中的话， |
| 不可读也。 | 不可以接触。 |
| 所可读也， | 如可以接触， |
| 言之辱也。 | 说来都是耻辱。 |

①茨（cí）：蒺藜，一年生草本植物，果实有刺。 ②中冓（gòu）：宫中。 ③襄：除去。

## 君子偕老

| 君子偕老，① | 宣公和你同到老， |
| 副笄六珈。② | 首饰玉簪加六宝。 |
| 委委佗佗，③ | 行走庄重态雍容， |
| 如山如河。 | 思如河深貌山崇。 |
| 象服是宜，④ | 华服上身真充融， |
| 子之不淑， | 你的为人不善良， |
| 云如之何。 | 说的又是怎么样。 |

| | |
|---|---|
| 玼兮玼兮，⑤ | 衣鲜艳啊真鲜艳， |
| 其之翟也。 | 绣上雉毛真是艳。 |
| 鬒发如云，⑥ | 黑发如云何等美， |
| 不屑髢也。⑦ | 不屑用那假发佩。 |
| 玉之瑱也，⑧ | 美玉耳环垂两边， |
| 象之揥也，⑨ | 象牙发插发最妍， |
| 扬且之皙也。⑩ | 额头宽广又白皙， |
| 胡然而天也， | 怎么好像个天仙， |
| 胡然而帝也。 | 怎么好像天帝升上乾。 |
| | |
| 瑳兮瑳兮，⑪ | 美丽啊真美丽， |
| 其之展也。⑫ | 她的礼服真美丽。 |
| 蒙彼绉𫄨， | 罩上她的薄纹衣， |
| 是绁袢也。⑬ | 是夏天穿的白内衣。 |
| 子之清扬，⑭ | 你的眉清目秀， |
| 扬且之颜也。⑮ | 额角丰满是天授。 |
| 展如之人兮，⑯ | 诚像你这人啊， |
| 邦之媛也。⑰ | 是国中的美人。 |

①君子：指卫宣公。　②副：指首饰。笄（jī）：簪子，插在发中。六珈（jiā）：加在簪子上的珠宝。　③委委佗佗（tuó tuó）：庄重又雍容。　④象服：绘画的衣服。　⑤玼（cǐ）：鲜明。　⑥鬒（zhěn）：黑发。　⑦髢（dí）：假发。　⑧瑱（tiàn）：垂在两耳旁的玉。　⑨揥（tì）：发钗类首饰。　⑩扬：眉上广。皙（xī）：白。　⑪瑳（cuō）：鲜白。　⑫展：礼服。　⑬绁袢（xiè fán）：夏天穿的白色内衣。　⑭扬：视清明。　⑮扬：额角。　⑯展：诚。　⑰媛：美女。

# 桑　中

| | |
|---|---|
| 爰采唐矣，① | 在什么地方采菟丝子， |
| 沬之乡矣。② | 在那个沬乡。 |

| | |
|---|---|
| 云谁之思？ | 说是想哪个呢？ |
| 美孟姜矣。③ | 想的是美丽的孟姜。 |
| 期我乎桑中，④ | 她约我在桑中， |
| 要我乎上宫，⑤ | 她邀我在上宫， |
| 送我乎淇之上矣。⑥ | 她在淇水上把我送。 |
| | |
| 爰采麦矣， | 在什么地方采麦， |
| 沬之北矣。 | 在沬邑的北乡。 |
| 云谁之思？ | 说是想哪个呢？ |
| 美孟弋矣。 | 想美丽的弋家大姑娘。 |
| 期我乎桑中， | 她约我在桑中， |
| 要我乎上宫， | 她邀我在上宫， |
| 送我乎淇之上矣。 | 她在淇水上把我送。 |
| | |
| 爰采葑矣，⑦ | 在什么地方采芜菁， |
| 沬之东矣。 | 在沬邑的沬乡东。 |
| 云谁之思？ | 说想什么人呢？ |
| 美孟庸矣。 | 想的是美丽的孟庸。 |
| 期我乎桑中， | 她约我在桑中， |
| 要我乎上宫， | 她邀我到上宫， |
| 送我乎淇之上矣。 | 她在淇水上把我送。 |

①爰：于何，在什么地方。唐：菟丝子，寄生蔓草，比喻女方依靠男方。　②沬（Mèi）：卫邑名。　③孟：兄弟姊妹中排行最长的。姜是齐国女；弋（Yì），杞女；庸在沬东，孟庸，指庸族的长女，嫁给卫国的。　④桑中：地名。　⑤要（yāo）：邀。上宫：地名。　⑥淇：水名，源出山西陵川县，流至淇县入卫河。　⑦葑：芜菁。

## 鹑之奔奔

| | |
|---|---|
| 鹑之奔奔，① | 雌鹑跟着雄鹑飞， |

| 鹊之彊彊。② | 雌鹊跟着雄鹊飞。 |

人之无良，　　　　　　　男人却是不良善，

我以为兄。　　　　　　　我为什么当作兄长看。

鹊之彊彊，　　　　　　　雌鹊跟着雄鹊飞，

鹑之奔奔。　　　　　　　雌鹑跟着雄鹑飞。

人之无良，　　　　　　　男人却是不良善，

我以为君。　　　　　　　我为什么当作君主看。

①鹑（chún）：鹌鹑。奔奔：指居有常匹，飞则相随貌。　　②彊彊
（jiāng jiāng）：与"奔奔"相似。

## 定之方中

定之方中，①　　　　　　营室星儿正当中，

作于楚宫。②　　　　　　十月造筑楚丘宫。

揆之以日，③　　　　　　按照太阳定方向，

作于楚室。④　　　　　　后造居室兴冲冲。

树之榛栗，　　　　　　　种的榛树兼有栗，

椅桐梓漆，⑤　　　　　　还种椅桐和梓漆，

爰伐琴瑟。　　　　　　　于是好伐作琴瑟。

升彼虚矣，⑥　　　　　　登那漕邑已成墟，

以望楚矣。　　　　　　　望见楚丘可定居。

望楚与堂，⑦　　　　　　再望楚丘与堂邑，

景山与京。⑧　　　　　　大山高丘相和集。

降观于桑，　　　　　　　下来观察那种桑，

卜云其吉，　　　　　　　占卜都说这里吉，

终然允臧。⑨　　　　　　终于是善好居地。

灵雨既零，⑩　　　　　　好雨既下水涓涓，

| | |
|---|---|
| 命彼倌人，⑪ | 命令那个驾车员， |
| 星言夙驾，⑫ | 天晴早早把车驾， |
| 说于桑田。⑬ | 把车停在种桑田。 |
| 匪直也人，⑭ | 不特劝农耕好田， |
| 秉心塞渊， | 用心充实又深远， |
| 騋牝三千。⑮ | 七尺雌马繁殖到三千。 |

①定：星名，叫营室。此星认为在夏历十月可以营造宫室。 ②楚宫：楚丘的宫。 ③揆（kuí）：度量太阳的出来和没落来定方向。 ④楚室：整齐的房室，楚指整齐。 ⑤榛、栗、椅、桐、梓、漆：皆树名。 ⑥虚：指漕邑为墟，即荒废了。 ⑦楚与堂：楚丘与堂邑。 ⑧景山与京：大山与高丘。 ⑨臧（zāng）：善，好。 ⑩灵雨：好雨。零：落下。 ⑪倌（guān）人：驾车的人。 ⑫星：晴。《韩诗》："星，精也。"精，晴明。夙：早。 ⑬说（shuì）：通"税"，停止。 ⑭匪直：不特。 ⑮騋（lái）：七尺以上的马。牝（pìn）：母马。

## 蝃蝀

| | |
|---|---|
| 蝃蝀在东，① | 彩虹出在东方啊， |
| 莫之敢指。 | 没有人敢指点它。 |
| 女子有行，② | 姑娘要出嫁， |
| 远父母兄弟。 | 远远离开父母兄弟家。 |
| | |
| 朝隮于西，③ | 早上彩云出在西， |
| 崇朝其雨。④ | 整个早晨在下雨。 |
| 女子有行， | 姑娘要出嫁， |
| 远兄弟父母。 | 远远离开兄弟父母家。 |
| | |
| 乃如之人也， | 是这样的人呀， |
| 怀昏姻也。 | 想念婚嫁呀。 |
| 大无信也，⑤ | 太没有信， |

| 不知命也。⑥ | 不知道父母之命。 |

①螮蝀（dì dōng）：彩虹。　②行：指出嫁。　③隮（jī）：彩云。　④崇朝：终朝，即整个早晨。　⑤无信：无媒妁之言。　⑥不知命：不知父母之命。

## 相　鼠

| 相鼠有皮， | 观察老鼠有皮， |
| 人而无仪。① | 人却没有威仪。 |
| 人而无仪， | 人而没有威仪， |
| 不死何为？ | 不死还干什么呢？ |

| 相鼠有齿， | 观察老鼠有齿， |
| 人而无止。② | 人却没有行止。 |
| 人而无止， | 人而没有行止， |
| 不死何俟？ | 等待什么还不死？ |

| 相鼠有体， | 观察老鼠有体， |
| 人而无礼。 | 人却没有礼。 |
| 人而无礼， | 人而没有礼， |
| 胡不遄死？③ | 何不赶快死去？ |

①仪：威仪，使人尊敬的仪表。　②止：容止，行动的所止，指遵守礼法。　③遄（chuán）：快。

## 干　旄

| 孑孑干旄，① | 特出的干挂牦牛尾旗， |
| 在浚之郊。② | 走在浚邑的郊区。 |
| 素丝纰之，③ | 用白丝线把旗边缝好， |
| 良马四之。 | 用好马四匹做前驱。 |

| | |
|---|---|
| 彼姝者子， | 那个美好的人呀， |
| 何以畀之。① | 拿什么来送给他呀。 |

| | |
|---|---|
| 孑孑干旟，⑤ | 特出的干挂画隼鸟旗， |
| 在浚之都。 | 走在浚邑的都市里。 |
| 素丝组之， | 用白丝线把旗边缝好， |
| 良马五之。 | 用好马五匹做前驱。 |
| 彼姝者子， | 那个美好的人呀， |
| 何以予之。 | 拿什么来送给他呀。 |

| | |
|---|---|
| 孑孑干旌，⑥ | 特出的干挂鸟羽旗， |
| 在浚之城。 | 走在浚邑的城区。 |
| 素丝祝之，⑦ | 用白丝线把旗边缝好， |
| 良马六之。 | 用好马六匹做前驱。 |
| 彼姝者子， | 那个美好的人呀， |
| 何以告之。 | 拿什么来告诉这个人呀。 |

①孑孑（jié jié）：特出貌。干：旗杆。旄（máo）：旄牛尾做旗，旄牛即为氂牛。　②浚（Jùn）：卫地名。　③纰（pí）：把旗的边上用线缝好。　④畀（bì）：给予。　⑤旟（yú）：画有鹰隼的旗。　⑥旌（jīng）：上用野鸡毛装饰的旗。　⑦祝：联结。

# 载　驰

| | |
|---|---|
| 载驰载驱， | 赶车赶马快些走， |
| 归唁卫侯。① | 回来吊问失国的卫侯。 |
| 驱马悠悠，② | 赶着马儿走远路， |
| 言至于漕。 | 走到漕邑还不留。 |
| 大夫跋涉， | 大夫赶来阻止我， |
| 我心则忧。 | 使我心里发忧愁。 |

既不我嘉，③        既然对我不赞成，
不能旋反。④        要我回去我不能。
视尔不臧，          看你想法都不好，
我思不远。          我的想法岂不深。

既不我嘉，          既然对我不赞成，
不能旋济。⑤        要我转回我不能。
视尔不臧，          看你想法都不好，
我思不闷。⑥        我的想法岂不慎。

陟彼阿丘，⑦        登上那个阿丘，
言采其蝱。⑧        采点贝母来解忧。
女子善怀，          女人善于怀想，
亦各有行。⑨        也各有主张。
许人尤之，⑩        许国大夫责备我，
众稚且狂。⑪        既是幼稚又发狂。

我行其野，          我走到卫国的原野，
芃芃其麦。⑫        看见麦子正猛长。
控于大邦，          我求大国来相帮，
谁因谁极？⑬        靠谁谁能急着来帮？
大夫君子，          大夫君子们，
无我有尤。          不要指责我有过错。
百尔所思，          百种法子是你们所想，
不如我所之。        不如我所亲自所往。

①唁（yàn）：吊问失国。    ②悠悠：遥远。    ③嘉：好。    ④旋：
转车。    ⑤济：止。    ⑥闷（bì）：同"毖"，慎。    ⑦阿丘：有一边高
的山丘。    ⑧蝱（méng）：贝母药。    ⑨行：道路，指主张。    ⑩尤：
指责。    ⑪众：通"终"，既是。    ⑫芃芃（péng péng）：茂
盛。    ⑬极：急。

# 卫风

见《邶风》注。

## 淇　奥

| | |
|---|---|
| 瞻彼淇奥，① | 看那淇水弯曲处， |
| 绿竹猗猗。② | 绿竹美盛有秩序。 |
| 有匪君子，③ | 这个文雅的君子， |
| 如切如磋，④ | 如切如磋治骨器， |
| 如琢如磨。⑤ | 如雕玉石美如许。 |
| 瑟兮僴兮，⑥ | 庄严啊宽大啊， |
| 赫兮咺兮。⑦ | 煊赫啊威仪啊。 |
| 有匪君子， | 这个文雅的君子， |
| 终不可谖兮。⑧ | 终于不可忘掉他。 |
| | |
| 瞻彼淇奥， | 看那淇水弯曲处， |
| 绿竹青青。 | 绿竹青青有秩序。 |
| 有匪君子， | 这个文雅的君子， |
| 充耳琇莹，⑨ | 耳瑱美玉光莹莹， |
| 会弁如星。⑩ | 帽缝宝玉有如星。 |
| 瑟兮僴兮， | 庄严啊宽大啊， |
| 赫兮咺兮。 | 煊赫啊威仪啊。 |
| 有匪君子， | 这个文雅的君子， |
| 终不可谖兮。 | 终于不可忘掉他。 |
| | |
| 瞻彼淇奥， | 看那淇水弯曲处， |
| 绿竹如箦。⑪ | 绿竹郁积有秩序。 |
| 有匪君子， | 这个文雅的君子， |
| 如金如锡， | 像金像锡般贵重， |

| | |
|---|---|
| 如圭如璧。 | 像圭像璧美如许。 |
| 宽兮绰兮。⑫ | 宽广啊阔绰啊， |
| 猗重较兮。⑬ | 像依靠车子重较啊。 |
| 善戏谑兮，⑭ | 善于对人们作戏谑， |
| 不为虐兮。 | 不去对人们作暴虐。 |

①奥：弯曲处。　②猗猗：长而美。　③匪：通"斐"，文采。　④切磋：治骨曰切，治象牙曰磋。　⑤琢磨：治玉曰琢，治石曰磨。　⑥瑟：庄严貌。僩（xiàn）：宽大貌。　⑦赫：威严貌。咺（xuān）：威仪。　⑧谖（xuān）：忘。　⑨琇（xiù）：宝石。莹：光彩。　⑩会弁（biàn）：鹿皮帽接合处。如星：会合处缀上宝石如星。　⑪簀（zé）：积，郁积。　⑫绰：旷达。　⑬猗：通"倚"。重较：相重复的车厢横木。　⑭戏谑：开玩笑。

# 考　槃

| | |
|---|---|
| 考槃在涧，① | 快乐成就在涧中， |
| 硕人之宽。② | 高大人儿心宽松。 |
| 独寐寤言，③ | 独睡独醒独自语， |
| 永矢弗谖。 | 永远发誓不忘记。 |
| | |
| 考槃在阿，④ | 快乐成就在山阿， |
| 硕人之薖。⑤ | 高大人儿快活多。 |
| 独寐寤歌， | 独睡独醒独唱歌， |
| 永矢弗过。 | 永远发誓不错过。 |
| | |
| 考槃在陆， | 快乐成就在平陆， |
| 硕人之轴。⑥ | 高大人儿心快乐。 |
| 独寐寤宿， | 独睡独醒独自卧， |
| 永矢弗告。 | 永远发誓弗告诉。 |

①考：成就。槃（pán）：快乐。 ②宽：放松。 ③寐：睡。寤：
睡醒。 ④阿：山的曲隅。 ⑤莐（kē）：快活。 ⑥轴：宽舒。

# 硕 人

| | |
|---|---|
| 硕人其颀，① | 高大美人实在高， |
| 衣锦褧衣。② | 身穿锦衣布衣罩。 |
| 齐侯之子， | 是齐侯的女儿， |
| 卫侯之妻， | 又是卫侯的妻， |
| 东宫之妹，③ | 是齐太子的亲妹妹， |
| 邢侯之姨， | 邢国侯的小姨， |
| 谭公维私。④ | 谭公是她的妹婿。 |
| | |
| 手如柔荑，⑤ | 手指像初生的柔荑， |
| 肤如凝脂， | 皮肤像凝结的白脂， |
| 领如蝤蛴，⑥ | 头颈像白而长的蝤蛴， |
| 齿如瓠犀，⑦ | 牙齿整齐得像那瓠瓜子， |
| 螓首蛾眉。⑧ | 方正前额细弯眉。 |
| 巧笑倩兮，⑨ | 巧妙笑时酒窝好， |
| 美目盼兮。⑩ | 美目盼时眼波俏。 |
| | |
| 硕人敖敖，⑪ | 高大美人面貌妙， |
| 说于农郊。 | 车子停止在近郊。 |
| 四牡有骄， | 四匹雄马气势骄， |
| 朱幩镳镳，⑫ | 红色带子马勒飘， |
| 翟茀以朝。⑬ | 手拿雉羽来上朝。 |
| 大夫夙退， | 大夫可以早退朝， |
| 无使君劳。 | 不要使君主多辛劳。 |
| | |
| 河水洋洋， | 黄河流水满洋洋， |

北流活活，⑭　　　　　向北流势波浃浃，

施罛涤涤，⑮　　　　　鱼网撒在水中央，

鳣鲔发发，⑯　　　　　鳣鱼鲔鱼忙乱跳，

葭菼揭揭。⑰　　　　　芦苇荻梗正猛长。

庶姜孽孽，⑱　　　　　庶姜陪嫁盛饰忙，

庶士有朅。⑲　　　　　庶士护送也逞强。

①硕人：高大的美人。顼（qí）：指高。　②褧（jiǒng）：布罩衣。穿锦衣的人，要穿布罩衣。　③东宫：指齐国的太子宫。　④私：古时女子称姊妹之丈夫为私。　⑤黄：茅草芽。　⑥蝤蛴（qiú qí）：天牛红虫，色白身长。　⑦瓠犀：瓠瓜的子，白而整齐。　⑧螓（qín）：以蝉而小，头宽广正方。蛾眉：蚕蛾的触角，细长而曲。　⑨倩：笑靥美好貌。　⑩盼：望，指眼波流动。　⑪敖敖：身形高大貌。　⑫幩（fén）：帛绢，用在马口上，使不汗。镳镳（biāo biāo）：盛美貌。镳，马嚼子。马衔两旁的铁饰称镳。　⑬翟茀（fú）：野鸡毛羽做的车后装饰。　⑭活活（guō guō）：水流声。　⑮罛（gū）：大鱼网。涤涤（huò huò）：撒网入水声。　⑯鳣（zhān）：鳇鱼。鲔（wěi）：鲟鱼。发发（bō bō）：鱼跳跃声。　⑰葭菼（jiā tǎn）：初生芦苇和荻。揭揭（jiē jiē）：长。　⑱孽孽（niè niè）：盛饰貌。　⑲朅（qiè）：勇武貌。

# 氓

氓之蚩蚩，①　　　　　那人前来笑嘻嘻，

抱布贸丝。　　　　　　抱着布匹来换丝。

匪来贸丝，　　　　　　不是真的来换丝，

来即我谋。　　　　　　来前找我谈婚辞。

送子涉淇，　　　　　　送你渡过淇水去，

至于顿丘。②　　　　　到了顿丘分别伊。

匪我愆期，③　　　　　不是我误了婚期，

子无良媒。　　　　　　是你没有请好媒。

将子无怒，④　　　　　　请你不要生怒气，
秋以为期。　　　　　　　清秋时节是佳期。

乘彼垝垣，⑤　　　　　　登上那坏墙头，
以望复关。⑥　　　　　　用来望那复关。
不见复关，　　　　　　　没有看见复关，
泣涕涟涟。⑦　　　　　　哭泣得眼泪接连。
既见复关，　　　　　　　既然看见复关，
载笑载言。⑧　　　　　　又是笑来又发言。
尔卜尔筮，⑨　　　　　　你已卜吉又请筮，
体无咎言。⑩　　　　　　卦上没有不祥话。
以尔车来，　　　　　　　用你的车子来，
以我贿迁。⑪　　　　　　把我嫁妆运一回。

桑之未落，　　　　　　　桑叶没有落下时，
其叶沃若。⑫　　　　　　叶儿润泽又繁盛。
于嗟鸠兮，　　　　　　　可叹那小斑鸠啊，
无食桑葚。⑬　　　　　　不要吃那桑葚。
于嗟女兮，　　　　　　　可叹那姑娘啊，
无与士耽。⑭　　　　　　不要同男人爱过分。
士之耽兮，　　　　　　　男人的爱过分，
犹可说也。⑮　　　　　　要摆脱还可以讲。
女之耽兮，　　　　　　　姑娘的爱过分，
不可说也。　　　　　　　要摆脱不可以讲。

桑之落矣，　　　　　　　桑树的叶儿落了啊，
其黄而陨。⑯　　　　　　叶儿枯黄往下掉。
自我徂尔，⑰　　　　　　自从我到你家来，
三岁食贫。　　　　　　　三年贫困过不少。

淇水汤汤，⑱　　　　　当年淇水满洋洋，
渐车帷裳。⑲　　　　　打湿车里帷子和下裳。
女也不爽，⑳　　　　　我的心思不变样，
士贰其行。㉑　　　　　你的行为却两样。
士也罔极，㉒　　　　　男人心思不可测，
二三其德。　　　　　三心两意也算德。

三岁为妇，　　　　　三年做个媳妇了，
靡室劳矣。　　　　　没有家事不辛劳。
夙兴夜寐，　　　　　早起晚睡过惯了，
靡有朝矣。　　　　　没有一天息过朝。
言既遂矣，　　　　　说是既经遂心了，
至于暴矣。　　　　　你的态度变凶暴。
兄弟不知，　　　　　兄弟对此不知道，
咥其笑矣。㉓　　　　　看见我时只是笑。
静言思之，　　　　　静静地细细想一回，
躬自悼矣。　　　　　自身独个儿自伤悼。

及尔偕老，　　　　　原想和你同到老，
老使我怨。　　　　　老使我怨终不断。
淇则有岸，　　　　　淇水洋洋有个岸，
隰则有泮。㉔　　　　　湿地长长也有岸。
总角之宴，㉕　　　　　我们小时的快乐，
言笑晏晏。㉖　　　　　说说笑笑是一贯。
信誓旦旦，㉗　　　　　山盟海誓岂不算，
不思其反。㉘　　　　　不想从前多灿烂。
反是不思，　　　　　从前灿烂你不想，
亦已焉哉。㉙　　　　　也是罢了莫再讲。

①氓（méng）：民。蚩蚩（chī chī）：戏笑貌。　②顿丘：卫地名。　③愆（qiān）：错过。　④将：请。　⑤垝（guǐ）垣：毁坏的墙。　⑥复关：地名，氓所居地。　⑦涟涟（lián lián）：眼泪连接貌。　⑧载：则。　⑨筮（shì）：用蓍草占吉凶。　⑩体：卜卦的征兆。咎言：不吉的话。　⑪贿（huì）：财物，指嫁妆。　⑫沃若：润泽貌。　⑬桑葚（shèn）：桑树所结果实。　⑭耽（dān）：乐过其节，极爱。　⑮说：通"脱"，摆脱。　⑯陨（yǔn）：落下。　⑰徂（cú）：往。　⑱汤汤（shāng shāng）：水多貌。　⑲渐（jiān）：沾湿。　⑳爽：失，差。　㉑贰：有二心。　㉒罔极：不可测。　㉓咥（xì）：大笑貌。　㉔隰（Xí）：水名，即漯河。湿地。泮（pàn）：岸。　㉕总角：古时儿童两边梳辫，如双角，指童年。宴：欢乐。　㉖晏晏：和柔。　㉗旦旦：诚恳貌。　㉘反：反覆。　㉙已：止。

# 竹　竿

| 籊籊竹竿，① | 钓鱼竹竿长又尖， |
| 以钓于淇。 | 用来垂钓淇水边。 |
| 岂不尔思， | 岂有不是这样想， |
| 远莫致之。 | 莫能达到道路长。 |
| | |
| 泉源在左，② | 泉水源头在左边， |
| 淇水在右。 | 淇水河流在右边。 |
| 女子有行， | 姑娘自从出嫁后， |
| 远兄弟父母。 | 远离兄弟父母前。 |
| | |
| 淇水在右， | 淇河水流在右边， |
| 泉源在左。 | 泉水源头在左边。 |
| 巧笑之瑳，③ | 巧妙笑时齿鲜白， |
| 佩玉之傩。④ | 佩玉行动声接连。 |

| | |
|---|---|
| 淇水滺滺，⑤ | 淇河之水长长流， |
| 桧楫松舟。 | 桧树做楫松做舟。 |
| 驾言出游， | 坐着轻舟来出游， |
| 以写我忧。 | 用来舒泻心中忧。 |

①籊籊（tì tì）：长而尖貌。　②泉：指百泉，在卫的西北，东南流入淇水。　③瑳（cuō）：玉色鲜白。　④傩（nuó）：有节奏。　⑤滺滺（yóu yóu）：水流貌。

# 芄 兰

| | |
|---|---|
| 芄兰之支，① | 芄兰的枝， |
| 童子佩觿。② | 像童子佩带的象锥。 |
| 虽则佩觿， | 虽则像象锥， |
| 能不我知。 | 能够不同我相知。 |
| 容兮遂兮，③ | 有容仪啊有成就啊， |
| 垂带悸兮。④ | 带子下垂都有样啊。 |
| | |
| 芄兰之叶， | 芄兰的叶子， |
| 童子佩韘。⑤ | 像童子佩带的象钩。 |
| 虽则佩韘， | 虽则像象钩， |
| 能不我甲。⑥ | 能够不同我亲狎。 |
| 容兮遂兮， | 有容仪啊有成就啊， |
| 垂带悸兮。 | 带子下垂都有样啊。 |

①芄（wán）兰：植物名，一名萝藦，蔓生。支：枝条。　②觿（xī）：解结的用具，用象骨制，形如锥。　③容：容仪。遂：成就。　④悸：带下垂貌。　⑤韘（shè）：钩弦用具，射箭时用，象骨制。　⑥甲：一作"狎"，指亲昵。

# 河 广

| | |
|---|---|
| 谁谓河广，<sup>①</sup> | 谁说黄河太宽广， |

谁谓河广，①　　　　　谁说黄河太宽广，
一苇杭之。②　　　　　一束芦苇可以航。
谁谓宋远，　　　　　　谁说宋国太遥远，
跂予望之。③　　　　　踮起脚来可以望。

谁谓河广，　　　　　　谁说黄河太宽广，
曾不容刀。④　　　　　竟然容不下一小舠。
谁谓宋远，　　　　　　谁说宋国太遥远，
曾不崇朝。⑤　　　　　竟然不到一终朝。

①河：指黄河。　②一苇：指黄河的广，一束芦苇可以航行。杭：通"航"。　③跂（qì）：踮起脚尖。　④刀：通"舠"，指小船。　⑤崇朝：终朝，来回不过一个早晨。

# 伯 兮

伯兮朅兮，①　　　　　老大啊，勇武啊，
邦之桀兮。　　　　　　是国内的英杰啊。
伯也执殳，②　　　　　老大拿着丈二棒，
为王前驱。　　　　　　为了周王当前锋。

自伯之东，③　　　　　自从老大亲往东，
首如飞蓬。④　　　　　我的头发像飞蓬。
岂无膏沐，⑤　　　　　难道没有脂和油，
谁适为容？⑥　　　　　为谁修饰为谁容？

其雨其雨，　　　　　　该下雨该下雨，
杲杲日出。⑦　　　　　一轮红日高高出。
愿言思伯，　　　　　　愿意说是念老大，
甘心首疾。　　　　　　头脑发病甘受害。

| | |
|---|---|
| 焉得谖草，⑧ | 怎么得到忘忧草， |
| 言树之背。⑨ | 说是种在北堂好。 |
| 愿言思伯， | 愿意说是念老大， |
| 使我心痗。⑩ | 使我心里受病害。 |

①伯：老大。朅（qiè）：威武。　②殳（shū）：古兵器，杖类，长丈二而无刃。　③之：往。　④飞蓬：乱飞的蓬草。　⑤膏沐：化妆用的油脂。　⑥谁适为容：为谁修饰打扮。　⑦杲杲（gǎo gǎo）：阳光强烈貌。　⑧谖（xuān）草：即萱草，亦称忘忧草。　⑨背：指北堂。　⑩痗（mèi）：病。

# 有　狐

| | |
|---|---|
| 有狐绥绥，① | 有只狐狸独自走， |
| 在彼淇梁。② | 在那淇水桥边头。 |
| 心之忧矣， | 我的心里直发愁， |
| 之子无裳。③ | 这人裤儿也没有。 |
| | |
| 有狐绥绥， | 有只狐狸独自走， |
| 在彼淇厉。④ | 在那淇水摆渡口。 |
| 心之忧矣， | 我的心里直发愁， |
| 之子无带。 | 这人带子也没有。 |
| | |
| 有狐绥绥， | 有只狐狸独自走， |
| 在彼淇侧。 | 在那淇水旁边头。 |
| 心之忧矣， | 我的心里直发愁， |
| 之子无服。 | 这人衣服也没有。 |

①狐：一说狐比喻男性。绥绥：指独自行走。　②梁：桥。　③裳：下裳，指裤子。　④厉：河水深，摆渡处。

# 木 瓜

投我以木瓜，①　　　　　他送我用木瓜，
报之以琼琚。②　　　　　用美玉报答他。
匪报也，　　　　　　　　不是答报，
永以为好也。　　　　　　是永远作为相好。

投我以木桃，③　　　　　他送我用木桃，
报之以琼瑶。　　　　　　报答他用琼瑶。
匪报也，　　　　　　　　不是答报，
永以为好也。　　　　　　是永远作为相好。

投我以木李，④　　　　　他送我用木李，
报之以琼玖。　　　　　　报答他用琼玖。
匪报也，　　　　　　　　不是答报，
永以为好也。　　　　　　是永远作为相好。

①木瓜：植物名，落叶灌木或乔木，果实秋成熟，椭圆，有香气，经蒸煮或蜜渍后供食用。　②琼琚（jū）：指美玉。　③木桃：指楂子。楂子似梨而酸涩。因此一说木桃即指桃子，因生于桃树，故称木桃。　④木李：即榠樝，与木瓜相似，比木瓜大而色黄。因此有人即以木李为李子，因生在李树上，故加木。

# 王风

周公建立洛邑，是谓东都。后来幽王失掉西周，他的儿子东迁洛邑，是谓东周。东周已经同诸侯相似了。所以迁居洛邑王城的诗称为王风，即王国的诗，同诸侯国的诗一样。

## 黍　离

| | |
|---|---|
| 彼黍离离，① | 那个黍子长成行列， |
| 彼稷之苗。② | 那个高粱正在长苗。 |
| 行迈靡靡，③ | 走路慢慢地走， |
| 中心摇摇。④ | 心里头不安地摇摇。 |
| 知我者谓我心忧， | 知道我的人说我心在发愁， |
| 不知我者谓我何求。 | 不知道我的人说我有什么要求。 |
| 悠悠苍天， | 遥远的苍天啊， |
| 此何人哉！ | 这是什么人造成的啊！ |
| | |
| 彼黍离离， | 那个黍子长成行列， |
| 彼稷之穗。 | 那个高粱正在抽穗。 |
| 行迈靡靡， | 走路慢慢地走， |
| 中心如醉。 | 心中像喝醉了酒。 |
| 知我者谓我心忧， | 知道我的人说我心在发愁， |
| 不知我者谓我何求。 | 不知道我的人说我有什么要求。 |
| 悠悠苍天， | 遥远的苍天啊， |
| 此何人哉！ | 这是什么人造成的啊！ |
| | |
| 彼黍离离， | 那个黍子长成行列， |
| 彼稷之实。 | 那个高粱正在结实。 |
| 行迈靡靡， | 走路慢慢地走， |
| 中心如噎。⑤ | 心中好像气逆发咽。 |

知我者谓我心忧，　　知道我的人说我心发愁，

不知我者谓我何求。　不知道我的人说我有什么要求。

悠悠苍天，　　　　　遥远的苍天啊，

此何人哉！　　　　　这是什么人造成的啊！

①黍（shǔ）：黍子，草本植物，子实淡黄色，去皮后叫黄米，煮熟后有黏性。离离：行列貌。　②稷（jì）：高粱。　③靡靡：行步迟缓貌。　④摇摇：心神不安。　⑤噎（yē）：气逆不顺。

# 君子于役

君子于役，　①　　　先生在服劳役，

不知其期，　　　　　不知他的期限，

曷至哉？　　　　　　何时回来啊？

鸡栖于埘，　②　　　鸡飞上窠，

日之夕矣，　　　　　太阳下了山，

羊牛下来。　　　　　羊牛下来。

君子于役，　　　　　先生在服劳役，

如之何勿思？　　　　怎么不想一回？

君子于役，　　　　　先生在服劳役，

不日不月，　　　　　不讲日子不讲月，

曷其有佸？　③　　　怎么能够求会合？

鸡栖于桀，　④　　　鸡栖息在小木桩，

日之夕矣，　　　　　太阳下了山，

羊牛下括。　⑤　　　牛羊下来。

君子于役，　　　　　先生在服劳役，

苟无饥渴！　　　　　愿他没有饥和渴！

①役：服劳役。　②埘（shí）：墙上挖洞做的鸡窠。　③佸（huó）：会合。　④桀：木桩。　⑤括（kuò）：来。

# 君子阳阳

| 君子阳阳，① | 先生喜洋洋， |
|---|---|
| 左执簧，② | 左手拿着笙簧， |
| 右招我由房。③ | 右手招我去游逛。 |
| 其乐只且! | 他的快乐无量! |

| 君子陶陶，④ | 先生乐陶陶， |
|---|---|
| 左执翿，⑤ | 左手拿着羽毛舞纛， |
| 右招我由敖。 | 右手招我出游遨。 |
| 其乐只且! | 他真快乐逍遥! |

①阳阳：快乐。　②簧：指笙，古代的乐器。笙以簧为舌。　③由房：通"游敖"，指游戏。　④陶陶：和乐貌。　⑤翿（dào）：即纛，羽毛做的舞具。

# 扬之水

| 扬之水，① | 激扬翻腾的河水， |
|---|---|
| 不流束薪。 | 一束薪不流去。 |
| 彼其之子，② | 那个自己乡里的人， |
| 不与我戍申。③ | 不同我去戍申。 |
| 怀哉怀哉， | 想念啊想念啊， |
| 曷月予还归哉? | 哪月我还能回去啊? |

| 扬之水， | 激扬翻腾的河水， |
|---|---|
| 不流束楚。 | 一捆柴不流去。 |
| 彼其之子， | 那个自己乡里的人， |
| 不与我戍甫。 | 不同我去戍甫。 |
| 怀哉怀哉， | 想念啊想念啊， |
| 曷月予还归哉? | 哪月我还能回去啊? |

| | |
|---|---|
| 扬之水， | 激扬翻腾的河水， |
| 不流束蒲。 | 一捆蒲草不流去。 |
| 彼其之子， | 那个自己乡里的人 |
| 不与我戍许。 | 不同我去守许。 |
| 怀哉怀哉， | 怀念啊怀念啊， |
| 曷月予还归哉？ | 哪月我还能回去啊？ |

①扬：激扬。　②其：或作"己"，今按"己"译。　③戍：守卫。申、甫、许：皆地名。

# 中谷有蓷

| | |
|---|---|
| 中谷有蓷，<sup>①</sup> | 谷中长有益母草， |
| 暵其干矣。<sup>②</sup> | 干燥它又再求干。 |
| 有女仳离，<sup>③</sup> | 有女离弃伤心肝， |
| 嘅其叹矣。<sup>④</sup> | 感慨伤心又长叹。 |
| 嘅其叹矣， | 感慨伤心又长叹， |
| 遇人之艰难矣。 | 嫁个男人真艰难。 |
| | |
| 中谷有蓷， | 谷中长有益母草， |
| 暵其脩矣。<sup>⑤</sup> | 干燥它又长求干。 |
| 有女仳离， | 有女离弃伤心肝， |
| 条其歗矣。<sup>⑥</sup> | 长长的有她的痛苦。 |
| 条其歗矣， | 长长的有她的痛苦， |
| 遇人之不淑矣。 | 嫁了个人真不妥。 |
| | |
| 中谷有蓷， | 谷中长有益母草， |
| 暵其湿矣。<sup>⑦</sup> | 干燥它变湿力求干。 |
| 有女仳离， | 有女离弃伤心肝， |
| 啜其泣矣。<sup>⑧</sup> | 呜咽哭泣伤心极。 |

| | |
|---|---|
| 啜其泣矣， | 呜咽哭泣伤心极， |
| 何嗟及矣。 | 怎么嗟叹来不及。 |

①蓷（tuī）：益母草，其性伤水。　②暵（hàn）：干燥。　③仳（pǐ）离：离弃。　④嘅（kǎi）：叹息。　⑤脩（xiū）：干肉，因指干。　⑥条：指长。歗（xiào）：痛声。　⑦湿："曝（qì）"的假借字，干。　⑧啜（chuò）：哭泣时抽噎。

# 兔 爰

| | |
|---|---|
| 有兔爰爰，① | 有兔脱网游不绝， |
| 雉离于罗。② | 野鸡入网网不裂。 |
| 我生之初， | 我的生活开始时， |
| 尚无为，③ | 还是无为少磨折， |
| 我生之后， | 我的生活到后来， |
| 逢此百罹。 | 碰到百种的磨折。 |
| 尚寐无吪！④ | 还是睡着无可说！ |
| | |
| 有兔爰爰， | 有兔脱网好优游， |
| 雉离于罦。⑤ | 野鸡入网无限愁。 |
| 我生之初， | 我的生活开始时， |
| 尚无造，⑥ | 还是无事少闯祸， |
| 我生之后， | 我的生活到后来， |
| 逢此百忧。 | 碰到这样百种忧。 |
| 尚寐无觉！ | 还是睡着才算休！ |
| | |
| 有兔爰爰， | 有兔脱网往前冲， |
| 雉离于罿。⑦ | 野鸡陷在罗网中。 |
| 我生之初， | 我的生活开始时， |
| 尚无庸，⑧ | 还是无事少灾凶， |
| 我生之后， | 我的生活到后来， |

| | |
|---|---|
| 逢此百凶。 | 碰到这样百种凶。 |
| 尚寐无聪！ | 还是睡着耳不聪！ |

①爰爰：解网放纵。　②离：同"罹"，入网。罗：网。　③无为：无所作为。　④吡（é）：说话。　⑤罦（fú）：捕鸟网。　⑥造：造祸。　⑦罿（tóng）：捕鸟网。　⑧庸：用，与"造"同。

# 葛藟

| | |
|---|---|
| 绵绵葛藟，① | 长长的野葛茎， |
| 在河之浒。② | 在河的边上生。 |
| 终远兄弟， | 终于远离兄弟们， |
| 谓他人父。 | 叫他人父。 |
| 谓他人父， | 叫他人父， |
| 亦莫我顾。 | 也没有对我照顾。 |
| | |
| 绵绵葛藟， | 长长的野葛茎， |
| 在河之涘。③ | 在河的边上生。 |
| 终远兄弟， | 终于远离兄弟们， |
| 谓他人母。 | 叫他人娘。 |
| 谓他人母， | 叫他人娘， |
| 亦莫我有。④ | 也没有对我抚养。 |
| | |
| 绵绵葛藟， | 长长的野葛茎， |
| 在河之漘。⑤ | 在河的边上生。 |
| 终远兄弟， | 终于远离兄弟们， |
| 谓他人昆。 | 叫他人兄。 |
| 谓他人昆， | 叫他人兄， |
| 亦莫我闻。⑥ | 也没有对我问穷。 |

①绵绵：长不断绝。葛藟（lěi）：蔓草名，见《诗·周南·樛木》。　②浒

（hǔ）：水边。　③涘（sì）：水边。　④有：通"友"，亲近。　⑤滣
（chún）：水边。　⑥闻：通"问"。

# 采 葛

彼采葛兮，　　　　　　　　那个采葛啊，

一日不见，　　　　　　　　一天不见，

如三月兮。　　　　　　　　好比隔了三个月啊。


彼采萧兮，<sup>①</sup>　　　　　　那个采青蒿啊，

一日不见，　　　　　　　　一天不见，

如三秋兮。<sup>②</sup>　　　　　　好比隔了三个秋啊。


彼采艾兮，　　　　　　　　那个采艾啊，

一日不见，　　　　　　　　一天不见，

如三岁兮。　　　　　　　　好比隔了三年啊。


①萧：植物名，即青蒿，有香气。　②三秋：三个秋天，一个秋天
三个月，三个秋天即九个月。

# 大 车

大车槛槛，<sup>①</sup>　　　　　　槛槛发声是牛车，

毳衣如菼。<sup>②</sup>　　　　　　车毡有似芦苇花。

岂不尔思，　　　　　　　　岂有我不想念你，

畏子不敢。　　　　　　　　怕你不敢成一家。


大车啍啍，<sup>③</sup>　　　　　　牛车开得慢又重，

毳衣如璊。<sup>④</sup>　　　　　　车毡颜色像玉红。

岂不尔思，　　　　　　　　岂有我不想念你，

畏子不奔。　　　　　　　　怕你出奔不相从。


榖则异室，<sup>⑤</sup>　　　　　　活着住的不同房，

死则同穴。　　　　　死了同你在一坑。

谓予不信，　　　　　说我说话不可信，

有如皦日。⑥　　　　有这高高的太阳。

①大车：姚际恒说是牛车。槛槛（kǎn kǎn）：指车声。　②毳（cuì）衣：车上蔽风雨的毡子。菼（tǎn）：初生的芦苇花。　③啍啍（tūn tūn）：指车慢而笨重的声音。　④璊（mén）：赤色的玉。　⑤穀：活着。　⑥皦：同"皎"，光明。

# 丘中有麻

丘中有麻，　　　　　土丘中间有苎麻，

彼留子嗟。①　　　　他是留子嗟。

彼留子嗟，　　　　　他是留子嗟，

将其来施施。②　　　愿他高兴地来吧。


丘中有麦，　　　　　土丘中间有小麦，

彼留子国。　　　　　他是留子国。

彼留子国，　　　　　他是留子国，

将其来食。　　　　　愿他快来谋吃食。


丘中有李，　　　　　土丘中间有李树，

彼留之子。　　　　　他是留的子。

彼留之子，　　　　　他是留的子，

贻我佩玖。　　　　　他把美玉向我赠。

①彼留子嗟：彼是留子嗟，留子嗟是人名。　②将：请，愿。施施：高兴貌。

# 郑风

郑，国名。初本在西周畿内咸林之地，在今陕西华州，周宣王以封其弟友为采地。姬友后为幽王司徒，死于犬戎之难，其子武公掘突，定平王于东都，亦为司徒。又得虢桧地，乃徙封于新邑，是为新郑，即河南开封府新郑县，即成皋、荥阳虎牢之地，岩险闻天下，密迩东周，故次于《王风》。

## 缁　衣

| | |
|---|---|
| 缁衣之宜兮，[①] | 黑衣的适宜啊， |
| 敝予又改为兮。[②] | 破了我又替你改做啊。 |
| 适子之馆兮，[③] | 到你的客馆中啊， |
| 还予授子之粲兮。[④] | 回来我送给你的饭啊。 |
| | |
| 缁衣之好兮， | 黑衣的美好啊， |
| 敝予又改造兮。 | 破了我又替你改造啊。 |
| 适子之馆兮， | 到你的客馆中啊， |
| 还予授子之粲兮。 | 回来我送给你的饭啊。 |
| | |
| 缁衣之蓆兮，[⑤] | 黑衣的宽大啊， |
| 敝予又改作兮。 | 破了我又替你改做啊。 |
| 适子之馆兮， | 到你的客馆中啊， |
| 还予授子之粲兮。 | 回来我送给你的饭啊。 |

①缁（zī）衣：黑衣。　②敝：破坏。改为：改做。　③馆：客舍。　④粲：为"餐"之假借字。　⑤蓆：宽，大。

## 将仲子

| | |
|---|---|
| 将仲子兮，[①] | 请仲子啊， |

| | |
|---|---|
| 无逾我里，② | 不要跨进我闾里， |
| 无折我树杞。③ | 不要攀折我家的杞。 |
| 岂敢爱之， | 难道我敢爱惜它， |
| 畏我父母。 | 怕我爹娘要说话。 |
| 仲可怀也， | 仲子是可以怀念， |
| 父母之言， | 爹娘的说话， |
| 亦可畏也。 | 也是可以害怕。 |
| | |
| 将仲子兮， | 请仲子啊， |
| 无逾我墙， | 不要跨过我家的墙， |
| 无折我树桑。 | 不要攀折我家的桑。 |
| 岂敢爱之， | 难道我敢爱惜它， |
| 畏我诸兄。 | 怕我的众兄长说话。 |
| 仲可怀也， | 仲子可以怀念， |
| 诸兄之言， | 众位兄长的说话， |
| 亦可畏也。 | 也是可以害怕。 |
| | |
| 将仲子兮， | 请仲子啊， |
| 无逾我园， | 不要跨进我家的园， |
| 无折我树檀。 | 不要攀折我家的檀。 |
| 岂敢爱之， | 难道我敢爱惜它， |
| 畏人之多言。 | 怕旁人多说话。 |
| 仲可怀也， | 仲子可以怀念， |
| 人之多言， | 旁人的多说话， |
| 亦可畏也。 | 也是可以害怕。 |

①将：请。　②逾：跨过。里：闾里。　③树杞（qǐ）、树桑、树檀：即杞树、桑树、檀树，倒文来押韵。杞，杞柳，落叶乔木，像柳树，木质坚实。

# 叔于田

| 叔于田，① | 叔在打猎， |
|---|---|
| 巷无居人。 | 闾巷内没有居住的人。 |
| 岂无居人， | 难道没有居住的人， |
| 不如叔也， | 不像叔那样， |
| 洵美且仁。 | 确实美好并且慈仁。 |

| 叔于狩，② | 叔在冬天打猎， |
|---|---|
| 巷无饮酒。 | 闾巷没有人喝酒。 |
| 岂无饮酒， | 难道没有人喝酒， |
| 不如叔也， | 不像叔那样， |
| 洵美且好。 | 确实漂亮并且清秀。 |

| 叔适野， | 叔在野外打猎， |
|---|---|
| 巷无服马。③ | 闾巷里没有人会驾马。 |
| 岂无服马， | 难道没有人会驾马， |
| 不如叔也， | 不像叔那样， |
| 洵美且武。 | 确实漂亮并且英武。 |

①田：打猎。　②狩：冬天打猎。　③服马：用马驾车。

# 大叔于田

| 叔于田， | 叔在打猎， |
|---|---|
| 乘乘马。① | 乘着四匹马拉的车。 |
| 执辔如组， | 手执缰绳像丝组， |
| 两骖如舞。② | 两匹旁马像在舞。 |
| 叔在薮，③ | 叔在泽地边， |
| 火烈具举。 | 猎火完全举起。 |
| 襢裼暴虎，④ | 赤膊空拳捉猛虎， |

| | |
|---|---|
| 献于公所。 | 献到公爷所。 |
| 将叔无狃，⑤ | 请叔不要再捉虎， |
| 戒其伤女。 | 谨戒它会害你真不妥。 |
| | |
| 叔于田， | 叔在打猎， |
| 乘乘黄。 | 乘着拉车的四马毛色黄。 |
| 两服上襄，⑥ | 两匹服马在中央， |
| 两骖雁行。 | 外面骖马像雁行。 |
| 叔在薮， | 叔到草泽边， |
| 火烈具扬。 | 猎火都上扬。 |
| 叔善射忌， | 叔是善射的， |
| 又良御忌， | 又是好驾驶的， |
| 抑磬控忌，⑦ | 还是骋马止马的， |
| 抑纵送忌。⑧ | 还是发箭从禽的。 |
| | |
| 叔于田， | 叔在打猎， |
| 乘乘鸨。⑨ | 乘的四匹驾车的马毛色杂。 |
| 两服齐首， | 中间两匹服马齐头， |
| 两骖如手。 | 旁边两匹骖马像两手。 |
| 叔在薮， | 叔在薮泽上， |
| 火烈具阜。 | 猎火烧得旺。 |
| 叔马慢忌， | 叔的马走得慢哩， |
| 叔发罕忌， | 叔的箭发少哩， |
| 抑释掤忌，⑩ | 还是把箭放进箭袋里， |
| 抑鬯弓忌。⑪ | 还是把弓放进弓袋里。 |

①乘乘（chéng shèng）：乘坐四匹马拉的车，第二个乘字指四匹马。　②两骖（cān）：四匹马中外两匹叫骖马。　③薮（sǒu）：沼泽地，有水草处。　④襢裼（tǎn xī）：肉袒。暴虎：搏虎。　⑤狃（niǔ）：复。　⑥两服：四匹马中间的两匹叫服马。上襄：并驾于前。　⑦磬

控：骋马曰磬，止马曰控。　⑧纵送：发矢曰纵，从禽曰送。　⑨鸨（bǎo）：黑白杂色马。　⑩堋（bīng）：箭筒盖。　⑪鬯（chàng）：弓囊。

## 清　人

| | |
|---|---|
| 清人在彭， | 清地的兵在彭地， |
| 驷介旁旁。① | 四匹马披甲很壮强。 |
| 二矛重英，② | 两支矛饰着二重红羽， |
| 河上乎翱翔。 | 似在河上飞翔。 |
| | |
| 清人在消， | 清地的兵在消地， |
| 驷介麃麃。③ | 四匹马披着甲极其骁骁。 |
| 二矛重乔，④ | 两支矛上挂着二重野鸡毛， |
| 河上乎逍遥。 | 可在河上逍遥。 |
| | |
| 清人在轴， | 清地的兵在轴地， |
| 驷介陶陶。 | 四匹马披着甲乐陶陶。 |
| 左旋右抽，⑤ | 左边转车右拔刀， |
| 中军作好。⑥ | 将军头头做得好。 |

①驷介：四匹马披甲驾车。旁旁：强盛貌。　②重英：以二重朱羽为矛饰。　③麃麃（biāo biāo）：威武貌。　④乔：雉羽。　⑤旋：转车。抽：抽刀。　⑥中军：指军中统帅。

## 羔　裘

| | |
|---|---|
| 羔裘如濡，① | 羔裘真是润泽， |
| 洵直且侯。② | 确是美好且顺直。 |
| 彼其之子， | 他那个人呀， |
| 舍命不渝。③ | 舍弃性命不变实。 |

| | |
|---|---|
| 羔裘豹饰， | 羔裘用豹皮装饰， |
| 孔武有力。 | 显得勇武又有力。 |
| 彼其之子， | 他那个人呀， |
| 邦之司直。 | 国中的主管是正直。 |
| | |
| 羔裘晏兮，④ | 羔裘真是鲜明啊， |
| 三英粲兮。⑤ | 三道镶边真美啊。 |
| 彼其之子， | 他那个人呀， |
| 邦之彦兮。⑥ | 是国中的才彦啊。 |

①濡（rú）：润泽。　②侯：美。　③渝：变。　④晏：鲜明貌。　⑤三英：三次缝补。英，指装饰。　⑥彦：士的美称。

## 遵大路

| | |
|---|---|
| 遵大路兮， | 遵照大路走啊， |
| 掺执子之祛兮。① | 拉着你的袖口啊。 |
| 无我恶兮， | 不要讨厌我啊， |
| 不寁故也。② | 不要很快抛弃旧情啊。 |
| | |
| 遵大路兮， | 遵照大路走啊， |
| 掺执子之手兮。 | 拉着你的手啊。 |
| 无我魗兮，③ | 不要嫌我丑啊， |
| 不寁好也。 | 不要很快抛弃好朋友。 |

①掺（shǎn）：执。祛（qū）：袖口。　②寁（jié）：速。　③魗（chǒu）：丑。

## 女曰鸡鸣

| | |
|---|---|
| 女曰鸡鸣， | 女人说鸡叫， |
| 士曰昧旦。① | 男人说天刚刚亮。 |

子兴视夜，　　　　　　你起来看夜空，
明星有烂。②　　　　　　启明星有光亮。
将翱将翔，③　　　　　　遨翔遨翔，
弋凫与雁。④　　　　　　射野鸭与雁子。

弋言加之，⑤　　　　　　射中了正好，
与子宜之。⑥　　　　　　给你烹饪从早。
宜言饮酒，　　　　　　　应该用来下酒，
与子偕老。　　　　　　　同你活到老。
琴瑟在御，⑦　　　　　　琴和瑟在弹奏，
莫不静好。　　　　　　　没有不安静和不好。

知子之来之，⑧　　　　　知道你慰问我，
杂佩以赠之。⑨　　　　　送你杂佩不算宝。
知子之顺之，　　　　　　知道你顺着我，
杂佩以问之。⑩　　　　　送你杂佩问你好。
知子之好之，　　　　　　知道你恩爱我，
杂佩以报之。　　　　　　送你杂佩用来报。

①昧旦：天将亮时。　②明星：启明星。　③翱、翔：鸟飞貌。　④弋（yì）：用绳系在箭上射。　⑤加：射中。　⑥宜：《尔雅》："肴也。"作肴。　⑦御：奏。　⑧来：王引之《述闻》："读为劳来之来。"即慰劳。　⑨杂佩：各种佩玉，称杂佩。　⑩问：慰问。

# 有女同车

有女同车，　　　　　　　有个同车的姑娘，
颜如舜华。①　　　　　　脸色美得像木槿花样。
将翱将翔，②　　　　　　遨翔遨翔，
佩玉琼琚。　　　　　　　她的玉佩是宝玉优良。
彼美孟姜，　　　　　　　她是美丽的孟姜，

洵美且都。③          确实美丽而且贤良。

有女同行，          有个姑娘同行，
颜如舜英。          脸色真像开花的木槿。
将翱将翔，          遨翔遨翔，
佩玉将将。          玉佩锵锵发声。
彼美孟姜，          她是美丽的孟姜，
德音不忘。④          她的德行不能忘。

①舜华、舜英：皆指木槿花。英，指华。　②将翱将翔：鸟飞貌，这里形容女子步态轻盈。　③都：闲静。　④德音：当指女子的品德、名声好。

# 山有扶苏

山有扶苏，①          山上有桑树，
隰有荷华。          洼地有荷花。
不见子都，          没有看见漂亮的子都，
乃见狂且。②          却是看见丑陋的狂童。

山有桥松，          山上有高松，
隰有游龙。③          洼地有水荭。
不见子充，          没有看见漂亮的子充，
乃见狡童。          却是看见坏小童。

①扶苏：一说同于扶疏，指枝叶茂盛的大树，一作桑树。　②且（jū）：指狂童。　③游龙：红草，亦名水荭。

# 萚 兮

萚兮萚兮，①          树叶枯啊树叶枯啊，
风其吹女。          风在把你吹破。

| 叔兮伯兮， | 老三啊老大啊， |
| 倡予和女。② | 你来唱我来和。 |

| 萚兮萚兮， | 树叶枯啊树叶枯啊， |
| 风其漂女。③ | 风在把你吹破。 |
| 叔兮伯兮， | 老三啊老大啊， |
| 倡予要女。④ | 你来唱我来和。 |

①萚（tuò）：树叶枯。　②倡：唱。　③漂：飘。　④要：成也。
凡乐节一终为一成，故要亦和。

# 狡 童

| 彼狡童兮， | 那个狡猾的顽童啊， |
| 不与我言兮。 | 不同我言谈啊。 |
| 维子之故，① | 因为你的缘故， |
| 使我不能餐兮。 | 使我不能吃饭啊。 |

| 彼狡童兮， | 那个狡猾的顽童啊， |
| 不与我食兮。- | 不同我吃饭啊。 |
| 维子之故， | 因为你的缘故， |
| 使我不能息兮。 | 使我不能够安顿啊。 |

①维：因为。

# 褰 裳

| 子惠思我， | 你若惠爱地想我， |
| 褰裳涉溱。① | 我提裤和你蹚溱河。 |
| 子不我思， | 你不想我， |
| 岂无他人。 | 难道没有别人。 |
| 狂童之狂也且。② | 你这狂童也太狂妄了。 |

| 子惠思我, | 你若惠爱地想我, |
|---|---|
| 褰裳涉溱。③ | 我提裤同你蹚溱河。 |
| 子不我思, | 你不想我, |
| 岂无他士。 | 难道没有他人。 |
| 狂童之狂也且。 | 你这狂童也太狂妄了。 |

①褰（qiān）：揭起。溱（Zhēn）：水名，出新密市，东北流至新郑市，与洧水合。　②且：语助词。　③洧（Wěi）：水名，出登封市北阳城山，东流至新郑市，合溱水为双洎河。

# 丰

| 子之丰兮，① | 你的容貌丰满啊， |
|---|---|
| 俟我乎巷兮。 | 等我在里巷啊。 |
| 悔予不送兮。② | 懊悔我不和你走啊。 |

| 子之昌兮，③ | 你的体魄壮健啊， |
|---|---|
| 俟我乎堂兮。 | 等我在堂屋啊。 |
| 悔予不将兮。④ | 懊悔我不同你行啊。 |

| 衣锦褧衣，⑤ | 穿着锦衣罩单衣， |
|---|---|
| 裳锦褧裳。 | 穿着锦裤罩单裤。 |
| 叔兮伯兮，⑥ | 叔啊伯啊， |
| 驾予与行。⑦ | 驾车和我走同路。 |

| 裳锦褧裳， | 穿着锦裤罩单裤， |
|---|---|
| 衣锦褧衣。 | 穿着锦衣罩单衣。 |
| 叔兮伯兮， | 叔啊伯啊， |
| 驾予与归。⑧ | 驾车和我一同归。 |

①丰：丰满。　②送：致女，即以女授婿。　③昌：壮健。　④将：送。　⑤褧（jiǒng）：穿锦衣的罩单布衣。　⑥叔、伯：古代女子对丈

夫或情人的称呼。　⑦行：指出嫁。　⑧归：指出嫁。

## 东门之埤

| | |
|---|---|
| 东门之埤，① | 东门的地真平坦， |
| 茹藘在阪。② | 茜草生长在山阪。 |
| 其室则迩， | 她的房屋隔得近， |
| 其人甚远。 | 她的人儿隔得远。 |
| | |
| 东门之栗， | 东门栗树真可嘉， |
| 有践家室。③ | 栗下成列有室家。 |
| 岂不尔思， | 岂有我不想你透， |
| 子不我即。④ | 你不前来把我就。 |

①埤（shàn）：平地。　②茹藘（rú lú）：茜草，可染红色。阪（bǎn）：土坡。　③践：成行列。　④即：就。

## 风　雨

| | |
|---|---|
| 风雨凄凄，① | 风雨寒冷地凄凄， |
| 鸡鸣喈喈。② | 鸡在喈喈地叫不已。 |
| 既见君子， | 既然看见君子人， |
| 云胡不夷。③ | 说什么不喜。 |
| | |
| 风雨潇潇，④ | 风雨猛烈地潇潇， |
| 鸡鸣胶胶。 | 鸡在胶胶地叫。 |
| 既见君子， | 既然看见君子人， |
| 云胡不瘳。⑤ | 说什么病还不好。 |
| | |
| 风雨如晦， | 风雨像黑暗， |
| 鸡鸣不已。 | 鸡叫还不已。 |
| 既见君子， | 既然看见君子人， |

云胡不喜。　　　　　　　说什么不欢喜。

①凄凄：寒冷。　②喈喈（jiē jiē）：指鸡鸣声。　③夷：同"怡"，悦。　④潇潇：猛烈。　⑤瘳（chōu）：病愈。

## 子 衿

青青子衿，<sup>①</sup>　　　　青青是你的衣领，
悠悠我心。　　　　　　长长地挂在我的心。
纵我不往，　　　　　　纵然我还不能去，
子宁不嗣音？<sup>②</sup>　　你为什么不寄个音？

青青子佩，　　　　　　青青是你的佩带，
悠悠我思。　　　　　　长长地在我想念哉。
纵我不往，　　　　　　纵然我不能去，
子宁不来？　　　　　　你为什么不来？

挑兮达兮，<sup>③</sup>　　　你轻快地往来啊，
在城阙兮。<sup>④</sup>　　　登在城楼上啊。
一日不见，　　　　　　一天不看见你，
如三月兮。　　　　　　如同隔了三个月啊。

①衿（jīn）：衣领。　②嗣：寄。　③挑、达（tà）：挑达，往来轻快貌。　④城阙：指城楼。

## 扬之水

扬之水，　　　　　　　激扬的水，
不流束楚。　　　　　　一捆荆条流不去。
终鲜兄弟，　　　　　　终于少个兄和弟，
维予与女。　　　　　　只有二人我和你。
无信人之言，　　　　　不要听信人家的言语，

| | |
|---|---|
| 人实迋女。① | 人家确实在骗你。 |
| 扬之水， | 激扬的水， |
| 不流束薪。 | 一捆柴都流不去。 |
| 终鲜兄弟， | 终于少个兄和弟， |
| 维予二人。 | 只有二人我和你。 |
| 无信人之言， | 不要听信人家的言语， |
| 人实不信。 | 人家实在不说可信语。 |

①迋（guàng）：诳骗。

# 出其东门

| | |
|---|---|
| 出其东门， | 走出那东门， |
| 有女如云。 | 有姑娘多得像云。 |
| 虽则如云， | 虽则多得像云， |
| 匪我思存。 | 不是我想念中人。 |
| 缟衣綦巾，① | 只有那位白衣青巾， |
| 聊乐我员。② | 姑且是我喜爱的人。 |
| 出其闉阇，③ | 走出曲城的重门， |
| 有女如荼。④ | 有姑娘多得像白茅花。 |
| 虽则如荼， | 虽则多得像白茅花， |
| 匪我思且。⑤ | 不是我牵挂中人。 |
| 缟衣茹藘，⑥ | 白衣红巾的那位， |
| 聊可与娱。 | 姑且可以同她相配。 |

①缟（gǎo）衣：白色衣。綦（qí）巾：青巾。　②员：同"云"，语助词。　③闉阇（yīn dū）：城外曲城的重门。　④荼：白茅花。　⑤且：语助词。　⑥茹藘（lú）：茜草，可染红色，这里指代红色围巾。

# 野有蔓草

| | |
|---|---|
| 野有蔓草, | 野地里有蔓延的草, |
| 零露漙兮。① | 落下的露水密且浓啊。 |
| 有美一人, | 有美女一人, |
| 清扬婉兮。② | 清明委婉啊。 |
| 邂逅相遇,③ | 不约定而相遇, |
| 适我愿兮。 | 适合我的愿望啊。 |
| | |
| 野有蔓草, | 野地里有蔓延的草, |
| 零露瀼瀼。④ | 落下的露水多而清。 |
| 有美一人, | 有美女一人, |
| 婉如清扬。⑤ | 委婉而清明。 |
| 邂逅相遇, | 不约定而相遇, |
| 与子偕臧。⑥ | 我与她相善。 |

①漙（tuán）：露多。　②婉：柔美。　③邂逅：不约定而遇。　④瀼瀼（ráng ráng）：露多。　⑤清扬：清明。　⑥臧：善，好。

# 溱 洧

| | |
|---|---|
| 溱与洧, | 溱水和洧水, |
| 方涣涣兮。① | 方才满满啊。 |
| 士与女, | 小伙子和姑娘, |
| 方秉蕳兮。② | 方才拿了兰草啊。 |
| 女曰："观乎？" | 姑娘说："去看看吧？" |
| 士曰："既且, | 小伙子说："已经看过, |
| 且往观乎？" | 姑且去看看吧？" |
| 洧之外, | 洧水的外面, |
| 洵訏且乐。③ | 确实地大而且快乐。 |

| | |
|---|---|
| 维士与女， | 只有男人和女人， |
| 伊其相谑， | 他们互相戏谑， |
| 赠之以勺药。④ | 赠送的用勺药。 |
| | |
| 溱与洧， | 溱水和洧水， |
| 浏其清矣。⑤ | 多么清啊。 |
| 士与女， | 小伙子和姑娘， |
| 殷其盈矣。⑥ | 多得满满啊。 |
| 女曰："观乎？" | 姑娘说："去看看吧？" |
| 士曰："既且， | 小伙子说："已经看过， |
| 且往观乎？" | 姑且去看看吧？" |
| 洧之外， | 洧水的外面， |
| 洵訏且乐。 | 确实地大而且快乐。 |
| 维士与女， | 只有男人和女人， |
| 伊其将谑， | 他们互相戏谑， |
| 赠之以勺药。 | 赠送的用勺药。 |

①涣涣：水盛貌。　②秉：拿着。蕑（jiān）：兰草，与兰花有别。　③訏（xū）：大。　④勺药：香草名，蘼芜类，一名耳离，非今之芍药花。　⑤浏（liú）：水清貌。　⑥殷：众多。

# 齐风

"齐，国名。本少昊时爽鸠氏所居之地，在《禹贡》为青州之域，周武王以封太公望。东至于海，西至于河，南至于穆陵，北至于无棣。太公，姜姓，本四岳之后，既封于齐，通工商之业，便鱼盐之利，民多归之，故为大国。今青、齐、淄、潍、德、棣等州，是其地也。"（朱熹《诗集传》）今山东青州市以西至历城、聊城之间，北至河北景、沧诸县，东至海，南至穆陵（在临朐县南），皆其地。

## 鸡 鸣

| | |
|---|---|
| "鸡既鸣矣，<br>朝既盈矣。"① | "鸡既然叫了，<br>朝堂上既然人满了。" |
| "匪鸡则鸣，<br>苍蝇之声。" | "不是鸡叫，<br>是苍蝇的声音。" |
| "东方明矣，<br>朝既昌矣。"② | "东方亮了，<br>朝堂上既然人多了。" |
| "匪东方则明，<br>月出之光。" | "不是东方亮，<br>是月亮出来的光。" |
| "虫飞薨薨，③<br>甘与子同梦。"④ | "虫子薨薨地飞，<br>甘心和你一同做梦。" |
| "会且归矣，<br>无庶予子憎。"⑤ | "朝会并且要回去了，<br>庶几没有因我恨你。" |

①朝：朝堂，朝廷。 ②昌：盛，人多。 ③薨薨（hōng hōng）：虫群飞声。 ④甘：甘心。 ⑤无庶予子憎：庶无予子憎，庶几没有因我恨你。

# 还

| | |
|---|---|
| 子之还兮，<sup>①</sup> | 你的轻捷啊， |
| 遭我乎峱之间兮。<sup>②</sup> | 遭逢我在峱山中间。 |
| 并驱从两肩兮，<sup>③</sup> | 并且赶走两只兽啊， |
| 揖我谓我儇兮。<sup>④</sup> | 向我作揖说我好转圜。 |

子之还兮，<sup>①</sup>　　　　你的轻捷啊，
遭我乎峱之间兮。<sup>②</sup>　　遭逢我在峱山中间。
并驱从两肩兮，<sup>③</sup>　　并且赶走两只兽啊，
揖我谓我儇兮。<sup>④</sup>　　向我作揖说我好转圜。

子之茂兮，<sup>⑤</sup>　　　　你的秀美啊，
遭我乎峱之道兮。　　　　遭逢我在峱山的路上啊。
并驱从两牡兮，　　　　并且赶走两只雄兽啊，
揖我谓我好兮。　　　　对我作揖说我好猎啊。

子之昌兮，<sup>⑥</sup>　　　　你的骠悍啊，
遭我乎峱之阳兮。　　　　遭逢我在峱山的山南啊。
并驱从两狼兮，　　　　并且驱赶两只狼啊，
揖我谓我臧兮。<sup>⑦</sup>　　向我作揖说我善猎啊。

①还（xuán）：轻捷貌。　②峱（náo）：山名，在今山东青州（临淄附近）。　③从：逐。肩：三岁的兽。　④儇（xuān）：灵利。　⑤茂：美满。　⑥昌：盛壮貌。　⑦臧：善，好。

# 著

俟我于著乎而，<sup>①</sup>　　　他等我在门屏间，
充耳以素乎而，<sup>②</sup>　　　填玉用白丝线挂两边，
尚之以琼华乎而。<sup>③</sup>　　上面以琼华加在帽沿。

俟我于庭乎而，　　　　他等我在院子间，
充耳以青乎而，　　　　填玉用青丝线挂两边，
尚之以琼莹乎而。　　　上面用琼莹加在帽沿。

俟我于堂乎而，　　　　他等我在堂屋间，

| 充耳以黄乎而， | 填玉用黄丝线挂两边， |
| 尚之以琼英乎而。 | 上面用琼英加在帽沿。 |

①俟：等待。婿往女家亲迎，等待新人上车。著：门屏间。乎而：语助词。 ②充耳：用填玉充耳。用线缝填玉，挂在帽子上，下垂两耳旁充耳。 ③尚：通"上"，用玉加在帽上。琼华、琼莹、琼英：皆指美玉。华、莹、英皆指玉的光彩。

# 东方之日

| 东方之日兮， | 东方的太阳啊， |
| 彼姝者子，① | 那个美丽的姑娘， |
| 在我室兮。 | 在我的房里啊。 |
| 在我室兮， | 在我的房里啊， |
| 履我即兮。② | 踩着我的步子走啊。 |
| | |
| 东方之月兮， | 东方的月亮啊， |
| 彼姝者子， | 那个美丽的姑娘， |
| 在我闼兮。③ | 在我的门旁啊。 |
| 在我闼兮， | 在我的门旁啊， |
| 履我发兮。④ | 踩我出发的脚步走啊。 |

①姝（shū）：美女。 ②履我即：踩我就，踩我行。 ③闼（tà）：门内。 ④履我发：踩我发，踩我出发的足迹。

# 东方未明

| 东方未明， | 东方没有亮， |
| 颠倒衣裳。 | 颠去倒来穿衣裳。 |
| 颠之倒之， | 颠它倒它， |
| 自公召之。 | 从公爷召见他。 |

东方未晞，<sup>①</sup>　　　　东方没有光，
颠倒裳衣。　　　　　　颠倒穿衣裳。
倒之颠之，　　　　　　倒它颠它，
自公令之。　　　　　　从公爷命令他。

折柳樊圃，<sup>②</sup>　　　　攀折柳条做菜园的樊篱，
狂夫瞿瞿。<sup>③</sup>　　　　狂妄的人睁眼看反。
不能辰夜，<sup>④</sup>　　　　不能守住日夜，
不夙则莫。　　　　　　不是太早就太晚。

①晞（xī）：破晓。　②樊：樊篱。圃：菜园。　③狂夫：狂妄的人。瞿瞿（jù jù）：惊顾貌。　④辰夜：管夜里时刻。

# 南　山

南山崔崔，<sup>①</sup>　　　　南山高高的，
雄狐绥绥。<sup>②</sup>　　　　雄的狐狸找伴罢。
鲁道有荡，<sup>③</sup>　　　　鲁国道路平坦，
齐子由归。　　　　　　齐国女子从此出嫁。
既曰归止，　　　　　　既然说是出嫁，
曷又怀止？<sup>④</sup>　　　　怎么又想人过夜？

葛屦五两，<sup>⑤</sup>　　　　葛鞋排列成双，
冠绥双止。<sup>⑥</sup>　　　　帽带打结成双。
鲁道有荡，　　　　　　鲁国道路平坦，
齐子庸止。<sup>⑦</sup>　　　　齐国女子用此出嫁。
既曰庸止，　　　　　　既然说用此出嫁，
曷又从止？<sup>⑧</sup>　　　　怎么又从人过夜？

蓺麻如之何？　　　　　种麻怎么样？
衡从其亩。<sup>⑨</sup>　　　　或横或纵在田亩。

| | |
|---|---|
| 取妻如之何？ | 娶妻怎么样？ |
| 必告父母。 | 一定要告诉父母。 |
| 既曰告止， | 既然说告诉父母， |
| 曷又鞫止？⑩ | 怎么又对她宽宥？ |
| | |
| 析薪如之何？ | 斫柴怎么样？ |
| 匪斧不克。 | 不是斧头不能。 |
| 取妻如之何？ | 娶妻怎么样？ |
| 匪媒不得。 | 不是媒人不行。 |
| 既曰得止， | 既然说娶了她， |
| 曷又极止？⑪ | 怎么又极端放行？ |

①崔崔：高大貌。　②绥绥：求偶貌。　③荡：平坦。　④怀：思念。　⑤葛屦：用葛制成的鞋。五两：可以排列成双。　⑥绥（ruí）：帽带。双止：带是成双为止。　⑦庸：用，用此道嫁给鲁侯。　⑧从：从齐侯。　⑨衡：横，东西为横。从：纵，南北为纵。　⑩鞫（jū）：放任。　⑪极：放纵到极点。

# 甫　田

| | |
|---|---|
| 无田甫田，① | 不要耕种那大田， |
| 维莠骄骄。② | 只有狗尾草长得高。 |
| 无思远人， | 不要想念远去的人， |
| 劳心忉忉。③ | 想念起来心里忧劳。 |
| | |
| 无田甫田， | 不要耕种那大田， |
| 维莠桀桀。④ | 只有狗尾草长得长。 |
| 无思远人， | 不要想念远去的人， |
| 劳心怛怛。⑤ | 想念起来心里悲伤。 |
| | |
| 婉兮娈兮， | 婉转啊漂亮啊， |

| 总角丱兮。⑥ | 小时梳两小辫啊。 |
| 未几见兮， | 几时没有看见啊， |
| 突而弁兮。⑦ | 突然戴上帽子啊。 |

①甫田：大田。　②莠：狗尾草。骄骄：高大貌。　③忉忉（dāo dāo）：忧劳貌。　④桀桀：高大貌。　⑤怛怛（dá dá）：悲伤。　⑥丱（guàn）：小孩梳两辫上翘，称总角。　⑦弁（biàn）：冠。古时二十岁称成人，戴冠。

# 卢　令

| 卢令令，① | 猎狗颈铃响令令， |
| 其人美且仁。 | 那人漂亮并慈仁。 |

| 卢重环，② | 猎狗颈铃是子母环， |
| 其人美且鬈。③ | 那人漂亮并头发弯。 |

| 卢重鋂，④ | 猎狗颈铃两大铃， |
| 其人美且偲。⑤ | 那人漂亮又多才。 |

①卢：猎狗。令令：猎狗颈铃的响声。　②重环：子母环。　③鬈（quán）：头发弯曲。　④鋂（méi）：一大环贯两小环。　⑤偲（cāi）：多才。

# 敝　笱

| 敝笱在梁，① | 坏的鱼篓在鱼梁， |
| 其鱼鲂鳏。② | 鲂鱼鳏鱼喜洋洋。 |
| 齐子归止， | 齐国的女子回国去， |
| 其从如云。 | 她的跟从像云样。 |

| 敝笱在梁， | 坏的鱼篓在鱼梁， |
| 其鱼鲂鱮。③ | 鲂鱼鲢鱼自游荡。 |

| | |
|---|---|
| 齐子归止， | 齐国的女子回国去， |
| 其从如雨。 | 她的跟从像雨样。 |
| | |
| 敝笱在梁， | 坏的鱼篓在鱼梁， |
| 其鱼唯唯。④ | 鱼儿顺序自来往。 |
| 齐子归止， | 齐国的女子回国去， |
| 其从如水。 | 她的跟从像水样。 |

　　①敝笱（gǒu）：坏的鱼篓。笱，捕鱼具，鱼可入鱼篓而不能出。　　②鲂（fáng）：鳊鱼。鳏（guān）：黄颊鱼。这两种鱼都是大鱼，不能入笱。　　③鲬（xù）：鲢鱼。这种鱼成群结队，也不入笱。　　④唯唯：鱼相随行之貌，也不入笱。

# 载　驱

| | |
|---|---|
| 载驱薄薄，① | 车马快走啪啪响， |
| 簟茀朱鞹。② | 竹席红皮挂车厢。 |
| 鲁道有荡， | 鲁国道路是平坦， |
| 齐子发夕。③ | 齐女黄昏把车上。 |
| | |
| 四骊济济，④ | 四匹黑马多强壮， |
| 垂辔沵沵。⑤ | 马缰下垂亦舒畅。 |
| 鲁道有荡， | 鲁国道路是平坦， |
| 齐子岂弟。⑥ | 齐女乘车天初亮。 |
| | |
| 汶水汤汤，⑦ | 汶水流得自洋洋， |
| 行人彭彭。⑧ | 行人走得自嚷嚷。 |
| 鲁道有荡， | 鲁国道路是平坦， |
| 齐子翱翔。⑨ | 齐国女子自遨翔。 |
| | |
| 汶水滔滔，⑩ | 汶水滔滔向前流， |
| 行人儦儦。⑪ | 行人多得闹不休。 |

| 鲁道有荡， | 鲁国道路是平坦， |
|---|---|
| 齐子游敖。 | 齐国女子自遨游。 |

①薄薄：车快走声。 ②簟（diàn）：竹席。茀（fú）：车帘。朱鞹（kuò）：染红的去毛兽皮，作为覆蔽。 ③发夕：晚上出发。 ④骊（lí）：黑色马。济济：强壮。 ⑤濔濔（nǐ nǐ）：柔貌。指驾驶得好。 ⑥岂（kǎi）弟：犹开明，始明。 ⑦汤汤（shāng shāng）：水大貌。 ⑧彭彭：众多貌。 ⑨翱翔：鸟飞貌，这里形容遨游。 ⑩滔滔：水浩荡貌。 ⑪儦儦（biāo biāo）：众多貌。

# 猗 嗟

| 猗嗟昌兮，① | 啊呀壮盛啊， |
|---|---|
| 颀而长兮。② | 个子高而长啊。 |
| 抑若扬兮，③ | 额角丰满而美啊， |
| 美目扬兮。 | 美的眼睛上扬啊。 |
| 巧趋跄兮，④ | 巧妙的行动有节度啊， |
| 射则臧兮。 | 箭射得好啊。 |

| 猗嗟名兮，⑤ | 啊呀漂亮啊， |
|---|---|
| 美目清兮。 | 美的眼睛清亮啊。 |
| 仪既成兮。⑥ | 仪容既经成就啊。 |
| 终日射侯，⑦ | 整天射箭靶， |
| 不出正兮。⑧ | 不出红心啊。 |
| 展我甥兮。⑨ | 真是我的好外甥啊。 |

| 猗嗟娈兮， | 啊呀美好啊， |
|---|---|
| 清扬婉兮。 | 眼睛清秀柔婉啊。 |
| 舞则选兮，⑩ | 舞蹈合节拍啊， |
| 射则贯兮，⑪ | 射箭便中靶心啊， |
| 四矢反兮，⑫ | 四支箭都中靶心啊， |

以御乱兮。 用来抵御叛乱啊。

①猗（yī）嗟：赞美词。昌：盛。 ②顾（qí）：长貌。 ③抑：通"懿"，美貌。扬：额角丰满。 ④趋跄（qiāng）：行走有节奏。 ⑤名：目上为名，指眉眼间。 ⑥仪：容仪。成：成就。 ⑦侯：箭靶。 ⑧正：箭靶中心。 ⑨展：诚。 ⑩选：正其舞位。 ⑪贯：中而穿革。 ⑫反：复也。指箭射中原处。

# 魏风

"魏，国名。本舜禹故都，在《禹贡》冀州雷首之北，析城之西，南枕河曲，北涉汾水。其地狭隘，而民贫俗俭，盖有圣贤之遗风焉。周初以封同姓，后为晋献公所灭而取其地。今河中府解州即其地也。苏氏曰：'魏地入晋久矣，其诗疑皆为晋而作，故列于《唐风》之前，犹邶、鄘之于卫也。'今按：篇中'公行''公路''公族'，皆晋官，疑实晋诗。又恐魏亦尝有此官，盖不可考矣。"（朱熹《诗集传》）

"案：晋至献公，国已强大，政渐奢侈。而魏诗每刺其君俭勤，与晋气象迥乎不侔，必非晋诗无疑。且《邶》《鄘》之咏卫事，其诗确有可指；此则不著时君世系，亦不得比《邶》《鄘》之于《卫》，殆亦《桧》《郑》例耳。然则何以编之《齐》《秦》间乎？继齐而霸，先秦而强者，晋也。魏既入晋，则为晋地，故与《唐》同居《齐》《秦》之间。且其地为舜、禹故都，与他国不同，先之所以见圣帝遗风犹未尽泯，霸图盛业于此方新云耳。"（方玉润《诗经原始》）

## 葛 屦

| | |
|---|---|
| 纠纠葛屦，① | 缠绕编制葛鞋良， |
| 可以履霜。 | 穿了可以去踩霜。 |
| 掺掺女手，② | 纤细巧妙女人手， |
| 可以缝裳。 | 可以缝制新衣裳。 |
| 要之襋之，③ | 先缝腰围再衣领， |
| 好人服之。 | 贵人试穿新衣裳。 |
| | |
| 好人提提，④ | 贵人态度有傲状， |
| 宛然左辟，⑤ | 回身就避向左方。 |

佩其象揥。⑥　　　　　发上新插象牙钗，
维是褊心，　　　　　只是心窄没度量，
是以为刺。　　　　　因此作刺成诗章。

①纠纠：缠绕。　②掺掺（xiān xiān）：纤巧。　③要：同"腰"。
襟（jí）：衣领。　④好人：贵人。提提：傲慢。　⑤宛然：回转
貌。　⑥揥（tì）：古首饰，可插头。

# 汾沮洳

彼汾沮洳，①　　　　　那个汾水的润湿地，
言采其莫。②　　　　　我采那个酸模佐食事。
彼其之子，　　　　　他是我自己的人，
美无度。③　　　　　美好得没有节度可云。
美无度，　　　　　美好得没有节度可云，
殊异乎公路。④　　　　超过管公家车的将军。

彼汾一方，　　　　　那个汾水的一处地方，
言采其桑。　　　　　我采那里的桑。
彼其之子，　　　　　他是我自己的人，
美如英。　　　　　美得像花英。
美如英，　　　　　美得像花英，
殊异乎公行。⑤　　　　超过管公家战车的将军。

彼汾一曲，　　　　　那个汾水的弯曲处，
言采其藚。⑥　　　　　我采泽泻好积贮。
彼其之子，　　　　　他是我自己的人，
美如玉。　　　　　美得像玉一样。
美如玉，　　　　　美得像玉一样，
殊异乎公族。⑦　　　　超过管公家属车的大将。

①汾：水名。源出山西宁武县管涔山，流入黄河。沮洳（jù rù）：低湿地。汾水之低湿地，在汾水入河处。　②莫（mù）：指酸模，根叶花似羊蹄，但叶小味酸为异。采酸模佐食，表魏民崇俭。　③美无度：指美不可度量。　④殊异：优异出众。公路：管公家的车子的将军。　⑤公行（háng）：管公家的战车的将军。　⑥荬（xù）：泽泻，药用植物。　⑦公族：管公家的属车的将军。

# 园有桃

| | |
|---|---|
| 园有桃， | 园中有桃， |
| 其实之殽。① | 它的桃子可做菜肴。 |
| 心之忧矣， | 心里忧伤了， |
| 我歌且谣。② | 我唱歌并且唱谣。 |
| 不知我者， | 不知道我的， |
| 谓我士也骄。 | 说我士子太骄傲。 |
| 彼人是哉， | 那个人说得对吗， |
| 子曰何其？ | 你说怎么样好？ |
| 心之忧矣， | 心里忧愁了， |
| 其谁知之？ | 有什么人知道？ |
| 其谁知之， | 有什么人知道， |
| 盖亦勿思。③ | 为什么不想到。 |
| | |
| 园有棘， | 园中有枣， |
| 其实之食。 | 枣子可以吃好。 |
| 心之忧矣， | 心里忧伤了， |
| 聊以行国。 | 姑且在国内走各条道。 |
| 不知我者， | 不知道我的， |
| 谓我士也罔极。④ | 说我士子太偏激。 |
| 彼人是哉， | 那个人说得对吗， |
| 子曰何其？ | 你说怎么样好？ |

| | |
|---|---|
| 心之忧矣, | 心里忧伤了, |
| 其谁知之? | 有什么人知道? |
| 其谁知之, | 有什么人知道, |
| 盖亦勿思。 | 为什么不想到。 |

①毃（yáo）：同"肴"。　②谣：徒歌，不用乐器伴奏的歌。　③盖（hé）：曷，何。　④罔极：无中正之道。

# 陟 岵

| | |
|---|---|
| 陟彼岵兮，<sup>①</sup> | 登上那座青山啊， |
| 瞻望父兮。 | 看望爸啊。 |
| 父曰："嗟，予子行役， | 爸说："唉，我儿去服役， |
| 夙夜无已。 | 早晚不休止。 |
| 上慎旃哉，<sup>②</sup> | 还是谨慎些吧， |
| 犹来无止。"<sup>③</sup> | 可以回来不要留滞。" |
| | |
| 陟彼屺兮，<sup>④</sup> | 登上那座光山啊， |
| 瞻望母兮。 | 看望娘啊。 |
| 母曰："嗟！予季行役， | 娘说："唉！我的老四服役， |
| 夙夜无寐。 | 早晚没有睡觉。 |
| 上慎旃哉， | 还是谨慎些吧， |
| 犹来无弃。" | 可以回来不要弃掉。" |
| | |
| 陟彼冈兮， | 登上那座山冈啊， |
| 瞻望兄兮。 | 看望兄啊。 |
| 兄曰："嗟！予弟行役， | 兄说："唉！我弟服役， |
| 夙夜必偕。<sup>⑤</sup> | 早晚必定在一起。 |
| 上慎旃哉， | 还是谨慎些吧， |
| 犹来无死。" | 可以回来不要去死。" |

①岵（hù）：多草木的山。　②上：通"尚"。旃（zhān）：之。　③犹：可。　④屺（qǐ）：无草木的山。　⑤必偕：指与同行者一起作息，不得自如。

## 十亩之间

十亩之间兮，　　　　　　　十亩的中间啊，
桑者闲闲兮，①　　　　　　采桑的悠闲啊，
行与子还兮。②　　　　　　将同你回去啊。

十亩之外兮，　　　　　　　十亩的外面啊，
桑者泄泄兮，③　　　　　　采桑的弛缓自在啊，
行与子逝兮。　　　　　　　将同你回去啊。

①闲闲：宽闲貌。　②行：且，将。　③泄泄（yì yì）：弛缓貌。

## 伐　檀

坎坎伐檀兮，①　　　　　　坎坎砍檀树啊，
寘之河之干兮。②　　　　　放它在河的岸啊。
河水清且涟猗。③　　　　　河水清并且起微波啊。
不稼不穑，④　　　　　　　不耕种不收获，
胡取禾三百廛兮？⑤　　　　怎么取禾三百束啊？
不狩不猎，⑥　　　　　　　不上山去打猎，
胡瞻尔庭有县貆兮？⑦　　　怎么看你庭内挂貆肉啊？
彼君子兮，　　　　　　　　那个君子啊，
不素餐兮！⑧　　　　　　　不白吃饭啊！

坎坎伐辐兮，⑨　　　　　　坎坎砍树做车辐啊，
寘之河之侧兮。　　　　　　放在河的边侧啊。
河水清且直猗。　　　　　　河水清并且波平啊。
不稼不穑，　　　　　　　　不耕种又不收获，

| | |
|---|---|
| 胡取禾三百亿兮？⑩ | 怎么取禾三百束啊？ |
| 不狩不猎， | 不上山去打猎， |
| 胡瞻尔庭有县特兮？⑪ | 怎么看你庭里有挂兽肉啊？ |
| 彼君子兮， | 那个君子啊， |
| 不素食兮！ | 不白吃饭啊！ |
| | |
| 坎坎伐轮兮， | 坎坎砍树做车轮啊， |
| 寘之河之漘兮。⑫ | 放在河的水滨啊。 |
| 河水清且沦猗。⑬ | 河水清并且起小波啊。 |
| 不稼不穑， | 不耕种又不收获， |
| 胡取禾三百囷兮？⑭ | 怎么取禾三百束啊？ |
| 不狩不猎， | 不上山去打猎， |
| 胡瞻尔庭有县鹑兮？ | 怎么看你庭中挂鹌鹑肉啊？ |
| 彼君子兮， | 那个君子啊， |
| 不素飧兮！⑮ | 不白吃饭啊！ |

①坎坎：伐木声。　②干：河岸。　③涟：风吹水成纹。猗（yī）：语助词。　④稼：种谷。穑：收谷。　⑤廛（chán）：束。　⑥狩：冬天打猎。　⑦尔：是小人，贪得无厌，无功受禄，白吃饭。下文的"彼"，是君子，有功才肯受禄，是不白吃饭的。诗人肯定"彼"，否定"尔"。县：同"悬"，挂。貆（huán）：幼貉。　⑧素餐：白吃饭。　⑨辐（fú）：车轮中直木。　⑩亿：束。　⑪特：三岁的兽。　⑫漘（chún）：河岸。　⑬沦：小波。　⑭囷（qūn）：束。　⑮飧（sūn）：晚餐。

# 硕　鼠

| | |
|---|---|
| 硕鼠硕鼠，① | 土耗子呀土耗子， |
| 无食我黍。 | 不要吃我的黄黍。 |
| 三岁贯女，② | 三年养活你， |
| 莫我肯顾。 | 也不肯照顾我。 |

逝将去女，③　　　　　发誓将要离开你，
适彼乐土。　　　　　　到那乐土。
乐土乐土，　　　　　　乐土呀乐土，
爰得我所。　　　　　　于是得到我的处所。

硕鼠硕鼠，　　　　　　土耗子呀土耗子，
无食我麦。　　　　　　不要吃我的麦。
三岁贯女，　　　　　　三年养活你，
莫我肯德。　　　　　　也不肯对我感德。
逝将去女，　　　　　　发誓将要离开你，
适彼乐国。　　　　　　到那乐国。
乐国乐国，　　　　　　乐国呀乐国，
爰得我直。④　　　　　于是得到我的价值。

硕鼠硕鼠，　　　　　　土耗子呀土耗子，
无食我苗。　　　　　　不要吃我的苗。
三岁贯女，　　　　　　三年养活你，
莫我肯劳。　　　　　　也不肯对我慰劳。
逝将去女，　　　　　　发誓将要离开你，
适彼乐郊。　　　　　　到那乐郊。
乐郊乐郊，　　　　　　乐郊呀乐郊，
谁之永号。⑤　　　　　谁会永远把苦叫。

①硕鼠：土耗子，田鼠。　②贯：奉侍，养活。　③逝：同
"誓"。　④直：同"值"，价值。　⑤永号：永远叫苦。

# 唐风

"唐，国名。本帝尧旧都，在《禹贡》冀州之域，太行、恒山之西，太原、太岳之野。周成王以封叔虞为唐侯。南有晋水。至子燮乃改国号曰晋。后徙曲沃，又徙居绛。其地土瘠民贫，勤俭质朴，忧深思远，有尧之遗风。其诗不谓之晋而谓之唐，盖仍其始封之旧号耳。唐叔所都在今太原府。曲沃及绛皆在今绛州。"（朱熹《诗集传》）按燮父始徙居晋，为山西太原县（现属太原市晋源区）；后徙都曲沃，今山西闻喜县；后徙绛，今山西新绛县北；后徙新田，今山西曲沃县南。有今山西临汾、太原以东及河北永年县、大名县地。

"刘氏瑾曰：'叔虞封唐，燮侯号晋，十七传至晋侯缗，为曲沃武公所并。然武公能灭晋之宗而不能灭唐之号，能冒晋之号而不能继唐之统。君子欲绝武公于晋而不可，故总名其诗为唐以寓意焉。'案：唐诗多作于曲沃并晋之世，两晋相吞，一兴一亡，其名无所专系，故黜晋号而系之以唐，恶之深故绝之甚也。国有无诗而名存，圣人闵其君之无罪见灭，存之所以寓兴亡继绝之心者，邶、鄘是也。亦有有诗而名灭，圣人恶其君之得国不正，黜之所以见并族灭宗之罪者，晋是也。然则诗虽咏事，《春秋》之法寓焉矣。《孟子》云：'《诗》亡然后《春秋》作。'观此则《春秋》褒贬，岂待《诗》亡而后著哉？"（方玉润《诗经原始》）

## 蟋 蟀

蟋蟀在堂，　　　　　　蟋蟀在堂屋里叫，
岁聿其莫。①　　　　　一年快要完了。
今我不乐，　　　　　　今天我不快乐，
日月其除。②　　　　　一年日月快过去了。

无已大康，③　　　　　　不要过度康乐，
职思其居。④　　　　　　想想职分内的事不少。
好乐无荒，　　　　　　　爱好快乐不要把事荒掉，
良士瞿瞿。⑤　　　　　　善人收敛才算好。

蟋蟀在堂，　　　　　　　蟋蟀在堂屋里叫，
岁聿其逝。⑥　　　　　　一年快要完了。
今我不乐，　　　　　　　今天我不快乐，
日月其迈。⑦　　　　　　一年日月快过去了。
无已大康，　　　　　　　不要过度康乐，
职思其外。　　　　　　　想想职分外的事不少。
好乐无荒，　　　　　　　爱好快乐不要把事荒掉，
良士蹶蹶。⑧　　　　　　善人做事敏捷才好。

蟋蟀在堂，　　　　　　　蟋蟀在堂屋叫，
役车其休。⑨　　　　　　服役的车子可停息了。
今我不乐，　　　　　　　今天我不快乐，
日月其慆。⑩　　　　　　一年的日月快过去了。
无已大康，　　　　　　　不要过度康乐，
职思其忧。　　　　　　　想想职分内的事可忧。
好乐无荒，　　　　　　　爱好快乐不要把事荒掉，
良士休休。⑪　　　　　　善人安闲自得才好。

①聿（yù）：语助词。莫：同"暮"。　②除：过去。　③大康：同
"泰康"，过分康乐。　④职：主要职务。居：所处之事。　⑤瞿瞿（jù
jù）：收敛。　⑥逝：过去。　⑦迈：过去。　⑧蹶蹶（guì guì）：敏
捷。　⑨役车：服役的车子。休：止、息。　⑩慆（tāo）：通"滔"，
过。　⑪休休：安闲自得。

# 山有枢

山有枢，<sup>①</sup>　　山上有树叫枢，
隰有榆。　　　　洼地有树叫榆。
子有衣裳，　　　你有上衣和下裤，
弗曳弗娄。<sup>②</sup>　不牵着不提着走。
子有车马，　　　你有车又有马，
弗驰弗驱。　　　不让马跑车疾驱。
宛其死矣，<sup>③</sup>　枯萎死了，
他人是愉。　　　让别人来快愉。

山有栲，<sup>④</sup>　山上有树叫栲，
隰有杻。<sup>⑤</sup>　洼地有树叫杻。
子有廷内，<sup>⑥</sup>　你有庭院和内室，
弗洒弗埽。　　　不浇水不打扫。
子有钟鼓，　　　你有钟和鼓，
弗鼓弗考。<sup>⑦</sup>　不打不敲。
宛其死矣，　　　枯萎死了，
他人是保。<sup>⑧</sup>　让别人来保。

山有漆，　　　　山上有树叫漆，
隰有栗。　　　　洼地有树叫栗。
子有酒食，　　　你有酒有菜，
何不日鼓瑟？　　为什么不每天弹瑟？
且以喜乐，　　　姑且用来娱乐，
且以永日。　　　姑且用来过日。
宛其死矣，　　　枯萎死了，
他人入室。　　　让他人入室。

①枢（shū）：树名，即刺榆。　②曳（yì）：拖。娄：古时裳长拖地，

需要拖着或提着，娄指提。　③宛：通"苑"，枯萎。　④栲（kǎo）：
树名，即臭椿。　⑤杻（niǔ）：树名，即菩提树。　⑥廷：通"庭"，院
子。　⑦考：击。　⑧保：占有。

# 扬之水

| 扬之水， | 激扬的河水， |
|---|---|
| 白石凿凿。① | 白石鲜明。 |
| 素衣朱襮，② | 白衣红领， |
| 从子于沃。③ | 跟你到曲沃。 |
| 既见君子， | 既然看见君子人， |
| 云何不乐。 | 说什么不快乐。 |

| 扬之水， | 激扬的河水， |
|---|---|
| 白石皓皓。④ | 白石洁白。 |
| 素衣朱绣，⑤ | 白衣红领， |
| 从子于鹄。⑥ | 跟你到鹄。 |
| 既见君子， | 既然看见君子人， |
| 云何其忧。 | 说什么忧伤不乐。 |

| 扬之水， | 激扬的河水， |
|---|---|
| 白石粼粼。⑦ | 白石清澄。 |
| 我闻有命， | 我听说有命令， |
| 不敢以告人。 | 不敢用来告诉人。 |

①凿凿：鲜明貌。　②襮（bó）：绣黼文的衣领。黼文衣，指绣有
斧形文的衣，即锦绣衣，用白布衣罩上，但朱领仍露出。　③沃：曲
沃。　④皓皓：洁白。　⑤绣：指领绣，即绣领。　⑥鹄：曲沃邑
名。　⑦粼粼（lín lín）：清澄貌。

# 椒 聊

| | |
|---|---|
| 椒聊之实，<sup>①</sup> | 花椒一串的籽， |
| 蕃衍盈升。 | 繁多得超过一升。 |
| 彼其之子， | 那个人的儿子， |
| 硕大无朋。<sup>②</sup> | 魁梧高大得无比竟。 |
| 椒聊且， | 像一串串花椒啊， |
| 远条且。<sup>③</sup> | 香味远扬啊。 |

| | |
|---|---|
| 椒聊之实， | 花椒一串的籽， |
| 蕃衍盈匊。<sup>④</sup> | 繁多得超过一捧。 |
| 彼其之子， | 那户人的儿子， |
| 硕大且笃。 | 魁梧而且笃实隆重。 |
| 椒聊且， | 像一串串花椒啊， |
| 远条且。 | 香气远扬啊。 |

①椒聊：花椒多籽成串，古人以喻妇人多子。聊，指多子成串。 ②无朋：无比。 ③远条：远长，指香气远而长。 ④匊（jū）：掬，两手合捧。

# 绸 缪

| | |
|---|---|
| 绸缪束薪，<sup>①</sup> | 缠绕着捆柴薪， |
| 三星在天。<sup>②</sup> | 三星在天上明。 |
| 今夕何夕， | 今夜是何夜， |
| 见此良人？<sup>③</sup> | 见到这个好人？ |
| 子兮子兮， | 你啊你啊， |
| 如此良人何？ | 像这样好人怎么办啊？ |

| | |
|---|---|
| 绸缪束刍，<sup>④</sup> | 缠绕着捆青草， |
| 三星在隅。<sup>⑤</sup> | 三星在屋角光皓。 |

| | |
|---|---|
| 今夕何夕， | 今夜是何夜， |
| 见此邂逅？⑥ | 见这个不约人来得巧？ |
| 子兮子兮， | 你啊你啊， |
| 如此邂逅何？ | 像这样不约而见的人怎么办啊？ |
| | |
| 绸缪束楚， | 缠绕着捆荆条， |
| 三星在户。⑦ | 三星在户梢。 |
| 今夕何夕， | 今夜是何夜， |
| 见此粲者？⑧ | 见到这美同胞？ |
| 子兮子兮， | 你啊你啊， |
| 如此粲者何？ | 像这样的美人怎么办啊？ |

①绸缪（chóu móu）：缠绵。　②三星：指参星。在天：一指十月。当时以仲春为婚期，十月非婚时。　③良人：指未婚夫。　④刍（chú）：青草。　⑤三星在隅：一指十一月、十二月，非婚期。　⑥邂逅：不约而来的爱悦者。　⑦三星在户：一指一月，亦非婚期。　⑧粲者：美人。

# 杕　杜

| | |
|---|---|
| 有杕之杜，① | 独特生的赤棠， |
| 其叶湑湑。② | 它的叶儿正茂盛。 |
| 独行踽踽。③ | 孤零零独自行走。 |
| 岂无他人， | 难道没有别人， |
| 不如我同父。④ | 不像我同族的兄弟亲。 |
| 嗟行之人， | 叹息独行的人， |
| 胡不比焉？⑤ | 为什么没有帮助呢？ |
| 人无兄弟， | 人没有兄弟， |
| 胡不佽焉？⑥ | 怎么能不相济？ |
| | |
| 有杕之杜， | 独特生的赤棠， |
| 其叶菁菁。 | 它的叶儿正茂盛。 |

| | |
|---|---|
| 独行睘睘。⑦ | 孤零零独自行走。 |
| 岂无他人， | 难道没有别人， |
| 不如我同姓。⑧ | 不像我同族的兄弟亲。 |
| 嗟行之人， | 叹息独行的人， |
| 胡不比焉？ | 为什么没有帮助呢？ |
| 人无兄弟， | 人没有兄弟， |
| 胡不佽焉？ | 怎么能不相济？ |

①杕（dì）：特立貌。杜：赤棠。　②湑湑（xǔ xǔ）：盛貌。　③踽踽（jǔ jǔ）：孤独貌。　④同父：同祖父的族弟。凡是同一父的人，只称兄或弟。称同父的人，指同一祖的族兄或族弟。　⑤比：辅助。　⑥佽（cì）：助。　⑦睘睘（qióng qióng）：孤独无依。　⑧同姓：同父的兄弟叫兄或弟，同祖的昆弟叫同姓。

## 羔裘

| | |
|---|---|
| 羔裘豹袪，① | 羊袍用豹皮做袖子， |
| 自我人居居。② | 我们讨厌它。 |
| 岂无他人， | 难道没有别人， |
| 维子之故。 | 只是因为对你有故旧啊。 |
| | |
| 羔裘豹褎，③ | 羊袍用豹皮做袖子， |
| 自我人究究。 | 我们讨厌它。 |
| 岂无他人， | 难道没有别人， |
| 维子之好。 | 只是因为对你有爱好啊。 |

①袪（qū）：袖子。　②居居：恶也。下文"究究"与此同义。　③褎（xiù）：同"袖"，指袖口。

## 鸨羽

| | |
|---|---|
| 肃肃鸨羽，① | 沙沙发响是鸨鸟展翅， |

| | |
|---|---|
| 集于苞栩。② | 停在丛生的柞树。 |
| 王事靡盬，③ | 周王的役事没有完， |
| 不能蓺稷黍。 | 不能种稷黍。 |
| 父母何怙。④ | 父母有什么可依恃。 |
| 悠悠苍天， | 遥远的苍天， |
| 曷其有所？ | 怎么能有个依恃？ |
| | |
| 肃肃鸨翼， | 沙沙发响是鸨鸟展翅， |
| 集于苞棘。⑤ | 停在丛生的酸枣树。 |
| 王事靡盬， | 周王的役事没有完， |
| 不能蓺黍稷。 | 不能种黍稷。 |
| 父母何食？ | 父母靠什么吃？ |
| 悠悠苍天， | 遥远的苍天， |
| 曷其有极？ | 怎么能有个完讫？ |
| | |
| 肃肃鸨行， | 沙沙发响是鸨鸟飞行， |
| 集于苞桑。 | 停在丛生的桑树上。 |
| 王事靡盬， | 周王的役事没有完， |
| 不能蓺稻粱。 | 不能种稻粱。 |
| 父母何尝？ | 父母拿什么来品尝？ |
| 悠悠苍天， | 遥远的苍天， |
| 曷其有常？ | 怎么能有个正常？ |

①肃肃：鸨鸟展翅飞行声。鸨（bǎo）：鸟名。似雁而大，无后趾。　②苞：草木丛生。栩（xǔ）：柞树。　③盬（gǔ）：停息。　④怙（hù）：依靠。　⑤棘（jí）：酸枣树，实较枣小，供药用。

# 无　衣

| | |
|---|---|
| 岂曰无衣， | 难道说我没有衣裳， |
| 七兮。 | 我的衣裳有七套。 |

不如子之衣，　　　　不像你的衣裳，
安且吉兮。　　　　　安全而且好。

岂曰无衣，　　　　　难道说我没有衣裳，
六兮。　　　　　　　我的衣裳有六套。
不如子之衣，　　　　不像你的衣裳，
安且燠兮。①　　　　安全而且暖。

①燠（yù）：温暖。

## 有杕之杜

有杕之杜，　　　　　有独立的赤棠，
生于道左。　　　　　生在路的左边。
彼君子兮，　　　　　那个君子人啊，
噬肯适我。①　　　　哪肯到我这边。
中心好之，　　　　　心中爱好他，
曷饮食之？　　　　　何不准备酒饮款待他？

有杕之杜，　　　　　有独立的赤棠，
生于道周。②　　　　生在路的右边。
彼君子兮，　　　　　那个君子人啊，
噬肯来游。　　　　　哪肯游逛到面前。
中心好之，　　　　　心中爱好他，
曷饮食之？　　　　　何不准备酒饮招待他？

①噬（shì）：同"曷"，何。　②周：通作"右"。

## 葛 生

葛生蒙楚，　　　　　葛的茎缠绕荆条，
蔹蔓于野。①　　　　白蔹蔓生在荒郊。

| | |
|---|---|
| 予美亡此， | 我爱的人死在此处， |
| 谁与独处。 | 谁可以与他独处。 |
| | |
| 葛生蒙棘， | 葛的茎缠绕酸枣树， |
| 蔹蔓于域。② | 白蔹蔓生在郊处。 |
| 予美亡此， | 我爱的人死在此处， |
| 谁与独息。 | 谁与他独安息在此。 |
| | |
| 角枕粲兮，③ | 牛角枕鲜明啊， |
| 锦衾烂兮。④ | 锦绣被鲜明啊。 |
| 予美亡此， | 我爱的人死在此处， |
| 谁与独旦。 | 谁与他独到天亮相处。 |
| | |
| 夏之日， | 夏天的日长， |
| 冬之夜，⑤ | 冬天的夜长， |
| 百岁之后， | 百年以后， |
| 归于其居。⑥ | 归于他的坟场。 |
| | |
| 冬之夜， | 冬天的夜长， |
| 夏之日， | 夏天的日长， |
| 百岁之后， | 百年以后， |
| 归于其室。⑦ | 归于他的坟场。 |

①蔹（liǎn）：白蔹，蔓生草本植物，根可入药。　②域：指坟地。　③角枕：牛角枕，敛尸的物品。　④锦衾：锦缎被子。　⑤夏之日、冬之夜：夏日长，冬夜长。　⑥居：坟墓。　⑦室：指冢坑。

# 采　苓

| | |
|---|---|
| 采苓采苓，① | 采苓啊采苓， |
| 首阳之颠。 | 在首阳山顶。 |
| 人之为言，② | 别人的假话， |

| | |
|---|---|
| 苟亦无信。 | 况且也没有可信。 |
| 舍旃舍旃，③ | 放弃它啊放弃它， |
| 苟亦无然！④ | 况且也没真全是假！ |
| 人之为言， | 别人的假话， |
| 胡得焉？⑤ | 得到什么啊？ |
| | |
| 采苦采苦， | 采苦菜啊采苦菜， |
| 首阳之下。 | 在首阳山下。 |
| 人之为言， | 别人的假话， |
| 苟亦无与。⑥ | 况且也没人赞同他。 |
| 舍旃舍旃， | 放弃它啊放弃它， |
| 苟亦无然！ | 况且也没真全是假！ |
| 人之为言， | 别人的假话， |
| 胡得焉？ | 得到什么啊？ |
| | |
| 采葑采葑，⑦ | 采芜菁啊采芜菁， |
| 首阳之东。 | 在首阳山东。 |
| 人之为言， | 别人的假话， |
| 苟亦无从。 | 根本没人听从。 |
| 舍旃舍旃， | 放弃它啊放弃它， |
| 苟亦无然！ | 没真全是假！ |
| 人之为言， | 别人的假话， |
| 胡得焉？ | 得到什么啊？ |

①苓（líng）：甘草。　②为言：同"伪言"，讹言。　③舍旃（zhān）：舍之，放弃它。　④无然：不以为是。　⑤胡得：何所得。　⑥无与：不赞同他。　⑦葑（fēng）：芜菁，即芥菜。

# 秦风

"秦，国名。其地在《禹贡》雍州之域，近鸟鼠山。初伯益佐禹治水有功，赐姓嬴氏。其后中潏居西戎，以保西垂。六世孙大骆生成及非子。非子事周孝王，养马于汧、渭之间，马大繁息。孝王封为附庸，而邑之秦。至宣王时，犬戎灭成之族。宣王遂命非子曾孙秦仲为大夫，诛西戎，不克，见杀。及幽王为西戎、犬戎所杀，平王东迁，秦仲孙襄公以兵送之。王封襄公为诸侯，曰：'能逐犬戎，即有岐丰之地。'襄公遂有周西都畿内八百里之地。至玄孙德公，又徙于雍。秦，即今之秦州。雍，今京兆府兴平县是也。"（朱熹《诗集传》）

"毛氏凤枝曰：'……《方舆纪要》云："秦故雍城在今凤翔府城南七里。秦德公元年，初居雍城大郑官是也。"是秦之雍城在今凤翔，不得云在兴平。秦庄公常居犬邱。在今兴平，与德公所徙之雍，自系两地。'"……"案，秦诗始于秦仲世，其时仅为大夫，比于附庸之国。吴、楚大国尚无诗，秦小国何以有《风》？盖秦实继齐、晋而霸焉者也。故齐、晋后即继以秦。"（方玉润《诗经原始》）

苏秦曰："大王之国，西有巴、蜀、汉中之利，北有胡貉、代马之用，南有巫山、黔中之限，东有殽、函之固……沃野千里，蓄积饶多，地势形便。"（《战国策·秦策》）

## 车 邻

| | |
|---|---|
| 有车邻邻，① | 有车子走时发声辚辚， |
| 有马白颠。② | 有马儿白毛白顶。 |
| 未见君子， | 没有看见君子人， |
| 寺人之令。③ | 只有宦官发命令。 |

| 阪有漆， | 山坂上种树有漆， |
| 隰有栗。 | 洼地上种树有栗。 |
| 既见君子， | 既然看见君子人， |
| 并坐鼓瑟。 | 和他并坐弹瑟。 |
| "今者不乐， | "今天不图快乐， |
| 逝者其耋。"④ | 过去就变成老疾。" |

| 阪有桑， | 山坂上种树有桑， |
| 隰有杨。 | 洼地里种树有杨。 |
| 既见君子， | 既然看见君子人， |
| 并坐鼓簧。 | 和他并坐弹笙簧。 |
| "今者不乐， | "今天不图快乐， |
| 逝者其亡。" | 过去就转成死亡。" |

①邻邻：同"辚辚"，车行声。　②白颠：白顶。　③寺人：宦官。　④耋（dié）：八十岁。

# 驷　骥

| 驷骥孔阜，① | 四马铁黑雄赳赳， |
| 六辔在手。 | 六根缰绳握在手。 |
| 公之媚子，② | 公爷宠爱的人， |
| 从公于狩。 | 跟在公爷打猎后。 |

| 奉时辰牡，③ | 驱赶鹿儿有牝牡， |
| 辰牡孔硕。 | 牡鹿硕壮到处有。 |
| 公曰左之， | 公爷说是车向左， |
| 舍拔则获。④ | 一箭正好中牲口。 |

| 游于北园， | 游猎游到北园遍， |
| 四马既闲。⑤ | 四马驾车既熟练。 |

| | |
|---|---|
| 辋车鸾镳，⑥ | 轻车鸾铃马衔镳， |
| 载猃歇骄。⑦ | 二种猎狗车里见。 |

①驷驖：四马黑如铁。驖（tiě），赤黑色的马。阜：肥大。　②媚子：宠爱的人。　③奉时：趋奉是，虞人趋奉是，即为公爷赶兽。辰牡：牝鹿和牡鹿。辰，通"麎"，指牝鹿。　④舍拔：去箭末，即射箭。　⑤闲：通"娴"，熟练。　⑥辋（yóu）车：轻车。鸾：鸾铃。镳（biāo）：马衔外铁。　⑦猃（xiǎn）：长嘴猎狗。歇骄：短嘴猎狗。

# 小　戎

| | |
|---|---|
| 小戎俴收，① | 小的兵车和小的车厢， |
| 五楘梁辀。② | 五皮革贯铜环绕住车毂。 |
| 游环胁驱，③ | 活动的环控制骖马入服， |
| 阴靷鋈续。④ | 暗的革带贯铜环使骖马接续。 |
| 文茵畅毂，⑤ | 老虎皮垫用来舒畅车毂， |
| 驾我骐馵。⑥ | 驾着各色马的家畜。 |
| 言念君子， | 我想念那君子人， |
| 温其如玉。 | 温和得真如美玉。 |
| 在其板屋， | 他住在板木屋， |
| 乱我心曲。 | 扰乱我的心曲。 |
| | |
| 四牡孔阜， | 四匹雄马很壮实， |
| 六辔在手。 | 六根缰绳拿在手。 |
| 骐骝是中，⑦ | 中间都是杂色马， |
| 騧骊是骖。⑧ | 黄黑骖马向前走。 |
| 龙盾之合，⑨ | 画龙盾牌可配合， |
| 鋈以觼軜。⑩ | 铜环扣住内缰钮。 |
| 言念君子， | 我想念那君子人， |
| 温其在邑。 | 温和在邑可为友。 |

| | |
|---|---|
| 方何为期, | 将在何时作归期, |
| 胡然我念之? | 为何我又想他久? |
| | |
| 伐驷孔群,⑪ | 四马不甲很合群, |
| 厹矛鋈錞。⑫ | 三隅矛杆装铜碓。 |
| 蒙伐有苑,⑬ | 盾牌画看有文采, |
| 虎韔镂膺。⑭ | 虎皮弓囊镀了金。 |
| 交韔二弓,⑮ | 弓囊交错放二弓, |
| 竹闭绲縢。⑯ | 绳索捆住竹制檠。 |
| 言念君子, | 我想念那君子人, |
| 载寝载兴。 | 睡睡起起不安宁。 |
| 厌厌良人,⑰ | 那个好人又安静, |
| 秩秩德音。⑱ | 又有智慧又有德行。 |

①小戎：小的兵车。伐（jiàn）：浅。收：收缩。伐收，指小车厢。　②五楘（mù）：五束历录，用五束来连络。梁辀（zhōu）：弯曲的车辕如船状。即用五束皮带系在车辕上。　③游环：活动的环。胁驱：驾马具。一车有四马，外两马称骖，中两马称服。用游环于服马背上，再用皮带连车上，使骖马不入内。　④阴靷（yǐn）：系骖马的革带，不明显。鋈（wù）：白铜环。续：接续。在革带上用白铜环相续。　⑤文茵：虎皮垫。畅毂（gǔ）：长毂。毂，车轮中的圆木，中有圆孔，可以插轴。　⑥骐：青黑色的马。异（zhù）：后左足白的马。　⑦骝（liú）：赤身黑鬣的马。　⑧駶（guā）：黄身黑嘴的马。骊：黑色的马。　⑨龙盾：画龙的盾牌。　⑩觼䤅（jué nà）：有舌环穿过骖马的皮带，使内辔固定。䤅，骖内辔。　⑪伐驷：四马不披甲。孔群：指马群很和谐。　⑫厹（qiú）矛：三棱锋刃的矛。鋈錞（wù duì）：以白铜镀矛柄底的金属套。　⑬蒙：通"庞"，杂乱绘画。伐：盾牌。苑：文采。　⑭虎韔（chàng）：以虎皮做的弓囊。镂膺：刻纹。　⑮交韔（chàng）：交错

的藏弓袋。　⑯闭：弓檠。绲（gǔn）：绳。縢（téng）：缠束。　⑰厌
厌：安静。　⑱秩秩：智慧。

# 蒹 葭

| 蒹葭苍苍，① | 初生的芦苇色青苍， |
| 白露为霜。 | 夜来白露凝成霜。 |
| 所谓伊人， | 所说的那个人， |
| 在水一方。 | 在水的那一方。 |
| 溯洄从之，② | 逆流而上去寻他， |
| 道阻且长。 | 道路受阻而且长。 |
| 溯游从之，③ | 顺着水流去寻他， |
| 宛在水中央。 | 仿佛在水的中央。 |

| 蒹葭凄凄，④ | 初生的芦苇很茂盛， |
| 白露未晞。⑤ | 路上白露还没干。 |
| 所谓伊人， | 所说的那个人， |
| 在水之湄。⑥ | 在水的草滩。 |
| 溯洄从之， | 逆流而上去寻他， |
| 道阻且跻。⑦ | 道路受阻而且攀登难。 |
| 溯游从之， | 顺着水流去寻他， |
| 宛在水中坻。⑧ | 仿佛在水中的沙滩。 |

| 蒹葭采采，⑨ | 初生的芦苇很茂盛， |
| 白露未已。 | 路上的白露没有停止。 |
| 所谓伊人， | 所说的那个人， |
| 在水之涘。⑩ | 在水的小渚。 |
| 溯洄从之， | 逆流而上去寻他， |
| 道阻且右。⑪ | 道路受阻而且要转迂。 |
| 溯游从之， | 顺着水流去寻他， |

宛在水中沚。⑫　　　　　仿佛在水的小沚。

①蒹葭（jiān jiā）：初生的芦苇。苍苍：青苍。　　②溯（sù）洄：逆流而上。　　③溯游：顺流而下。　　④凄凄：同"萋萋"，茂盛貌。　　⑤晞（xī）：干。　　⑥湄（méi）：水草相交地。　　⑦跻（jī）：登。　　⑧坻（chí）：水中的小高地。　　⑨采采：茂盛貌。　　⑩涘（sì）：水边。　　⑪右：右边，绕弯处。　　⑫沚（zhǐ）：水中沙洲。

# 终　南

终南何有？　　　　　　终南山有什么？

有条有梅。①　　　　　有山楸树有红梅。

君子至止，　　　　　　君子到这里可住，

锦衣狐裘。　　　　　　穿狐袍和锦衣前来。

颜如渥丹，　　　　　　脸色红得像渥丹，

其君也哉！　　　　　　他是尊贵的首魁！

终南何有？　　　　　　终南山有什么？

有纪有堂。②　　　　　有杞树有赤棠。

君子至止，　　　　　　君子到这里可住，

黻衣绣裳。③　　　　　穿着礼服和绣裳。

佩玉将将，　　　　　　身上佩玉响当当，

寿考不忘。　　　　　　祝你长寿永不忘。

①条：山楸树。　　②纪：通"杞"，杞树。堂：通"棠"，指赤棠树。　　③黻（fú）：礼服上绣的黑与青相间的花纹。

# 黄　鸟

交交黄鸟，①　　　　　飞去飞来是黄鸟，

止于棘。　　　　　　　停在酸枣树杪。

谁从穆公？②　　　　　啥人陪葬秦穆公？

子车奄息。③              子车氏名奄息了。
维此奄息，              只有这个奄息，
百夫之特。④              百人杰出才特妙。
临其穴，                临到他的墓穴，
惴惴其慄。⑤              使人战栗哀悼。
彼苍者天，              那个苍天啊，
歼我良人！⑥              灭亡我的好人！
如可赎兮，              如果可以赎啊，
人百其身。⑦              人愿百死他的身。

交交黄鸟，              飞去飞来是黄鸟，
止于桑。                停在桑树杪。
谁从穆公？              啥人陪葬秦穆公？
子车仲行。              子车氏名仲行了。
维此仲行，              只有这个仲行，
百夫之防。⑧              可当百人才特妙。
临其穴，                临到他的墓穴，
惴惴其慄。              使人战栗哀悼。
彼苍者天，              那个苍天啊，
歼我良人！              灭亡我的好人！
如可赎兮，              如果可以赎啊，
人百其身。              人愿百死他的身。

交交黄鸟，              飞去飞来是黄鸟，
止于楚。⑨               停在荆树条。
谁从穆公？              啥人陪葬秦穆公？
子车针虎。              子车氏名针虎了。
维此针虎，              只有这个针虎，
百夫之御。              可敌百人才特妙。

| | |
|---|---|
| 临其穴， | 临到他的墓穴， |
| 惴惴其慄。 | 使人战栗哀悼。 |
| 彼苍者天， | 那个苍天啊， |
| 歼我良人！ | 灭亡我的好人！ |
| 如可赎兮， | 如果可以赎啊， |
| 人百其身。 | 人愿百死他的身。 |

①交交：飞而往来貌。　②从：从死，即殉葬。　③子车奄息：子车，氏名。奄息，下文的仲行、鍼虎，皆人名。　④特：杰出。　⑤惴惴（zhuì zhuì）：恐惧。慄（lì）：战栗。　⑥歼（jiān）：灭亡。　⑦人百其身：《笺》："一身百死犹为之。"　⑧防：抵挡。　⑨楚：荆树条。

# 晨　风

| | |
|---|---|
| 鴥彼晨风，① | 疾飞那个晨风鸟， |
| 郁彼北林。② | 茂盛的北林可藏了。 |
| 未见君子， | 没有看见君子人， |
| 忧心钦钦。③ | 心里忧愁不算少。 |
| 如何如何， | 为什么啊为什么， |
| 忘我实多。 | 把我忘掉不得了。 |
| | |
| 山有苞栎，④ | 山上有丛生的柞树， |
| 隰有六驳。⑤ | 洼地上有树叫六驳。 |
| 未见君子， | 没有看见君子人， |
| 忧心靡乐。 | 心里忧愁不快乐。 |
| 如何如何， | 为什么啊为什么， |
| 忘我实多。 | 把我忘掉恩情薄。 |
| | |
| 山有苞棣，⑥ | 山上有丛生的郁李， |
| 隰有树檖。⑦ | 洼地上有树叫山梨。 |
| 未见君子， | 没有看见君子人， |

| | |
|---|---|
| 忧心如醉。 | 心里忧愁像喝醉。 |
| 如何如何, | 为什么啊为什么, |
| 忘我实多。 | 把我忘掉把我弃。 |

①鴥（yù）：疾飞貌。晨风：鸟名，似鹞。　②郁：茂盛貌。北林：北面的森林。　③钦钦：忧愁。　④栎（lì）：柞树，落叶乔木，花黄褐色。　⑤六驳（bó）：树名，梓榆树，树皮青白像驳马。　⑥棣（dì）：郁李。　⑦檖（suì）：山梨。

# 无　衣

| | |
|---|---|
| 岂曰无衣， | 难道说没有长袍， |
| 与子同袍。① | 我同你同穿长袍。 |
| 王于兴师，② | 周王发动军队， |
| 修我戈矛， | 修理我的戈和矛， |
| 与子同仇。 | 与你同对一个仇。 |
| | |
| 岂曰无衣， | 难道说没有内衣， |
| 与子同泽。③ | 我同你同穿内衣。 |
| 王于兴师， | 周王发动军队， |
| 修我矛戟， | 修理我的矛和戟， |
| 与子偕作。 | 同你一起有所作。 |
| | |
| 岂曰无衣， | 难道说没有下裳， |
| 与子同裳。 | 我同你同穿下裳。 |
| 王于兴师， | 周王发动军队， |
| 修我甲兵， | 修理我的盔甲和刃兵， |
| 与子偕行。 | 和你一起前行。 |

①袍：长袍，指装有旧丝绵的长袍。　②王：指周王。　③泽：亲肤的内衣。

# 渭 阳

| | |
|---|---|
| 我送舅氏， | 我送舅舅， |
| 曰至渭阳。① | 送到渭阳。 |
| 何以赠之？ | 拿什么来送他？ |
| 路车乘黄。 | 大车子和驾车马儿黄。 |
| | |
| 我送舅氏， | 我送舅舅， |
| 悠悠我思。② | 长长地想念我娘。 |
| 何以赠之？ | 拿什么来送他？ |
| 琼瑰玉佩。③ | 美玉做佩来献扬。 |

①渭阳：渭水北面。　②悠悠我思：念母也。　③琼瑰（guī）：美玉。

# 权 舆

| | |
|---|---|
| 於，我乎？① | 唉，我吗？ |
| 夏屋渠渠。② | 大碗菜盛得满满的。 |
| 今也每食无余。 | 现在每顿吃光。 |
| 於嗟乎！ | 唉呀！ |
| 不承权舆。③ | 不能像当初那样吃得好。 |
| | |
| 於，我乎？ | 唉，我吗？ |
| 每食四簋。④ | 每顿四大盆。 |
| 今也每食不饱。 | 现在每顿吃不饱。 |
| 於嗟乎！ | 唉呀！ |
| 不承权舆。 | 不能像当初那样吃得好。 |

①於：叹词。　②夏屋：大食器。渠渠：盛。　③权舆：开始，当初。　④簋（guǐ）：古食器。

# 陈风

"陈，国名，大皞伏羲氏之墟，在《禹贡》豫州之东。其地广平，无名山大川。西望外方，东不及孟诸。周武王时，帝舜之胄有虞阏父为周陶正。武王赖其利器用，与其神明之后，以元女大姬妻其子满，而封之于陈，都于宛丘之侧。与黄帝、帝尧之后共为"三恪"，是谓胡公。大姬妇人尊贵，好乐巫觋歌舞之事，其民化之。今之陈州，即其地也。"（朱熹《诗集传》）按，陈都宛丘，即今河南周口淮阳区。今河南开封以东，安徽亳州以北，皆其地，后为楚所灭。"案，陈、桧、曹皆小国，故居诸国之末。而陈为伏羲旧治，又帝舜后裔，故在二国前。"（方玉润《诗经原始》）

## 宛　丘

| | |
|---|---|
| 子之汤兮，① | 你的放荡啊， |
| 宛丘之上兮。② | 在宛丘的上啊。 |
| 洵有情兮， | 确实是多情啊， |
| 而无望兮。③ | 却没有声望啊。 |
| | |
| 坎其击鼓，④ | 冬冬地把鼓敲响， |
| 宛丘之下。 | 在宛丘的丘下。 |
| 无冬无夏， | 没有冬也没有夏， |
| 值其鹭羽。⑤ | 拿着鹭鸶的羽毛啊。 |
| | |
| 坎其击缶，⑥ | 当当地敲瓦盆， |
| 宛丘之道。 | 在宛丘的路上。 |
| 无冬无夏， | 没有冬来没有夏， |
| 值其鹭翿。⑦ | 鹭鸶羽毛拿手上。 |

①子：指跳舞的巫女。汤：通"荡"，放荡。　②宛丘：四方高、中央低的土山。　③望：声望。　④坎：击鼓声。　⑤值：持。　⑥缶（fǒu）：小口大腹的瓦器。　⑦翿（dào）：一种舞具，聚鸟羽于柄头而成。

## 东门之枌

| | |
|---|---|
| 东门之枌，① | 东门的白榆树， |
| 宛丘之栩。② | 宛丘的柞树。 |
| 子仲之子， | 子仲的姑娘， |
| 婆娑其下。③ | 在树下起舞。 |
| | |
| 穀旦于差，④ | 选择那好日子， |
| 南方之原。 | 在南方的平原。 |
| 不绩其麻， | 不纺织她的麻， |
| 市也婆娑。 | 却舞蹈在市垣。 |
| | |
| 穀旦于逝， | 好日子快过去， |
| 越以鬷迈。⑤ | 会合男女好共行。 |
| 视尔如荍，⑥ | 看你像锦葵那样美， |
| 贻我握椒。⑦ | 送我花椒心欢迎。 |

①枌（fén）：白榆树。　②栩（xǔ）：柞树。　③婆娑：舞蹈。　④穀旦：好日子。穀，善，好。差：选择。　⑤越以：于以。语助词。鬷（zōng）：总。总会合。　⑥荍（qiáo）：锦葵。草木植物，夏开紫或白花。　⑦椒：花椒，赠椒表结好。

## 衡　门

| | |
|---|---|
| 衡门之下，① | 横木做门的下面， |
| 可以栖迟。② | 可以作为安居。 |
| 泌之洋洋，③ | 泌泉水的荡漾， |
| 可以乐饥。④ | 可以快乐忘掉腹饥。 |

岂其食鱼，　　　　　　　难道吃鱼，

必河之鲂？⑤　　　　　　一定要黄河里的鲂？

岂其取妻，　　　　　　　难道娶妻，

必齐之姜？⑥　　　　　　一定要娶齐国的姜姓？


岂其食鱼，　　　　　　　难道吃鱼，

必河之鲤？　　　　　　　一定要黄河的鲤鱼？

岂其取妻，　　　　　　　难道娶妻，

必宋之子？　　　　　　　一定要娶宋国的子姓？

①衡门：横木为门。　②栖迟：安居。　③泌（Bì）：泉水名。洋洋：水流貌。　④乐饥：乐而忘饥。　⑤鲂：亦名鳊鱼，鳞细，肉肥，鱼之美者。　⑥齐之姜：齐女姓姜，下文"宋之子"指宋女姓子，此处指贵族姑娘。

## 东门之池

东门之池，　　　　　　　东门的池塘，

可以沤麻。①　　　　　　可以长期浸泡麻。

彼美淑姬，　　　　　　　她是美丽善良的姬家姑娘，

可与晤歌。②　　　　　　可以和她相对唱啊。


东门之池，　　　　　　　东门的池塘，

可以沤纻。③　　　　　　可以长期浸泡纻麻。

彼美淑姬，　　　　　　　她是美丽善良的姬家姑娘，

可与晤语。　　　　　　　可以和她相对讲啊。


东门之池，　　　　　　　东门的池塘，

可以沤菅。④　　　　　　可以长期浸泡菅草。

彼美淑姬，　　　　　　　她是美丽善良的姬家姑娘，

可与晤言。　　　　　　　可以和她相对说啊。

①沤（òu）：长期浸泡。　②晤歌：对唱。　③纻（zhù）：苎麻，麻的一种。　④菅（jiān）：菅草，叶可做绳。

# 东门之杨

| 东门之杨， | 东门的杨树， |
|---|---|
| 其叶牂牂。① | 它的叶子发出沙沙响。 |
| 昏以为期， | 昏暗作为相约的时期， |
| 明星煌煌。② | 启明星却闪闪发亮。 |

| 东门之杨， | 东门的杨树， |
|---|---|
| 其叶肺肺。③ | 它的叶子沙沙发响。 |
| 昏以为期， | 昏暗作为相约的时期， |
| 明星晢晢。④ | 启明星却明明发亮。 |

①牂牂（zāng zāng）：风吹树叶声。　②明星：启明星。　③肺肺（pèi pèi）：同"牂牂"。　④晢晢（zhé zhé）：明亮。

# 墓　门

| 墓门有棘，① | 墓道门有酸枣树， |
|---|---|
| 斧以斯之。② | 用斧头来砍它。 |
| 夫也不良， | 那人是不善， |
| 国人知之。 | 国人知道他。 |
| 知而不已， | 知道他还不改， |
| 谁昔然矣。③ | 从前就是这样坏。 |

| 墓门有梅， | 墓道门有梅树， |
|---|---|
| 有鸮萃止。④ | 有猫头鹰停栖着。 |
| 夫也不良， | 那人是不善， |
| 歌以讯止。⑤ | 作歌劝谏他。 |
| 讯予不顾， | 劝谏不理我， |

| | |
|---|---|
| 颠倒思予。 | 颠倒后才想念我。 |

①墓门：墓道之门。　②斯：析，砍。　③谁昔：畴昔。　④鸮（xiāo）：猫头鹰。萃（cuì）：集。　⑤讯：亦作"谇"。谇，谏，劝。

## 防有鹊巢

| | |
|---|---|
| 防有鹊巢，① | 堤岸上怎么有鹊巢， |
| 邛有旨苕。② | 山丘上怎么有水草。 |
| 谁侜予美？③ | 谁欺骗我的爱人？ |
| 心焉忉忉。④ | 心里很苦恼。 |
| | |
| 中唐有甓，⑤ | 路上怎么用瓦铺道， |
| 邛有旨鷊。⑥ | 山丘上怎么有水草。 |
| 谁侜予美？ | 谁欺骗我的爱人？ |
| 心焉惕惕。⑦ | 心里忧惧苦恼。 |

①防：堤岸。　②邛（qióng）：山丘。苕（tiáo）：水草。　③侜（zhōu）：欺骗。　④忉忉（dāo dāo）：苦恼。　⑤唐：朝堂前大路。甓（pì）：砖。　⑥鷊（yì）：绶草。　⑦惕惕：忧惧。

## 月　出

| | |
|---|---|
| 月出皎兮，① | 月儿出来亮啊， |
| 佼人僚兮。② | 美人多俊俏啊。 |
| 舒窈纠兮，③ | 缓缓地步行啊， |
| 劳心悄兮。④ | 劳苦得我心忧啊。 |
| | |
| 月出皓兮， | 月儿出来亮啊， |
| 佼人懰兮。⑤ | 美人多姣好啊。 |
| 舒忧受兮，⑥ | 慢慢地行走啊， |
| 劳心慅兮。⑦ | 劳苦得我心忧啊。 |

| | |
|---|---|
| 月出照兮， | 月儿出来亮啊， |
| 佼人燎兮。⑧ | 美人多鲜妍啊。 |
| 舒夭绍兮，⑨ | 慢慢地走动啊， |
| 劳心惨兮。⑩ | 劳苦得我心忧啊。 |

①皎（jiǎo）：美好。　②僚（liǎo）：好貌。　③窈纠（yǎo jiǎo）：行步舒缓。　④悄：忧。　⑤㥛（liǔ）：好貌。　⑥忧（yǒu）受：舒迟貌。　⑦慅（cǎo）：忧愁。　⑧燎：明。　⑨夭绍：柔美。　⑩惨：当作"懆（cǎo）"，忧愁。

## 株 林

| | |
|---|---|
| 胡为乎株林？① | 为什么到株林？ |
| 从夏南。② | 跟夏南。 |
| 匪适株林？ | 不是到株林？ |
| 从夏南。 | 跟夏南。 |
| | |
| 驾我乘马，③ | 驾起我骑马， |
| 说于株野。 | 停在株林。 |
| 乘我乘驹， | 骑上我的好马， |
| 朝食于株。④ | 早上到株林行淫。 |

①株林：夏姬的住处。　②夏南：夏姬之子夏征舒，字南。表面上说看夏南，实际是看夏姬。　③我：指陈灵公。　④朝食：吃早饭。古人常以饥、饱喻男女情欲之事。

## 泽 陂

| | |
|---|---|
| 彼泽之陂，① | 那个池塘的水涯， |
| 有蒲与荷。 | 有蒲草与荷花。 |
| 有美一人， | 有美丽的一个人儿， |
| 伤如之何？ | 忧伤得怎么对待她？ |

| | |
|---|---|
| 寤寐无为，② | 睡醒睡着无所谓， |
| 涕泗滂沱。③ | 眼泪鼻涕纷纷落下。 |
| | |
| 彼泽之陂， | 那个池塘的水涯， |
| 有蒲与菡。④ | 有蒲草与莲花。 |
| 有美一人， | 有美丽的一个人儿， |
| 硕大且卷。⑤ | 高大而且卷头发。 |
| 寤寐无为， | 睡醒睡着无所谓， |
| 中心悁悁。⑥ | 心中忧郁地想着她。 |
| | |
| 彼泽之陂， | 那个池塘的水涯， |
| 有蒲菡萏。⑦ | 有蒲草和荷花。 |
| 有美一人， | 有美丽的一个人儿， |
| 硕大且俨。⑧ | 高大并且双下巴。 |
| 寤寐无为， | 睡醒睡着无所谓， |
| 辗转伏枕。 | 辗转伏枕在想她。 |

①陂（bēi）：堤岸。　②寤寐：睡醒睡着。　③涕泗：眼泪鼻涕。　④菡（jiān）：兰草，通"莲"。　⑤卷（quán）：通"鬈"，头发卷。　⑥悁悁：忧郁貌。　⑦菡萏（hàn dàn）：荷花。　⑧俨：双下巴。

# 桧风

"桧，国名，高辛氏火正祝融之墟，在《禹贡》豫州，外方之北，荣、波之南，居溱、洧之间。其君妘姓，祝融之后。周衰，为郑桓公所灭，而迁国焉。今之郑州即其地也。苏氏以为桧诗皆为郑作，如邶、鄘之于卫也，未知是否。"（朱熹《诗集传》）

"案：桧实灭于郑武公，非桓公也。然则国亡在东辙之初，何以《诗序》于春秋之后？国小而又无事可表耳。严氏粲曰：桧世次莫考，诗不言何君，曰夷、厉之间者，《郑谱》也。平王初，郑武始灭桧。前乎平，何以知其非幽也？当幽之时，仲为桧君，言不刺仲也。前乎幽，又何以知其非宣也？周道复兴之时，不得有《匪风》之思也。非幽非宣，夷、厉当之矣。然愚读桧诗，实仲亡国事，因重订其诗如左。"（方玉润《诗经原始》）

## 羔　裘

| | |
|---|---|
| 羔裘逍遥， | 穿着羔裘显得逍遥， |
| 狐裘以朝。 | 穿着狐裘来上朝。 |
| 岂不尔思？ | 难道不想您吗？ |
| 劳心切切。 | 想得心里忧劳。 |
| | |
| 羔裘翱翔， | 穿着羔裘可以遨游， |
| 狐裘在堂。 | 穿着狐裘在朝堂。 |
| 岂不尔思？ | 难道不想念您吗？ |
| 我心忧伤。 | 想念得我心忧伤。 |
| | |
| 羔裘如膏，<sup>①</sup> | 穿着羔裘像脂膏， |

日出有曜。　　　　　　太阳出来有光照。

岂不尔思?　　　　　　难道不想念您吗?

中心是悼。　　　　　　想得心中在哀悼。

①如膏:像膏泽。在太阳照耀下,才如膏的,是倒装句。

## 素　冠

庶见素冠兮,　①　　　　幸能看见戴白帽子啊,

棘人栾栾兮,　②　　　　人黑又瘦瘠啊,

劳心怲怲兮。　③　　　　心里悲痛啊。


庶见素衣兮,　　　　　　幸能看见穿白衣啊,

我心伤悲兮,　　　　　　我心里悲伤啊,

聊与子同归兮。　　　　　姑且同您一同归去啊。


庶见素韠兮,　④　　　　幸能看见穿白蔽膝啊,

我心蕴结兮,　　　　　　我的心里郁闷啊,

聊与子如一兮。　　　　　姑且和您心同一人啊。


①庶:幸。　②棘:瘠。栾栾(luán luán):瘦瘠貌。　③怲怲

(tuán tuán):忧思。　④韠(bì):蔽膝。用皮革做成。

## 隰有苌楚

隰有苌楚,　①　　　　　洼地里有羊桃,

猗傩其枝。　②　　　　　美盛的是它的嫩枝。

夭之沃沃,　③　　　　　又初生又美好,

乐子之无知。　④　　　　羡你的无知好。


隰有苌楚,　　　　　　　洼地里有羊桃,

猗傩其华。　　　　　　　美盛的开花极妙。

夭之沃沃,　　　　　　　又初生又美好,

| | |
|---|---|
| 乐子之无家。 | 羡你的无家好。 |

| | |
|---|---|
| 隰有苌楚， | 洼地里有羊桃， |
| 猗傩其实。 | 美盛的结实极妙。 |
| 夭之沃沃， | 又初生又美好， |
| 乐子之无室。 | 羡你的无室好。 |

①苌（cháng）楚：羊桃，猕猴桃。　②猗傩：美盛貌。　③夭：少也。沃沃：光实。　④子：指苌楚。

# 匪　风

| | |
|---|---|
| 匪风发兮， | 不是风吹动啊， |
| 匪车偈兮。① | 不是车子快开啊。 |
| 顾瞻周道， | 回头看看周家的路， |
| 中心怛矣。② | 心中是忧伤啊。 |

| | |
|---|---|
| 匪风飘兮， | 不是风飘动啊， |
| 匪车嘌兮。③ | 不是车子摇动啊。 |
| 顾瞻周道， | 回头看看周家的路， |
| 中心吊兮。 | 心中要凭吊啊。 |

| | |
|---|---|
| 谁能亨鱼，④ | 谁人能够烧鱼， |
| 溉之釜鬵。⑤ | 把锅洗干净。 |
| 谁将西归， | 谁人要向西进， |
| 怀之好音。 | 想托他传一个好音信。 |

①偈（jié）：疾驰貌。　②怛（dá）：悲伤。　③嘌（piāo）：飘摇不定。　④亨：同"烹"。　⑤溉（gài）：洗。鬵（xún）：釜类，即今俗称锅类。

# 曹风

"曹，国名。其地在《禹贡》兖州陶丘之北，雷夏、菏泽之野。周武王以封其弟振铎。今之曹州即其地也。"（朱熹《诗集传》）在今山东定陶县西北，为宋所灭（事见《春秋·哀公八年》）。

"但季札观乐时，《诗》之次序已如此，非定自夫子（孔子）也。且使二诗具有深意，季札当叹美而深长思之，何以云：'《桧》以下无讥焉'？此可见其国小事微，诗亦无足重轻。采风者录之，聊以备一国之俗云尔。"（方玉润《诗经原始》）

## 蜉 蝣

| 蜉蝣之羽，① | 蜉蝣的羽毛， |
| 衣裳楚楚。② | 像鲜明的衣裳。 |
| 心之忧矣， | 心里的忧伤， |
| 于我归处。 | 何处是我的归宿。 |
| | |
| 蜉蝣之翼， | 蜉蝣的翅膀， |
| 采采衣服。 | 像漂亮的衣服。 |
| 心之忧矣， | 心里的忧愁， |
| 于我归息。 | 何处是我的归宿。 |
| | |
| 蜉蝣掘阅，③ | 蜉蝣掘洞飞出， |
| 麻衣如雪。 | 麻衣像雪白色。 |
| 心之忧矣， | 心里的忧伤， |
| 于我归说。④ | 何处是我的归宿。 |

①蜉蝣（fú yóu）：虫名，叫渠略，大如指，长三四寸，有翅能飞。夏月阴雨时从地中出，有朝生暮死的，有生六七日的。羽极薄而有光

泽。　②楚楚：鲜明貌。　③掘阅：阅，通"穴"。掘阅，即掘地而出。　④说（shuì）：通"税"，歇息。

# 候　人

| 彼候人兮，① | 那个修路迎宾的人啊， |
|---|---|
| 何戈与祋。② | 还要扛戈与棍。 |
| 彼其之子， | 那些他们的人啊， |
| 三百赤芾。③ | 穿红蔽膝有三百人。 |

| 维鹈在梁，④ | 鹈鸟在鱼梁， |
|---|---|
| 不濡其翼。 | 没有打湿它的翅膀。 |
| 彼其之子， | 那些他们的人啊， |
| 不称其服。 | 不配他们的衣裳。 |

| 维鹈在梁， | 鹈鸟在鱼梁， |
|---|---|
| 不濡其咮。⑤ | 没有打湿它的嘴。 |
| 彼其之子， | 那些他们的人啊， |
| 不遂其媾。⑥ | 不能长享他们的奢侈。 |

| 荟兮蔚兮，⑦ | 云雾弥漫啊， |
|---|---|
| 南山朝隮。⑧ | 南山早上起彩虹。 |
| 婉兮娈兮， | 柔婉啊美好啊， |
| 季女斯饥。 | 幼小的女儿受饥饿。 |

①候人：修路、迎宾的官。　②何：同"荷"，扛。祋（duì）：同"殳"，古兵器。　③赤芾（fú）：红色的蔽膝，用皮做，为大夫朝服之一部分。　④鹈（tí）：水鸟名。　⑤咮（zhòu）：鸟嘴。　⑥不遂其媾：不能成就他的厚禄。媾，指厚禄。　⑦荟蔚（huì wèi）：云雾弥漫貌。　⑧朝隮（jī）：彩虹。

# 鸤 鸠

| | |
|---|---|
| 鸤鸠在桑，① | 布谷鸟在桑树， |
| 其子七兮。 | 它的儿子有七个啊。 |
| 淑人君子， | 善良的君子人， |
| 其仪一兮。② | 他的仪容是一样啊。 |
| 其仪一兮， | 他的仪容是一样啊， |
| 心如结兮。 | 心像结实的啊。 |
| | |
| 鸤鸠在桑， | 布谷鸟在桑树， |
| 其子在梅。 | 它的儿子在梅树。 |
| 淑人君子， | 善良的君子人， |
| 其带伊丝。③ | 他的带子镶边用白丝。 |
| 其带伊丝， | 他的带子镶边用白丝， |
| 其弁伊骐。④ | 他的皮帽镶边用青黑丝。 |
| | |
| 鸤鸠在桑， | 布谷鸟在桑树， |
| 其子在棘。 | 它的儿子在酸枣树。 |
| 淑人君子， | 善良的君子人， |
| 其仪不忒。 | 他的威仪不变色。 |
| 其仪不忒， | 他的威仪不变色， |
| 正是四国。⑤ | 可以作为各国的法则。 |
| | |
| 鸤鸠在桑， | 布谷鸟在桑树， |
| 其子在榛。 | 它的儿子在榛树。 |
| 淑人君子， | 善良的君子人， |
| 正是国人。 | 正好是国人的法则。 |
| 正是国人， | 正好是国人的法则， |
| 胡不万年？ | 为什么万年不得？ |

①鸤（shī）鸠：布谷鸟。　②仪：仪容。　③伊丝：是

丝。　④弁（biàn）：皮帽。伊骐：是马的青黑色。　⑤正：法则。

# 下　泉

| | |
|---|---|
| 冽彼下泉，<sup>①</sup> | 那寒冷的下流泉水， |
| 浸彼苞稂。<sup>②</sup> | 浸那丛生的稂草根。 |
| 忾我寤叹，<sup>③</sup> | 我醒时只有长叹息， |
| 念彼周京。 | 想念那周朝的京城。 |

冽彼下泉，　　　　　　那寒冷的下流泉水，
浸彼苞萧。　　　　　　浸那丛生的艾蒿根。
忾我寤叹，　　　　　　我醒时只能长叹息，
念彼京周。　　　　　　想念那周朝的京城。

冽彼下泉，　　　　　　那寒冷的下流泉水，
浸彼苞蓍。　　　　　　浸那丛生的蓍草根。
忾我寤叹，　　　　　　我醒时只有长叹息，
念彼京师。　　　　　　想念那周朝的京城。

芃芃黍苗，<sup>④</sup>　　　黍苗长得茂盛，
阴雨膏之。　　　　　　阴雨来灌溉它。
四国有王，<sup>⑤</sup>　　　各国有周天子，
郇伯劳之。<sup>⑥</sup>　　　郇伯来效劳他。

①冽（liè）：寒冷。　②稂（láng）：童梁，对禾苗有害的草。　③忾（xì）：叹息。　④芃芃（péng péng）：茂盛。　⑤四国：四方诸侯之国。有王：有周天子。　⑥郇（xún）伯：郇国君。

# 豳风

"豳，国名。在《禹贡》雍州，岐山之北，原隰之野。虞、夏之际，弃为后稷，而封于邰。及夏之衰，弃稷不务，弃子不窋失其官守，而自窜于戎狄之间。不窋生鞠陶，鞠陶生公刘，能复修后稷之业，民以富实。乃相土地之宜，而立国于豳之谷焉。十世而大王徙居岐山之阳，十二世而文王始受天命，十三世而武王遂为天子。武王崩，成王立，年幼不能涖阼，周公旦以冢宰摄政，乃述后稷、公刘之化，作诗一篇以戒成王，谓之豳风。而后人又取周公所作，及凡为周公而作之诗以附焉。豳在今邠州三水县。邰在今京兆府武功县。"（朱熹《诗集传》）

"案：《豳》仅《七月》一篇，所言皆农桑稼穑之事，非躬亲陇亩久于其道者，不能言之亲切有味也如是。周公生长世胄，位居冢宰，岂暇为此？且公刘世远，亦难代言。此必古有其诗，自公始陈王前，俾知稼穑艰难并王业所自始，而后人遂以为公作也。至《鸱鸮》《东山》二诗，乃为公作。《伐柯》《破斧》《九罭》《狼跋》则又众人为公而作之诗。以其无所系属，故并附《七月》后，而统而名之曰《豳》，凡以为公故也。当季札请观周乐时，篇次本居《齐》后《秦》前，不知何时移殿诸国之末。意者夫子正乐，手所亲订欤？盖夫子一生，志欲行周公之道而不能，故凡典籍之关于公者，恒三致意焉。且诗以《风》名，有正不能无变，既漓又当返淳。天下淳风，无过农民，此《七月》之诗所以必居变风之末者也。"（方玉润《诗经原始》）

案：吴公子季札到鲁国去观乐，是在襄公二十九年，季札观乐是按《诗经》的次序观的，当在孔子前，《诗经》已经编定了。它说："为之歌《豳》，曰：'美哉荡乎？乐而不淫，其周公之东乎？'为之歌《秦》，曰：'此之谓夏声，夫能夏则大，大之至也，其周之旧乎？'"它是把《豳风》排在《秦风》前的。现在《豳风》排在《风诗》的最后，是经重新安排过的。查《毛诗正义》的《豳风》下，有这样一段话："陆（德明）曰：'豳者戎狄之地名也。夏道衰，后稷之曾孙公刘自邰而出居焉。其封域在雍州岐山之北，原隰之野，于汉属右扶风邠邑。周公遭流言之难，居东都，思公刘、大王为豳公，忧劳民事，以此叙己志而作《七月》《鸱鸮》之诗，成王悟而迎之，以致太平。故大师述其诗为豳国之风焉。'"陆德明认为《七月》《鸱鸮》都是周公到东都洛阳后作的，比《周南》《召南》晚。排在最后，可能是太师安排的。太师为谁，已无可考了。

# 七　月

| | |
|---|---|
| 七月流火，① | 七月里火星流向下， |
| 九月授衣。② | 九月里官家发寒衣。 |
| 一之日觱发，③ | 十一月里起寒风， |
| 二之日栗烈。④ | 十二月里寒气凛冽。 |
| 无衣无褐，⑤ | 没有长袍和短袄， |
| 何以卒岁？⑥ | 怎么过年呢？ |
| 三之日于耜，⑦ | 正月里修理农具， |
| 四之日举趾。⑧ | 二月里举起脚把田犁。 |
| 同我妇子，⑨ | 同我的妻子和小孩， |
| 馌彼南亩，⑩ | 送饭送到田地， |
| 田畯至喜。⑪ | 田官看了心里喜。 |
| | |
| 七月流火， | 七月里火星流向下， |
| 九月授衣。 | 九月里官家发寒衣。 |
| 春日载阳，⑫ | 春天太阳好， |
| 有鸣仓庚。 | 黄莺声声啼。 |
| 女执懿筐，⑬ | 姑娘拿深筐， |
| 遵彼微行，⑭ | 照着小路走， |
| 爰求柔桑。 | 去求柔嫩的桑。 |

| | |
|---|---|
| 春日迟迟，[15] | 春天日子长， |
| 采蘩祁祁。[16] | 采摘白蒿忙。 |
| 女心伤悲， | 姑娘的心里伤悲， |
| 殆及公子同归。[17] | 始与公子一同回归。 |

| | |
|---|---|
| 七月流火， | 七月里火星流向下， |
| 八月萑苇。[18] | 八月里芦苇长成罢。 |
| 蚕月条桑，[19] | 蚕月里剪下枝条桑， |
| 取彼斧斨，[20] | 拿着那斧子， |
| 以伐远扬。[21] | 斫掉枝条的远扬。 |
| 猗彼女桑。[22] | 用绳子拉住柔桑。 |
| 七月鸣鵙，[23] | 七月里听伯劳鸟叫， |
| 八月载绩。 | 八月里纺织麻布料。 |
| 载玄载黄， | 染上色黑和色黄， |
| 我朱孔阳， | 我染朱红更鲜丽， |
| 为公子裳。 | 为公子做衣裳。 |

| | |
|---|---|
| 四月秀葽，[24] | 四月里远志结子， |
| 五月鸣蜩。[25] | 五月里蝉嘈不止。 |
| 八月其获， | 八月里早稻收获， |
| 十月陨萚。 | 十月里叶子掉落。 |
| 一之日于貉， | 十一月上山打貉， |
| 取彼狐狸， | 取那狐狸皮剥掉， |
| 为公子裘。 | 做公子的皮袄。 |
| 二之日其同，[26] | 十二月集会共同， |
| 载缵武功。[27] | 继续讲打猎的武功。 |
| 言私其豵，[28] | 说私自占有小猪， |
| 献豜于公。[29] | 把三岁大猪献给公。 |

| | |
|---|---|
| 五月斯螽动股，[30] | 五月里斯螽振动双股， |

| | |
|---|---|
| 六月莎鸡振羽。㉛ | 六月里织布娘振动双翅声。 |
| 七月在野， | 七月里在野地， |
| 八月在宇， | 八月里在屋子， |
| 九月在户， | 九月里在门内， |
| 十月蟋蟀入我床下。 | 十月里蟋蟀入我床底。 |
| 穹窒熏鼠，㉜ | 塞住漏洞熏老鼠， |
| 塞向墐户。㉝ | 泥涂上北窗涂住门户。 |
| 嗟我妇子， | 叹说我的妻子和小孩， |
| 曰为改岁，㉞ | 说是旧年快过去了， |
| 入此室处。 | 进入这间屋里住。 |
| | |
| 六月食郁及薁，㉟ | 六月吃李和葡萄， |
| 七月亨葵及菽。㊱ | 七月煮豆和葵苗。 |
| 八月剥枣，㊲ | 八月打枣， |
| 十月获稻。 | 十月收稻。 |
| 为此春酒，㊳ | 做这个春酒， |
| 以介眉寿。㊴ | 来祝贺长寿。 |
| 七月食瓜， | 七月吃瓜， |
| 八月断壶。㊵ | 八月割断葫芦， |
| 九月叔苴，㊶ | 九月拣起麻子啰， |
| 采荼薪樗，㊷ | 采苦菜打些柴， |
| 食我农夫。 | 养活我们农夫。 |
| | |
| 九月筑场圃， | 九月修筑打谷场， |
| 十月纳禾稼。 | 十月把禾稼收藏。 |
| 黍稷重穋，㊸ | 早熟晚熟的黍子高粱， |
| 禾麻菽麦。 | 禾麻豆麦一起藏。 |
| 嗟我农夫， | 嗟叹我们农夫， |
| 我稼既同， | 我们的庄稼既完工， |
| 上入执宫功。㊹ | 还进到公爷的宫。 |

| | |
|---|---|
| 昼尔于茅， | 白天去割茅草， |
| 宵尔索绹。㊺ | 夜里把绳打好。 |
| 亟其乘屋，㊻ | 快些去修屋， |
| 其始播百谷。 | 到春天忙于种百谷。 |
| | |
| 二之日凿冰冲冲， | 十二月凿冰声冲冲忙， |
| 三之日纳于凌阴。㊼ | 正月里把冰往冰室藏。 |
| 四之日其蚤，㊽ | 二月里取冰祭祀早， |
| 献羔祭韭。 | 献上韭菜和羔羊。 |
| 九月肃霜，㊾ | 九月里降下霜， |
| 十月涤场。㊿ | 十月里清扫打谷场。 |
| 朋酒斯飨，(51) | 两壶酒可以上飨， |
| 曰杀羔羊。 | 再杀了羔羊。 |
| 跻彼公堂， | 登那公爷堂， |
| 称彼兕觥，(52) | 举起那兕角觥， |
| 万寿无疆！ | 说万寿无疆！ |

①七月流火：一年从秋季七月开始，火星自西而下，谓之流火。 ②九月授衣：九月里分发寒衣。 ③一之日：周历正月，夏历十一月。以下二之日、三之日、四之日，可顺序类推。觱（bì）发：风寒。 ④栗烈：凛烈，寒气。 ⑤褐（hè）：毛布制的粗衣。 ⑥卒岁：终岁。 ⑦于耜（sì）：修理犁头。 ⑧举趾：举脚而耕。 ⑨妇子：妻子和小孩。 ⑩馌（yè）：送饭到田头。 ⑪田畯（jùn）：田官。 ⑫阳：和暖。 ⑬懿筐：深筐。 ⑭微行：小路。 ⑮迟迟：指春日长。 ⑯蘩：白蒿。 ⑰殆及：始及。同归：指去做妾婢。 ⑱萑（huán）苇：即芦苇。 ⑲条桑：剪桑枝。 ⑳斨（qiāng）：方孔的斧。 ㉑远扬：指又长又高的桑枝。 ㉒猗彼女桑：用绳拉着采桑。 ㉓鵙（jú）：伯劳鸟。 ㉔秀葽（yāo）：不开花而结实的远志。 ㉕蜩（tiáo）：蝉。 ㉖同：会合。 ㉗缵：继续。武功：武事，指打猎。 ㉘豵（zōng）：小野猪。 ㉙豜（jiān）：大野猪。 ㉚斯螽：一种鸣虫，以股鸣。 ㉛莎鸡：纺织娘，一种

虫。　㉜穹（qióng）：尽。窒（zhì）：堵塞。　㉝向：北窗。墐：用泥涂抹。　㉞曰：语助词。改岁：除夕。　㉟郁：郁李。薁（yù）：蘡薁。落叶藤本植物。茎的纤维可以做绳索。　㊱葵：一种蔬菜名。　㊲剥：打。　㊳春酒：冬酿春熟的酒。　㊴介：乞求。眉寿：人老眉长，表寿长。　㊵壶：通"瓠"。　㊶叔：拾取。苴（jū）：麻子。　㊷茶（tú）：苦菜。樗（chū）：木名，臭椿。　㊸重穋（òu）：后熟曰重，先熟曰穋。　㊹上：同"尚"。功：事。　㊺绹（táo）：绳。　㊻亟：急。　㊼凌阴：冰室。　㊽蚤：同"早"。　㊾肃霜：下霜。　㊿涤场：涤除场上杂物。　51朋酒：两壶酒。　52称：举起。

# 鸱鸮

| | |
|---|---|
| 鸱鸮鸱鸮，① | 鸱鸮啊鸱鸮， |
| 既取我子， | 既已抓取我的小鸟， |
| 无毁我室。 | 不要再毁坏我的巢。 |
| 恩斯勤斯，② | 辛勤地保护小鸟， |
| 鬻子之闵斯。③ | 养育它我已病倒。 |
| | |
| 迨天之未阴雨， | 等天没有阴雨， |
| 彻彼桑土，④ | 撤去那桑根， |
| 绸缪牖户。 | 修理好窗门。 |
| 今女下民， | 现在你们树下的人， |
| 或敢侮予。 | 还有敢欺侮我的人。 |
| | |
| 予手拮据，⑤ | 我的手已经疲劳， |
| 予所捋荼， | 我还要捋茅草， |
| 予所蓄租，⑥ | 我还要聚蓄枯草， |
| 予口卒瘏，⑦ | 我的嘴已经累坏， |
| 曰予未有室家。 | 我还没有修好我的巢。 |
| 予羽谯谯，⑧ | 我的羽毛已经稀少， |
| 予尾翛翛，⑨ | 我的尾巴已经枯焦， |

予室翘翘，⑩　　　　　　我的巢还在晃摇，

风雨所漂摇，　　　　　　风吹雨打显得飘摇，

予维音哓哓。⑪　　　　　　我只有大声喊叫。

①鸱鸮（chī xiāo）：猫头鹰一类的鸟。　　②恩斯勤斯：斯，语助词。"恩"通"殷"，言殷勤于稚子。　　③鬻（yù）：通"育"，养育。闵：病。　　④彻：通"撤"，撤去。桑土：即桑杜，为桑根。　　⑤拮（jié）据：辛劳。　　⑥蓄租：积聚。　　⑦卒瘏（tú）：尽瘁。　　⑧谯谯（qiáo qiáo）：焦敝。　　⑨翛翛（xiāo xiāo）：枯焦。　　⑩翘翘（qiáo qiáo）：危貌，摇晃。　　⑪哓哓（xiāo xiāo）：叫声。

# 东　山

我徂东山，①　　　　　　我去东山，

慆慆不归。②　　　　　　长久不能回来。

我来自东，　　　　　　我从东方来，

零雨其蒙。　　　　　　小雨迷蒙落下来。

我东曰归，　　　　　　我从东方回来，

我心西悲。　　　　　　我心还向西悲。

制彼裳衣，　　　　　　缝制那新衣裳，

勿士行枚。③　　　　　　不用行军衔枚。

蜎蜎者蠋，④　　　　　　蠕动的是毛虫，

烝在桑野。⑤　　　　　　是在那桑树上。

敦彼独宿，⑥　　　　　　团绕着独宿的兵丁，

亦在车下。　　　　　　也在战车下睡。

我徂东山，　　　　　　我去东山，

慆慆不归。　　　　　　长久不能回来。

我来自东，　　　　　　我从东方来，

零雨其蒙。　　　　　　小雨迷蒙落下来。

果臝之实，⑦　　　　　　瓜蒌结的子儿，

| | |
|---|---|
| 亦施于宇。 | 也挂在屋檐边。 |
| 伊威在室，⑧ | 地虱虫在室内爬， |
| 蠨蛸在户。⑨ | 蜘蛛结网挂在门边。 |
| 町畽鹿场，⑩ | 野鹿在场上回旋， |
| 熠耀宵行。⑪ | 萤火虫儿亮光妍。 |
| 不可畏也， | 这么荒凉不可怕， |
| 伊可怀也。⑫ | 它是让人更怀念。 |
| | |
| 我徂东山， | 我去东山， |
| 慆慆不归。 | 长久不能回来。 |
| 我来自东， | 我从东方来， |
| 零雨其蒙。 | 小雨迷蒙落下来。 |
| 鹳鸣于垤，⑬ | 鹳鸟在蚁堆上叫， |
| 妇叹于室。 | 妇人在屋里叹了。 |
| 洒埽穹窒， | 打扫屋子塞鼠洞， |
| 我征聿至。 | 我走路已将到。 |
| 有敦瓜苦， | 苦瓜结了一大捧， |
| 烝在栗薪。 | 砍栗做柴始得用。 |
| 自我不见， | 自从我不见这变迁， |
| 于今三年。 | 到了今天已三年。 |
| | |
| 我徂东山， | 我去东山， |
| 慆滔不归。 | 长久不能回来。 |
| 我来自东， | 我从东方来， |
| 零雨其蒙。 | 小雨迷蒙落下来。 |
| 仓庚于飞，⑭ | 黄鹂到处在飞， |
| 熠耀其羽。 | 闪耀它的毛羽发光。 |
| 之子于归， | 这个姑娘要出嫁， |
| 皇驳其马。⑮ | 马儿有红又有黄。 |

亲结其缡，<sup>⑯</sup>　　　亲结佩巾推阿母，

九十其仪。<sup>⑰</sup>　　　多种仪式真堂堂。

其新孔嘉，　　　　　新婚幸福好主张，

其旧如之何？<sup>⑱</sup>　　久别重逢又怎样？

①徂（cú）：往。　②慆慆（tāo tāo）：久。　③勿士行枚：即勿事行枚，勿从事行军衔枚。行军时衔枚，怕发声，今不用衔枚。　④蜎蜎（yuān yuān）：蠕动貌。蠋（zhú）：毛虫。　⑤烝：乃。　⑥敦：蜷曲成一团。　⑦果蠃（luǒ）：植物名，一名瓜蒌，蔓生葫芦科。　⑧伊威：虫名，一名湿生虫。　⑨蟏蛸（xiāo shāo）：长腿蜘蛛。　⑩町畽（tǐng tuǎn）：野外。　⑪熠（yì）耀：萤光。宵行：萤火虫。　⑫伊：是。　⑬鹳（guàn）：鸟名，似鹤。垤（dié）：土堆。　⑭仓庚：指黄鹂。　⑮皇驳：马色黄白曰皇，马色赤白曰驳。　⑯缡（lí）：古妇女的佩巾，嫁时母亲为女结佩巾。　⑰九十其仪：其仪有九或十，言其仪之多。　⑱其新孔嘉，其旧如之何：新，指新婚。孔嘉，极好。旧，指已婚者。

# 破　斧

既破我斧，　　　　　既已破坏我的手斧，

又缺我斨。<sup>①</sup>　　　又弄缺我的方孔斧。

周公东征，　　　　　周公向东征伐，

四国是皇。<sup>②</sup>　　　四国得到安匡。

哀我人斯，　　　　　可怜我们这些战士，

亦孔之将。<sup>③</sup>　　　也得到安康。

既破我斧，　　　　　既已破坏我的斧子，

又缺我锜。<sup>④</sup>　　　又弄缺我的凿子。

周公东征，　　　　　周公向东征伐，

四国是吪。<sup>⑤</sup>　　　四国受到了教化。

哀我人斯，　　　　　可怜我们这些战士，

亦孔之嘉。　　　　　也得到好评价。

| | |
|---|---|
| 既破我斧， | 既已破坏我的手斧， |
| 又缺我锜。⑥ | 又弄缺我的独头斧。 |
| 周公东征， | 周公向东征伐， |
| 四国是遒。⑦ | 四国得到安定。 |
| 哀我人斯， | 可怜我们这些士兵， |
| 亦孔之休。 | 也得到休整。 |

①斨（qiāng）：斧柄方孔者叫斨。　②四国：管、蔡、商、奄，即管叔、蔡叔、武庚、奄国。奄国在曲阜东。皇：匡正。　③将：大，美。　④锜（qí）：凿类。　⑤吪（é）：教化。　⑥锹（qiú）：独头斧。　⑦遒（qiú）：安定。

## 伐 柯

| | |
|---|---|
| 伐柯如何，① | 砍斧柄怎么样， |
| 匪斧不克。 | 没有斧子不行。 |
| 取妻如何， | 娶妻怎么样， |
| 匪媒不得。 | 没有媒人不行。 |
| | |
| 伐柯伐柯， | 砍斧柄啊砍斧柄， |
| 其则不远。 | 它的法则在近旁。 |
| 我觏之子， | 我看见这个姑娘， |
| 笾豆有践。② | 把餐具摆成行。 |

①柯：斧柄。　②笾（biān）：古代祭祀和宴会盛果品的竹器。豆：古代木制盛肉器。践：行列。

## 九 罭

| | |
|---|---|
| 九罭之鱼， | 捕小鱼的细网， |
| 鳟鲂。① | 捉大鱼的鳟鲂。 |
| 我觏之子， | 我看见的这个人， |

| 衮衣绣裳。② | 穿着龙袍绣裳。 |

| 鸿飞遵渚。 | 大雁飞时沿着沙渚。 |
| 公归无所， | 公爷归去没有所处， |
| 於女信处。③ | 这里留您住二宿处。 |
| 鸿飞遵陆。 | 大雁飞时沿着大陆。 |
| 公归不复， | 公爷回去后不再回， |
| 於女信宿。④ | 这里留您住二宿或一宿。 |

| 是以有衮衣兮，⑤ | 这里有龙袍啊， |
| 无以我公归兮，⑥ | 不要让我公爷归去啊， |
| 无使我心悲兮。 | 不要使我心悲啊。 |

①九罭（yù）：捕小鱼的细网。鳟（zūn）：赤眼鳟。鲂与鳟，都是大鱼，用小鱼网来捕不合适。　②衮衣：衣上绣着龙的礼服。　③信：再宿。　④宿：一宿。　⑤以：已。　⑥以：与。

# 狼　跋

| 狼跋其胡，① | 狼向前踩了颔下肉， |
| 载疐其尾。② | 后退又踩了它尾巴。 |
| 公孙硕肤，③ | 公孙心宽体又胖， |
| 赤舄几几。④ | 金饰鞋头服很嘉。 |

| 狼疐其尾， | 狼后退踩它的尾巴， |
| 载跋其胡。 | 前进踩它颔下肉。 |
| 公孙硕肤， | 公孙心宽体又胖， |
| 德音不瑕。⑤ | 他的声誉美好无垢。 |

①跋（bá）：踩，踏。胡：颔下垂之肉。　②疐（zhì）：踩。　③硕肤：心广体胖。　④赤舄（xì）：锡与金合做的鞋头饰物。几几：盛，以状盛服之貌。　⑤瑕：过。

# 小　雅

"雅者，正也，正乐之歌也。其篇本有大小之殊，而先儒说又有正变之别。以今考之，正小雅，燕飨之乐也。正大雅，会朝之乐，受厘陈戒之辞也。故或欢欣和说（悦）以尽群下之情；或恭敬齐（斋）庄，以发先王之德。词气不同，音节亦异，多周公制作时所定也。及其变也，则事未必同，而各以其声附之。其次序时世，则有不可考者矣。"（朱熹《诗集传》）

　　"太史公曰：'小雅怨诽而不乱。'若大雅则必无怨诽之音矣。知乎小雅之所以为小雅，则必知乎大雅之所以为大雅，其体固不可或杂也。大略小雅多燕飨赠答，感事述怀之作，大雅多受厘陈戒，天人奥蕴之旨。及其变也，则因事而异，且有非作诗人自知而主者。亦如十二律之本乎天地阴阳、正变相生、循环无间，变乎其所不得不变耳。"（方玉润《诗经原始》）

# 鹿鸣之什

"雅、颂无诸国别，故以十篇为一卷，而谓之什，犹军法以十人为什也。"（朱熹《诗集传》）

## 鹿　鸣

| | |
|---|---|
| 呦呦鹿鸣，① | 鹿在呦呦地叫， |
| 食野之苹。② | 吃野地里的艾蒿。 |
| 我有嘉宾， | 我有好的宾客， |
| 鼓瑟吹笙。 | 弹瑟吹笙簧。 |
| 吹笙鼓簧，③ | 吹笙振动簧， |
| 承筐是将。④ | 送客币帛盛满筐。 |
| 人之好我， | 人们对我很是好， |
| 示我周行。⑤ | 指我大道好主张。 |
| | |
| 呦呦鹿鸣， | 鹿在呦呦地叫， |
| 食野之蒿。 | 吃野地里的蒿草。 |
| 我有嘉宾， | 我有好的宾客， |
| 德音孔昭。 | 他的盛名昭昭了。 |
| 视民不恌，⑥ | 为人榜样不轻佻， |
| 君子是则是效。 | 君子对好事是仿效。 |
| 我有旨酒， | 我有好酒， |
| 嘉宾式燕以敖。⑦ | 邀客欢宴又逍遥。 |
| | |
| 呦呦鹿鸣， | 鹿在呦呦地叫， |
| 食野之芩。⑧ | 吃野地里的芩草。 |
| 我有嘉宾， | 我有好的宾客， |
| 鼓瑟鼓琴。 | 弹瑟又弹琴。 |
| 鼓瑟鼓琴， | 弹瑟又弹琴， |

和乐且湛。⑨          和乐并且尽兴听音。

我有旨酒，          我有好酒，

以燕乐嘉宾之心。⑩      用宴会来欢乐客人的心。

①呦呦（yōu yōu）：鹿鸣声，见食相呼。　②苹：蟠蒿，艾蒿。　③簧：乐器中用以发声的振动器。　④承筐是将：承，奉也。将，送也。古代奉筐盛币帛以送宾客。　⑤周行：大路。　⑥视：示。佻（tiāo）：轻佻。　⑦式：语辞。燕：同"宴"。敖：游乐。　⑧芩（qín）：蒿类植物。　⑨湛（dān）：乐之久。　⑩燕：安。

# 四　牡

四牡骈骈，①          四匹马在不停地跑，

周道倭迟。②          大路又迂回。

岂不怀归？          难道不想回归？

王事靡盬，③          周王的事不牢固，

我心伤悲。          我的心里在伤悲。

四牡骈骈，          四匹马在不停地跑

啴啴骆马。④          白马跑得光喘气。

岂不怀归？          难道不想回归？

王事靡盬，          周王的事不牢固，

不遑启处。⑤          没有工夫讲安处。

翩翩者雕，⑥          斑鸠在翩翩飞，

载飞载下，          飞得高来飞得低，

集于苞栩。⑦          停在丛生栎树里。

王事靡盬，          周王的事不牢固，

不遑将父。          没有工夫养我父。

翩翩者雕，          斑鸠在翩翩飞，

| | |
|---|---|
| 载飞载止， | 有时飞有时停， |
| 集于苞杞。 | 停在丛生杞树里。 |
| 王事靡盬， | 周王的事不牢固， |
| 不遑将母。 | 没有工夫养我母。 |

| | |
|---|---|
| 驾彼四骆， | 驾车用那四白马， |
| 载骤骎骎。⑧ | 赶车赶马跑得急。 |
| 岂不怀归？ | 难道不想回归？ |
| 是用作歌， | 因此作歌不收敛， |
| 将母来谂。⑨ | 用那养母作思念。 |

①骓骓（fēi fēi）：马行不停貌。　②倭迟：迂远。　③靡盬（gǔ）：不牢固。　④啴啴（tān tān）：喘气。骆（luò）：白毛黑鬣的马。　⑤启处：安居。　⑥雊（zhuī）：斑鸠。　⑦苞栩：丛生栎树。　⑧骎骎（qīn qīn）：马速行。　⑨谂（shěn）：想念。

## 皇皇者华

| | |
|---|---|
| 皇皇者华，① | 光彩照耀的鲜花， |
| 于彼原隰。② | 在那平原洼地聚集。 |
| 駪駪征夫，③ | 众多出使的行人， |
| 每怀靡及。④ | 每次怀私停留来不及。 |

| | |
|---|---|
| 我马维驹，⑤ | 我的马是壮马， |
| 六辔如濡。⑥ | 六根马缰绳都润湿。 |
| 载驰载驱， | 又赶马又赶车， |
| 周爰咨诹。⑦ | 周到地访问和谈事。 |

| | |
|---|---|
| 我马维骐，⑧ | 我的马是青黑色的马， |
| 六辔如丝。 | 六根马缰绳像丝柔。 |
| 载驰载驱， | 又赶马又赶车， |

| | |
|---|---|
| 周爰咨谋。 | 周到地访问和筹谋。 |
| 我马维骆，⑨ | 我的马是白毛的马， |
| 六辔沃若。 | 六根马缰绳很润泽。 |
| 载驰载驱， | 又赶马又赶车， |
| 周爰咨度。 | 周到地访问和谋策。 |
| 我马维骃，⑩ | 我的马是杂色的马， |
| 六辔既均。 | 六根马缰绳既匀均。 |
| 载驰载驱， | 又赶马又赶车， |
| 周爰咨询。 | 周到地访问和咨询。 |

①皇皇：同"煌煌"，指光彩照耀。　②原隰（xí）：平原洼地。　③骁骁（shēn shēn）：众多。征夫：行人。　④每怀：每次怀念私心。靡及：无及于君命。　⑤驹：壮马。　⑥辔：缰绳。　⑦周：周到。咨：问。诹（zōu）：访事。　⑧骐（qí）：青黑色的马。　⑨骆：白毛的马。　⑩骃（yīn）：灰色杂毛的马。

# 常　棣

| | |
|---|---|
| 常棣之华，① | 郁李的花， |
| 鄂不韡韡。② | 萼足光明。 |
| 凡今之人， | 凡是如今的人， |
| 莫如兄弟。 | 没有像兄弟相亲。 |
| 死丧之威，③ | 死丧的可怕， |
| 兄弟孔怀。 | 只有兄弟怀念不休。 |
| 原隰裒矣，④ | 平原或洼地聚葬了， |
| 兄弟求矣。 | 兄弟还是相寻求了。 |
| 脊令在原，⑤ | 鹡鸰水鸟在平原上， |
| 兄弟急难。 | 兄弟救急难。 |

| | |
|---|---|
| 每有良朋， | 虽有好朋友相慰， |
| 况也永叹。⑥ | 只有使人长叹。 |

| | |
|---|---|
| 兄弟阋于墙，⑦ | 兄弟在家内相争， |
| 外御其务。⑧ | 对外抗御他们的欺侮。 |
| 每有良朋， | 虽有好的朋友， |
| 烝也无戎。⑨ | 总是没有来相助。 |

| | |
|---|---|
| 丧乱既平， | 丧乱既经平定， |
| 既安且宁。 | 既是平安而且宁静。 |
| 虽有兄弟， | 虽有兄弟， |
| 不如友生。⑩ | 不如朋友相亲。 |

| | |
|---|---|
| 傧尔笾豆，⑪ | 陈列你设宴的用具， |
| 饮酒之饫。⑫ | 饮酒得到满足。 |
| 兄弟既具， | 兄弟既经团聚， |
| 和乐且孺。⑬ | 和好快乐而且永相亲。 |

| | |
|---|---|
| 妻子好合， | 妻子既爱好相合， |
| 如鼓瑟琴。 | 像弹奏琴瑟。 |
| 兄弟既翕，⑭ | 兄弟既经聚合， |
| 和乐且湛。⑮ | 和好快乐而且深情契合。 |

| | |
|---|---|
| 宜尔室家， | 管好你的家庭， |
| 乐尔妻孥。⑯ | 使你妻子儿女快乐呀。 |
| 是究是图， | 研究呀谋划呀， |
| 亶其然乎！⑰ | 确实是这样的理呀！ |

①常棣：即棠棣，郁李，落叶灌木，高五六尺，春开花五瓣，夏结实为核果。　②鄂不：同"萼柎"，即萼足。铧铧（wěi wěi）：光明貌。　③威：畏。　④裒（póu）：聚集。　⑤脊令：同"鹡

鸰",鸟名。头黑额白,背黑腹白,尾长。是水鸟。今在平原,失其常处,比兄弟有急难。　⑥况:发语词。　⑦阋(xì)于墙:因恨相争于内。　⑧务:亦作"侮"。　⑨烝:通"曾",乃。戎:助。　⑩友生:友。生,语助词。　⑪傧(bìn):陈设。　⑫饫(yù):满足。　⑬孺:相亲。　⑭翕(xī):聚合。　⑮湛(zhàn):深情。　⑯孥(nú):儿女。　⑰亶(dǎn):诚然。

# 伐 木

| | |
|---|---|
| 伐木丁丁,① | 砍那树木丁丁声, |
| 鸟鸣嘤嘤。② | 鸟儿叫着嘤嘤鸣。 |
| 出自幽谷, | 鸟从深谷飞出来, |
| 迁于乔木。 | 迁到高树争光明。 |
| 嘤其鸣矣, | 嘤嘤地鸣了, |
| 求其友声。 | 发出求友的叫声。 |
| 相彼鸟矣, | 看看那个小鸟呀, |
| 犹求友声。 | 还发出求友的叫声。 |
| 矧伊人矣,③ | 何况还是人呢, |
| 不求友生。 | 怎能不求友生。 |
| 神之听之,④ | 审慎吧听从吧, |
| 终和且平。 | 终于是和好而且安平。 |
| | |
| 伐木许许,⑤ | 众人砍树许许声, |
| 酾酒有藇。⑥ | 滤糟的酒更清澄。 |
| 既有肥羜,⑦ | 既有肥美的五月羔, |
| 以速诸父。⑧ | 用来快请伯叔情。 |
| 宁适不来, | 难道有事不能来, |
| 微我弗顾。 | 非我不顾心不诚。 |
| 於粲洒埽,⑨ | 清洁庭院忙打扫, |
| 陈馈八簋。⑩ | 陈设着肴馔和八羹。 |

| | |
|---|---|
| 既有肥牡， | 既有肥羊和清樽， |
| 以速诸舅。 | 快邀伯叔心极诚。 |
| 宁适不来， | 难道有事不能来， |
| 微我有咎。 | 非我有错心不诚。 |
| | |
| 伐木于阪， | 砍树在斜坡上， |
| 酾酒有衍。⑪ | 滤糟的酒更清澄。 |
| 笾豆有践， | 碗盘排列皆成行， |
| 兄弟无远。 | 兄弟相会莫疏远。 |
| 民之失德， | 人们失去德音情， |
| 干餱以愆。⑫ | 干粮待客不真诚。 |
| 有酒湑我，⑬ | 有酒我把它滤清， |
| 无酒酤我。⑭ | 无酒我买献殷勤。 |
| 坎坎鼓我，⑮ | 我们击鼓坎坎声， |
| 蹲蹲舞我。⑯ | 我们跳舞更相亲。 |
| 迨我暇矣。 | 等到我们有空了， |
| 饮此湑矣。 | 饮这清酒显情亲。 |

①丁丁（zhēng zhēng）：伐木声。　②嘤嘤（yīng yīng）：鸟鸣声。　③矧（shěn）：况且，何况。　④神之听之：审慎听从。神，慎。　⑤许许（hǔ hǔ）：众人共力之声。　⑥酾（shī）：滤酒。苄（xù）：美好。　⑦羜（zhù）：五个月的小羊。　⑧速：催请。　⑨於（wū）：感叹词。粲：鲜洁貌。　⑩馈（kuì）：赠送。簋（guǐ）：古盛食物用具，圆口，两耳。　⑪衍：美好。　⑫餱（hóu）：干粮。愆：过失。　⑬湑（xǔ）：滤过的酒。　⑭酤：买酒。　⑮坎坎：鼓声。　⑯蹲蹲（cún cún）：舞貌。

# 天　保

| | |
|---|---|
| 天保定尔，① | 上天为了安定你， |
| 亦孔之固。 | 也把稳固赐给你。 |

俾尔单厚，②　　　　　　使你尽厚待百姓，
何福不除？③　　　　　　哪种福气不给你？
俾尔多益，　　　　　　　使你多得好处，
以莫不庶。④　　　　　　　没有不富庶呢。

天保定尔，　　　　　　　上天为了安定你，
俾尔戬穀。⑤　　　　　　使你得到福禄。
罄无不宜，⑥　　　　　　尽你所得没不宜，
受天百禄。　　　　　　　受上天的百禄。
降尔遐福，　　　　　　　降给你的远福，
维日不足。　　　　　　　惟恐日子不满足。

天保定尔，　　　　　　　上天为了安定你，
以莫不兴。　　　　　　　可用的没有不旺兴。
如山如阜，　　　　　　　像山像阜那样，
如冈如陵，　　　　　　　像山冈像山陵，
如川之方至，　　　　　　像百川的流水，
以莫不增。　　　　　　　因此没有不加增。

吉蠲为饎，⑦　　　　　　吉日清洁作酒食，
是用孝享。⑧　　　　　　用来祭献给祖上。
禴祠烝尝，⑨　　　　　　春夏秋冬都祭祀，
于公先王。⑩　　　　　　祭祀先公并先王。
君曰卜尔，⑪　　　　　　先公先王说祝你，
万寿无疆。　　　　　　　祝你万寿是无疆。

神之吊矣，⑫　　　　　　神的到来了，
诒尔多福。　　　　　　　赐给你多种幸福。
民之质矣，　　　　　　　人民的质朴呀，
日用饮食。　　　　　　　日用饮食也不错。

群黎百姓， 　群众黎民和百官，
遍为尔德。 　普遍感化你的道德。

如月之恒，⑬ 　好比天上上弦月，
如日之升。 　好比太阳正高升。
如南山之寿， 　好比南山那样寿，
不骞不崩。⑭ 　不会亏蚀不会崩。
如松柏之茂， 　好比松柏的茂盛，
无不尔或承。 　没有不可你继承。

①保：安也。　②单厚：尽厚。　③不除：不予。除、余，古通用，"余"作"予"。　④庶：富。　⑤戬（jiǎn）：福。穀：善。　⑥罄（qìng）：尽。　⑦蠲（juān）：通"涓"，清洁。饎（chì）：酒食。　⑧孝享：献祭。　⑨禴（yuè）：夏祭。祠：春祭。尝：秋祭。烝：冬祭。　⑩于公先王：于先公先王。　⑪君：指先公先王。　⑫吊：至。　⑬恒（gèng）：弦，指月上弦。　⑭骞（qiān）：亏损。崩：毁坏。

# 采 薇

采薇采薇，① 　采薇菜呀采薇菜，
薇亦作止。② 　薇菜刚刚在生长。
曰归曰归， 　说归去呀说归去，
岁亦莫止。 　一年快要过了账。
靡室靡家， 　没有妻房没有家，
猃狁之故。③ 　猃狁的缘故要算账。
不遑启居， 　没有工夫讲安居，
猃狁之故。 　猃狁的缘故就要讲。

采薇采薇， 　采薇菜呀采薇菜，
薇亦柔止。④ 　薇菜变得嫩又柔。
曰归曰归， 　说归去呀说归去，

心亦忧止。　　　　　　不能归去心发愁。
忧心烈烈，⑤　　　　　心里忧愁像火烧，
载饥载渴。　　　　　　又饥又渴怎么了。
我戍未定，　　　　　　我的驻防没有定，
靡使归聘。⑥　　　　　不能使人归问聘。

采薇采薇，　　　　　　采薇菜呀采薇菜，
薇亦刚止。⑦　　　　　薇菜变硬不好采。
曰归曰归，　　　　　　说归去呀说归去，
岁亦阳止。⑧　　　　　年到十月不等待。
王事靡盬，　　　　　　王事没有稳固啊，
不遑启处。　　　　　　没有时间可安息。
忧心孔疚，　　　　　　心里忧愁像病痛，
我行不来。　　　　　　我想走了不等待。

彼尔维何？⑨　　　　　那个花是什么？
维常之华。　　　　　　是棠棣的花。
彼路斯何？⑩　　　　　那个大车是谁坐？
君子之车。　　　　　　是将军的车。
戎车既驾，　　　　　　兵车既经驾好了，
四牡业业。　　　　　　四匹雄马很壮观。
岂敢定居？　　　　　　怎敢说安定居处？
一月三捷。　　　　　　一个月里三胜战。

驾彼四牡，　　　　　　驾车用那四雄马，
四牡骙骙。⑪　　　　　四匹雄马很强壮。
君子所依，　　　　　　战车是将军的依靠，
小人所腓。⑫　　　　　士兵的隐蔽。
四牡翼翼，⑬　　　　　四匹雄马驾车很熟习，

| | |
|---|---|
| 象弭鱼服。⑭ | 带上象弭鱼皮袋。 |
| 岂不日戒？ | 岂不每天做戒备？ |
| 猃狁孔棘。⑮ | 猃狁的事很是急。 |
| | |
| 昔我往矣， | 从前我去参军， |
| 杨柳依依。⑯ | 杨柳殷殷情不了。 |
| 今我来思， | 现在我归来了， |
| 雨雪霏霏。 | 雨雪纷纷下不了。 |
| 行道迟迟， | 慢慢走路吧， |
| 载渴载饥。 | 又渴又饥怎么办。 |
| 我心伤悲， | 我的心里是悲哀， |
| 莫知我哀。 | 没人知道我哀愁。 |

①薇：野豌豆。　②作：初生。止：语助词。　③猃狁（xiǎn yǔn）：古民族名，春秋时为戎狄，秦汉时为匈奴，隋唐时为突厥。　④柔：嫩。　⑤烈烈：忧愁貌。　⑥聘：问候。　⑦刚：坚硬。　⑧阳：阴历十月。　⑨尔：通"薾"，花盛。　⑩路：大车。　⑪骙骙（kuí kuí）：马强壮。　⑫腓（féi）：掩护。　⑬翼翼：娴熟。　⑭弭（mǐ）：弓末弯曲处。鱼服：鱼皮做的箭袋。　⑮棘：急。　⑯依依：犹"殷殷"。

# 出　车

| | |
|---|---|
| 我出我车， | 我驾了我的车， |
| 于彼牧矣。 | 在那放牧的地方。 |
| 自天子所， | 从天子处， |
| 谓我来兮。 | 命我来到这地方。 |
| 召彼仆夫， | 召集那些车夫， |
| 谓之载矣。 | 叫他们快装光。 |
| 王事多难， | 周王的事多外患， |
| 维其棘矣。 | 事情急迫着忙。 |

| | |
|---|---|
| 我出我车， | 我驾了我的车， |
| 于彼郊矣。 | 在那郊区了。 |
| 设此旐矣，<sup>①</sup> | 装饰这面旗子了， |
| 建彼旄矣。 | 竖立那面旗子了。 |
| 彼旟旐斯，<sup>②</sup> | 那各种旗子， |
| 胡不旆旆？<sup>③</sup> | 为什么不让旒下垂？ |
| 忧心悄悄， | 我暗中担忧， |
| 仆夫况瘁。<sup>④</sup> | 想那车夫劳瘁。 |
| | |
| 王命南仲，<sup>⑤</sup> | 周王命令南仲， |
| 往城于方。 | 去筑城北方。 |
| 出车彭彭， | 出发的兵车浩盛， |
| 旂旐央央。<sup>⑥</sup> | 旗子飘动有光。 |
| 天子命我， | 天子命令我， |
| 城彼朔方。 | 筑城在那朔方。 |
| 赫赫南仲，<sup>⑦</sup> | 威严的大将南仲， |
| 猃狁于襄。<sup>⑧</sup> | 除去猃狁固国防。 |
| | |
| 昔我往矣， | 从前我去了， |
| 黍稷方华。 | 黍稷正开花。 |
| 今我来思， | 现在我来了， |
| 雨雪载涂。 | 满路雨雪花花。 |
| 王事多难， | 周王的事多外患， |
| 不遑启居。 | 没工夫安居。 |
| 岂不怀归？ | 难道不想回去？ |
| 畏此简书。<sup>⑨</sup> | 怕这种紧急兵书。 |
| | |
| 喓喓草虫， | 草虫喓喓地叫， |
| 趯趯阜螽。<sup>⑩</sup> | 阜螽追赶地跳。 |

| | |
|---|---|
| 未见君子， | 没有看见君子人， |
| 忧心忡忡。 | 心里忧愁忡忡地跳。 |
| 既见君子， | 既已看见那君子， |
| 我心则降。 | 我的心平静不动摇。 |
| 赫赫南仲， | 威严的南仲， |
| 薄伐西戎。 | 去讨伐那西戎。 |
| | |
| 春日迟迟， | 春天日子慢慢过， |
| 卉木萋萋。 | 花木生长繁盛时。 |
| 仓庚喈喈， | 黄莺正在喈喈叫， |
| 采蘩祁祁。⑪ | 人们从容采蒿芝。 |
| 执讯获丑，⑫ | 捉敌审讯或割耳， |
| 薄言还归。 | 凯旋班师正得时。 |
| 赫赫南仲， | 威严大将称南仲， |
| 狝狁于夷。 | 狝狁得到平定时。 |

①旐（zhào）：古代画龟蛇的旗。　②旟（yú）：古代画隼鸟的旗。　③旆旆（pèi pèi）：古代旗末有旒下垂。　④况：通"慌"。　⑤南仲：宣王时人，为将筑城于朔方，以御北敌。　⑥央央：鲜明貌。　⑦赫赫：盛。　⑧襄：除。　⑨简书：写在竹简上的军书。　⑩趯趯（tì tì）：跳跃貌。　⑪祁祁：舒迟。　⑫执讯：捉敌讯问。获丑：杀敌割左耳。

# 杕　杜

| | |
|---|---|
| 有杕之杜， | 特生的赤棠， |
| 有睆其实。① | 光泽是它的果实。 |
| 王事靡盬， | 王爷的事没止息， |
| 继嗣我日。② | 继续延留我月日。 |
| 日月阳止， | 又延留到十月， |
| 女心伤止， | 妇人的心里忧愁， |

| | |
|---|---|
| 征夫遑止。③ | 征人没工夫得休。 |
| 有杕之杜， | 特生的赤棠， |
| 其叶萋萋。 | 它的叶儿茂盛。 |
| 王事靡盬， | 王爷的事没止息， |
| 我心伤悲。 | 我的心里伤悲。 |
| 卉木萋止， | 花木终是茂盛， |
| 女心悲止， | 妇人的心里伤悲， |
| 征夫归止。 | 征人怎能回归。 |
| 陟彼北山， | 登上那座北山， |
| 言采其杞。④ | 采摘那里的枸杞。 |
| 王事靡盬， | 王爷的事没止息， |
| 忧我父母。 | 忧我父母没人理。 |
| 檀车幝幝，⑤ | 役车已经散坏， |
| 四马痯痯，⑥ | 四匹马儿已疲软， |
| 征夫不远。 | 征人已经走不远。 |
| 匪载匪来， | 车不见载人不见来， |
| 忧心孔疚。 | 忧心成病想不开。 |
| 期逝不至， | 约期已过人不至， |
| 而多为恤。⑦ | 多为忧愁伤怀。 |
| 卜筮偕止，⑧ | 又卜又筮都说好， |
| 会言近止， | 合说他来期近了， |
| 征夫迩止。⑨ | 征人回家近了。 |

①睆（huǎn）：光泽。　②嗣：继续。　③遑：空暇。　④杞：枸杞。　⑤檀车：檀木做的役车。幝幝（chǎn chǎn）：破敝貌。　⑥痯痯（guǎn guǎn）：疲乏貌。　⑦恤（xǔ）：忧。　⑧偕：通"嘉"。　⑨迩（ěr）：近。

# 南　陔

　　"此笙诗也，有声无词。旧在《鱼丽》之后。以《仪礼》考之，其篇次当在此。今正之。说见《华黍》。"

　　"《鹿鸣之什》十篇，一篇无辞。"（朱熹《诗集传》）

# 白华之什

"毛公以《南陔》以下三篇无辞，故升《鱼丽》以足《鹿鸣》什数，而附笙诗三篇于其后，因以《南有嘉鱼》为次什之首，今悉依《仪礼》正之。"（朱熹《诗集传》）

## 白　华

"笙诗也。说见上下篇。"（朱熹《诗集传》）

## 华　黍

"亦笙诗也。《乡饮酒礼》：'鼓瑟而歌《鹿鸣》《四牡》《皇皇者华》。然后笙入堂下，磬南北面立，乐《南陔》《白华》《华黍》。燕礼，亦鼓瑟歌《鹿鸣》《四牡》《皇华》。然后笙入立于县中，奏《南陔》《白华》《华黍》。'《南陔》以下，今无以考其名篇之义。然曰笙、曰乐、曰奏，而不言歌，则有声而无词明矣。所以知其篇第在此者，意古经篇题之下，必有谱焉，如投壶，鲁鼓、薛鼓之节而亡之耳。"（朱熹《诗集传》）

## 鱼　丽

| | |
|---|---|
| 鱼丽于罶，[①] | 鱼儿陷入竹篓， |
| 鲿鲨。[②] | 鲿鱼和鲨鱼都有。 |
| 君子有酒， | 君子有酒， |
| 旨且多。 | 鱼味美且多酒。 |
| | |
| 鱼丽于罶， | 鱼儿陷入竹篓， |
| 鲂鳢。[③] | 鲂鱼鳢鱼都有。 |
| 君子有酒， | 君子有酒， |
| 多且旨。 | 鱼味美且多酒。 |

| | |
|---|---|
| 鱼丽于罶, | 鱼儿陷入竹篓, |
| 鰋鲤。④ | 鰋鱼鲤鱼都有。 |
| 君子有酒, | 君子有酒, |
| 旨且有。 | 鱼味美且多酒。 |
| | |
| 物其多矣, | 食物真是多呀, |
| 维其嘉矣。 | 只有它是好呀。 |
| | |
| 物其旨矣, | 食物真是美呀, |
| 维其偕矣。⑤ | 只有它是好呀。 |
| | |
| 物其有矣, | 食物真是丰富呀, |
| 维其时矣。⑥ | 只有它是适合时令呀。 |

①丽（lí）：通"罹"，陷入。罶（liǔ）：竹篓，用竹编制，鱼进入竹篓即不能出。篓有大小，小篓只能捉小鱼，大篓可以捉大鱼，这里当指大篓。　②鲿（cháng）：黄颊鱼，较大。鲨（shā）：吹沙鱼，较小。　③鲂（fáng）：鳊鱼，银灰色，腹部隆起。身阔鳞细。鳢（lǐ）：黑鱼。　④鰋（yǎn）：鲇鱼。　⑤偕：通"嘉"。　⑥时：适时。

# 由　庚

"此亦笙诗，说见《鱼丽》。"（朱熹《诗集传》）

# 南有嘉鱼

| | |
|---|---|
| 南有嘉鱼，① | 南方有美好的鱼, |
| 烝然罩罩。② | 用众鱼具捉鱼。 |
| 君子有酒, | 君子有美酒, |
| 嘉宾式燕以乐。 | 好宾客快乐地欢宴饮酒。 |
| | |
| 南有嘉鱼, | 南方有美好的鱼, |
| 烝然汕汕。③ | 用众网捕捉鱼。 |

君子有酒，　　　　　　　　君子有美酒，
嘉宾式燕以衎。④　　　　　　好宾客舒畅地欢宴饮酒。

南有樛木，⑤　　　　　　　　南方有向下弯曲的树，
甘瓠累之。⑥　　　　　　　　甜葫芦缠绕这树。
君子有酒，　　　　　　　　君子有美酒，
嘉宾式燕绥之。　　　　　　好宾客安然地欢宴饮酒。

翩翩者鵻，⑦　　　　　　　　斑鸠翩翩地飞来，
烝然来思。　　　　　　　　众多地飞过来。
君子有酒，　　　　　　　　君子有美酒，
嘉宾式燕又思。⑧　　　　　　好宾客参加宴会又劝酒。

①南：南方。嘉鱼：美好的鱼。　②罩罩：指用多罩来捉鱼，不限于一罩。　③汕汕（shàn shàn）：用众抄网捕鱼。汕，即抄网，汕汕，即不止一汕。　④衎（kàn）：乐。　⑤樛（jiū）木：向下弯曲的树。　⑥瓠：葫芦。　⑦鵻（zhuī）：斑鸠。　⑧又：通"右"，劝酒。

# 崇　丘

"说见《鱼丽》。"（朱熹《诗集传》）

# 南山有台

南山有台，①　　　　　　　　南山有莎草，
北山有莱。②　　　　　　　　北山有黎草。
乐只君子，　　　　　　　　快乐的君子人，
邦家之基。　　　　　　　　国家基础的宝。
乐只君子，　　　　　　　　快乐的君子人，
万寿无期。　　　　　　　　万寿无时可考。

南山有桑，　　　　　　　　南山有桑，

| | |
|---|---|
| 北山有杨。 | 北山有杨。 |
| 乐只君子， | 快乐的君子人， |
| 邦家之光。 | 是为国家增光。 |
| 乐只君子， | 快乐的君子人， |
| 万寿无疆。 | 万寿无疆。 |
| | |
| 南山有杞，③ | 南山有枸杞， |
| 北山有李。 | 北山有李。 |
| 乐只君子， | 快乐的君子人， |
| 民之父母。 | 民的父母亲。 |
| 乐只君子， | 快乐的君子人， |
| 德音不已。 | 道德的声誉不停。 |
| | |
| 南山有栲，④ | 南山有山樗树， |
| 北山有杻。⑤ | 北山有檍树。 |
| 乐只君子， | 快乐的君子人， |
| 遐不眉寿。 | 怎么不会长寿。 |
| 乐只君子， | 快乐的君子人， |
| 德音是茂。 | 道德的声誉是盛茂。 |
| | |
| 南山有枸，⑥ | 南山有枸树， |
| 北山有楰。⑦ | 北山有楸树。 |
| 乐只君子， | 快乐的君子人， |
| 遐不黄耇?⑧ | 怎么不成黄发老人? |
| 乐只君子， | 快乐的君子人， |
| 保艾尔后。⑨ | 安定地长养您的后代人。 |

①台：莎草，可做蓑衣。　②莱：藜，亦称灰菜，嫩叶可食。　③杞（qǐ）：木名，一说枸杞，一说杞柳。　④栲（kǎo）：山樗，像漆树。　⑤杻（niǔ）：檍木，可作弓材。　⑥枸（jǔ）：枳枸。树高大，子大如指，味甘美，

亦名木蜜。　⑦椻（yú）：虎梓，櫄楸。　⑧黄耈（gǒu）：少年发黑，老变白，白久变黄，为老寿。　⑨保艾：安长。

# 由　仪

"说见《鱼丽》。"（朱熹《诗集传》）

## 蓼　萧

| | |
|---|---|
| 蓼彼萧斯，<sup>①</sup> | 长大的白蒿， |

蓼彼萧斯，①　　　　　　　长大的白蒿，
零露湑兮。②　　　　　　　降下的露珠清啊。
既见君子，　　　　　　　既已看见君子人，
我心写兮。③　　　　　　　我的心里舒畅啊。
燕笑语兮，　　　　　　　在宴会上笑着说啊，
是以有誉处兮。④　　　　　因此有快乐啊。

蓼彼萧斯，　　　　　　　长大的白蒿啊，
零露瀼瀼。⑤　　　　　　　降下的露水满穰穰。
既见君子，　　　　　　　既已看见君子人，
为龙为光。⑥　　　　　　　又受宠又增光。
其德不爽，　　　　　　　他的德行既不差，
寿考不忘。　　　　　　　愿他长寿永安康。

蓼彼萧斯，　　　　　　　长大的白蒿啊，
零露泥泥。⑦　　　　　　　落下的露水濡穰。
既见君子，　　　　　　　既已看见君子人，
孔燕岂弟。⑧　　　　　　　又欢宴又和畅。
宜兄宜弟，　　　　　　　作为兄弟很相宜，
令德寿岂。⑨　　　　　　　好的德行乐寿长。

蓼彼萧斯，　　　　　　　长大的白蒿啊，

| | |
|---|---|
| 零露浓浓。 | 落下的露水浓浓。 |
| 既见君子, | 既已看见君子人, |
| 鞗革冲冲。⑩ | 马缰绳停下从容。 |
| 和鸾雍雍,⑪ | 鸾铃声锵锵和衷, |
| 万福攸同。⑫ | 降下的万福会同。 |

①蓼（lù）：长大貌。萧：白蒿。　②零：落下。湑（xǔ）：指滤过的酒，有清澄意。　③写：舒泄。　④誉：通“豫”，乐。　⑤瀼瀼（ráng ráng）：盛貌。　⑥龙：光宠。　⑦泥泥：濡湿。　⑧岂弟：同“恺悌”，和易近人。　⑨岂：同“恺”，乐。　⑩鞗（tiáo）革：马缰绳。冲冲：垂饰貌。　⑪和鸾：车上的铃铛。　⑫攸：所。同：聚集。

## 湛　露

| | |
|---|---|
| 湛湛露斯,① | 浓重的露水啊, |
| 匪阳不晞。② | 不是太阳晒不干。 |
| 厌厌夜饮,③ | 安闲的夜间饮酒, |
| 不醉无归。 | 不醉不归。 |
| | |
| 湛湛露斯, | 浓重的露水啊, |
| 在彼丰草。 | 落在丰草上。 |
| 厌厌夜饮, | 安闲的夜间饮酒, |
| 在宗载考。④ | 在同族中的宴礼上。 |
| | |
| 湛湛露斯, | 浓重的露水啊, |
| 在彼杞棘。 | 落在枸杞酸枣上。 |
| 显允君子, | 光明诚恳的君子人, |
| 莫不令德。 | 没有不是好品德。 |
| | |
| 其桐其椅,⑤ | 那桐树和椅树, |
| 其实离离。⑥ | 它的果实下垂。 |

岂弟君子，　　　　　　平易的君子人，

莫不令仪。　　　　　　没有不是好威仪。

①湛湛（zhàn zhàn）：露重貌。　②晞（xī）：干。　③厌厌：安然。　④宗：同族。考：成。指宴饮之礼。　⑤椅（yī）：类桐树。　⑥离离：下垂貌。

# 彤弓之什

## 彤　弓

彤弓弨兮，<sup>①</sup>　　　　朱弓弦放松啊，
受言藏之。<sup>②</sup>　　　　接受赏赐藏起它。
我有嘉宾，　　　　　我有好宾客，
中心贶之。<sup>③</sup>　　　　心中喜爱他。
钟鼓既设，　　　　　钟鼓既经设置，
一朝飨之。<sup>④</sup>　　　　一朝设宴款待他。

彤弓弨兮，　　　　　朱弓弦放松啊，
受言载之。<sup>⑤</sup>　　　　接受赏赐载藏它。
我有嘉宾，　　　　　我有好宾客，
中心喜之。　　　　　心中喜爱他。
钟鼓既设，　　　　　钟鼓既经设置，
一朝右之。<sup>⑥</sup>　　　　一朝摆酒款待他。

彤弓弨兮，　　　　　朱弓弦放松啊，
受言櫜之。<sup>⑦</sup>　　　　接受赏赐藏好它。
我有嘉宾，　　　　　我有好宾客，
中心好之。　　　　　心中爱好他。
钟鼓既设，　　　　　钟鼓既经设置，
一朝酬之。<sup>⑧</sup>　　　　一朝用酒食款待他。

①彤弓：朱红的弓。周代天子有赐弓礼。弨（chāo）：放松。　②言：语助词。　③贶（kuàng）：爱戴。　④飨（xiǎng）：用酒食款待人。　⑤载：装载。　⑥右：通"侑"，劝酒。　⑦櫜（gāo）：隐藏。　⑧酬：劝酒。

# 菁菁者莪

菁菁者莪，①      茂盛的莪蒿，
在彼中阿。②      在那大山中。
既见君子，      既经看见君子人，
乐且有仪。      有威仪且在快乐中。

菁菁者莪，      茂盛的莪蒿，
在彼中沚。③      在那小洲中。
既见君子，      既经看见君子人，
我心则喜。      我的高兴在心中。

菁菁者莪，      茂盛的莪蒿，
在彼中陵。④      在那土山中。
既见君子，      既经看见君子人，
锡我百朋。⑤      他赐给我在百朋中。

泛泛杨舟，      杨木船儿水中游，
载沉载浮。⑥      或是下去或是上浮。
既见君子，      既经看见君子人，
我心则休。⑦      我是欢喜在心头。

①菁菁（jīng jīng）：盛貌。莪（é）：莪蒿。多年生草本植物，生在水边。 ②阿：大丘陵。 ③沚：水中小洲。 ④陵：土山。 ⑤朋：古货币，五贝为一串，两串为朋。 ⑥载：则。 ⑦休：喜。

# 六 月

六月栖栖，①      六月里惶惶不安，
戎车既饬。②      兵车整顿上前方。
四牡骙骙，③      四匹雄马都强壮，
载是常服。④      插的日月旗风光。

| | |
|---|---|
| 猃狁孔炽，⑤ | 猃狁兵力很盛旺， |
| 我是用急。⑥ | 出征因此很急忙。 |
| 王于出征， | 周王命令我出征， |
| 以匡王国。 | 来使王国得安匡。 |
| | |
| 比物四骊，⑦ | 均齐力气四黑马， |
| 闲之维则。 | 熟习战斗法度良。 |
| 维此六月， | 就是在这六月里， |
| 既成我服。⑧ | 既经成就我军装。 |
| 我服既成， | 我的军装既成就， |
| 于三十里。⑨ | 日行卅里兵力强。 |
| 王于出征， | 周王命令我出征， |
| 以佐天子。 | 来辅天子固国防。 |
| | |
| 四牡修广，⑩ | 四匹雄马大而长， |
| 其大有颙。⑪ | 头大显得更勇壮。 |
| 薄伐猃狁， | 同心协力伐猃狁， |
| 以奏肤公。⑫ | 用来建立那个大功。 |
| 有严有翼，⑬ | 武有威严文敬恭， |
| 共武之服。⑭ | 用武对敌方共同。 |
| 共武之服， | 共同用武对敌方， |
| 以定王国。 | 用来安定王国防。 |
| | |
| 猃狁匪茹，⑮ | 猃狁可真不自量， |
| 整居焦获， | 整占焦获我地方， |
| 侵镐及方， | 侵入镐地又及方， |
| 至于泾阳。⑯ | 一直进入到泾阳。 |
| 织文鸟章，⑰ | 旗上画着隼鸟章， |
| 白旆央央。⑱ | 帛做旗子极鲜亮。 |
| 元戎十乘，⑲ | 大的兵车我十辆， |

| | |
|---|---|
| 以先启行。 | 先行开拔到战场。 |
| | |
| 戎车既安， | 大的兵车既安全， |
| 如轾如轩。⑳ | 忽低忽高冲向前。 |
| 四牡既佶，㉑ | 四匹雄马既强壮， |
| 既佶且闲。 | 既是强壮又熟娴。 |
| 薄伐猃狁， | 讨伐猃狁到边疆， |
| 至于大原。 | 到了大原直向前。 |
| 文武吉甫， | 文武兼备尹吉甫， |
| 万邦为宪。 | 万邦取法人所羡。 |
| | |
| 吉甫燕喜， | 吉甫设宴表欢喜， |
| 既多受祉。㉒ | 既多受福把功酬。 |
| 来归自镐， | 他从镐地班师回， |
| 我行永久。 | 我们行军时间久。 |
| 饮御诸友，㉓ | 设宴饮食待诸友， |
| 炰鳖脍鲤。㉔ | 烹煮切鲤样样有。 |
| 侯谁在矣，㉕ | 谁人在座列席了， |
| 张仲孝友。㉖ | 原来张仲是孝友。 |

①栖栖：遑遑不安貌。　②饬：整顿。　③骙骙（kuí kuí）：马强壮貌。　④常服：画日月的旗。服，指旗。　⑤炽：盛。　⑥急：紧急。　⑦比物：指力气均齐。骊：黑马。　⑧服：军服。　⑨于三十里：军行三十里。　⑩修：长。广：大。　⑪颙（yóng）：大。　⑫奏：为。肤公：大功。　⑬严：威严。翼：恭敬。　⑭服：事。　⑮匪茹：不自量。　⑯焦获、镐、方、泾阳：皆周之地名。　⑰织：通"帜"，指旗。　⑱白旆：帛做的旗。　⑲元戎：大兵车。　⑳如轾（zhì）：车子前低后高。如轩（xuān）：车子前高后低。指车子安稳前进。　㉑佶（jí）：壮健貌。　㉒祉（zhǐ）：福。　㉓御：进。　㉔炰（páo）：烹煮。脍（kuài）：细切。　㉕侯：语助词，惟。　㉖张仲：吉甫之友。

# 采 芑

| | |
|---|---|
| 薄言采芑，① | 说是采苦菜啊， |
| 于彼新田，② | 在那二年耕的田， |
| 于此菑亩。③ | 在这一年耕的田。 |
| 方叔莅止，④ | 方叔亲自来到， |
| 其车三千，⑤ | 他的兵车有三千， |
| 师干之试。⑥ | 士兵捍卫齐向前。 |
| 方叔率止， | 方叔领他们来前， |
| 乘其四骐，⑦ | 他坐车用四匹青黑马， |
| 四骐翼翼。⑧ | 四匹青黑马顺序相连。 |
| 路车有奭，⑨ | 大车颜色红彤彤， |
| 簟茀鱼服，⑩ | 竹席蔽窗鱼皮做箭袋， |
| 钩膺鞗革。⑪ | 钩车缰绳套马胸腹相连。 |
| | |
| 薄言采芑， | 说是采苦菜啊， |
| 于彼新田， | 在那二年耕的田， |
| 于此中乡。⑫ | 在这一年耕的田。 |
| 方叔莅止， | 方叔亲自来到， |
| 其车三千， | 他的兵车有三千， |
| 旂旐央央。 | 画龙画龟蛇的旗子光鲜。 |
| 方叔率止， | 方叔率领士兵来前， |
| 约𫐈错衡，⑬ | 用皮缠车毂跟横木相连， |
| 八鸾玱玱。⑭ | 八个鸾铃锵锵响连。 |
| 服其命服， | 穿上他的军装， |
| 朱芾斯皇， | 红的蔽膝是辉煌， |
| 有玱葱珩。⑮ | 有青玉作佩声煌煌。 |
| | |
| 鴥彼飞隼，⑯ | 飞得快的有隼鸟， |

| | |
|---|---|
| 其飞戾天，⑰ | 它的高飞飞到天， |
| 亦集爰止。 | 飞下停留在树颠。 |
| 方叔莅止， | 方叔亲自来到， |
| 其车三千， | 他的兵车有三千， |
| 师干之试。 | 士兵捍卫齐向前。 |
| 方叔率止， | 方叔率领着士兵， |
| 钲人伐鼓，⑱ | 击钲人击鼓进军， |
| 陈师鞠旅。⑲ | 整顿军队告诫整编。 |
| 显允方叔，⑳ | 声名赫赫的方叔啊， |
| 伐鼓渊渊，㉑ | 击鼓声音渊渊， |
| 振旅阗阗。㉒ | 整顿军队声阗阗。 |
| | |
| 蠢尔蛮荆， | 愚蠢的你们蛮荆， |
| 大邦为仇。 | 和大国作仇。 |
| 方叔元老， | 方叔是元老， |
| 克壮其犹。㉓ | 能够展现他的智谋。 |
| 方叔率止， | 方叔率领部队到来， |
| 执讯获丑。 | 捉敌讯问割耳除丑。 |
| 戎车啴啴，㉔ | 兵车众多前来， |
| 啴啴焞焞，㉕ | 众多啊盛大啊， |
| 如霆如雷。㉖ | 好像天上在打雷。 |
| 显允方叔， | 声名赫赫的方叔， |
| 征伐玁狁， | 讨伐玁狁显震威， |
| 蛮荆来威。 | 蛮荆跟着来服威。 |

①芑（qǐ）：苦菜。　②新田：开垦两年的田。　③菑（zī）：开垦一年的田。　④方叔：周宣王时大将。　⑤其车三千：一说三千辆兵车，是夸张军威，非实数。　⑥师干之试：士兵有捍敌之用。师，士卒。干，捍敌。试，用。　⑦骐：青黑色的马。　⑧翼翼：整饬有次

序。　⑨奭（shì）：赤貌。　⑩簟笰（diàn fú）：用竹席蔽车窗。簟，竹席。鱼服：用鲛鱼皮做的箭袋。　⑪钩膺：用钩子连锁皮带绕住马的胸腹部。鞗（tiáo）革：马缰绳所用的皮革。　⑫中乡：指新田中。　⑬约軝（qí）：用皮带约束车毂上。错衡：再连车上横木。　⑭八鸾：八个铃。马口旁有两铃，四匹马有八铃。　⑮玱玱（qiāng qiāng）：玉声。葱珩：青色佩玉。　⑯欥（yù）：飞捷貌。　⑰戾：至。　⑱钲：一种乐器，击钲使士兵进退的。　⑲陈师：整齐队伍。鞫旅：告诫士众。鞫，告。　⑳允：语助词。　㉑渊渊：鼓声。　㉒振旅：休整军队。阗阗（tián tián）：击鼓声。　㉓犹：谋。　㉔啴啴（tān tān）：众多。　㉕焞焞（tūn tūn）：盛貌。　㉖霆：打雷。

# 车　攻

我车既攻，① 　　　　　　我的车子修整既牢固，
我马既同。② 　　　　　　我的马儿行动既相同。
四牡庞庞，③ 　　　　　　四匹雄马真壮实，
驾言徂东。④ 　　　　　　驾着车子跑向东。

田车既好， 　　　　　　打猎车子既备好，
田牡孔阜。⑤ 　　　　　　四匹雄马很服帖。
东有甫草，⑥ 　　　　　　东有甫田好野草，
驾言行狩。 　　　　　　驾车可以去冬猎。

之子于苗，⑦ 　　　　　　这个人在夏猎时，
选徒嚣嚣。⑧ 　　　　　　选择徒众闹哗嚣。
建旐设旄， 　　　　　　竖起龙旗龟蛇旗，
搏兽于敖。⑨ 　　　　　　捉住野兽在郑敖。

驾彼四牡， 　　　　　　驾着那四匹雄马，
四牡奕奕。 　　　　　　四匹雄马既习熟。
赤芾金舄， 　　　　　　红皮蔽膝金头鞋，

| | |
|---|---|
| 会同有绎。⑩ | 朝见天子相陆续。 |
| | |
| 决拾既伙，⑪ | 扳指护袖既安好， |
| 弓矢既调， | 张弓射箭又调正。 |
| 射夫既同，⑫ | 射箭的人既心同， |
| 助我举柴。⑬ | 帮我积兽举得正。 |
| | |
| 四黄既驾， | 四匹黄马既驾车， |
| 两骖不猗。 | 两匹骖马不偏差。 |
| 不失其驰，⑭ | 驾车的人不错失， |
| 舍矢如破。⑮ | 一箭中的不出差。 |
| | |
| 萧萧马鸣， | 马儿萧萧地叫， |
| 悠悠旆旌。 | 旗帜悠悠地飘。 |
| 徒御不惊，⑯ | 士兵驾车不喧哗， |
| 大庖不盈。⑰ | 大厨子烧菜不多饶。 |
| | |
| 之子于征， | 这个人去打猎， |
| 有闻无声。 | 有名望无声音。 |
| 允矣君子，⑱ | 确实是君子人， |
| 展也大成。⑲ | 确是有大的功成。 |

①攻：坚固。　②同：一样。　③庞庞（lóng lóng）：壮大。　④徂东：往东，往洛阳。　⑤阜：壮大。　⑥甫草：甫田之草。郑有甫田。　⑦苗：夏猎。　⑧选：通"算"。嚣嚣（áo áo）：喧哗。　⑨敖：郑国地。　⑩会同：诸侯朝见天子。绎：连续不断。　⑪决：钩弦具。拾：护臂具。伙（cì）：调动好。　⑫同：协同。　⑬柴（zì）：积兽。　⑭不失其驰：御者驾车得法。　⑮舍矢如破：发箭皆中。　⑯徒御：兵士和驾车人。不惊：不喧哗。　⑰大庖：大厨子。不盈：不使饭菜过多。　⑱允：信。　⑲展：确实。

# 吉 日

| | |
|---|---|
| 吉日维戊，<sup>①</sup> | 吉祥的日子是初五， |
| 既伯既祷。<sup>②</sup> | 既祭马祖神还祷告。 |
| 田车既好， | 打猎车子既备好， |
| 四牡孔阜。 | 四匹雄马很强壮。 |
| 升彼大阜， | 登上大坡真是好， |
| 从其群丑。<sup>③</sup> | 追赶群兽不算少。 |
| | |
| 吉日庚午，<sup>④</sup> | 吉祥日子是初七， |
| 既差我马。<sup>⑤</sup> | 既选我马在猎中。 |
| 兽之所同，<sup>⑥</sup> | 野兽聚集水泽中， |
| 麀鹿麌麌。<sup>⑦</sup> | 母鹿成群好相从。 |
| 漆沮之从，<sup>⑧</sup> | 漆沮流域可追从， |
| 天子之所。 | 天子打猎处所同。 |
| | |
| 瞻彼中原，<sup>⑨</sup> | 看望那个平原中， |
| 其祁孔有。<sup>⑩</sup> | 多有大兽类不同。 |
| 儦儦俟俟，<sup>⑪</sup> | 有的奔跑有的走， |
| 或群或友。<sup>⑫</sup> | 或三或两是相从。 |
| 悉率左右， | 尽率左右来打猎， |
| 以燕天子。 | 以请天子欢宴中。 |
| | |
| 既张我弓， | 既拉开我的弓， |
| 既挟我矢。 | 既挟起我箭头。 |
| 发彼小豝，<sup>⑬</sup> | 射中那小野猪， |
| 殪此大兕。<sup>⑭</sup> | 射死这大野牛。 |
| 以御宾客， | 用来款待我宾客， |
| 且以酌醴。<sup>⑮</sup> | 并且用来佐甜酒。 |

①戊：指初五日，为刚日，即十日中一、三、五、七、九为单日，即甲、丙、戊、庚、壬，余为双日。　②伯：马祖神。祷：向神祷告。　③从：追逐。群丑：成群野兽。　④庚午：指初七日。　⑤差：选择。　⑥同：犹聚。　⑦麀（yōu）鹿：母鹿。麌麌（yǔ yǔ）：鹿群聚貌。　⑧漆沮：漆水、沮水流域。　⑨中原：原中。　⑩祁（qí）：指大兽。　⑪儦儦（biāo biāo）：奔跑貌。俟俟（sì sì）：行走貌。　⑫群：兽三为群。友：兽二为友。　⑬豝（bā）：野猪。　⑭殪（yì）：射死。兕（sì）：野牛。　⑮醴（lǐ）：甜酒。

# 鸿　雁

| | |
|---|---|
| 鸿雁于飞， | 鸿雁在飞， |
| 肃肃其羽。① | 翅膀发出肃肃响。 |
| 之子于征， | 这个人服役， |
| 劬劳于野。② | 在野地里劳苦难状。 |
| 爰及矜人，③ | 于是连到可怜人， |
| 哀此鳏寡。④ | 哀伤这些鳏寡苦状。 |
| | |
| 鸿雁于飞， | 鸿雁在飞， |
| 集于中泽。 | 停在沼泽中。 |
| 之子于垣， | 这个人在筑墙， |
| 百堵皆作。⑤ | 几百丈高墙极高崇。 |
| 虽则劬劳， | 虽极辛劳， |
| 其究安宅。⑥ | 终究安民居宅中。 |
| | |
| 鸿雁于飞， | 鸿雁在飞， |
| 哀鸣嗷嗷。 | 嗷嗷地哀叫。 |
| 维此哲人，⑦ | 只有这聪明人， |
| 谓我劬劳。 | 说我辛劳。 |
| 维彼愚人， | 只有那愚蠢人， |

谓我宣骄。⑧　　　　　　　说我宣扬骄傲。

①肃肃：羽声。　②劬（qú）劳：辛苦劳累。　③爱：语助词。矜人：可怜人。　④鳏（guān）：老而无妻者。寡：老而无夫者。　⑤堵：墙壁。一丈为板，五板为堵。　⑥究：终究。宅：居。　⑦哲人：聪明人。　⑧宣骄：逞强。

# 庭　燎

夜如何其？　　　　　　　夜怎样了？
夜未央。①　　　　　　　夜没有亮。
庭燎之光。②　　　　　　庭院里大烛的光。
君子至止，③　　　　　　君子人到来了，
鸾声将将。　　　　　　　鸾铃锵锵地响。

夜如何其？　　　　　　　夜怎样了？
夜未艾。④　　　　　　　夜没有亮。
庭燎晰晰。⑤　　　　　　庭院里大烛的一点亮。
君子至止，　　　　　　　君子人到来了，
鸾声哕哕。⑥　　　　　　鸾铃暗暗地响。

夜如何其？　　　　　　　夜怎样了？
夜乡晨。　　　　　　　　夜将亮。
庭燎有辉。　　　　　　　庭院里大烛有光。
君子至止，　　　　　　　君子人到来了，
言观其旂。　　　　　　　看见他的旗在飘扬。

①夜未央：夜未尽。　②庭燎：庭中火炬，庭中大烛。　③君子：指诸侯。　④艾：止，尽。　⑤晰晰（zhé zhé）：光明。　⑥哕哕（huì huì）：铃声。

# 沔 水

| | |
|---|---|
| 沔彼流水，① | 满满的流水， |
| 朝宗于海。② | 流向大海像朝见帝王。 |
| 鴥彼飞隼， | 疾飞的那隼鸟， |
| 载飞载止。 | 有时飞有时停藏。 |
| 嗟我兄弟， | 感叹我的兄弟， |
| 邦人诸友，③ | 国人诸侯友方， |
| 莫肯念乱，④ | 不肯止乱复礼， |
| 谁无父母？ | 谁没有父母可启。 |
| | |
| 沔彼流水， | 满满的流水， |
| 其流汤汤。 | 它的流声洋洋。 |
| 鴥彼飞隼， | 疾飞的那隼鸟， |
| 载飞载扬。 | 有时飞有时高扬。 |
| 念彼不迹，⑤ | 想那不规矩的人， |
| 载起载行。 | 有时起来有时行。 |
| 心之忧矣， | 我的心是忧了， |
| 不可弭忘。⑥ | 不可以停止轻忘。 |
| | |
| 鴥彼飞隼， | 疾飞的那隼鸟， |
| 率彼中陵。 | 飞向那土山中。 |
| 民之讹言， | 人们的谣言， |
| 宁莫之惩。 | 怎么可以不惩凶。 |
| 我友敬矣，⑦ | 我的朋友警惕了， |
| 谗言其兴。 | 谗言怎能兴从。 |

①沔（miǎn）：水流满貌。 ②朝宗：以河水入海，比诸侯朝见天子。 ③兄弟：比同姓诸侯。邦人：比异姓臣。 ④念乱：止乱。 ⑤不迹：不规则的事，不道德的事。 ⑥弭（mǐ）：止，息。 ⑦敬：通"警"，警惕。

# 鹤　鸣

| | |
|---|---|
| 鹤鸣于九皋，① | 鹤在极远处叫， |
| 声闻于野。 | 声音传到野处。 |
| 鱼潜在渊， | 鱼儿潜伏在深渊， |
| 或在于渚。 | 有时在绕水的小渚。 |
| 乐彼之园， | 喜欢那个园子， |
| 爰有树檀， | 在园里种有檀树， |
| 其下维萚。② | 它的下面有落下萚。 |
| 它山之石， | 别的山里的石， |
| 可以为错。③ | 可以做磨刀石。 |
| | |
| 鹤鸣于九皋， | 鹤在极远处叫， |
| 声闻于天。 | 声音传到天际处。 |
| 鱼在于渚， | 鱼儿在绕水的小渚， |
| 或潜在渊。 | 有时潜伏在深渊。 |
| 乐彼之园， | 喜欢那个园子， |
| 爰有树檀， | 在园里种有檀树， |
| 其下维榖。④ | 它的下面有榖树。 |
| 它山之石， | 别的山里的石， |
| 可以攻玉。 | 可以磨玉使它白。 |

①九皋（gāo）：九折泽，泽中水溢出称一折，九折指极远处。　②萚（tuò）：树脱落的皮。　③错：可琢玉的石。　④榖：即楮树，皮可制纸。

# 祈父之什

## 祈 父

| 祈父，① | 司马， |
|---|---|
| 予王之爪牙。② | 我是王的爪牙。 |
| 胡转予于恤，③ | 为什么陷我到忧患呀， |
| 靡所止居。 | 没有安居呀。 |

| 祈父， | 司马， |
|---|---|
| 予王之爪士。④ | 我是王的爪牙。 |
| 胡转予于恤， | 为什么陷我到忧患呀， |
| 靡所底止。⑤ | 不能够安居呀。 |

| 祈父， | 司马， |
|---|---|
| 亶不聪。⑥ | 确实是不聪呀。 |
| 胡转予于恤， | 为什么陷我到忧患呀， |
| 有母之尸饔。⑦ | 有母谁主熟食呀。 |

①祈父：即圻父，官名，是职掌边处兵甲的司马。　②爪牙：指将军。　③转：移，陷。恤（xù）：忧。　④爪士：虎臣。　⑤底：至。　⑥亶（dǎn）：诚。　⑦尸：主。饔（yōng）：熟食。

## 白 驹

| 皎皎白驹，① | 洁白有光的白马， |
|---|---|
| 食我场苗。 | 吃我场里的豆苗。 |
| 絷之维之，② | 绊住它来系住它， |
| 以永今朝。 | 来留住他过今朝。 |
| 所谓伊人， | 所说的那个人， |

于焉逍遥。③　　　　　在这儿可以逍遥。

皎皎白驹，　　　　　洁白有光的白马，
食我场藿。　　　　　吃我场里的豆茎。
絷之维之，　　　　　绊住它来系住它，
以永今夕。　　　　　留住他过今夜这时辰。
所谓伊人，　　　　　所说的那个人，
于焉嘉客。　　　　　在这儿是好客人。

皎皎白驹，　　　　　洁白有光的白马，
贲然来思。④　　　　　有光彩地到来。
尔公尔侯，　　　　　封您公爷或侯爷，
逸豫无期。⑤　　　　　安乐过活没期限。
慎尔优游，　　　　　谨慎您的游乐，
勉尔遁思。⑥　　　　　望您不要隐遁不来。

皎皎白驹，　　　　　洁白有光的白马，
在彼空谷。⑦　　　　　跑在没有人的山谷。
生刍一束，　　　　　有嫩青草一束，
其人如玉。　　　　　那个人像白玉。
毋金玉尔音，⑧　　　　别爱惜您像金玉的声音，
而有遐心。⑨　　　　　对我有疏远的心。

①皎皎：洁白，光明，这里指马毛光亮。　②絷（zhí）：绊。维：系住。　③焉：此，这儿。　④贲（bì）然：光彩貌。　⑤逸豫：安乐。　⑥勉尔遁思：望他勿遁。勉，抑止。遁，隐遁。　⑦空谷：无人的山谷。　⑧音：音信。　⑨遐：远去。

# 黄　鸟

黄鸟黄鸟，　　　　　　黄鸟呀黄鸟，

| | |
|---|---|
| 无集于穀，① | 不要会集在树穀， |
| 无啄我粟。 | 不要吃我的粟。 |
| 此邦之人， | 这个侯国的人， |
| 不我肯穀。② | 不肯好好地待我活。 |
| 言旋言归， | 说要转身回去， |
| 复我邦族。③ | 回到我国的宗族。 |

| | |
|---|---|
| 黄鸟黄鸟， | 黄鸟呀黄鸟， |
| 无集于桑， | 不要会集在柔桑， |
| 无啄我粱。 | 不要吃我的高粱。 |
| 此邦之人， | 这个侯国的人， |
| 不可与明。④ | 不可以同他结盟。 |
| 言旋言归， | 说要转身回去， |
| 复我诸兄。 | 回去找我众兄。 |

| | |
|---|---|
| 黄鸟黄鸟， | 黄鸟呀黄鸟， |
| 无集于栩，⑤ | 不要会集在苞栩， |
| 无啄我黍。 | 不要啄我的黍。 |
| 此邦之人， | 这个侯国的人， |
| 不可与处。 | 不可以和他们相处。 |
| 言旋言归， | 说要转身回去， |
| 复我诸父。 | 回去找我众伯父叔父。 |

①穀（gǔ）：树名，即楮树，皮可制纸。　②穀（gǔ）：善。　③复：回返。　④明（méng）：通"盟"，结盟。　⑤栩（xǔ）：柞树。

# 我行其野

| | |
|---|---|
| 我行其野， | 我在野地里走， |
| 蔽芾其樗。① | 看到臭椿的幼芽。 |

| | |
|---|---|
| 昏姻之故， | 因为婚姻的缘故， |
| 言就尔居。 | 我到你住处不差。 |
| 尔不我畜，② | 你不肯养育我， |
| 复我邦家。 | 我回到我的邦家。 |
| | |
| 我行其野， | 我在野地里走， |
| 言采其蓫。③ | 采羊蹄草充腹。 |
| 昏姻之故， | 因为婚姻的缘故， |
| 言就尔宿。 | 我就来你处住宿。 |
| 尔不我畜， | 你不肯养育我， |
| 言归思复。 | 我回去想归复。 |
| | |
| 我行其野， | 我在野地里走， |
| 言采其葍。④ | 采那种小旋花。 |
| 不思旧姻， | 你不念那旧婚姻， |
| 求尔新特。⑤ | 求那新的匹偶嘉。 |
| 成不以富，⑥ | 虽实不因为贪富， |
| 亦祇以异。 | 也只因你异心吧。 |

①蔽芾（fèi）：幼小貌。樗（chū）：臭椿，叶有臭味。　②畜：养。　③蓫（zhú）：草名，一称羊蹄菜。　④葍（fú）：多年生蔓草，一名小旋花，地下茎可食。　⑤特：匹配。　⑥成：通"诚"，确定。

# 斯　干

| | |
|---|---|
| 秩秩斯干，① | 流动的溪涧， |
| 幽幽南山。② | 幽深的终南山。 |
| 如竹苞矣，③ | 像竹子的丛生了， |
| 如松茂矣。 | 像松树的茂盛了。 |
| 兄及弟矣， | 兄和弟， |

式相好矣，　　　　　　　　互相友好了，
无相犹矣。④　　　　　　　没有相指责了。

似续妣祖，⑤　　　　　　　继承先妣和先祖，
筑室百堵，　　　　　　　　建筑宫室墙百堵，
西南其户。　　　　　　　　门户朝着西南向，
爰居爰处，　　　　　　　　于是用这里作居处，
爰笑爰语。　　　　　　　　于是笑于是语。

约之阁阁，⑥　　　　　　　捆束墙版声阁阁，
椓之橐橐。⑦　　　　　　　敲打泥土声托托。
风雨攸除，　　　　　　　　风雨免除不为虐，
鸟鼠攸去，　　　　　　　　鸟鼠赶去不作恶，
君子攸芋。⑧　　　　　　　君子以此住新作。

如跂斯翼，⑨　　　　　　　像企望那样站稳，
如矢斯棘，⑩　　　　　　　像发箭那样笔直，
如鸟斯革，⑪　　　　　　　像鸟飞那样变革，
如翚斯飞，⑫　　　　　　　像野鸡那样展翅，
君子攸跻。⑬　　　　　　　君子人登堂进入。

殖殖其庭，⑭　　　　　　　平正的前庭，
有觉其楹。⑮　　　　　　　有高大柱子直陈。
哙哙其正，⑯　　　　　　　白天显得明亮，
哕哕其冥，⑰　　　　　　　夜里显得光明，
君子攸宁。　　　　　　　　君子住了安宁。

下莞上簟，⑱　　　　　　　下面蒲席上竹席，
乃安斯寝。　　　　　　　　是可以安寝最嘉。
乃寝乃兴，　　　　　　　　是寝了是起来，

| | |
|---|---|
| 乃占我梦。 | 是吉卜我的梦啊。 |
| 吉梦维何？ | 吉梦是什么？ |
| 维熊维罴，[19] | 是熊是罴， |
| 维虺维蛇。[20] | 是小蛇和大蛇。 |
| | |
| 大人占之，[21] | 请太卜占梦， |
| 维熊维罴， | 是熊是罴， |
| 男子之祥； | 是生男儿的吉祥； |
| 维虺维蛇， | 是小蛇是大蛇， |
| 女子之祥。 | 是生女儿的吉祥。 |
| | |
| 乃生男子， | 是生男儿， |
| 载寝之床， | 睡在大床， |
| 载衣之裳， | 穿上衣裳， |
| 载弄之璋。[22] | 玩弄玉璋。 |
| 其泣喤喤， | 他的哭泣喤喤， |
| 朱芾斯皇，[23] | 穿上蔽膝辉煌， |
| 室家君王。 | 成立家庭为君王。 |
| | |
| 乃生女子， | 是生女儿， |
| 载寝之地， | 睡在大地， |
| 载衣之裼，[24] | 穿上抱衣， |
| 载弄之瓦。[25] | 玩弄纺线锤。 |
| 无非无仪，[26] | 没有是没有非， |
| 唯酒食是议， | 只有酒食可商议， |
| 无父母贻罹。 | 不要使父母遭非议。 |

①秩秩：流行貌。干：溪涧。在陕西西安市南。　③苞：本。续：似，通"嗣"。似续，继承。

②幽幽：深远貌。南山：终南山，④犹：通"尤"，过失。　⑤似⑥约：束。阁阁：犹历历，言束

板之绳历历可数。 ⑦椓（zhuó）：夯打。橐橐（tuó tuó）：用杵击土声。 ⑧攸：语助词。芋：通"宇"，居。 ⑨跂（qì）：企，踮起脚后跟站着。翼：如鸟张翼。 ⑩棘（jí）：急也，矢行缓则枉，急则直，急有直义。 ⑪革：变也，鸟飞则改变静止状态。 ⑫翚（huī）：野鸡毛羽五彩称翚。此章用四个比喻来比建筑物的各种形态、线条的整齐挺耸，以及装饰的华彩。 ⑬跻（jī）：登，升上。 ⑭殖殖：平正。 ⑮觉：高大。楹：柱子。 ⑯哙哙（kuài kuài）：宽明貌。正：昼也。 ⑰哕哕（huì huì）：光明貌。冥：夜。 ⑱莞（guān）：蒲席。 ⑲罴（pí）：熊的一种，比熊更凶猛。 ⑳虺（huǐ）：小蛇。 ㉑大人：即太卜，占梦官。 ㉒璋：玉器。 ㉓朱芾（fú）：蔽膝，古代天子、诸侯的一种服饰，用以蔽膝的。 ㉔裼（tì）：婴儿的包被。 ㉕瓦：古代纺线的纺锤。 ㉖仪：善。

# 无 羊

| | |
|---|---|
| 谁谓尔无羊？ | 谁说你没有羊群？ |
| 三百维群。 | 三百头羊成一群。 |
| 谁谓尔无牛？ | 谁说你没有牛？ |
| 九十其犉。① | 七尺黄牛九十头。 |
| 尔羊来思， | 你的羊群来了， |
| 其角濈濈。② | 它的角集合成群好。 |
| 尔牛来思， | 你的牛来了， |
| 其耳湿湿。③ | 反刍时候把耳摇。 |
| | |
| 或降于阿， | 有的牛羊下坡岗， |
| 或饮于池。 | 有的喝水在池旁。 |
| 或寝或讹，④ | 有的睡觉有的游逛， |
| 尔牧来思， | 你的牧人来了， |
| 何蓑何笠，⑤ | 披着蓑衣戴着笠， |

| | |
|---|---|
| 或负其餱。 | 有时背着那干粮。 |
| 三十维物，⑥ | 牛羊毛色三十种， |
| 尔牲则具。 | 作为牲口都备得。 |
| | |
| 尔牧来思， | 你的牧人来了， |
| 以薪以蒸，⑦ | 带来粗柴和细草， |
| 以雌以雄。 | 带来雌兽和雄鸟。 |
| 尔羊来思， | 你的羊来了， |
| 矜矜兢兢，⑧ | 都很强壮个个好， |
| 不骞不崩。⑨ | 没有亏损没病了。 |
| 麾之以肱， | 用臂来指挥它， |
| 毕来既升。⑩ | 全都进入圈儿好。 |
| | |
| 牧人乃梦， | 牧人于是做好梦， |
| 众维鱼矣，⑪ | 蝗虫变作鱼儿了， |
| 旐维旟矣。⑫ | 龟蛇旗变作隼鸟旗了。 |
| 大人占之， | 太卜因此占卜它， |
| 众维鱼矣， | 蝗虫变成鱼儿了， |
| 实维丰年。 | 这是丰年征兆好。 |
| 旐维旟矣， | 龟蛇旗变作隼鸟旗了， |
| 室家溱溱。⑬ | 子孙众多室家好。 |

①犉（rún）：牛七尺为犉。　②濈濈（jí jí）：聚集貌。　③湿湿（qì qì）：牛反刍时摇动耳朵。　④讹（é）：行动。　⑤何：通"荷"，披戴。　⑥物：毛色。　⑦薪、蒸：粗曰薪，细曰蒸。　⑧矜矜兢兢：紧张貌。　⑨骞、崩：亏损，群疾。　⑩升：登入，入牢。　⑪众：通"螽"，蝗虫。　⑫旐、旟：画龟蛇旗为旐，画隼鸟旗为旟。　⑬溱溱（zhēn zhēn）：众多。

# 节南山

| | |
|---|---|
| 节彼南山，① | 那高峻的终南山， |
| 维石岩岩。② | 只有大石堆积成山峦。 |
| 赫赫师尹，③ | 威风凛凛的尹太师， |
| 民具尔瞻。④ | 人民都在向您看。 |
| 忧心如惔，⑤ | 心中忧愁像火烧， |
| 不敢戏谈。 | 不敢戏笑作谈端。 |
| 国既卒斩，⑥ | 国家既经尽灭绝， |
| 何用不监！⑦ | 为什么不起来察看！ |
| | |
| 节彼南山， | 那高峻的终南山， |
| 有实其猗。⑧ | 有广大的山坡。 |
| 赫赫师尹， | 威风凛凛的尹太师， |
| 不平谓何？ | 做事不平说什么？ |
| 天方荐瘥，⑨ | 天正要降严重的瘟疫， |
| 丧乱弘多。 | 死丧混乱大而多。 |
| 民言无嘉， | 人民没有好话说， |
| 憯莫惩嗟！⑩ | 曾经没有惩戒乎！ |
| | |
| 尹氏大师， | 尹氏您是太师， |
| 维周之氐，⑪ | 是周朝的根柢， |
| 秉国之均，⑫ | 掌握国家的政权， |
| 四方是维，⑬ | 四方靠您来纲维， |
| 天子是毗，⑭ | 天子是依靠您， |
| 俾民不迷。 | 使人民不受迷。 |
| 不吊昊天，⑮ | 不善的上天， |
| 不宜空我师。⑯ | 不该困乏我们大众受饥。 |
| | |
| 弗躬弗亲， | 对事不亲自过问， |

| | |
|---|---|
| 庶民弗信。 | 人民对您不相信。 |
| 弗问弗仕，⑰ | 您不问不察事， |
| 勿罔君子。 | 不要欺骗君子问讯。 |
| 式夷式已，⑱ | 或被伤害或停职， |
| 无小人殆。 | 不要受小人斥搀。 |
| 琐琐姻亚，⑲ | 小小的亲眷， |
| 则无膴仕。⑳ | 不要高官厚禄相允。 |
| | |
| 昊天不傭，㉑ | 上天不公匀， |
| 降此鞠讻。㉒ | 降下这个极凶灾。 |
| 昊天不惠， | 上天不恩惠， |
| 降此大戾。㉓ | 降下这个大灾难。 |
| 君子如届，㉔ | 君子如果到来过问， |
| 俾民心阕。㉕ | 使人民心里不为难。 |
| 君子如夷，㉖ | 君子如果受伤残， |
| 恶怒是违。 | 恶怒您是违背亲规。 |
| | |
| 不吊昊天， | 不善的上天， |
| 乱靡有定。 | 乱没有安定。 |
| 式月斯生， | 乱子月月在发生， |
| 俾民不宁。 | 使得人民不安宁。 |
| 忧心如酲，㉗ | 忧心像酒醉， |
| 谁秉国成？ | 谁掌握国政？ |
| 不自为政， | 不自己管好国政， |
| 卒劳百姓。 | 终于劳苦百姓。 |
| | |
| 驾彼四牡， | 四匹雄马驾着车， |
| 四牡项领。㉘ | 四匹雄马粗项领。 |
| 我瞻四方， | 我看那四方天下， |

蹐蹐靡所骋！㉙         局促得没法驰骋。

方茂尔恶，             正在增加您的罪恶，
相尔矛矣！             观察您的矛对谁啊！
既夷既怿，㉚           既然又和平又快乐，
如相酬矣。㉛           像相酬对啊。

昊天不平，             上天不公平，
我王不宁。             我王不安宁。
不惩其心，             您不去惩戒您的心，
覆怨其正。             还怨劝您改正的人。

家父作诵，㉜           家父作了这篇讽，
以究王讻。             用来追究王的凶。
式讹尔心，㉝           快快改变您的心，
以畜万邦。㉞           用来安定万邦中。

①节：高峻貌。　②岩岩：积石貌。　③师尹：太师尹氏。太师，周三公之一，掌兵权。尹氏，周大臣尹吉甫的后代。　④具：俱。　⑤惔（tán）：火烧。　⑥卒：尽。斩：灭绝。　⑦监：监察。　⑧有实其猗：山坡广大。实，广大。猗，山坡。　⑨荐：重。瘥（cuó）：疫病。　⑩憯：同"惨"，语助词，犹曾。惩：止。嗟：语末助词。　⑪氐：柢，根柢。　⑫秉均：掌握国家大权。　⑬维：维系。　⑭毗（pí）：辅助。　⑮吊：善。　⑯空：空乏。　⑰仕：察事。"仕"通"事"。　⑱式夷式已：受伤或停职。夷，伤。已，完结。　⑲琐琐：微小貌。姻亚：婿之父曰姻，两婿相谓曰亚。　⑳朊（wǔ）仕：厚加任用，即高位厚禄。　㉑俾：均。　㉒鞠讻：极凶。　㉓戾：灾祸。　㉔届：极，止。　㉕阕（què）：止息。　㉖夷：伤。　㉗酲（chéng）：病于酒。　㉘项领：头颈粗大，不能驾车，喻马不能用，比大臣不能用。　㉙蹐蹐（cù cù）：局促不舒展。　㉚怿：喜悦。　㉛酬：应酬，言反复无常。　㉜作诵：作诗讽

谏。　㉝讹（é）：变化。　㉞畜：养，休养，安定。

# 正　月

| 正月繁霜，<sup>①</sup> | 四月里下了许多霜， |

正月繁霜，①　　　　　四月里下了许多霜，
我心忧伤。　　　　　　使我的心里很忧伤。
民之讹言，　　　　　　民间的谣言，
亦孔之将。②　　　　　也是很猖狂。
念我独兮，　　　　　　念我孤独啊，
忧心京京。③　　　　　心里惊恐忧难忘。
哀我小心，　　　　　　悲哀我的小心，
癙忧以痒。④　　　　　极忧得发病那样。

父母生我，　　　　　　父母生养我，
胡俾我瘉？⑤　　　　　为什么使我受痛苦？
不自我先，　　　　　　不在我以前，
不自我后。　　　　　　不在我以后。
好言自口，　　　　　　好话出自口，
莠言自口。⑥　　　　　恶话出自口。
忧心愈愈，⑦　　　　　心里越来越忧愁，
是以有侮。　　　　　　越是有人来欺侮。

忧心惸惸，⑧　　　　　心里非常忧愁，
念我无禄。　　　　　　想我没有福禄。
民之无辜，　　　　　　人们本来没有罪，
并其臣仆。⑨　　　　　牵连到他的奴仆。
哀我人斯，　　　　　　悲哀我这个人啊，
于何从禄？　　　　　　从什么地方得到福禄？
瞻乌爰止，⑩　　　　　看到乌鸦所停处，
于谁之屋？　　　　　　在谁家的房屋？

| | |
|---|---|
| 瞻彼中林， | 看看那树林里， |
| 侯薪侯蒸。⑪ | 只可樵柴和割草。 |
| 民今方殆， | 人们如今正苦难， |
| 视天梦梦。⑫ | 看天昏昏也不晓。 |
| 既克有定，⑬ | 既然能够使乱定， |
| 靡人弗胜。⑭ | 没有人不能取胜。 |
| 有皇上帝，⑮ | 高高在上的君王， |
| 伊谁云憎？⑯ | 有谁敢对他憎恨？ |
| | |
| 谓山盖卑？ | 说山为何说它低？ |
| 为冈为陵， | 可它都是大冈陵， |
| 民之讹言， | 民间的谣言， |
| 宁莫之惩。 | 难道没法加以戒惩。 |
| 召彼故老， | 召集那些旧臣， |
| 讯之占梦。 | 问他占卜梦兆。 |
| 具曰予圣， | 都说自己圣明， |
| 谁知乌之雌雄？ | 谁知道乌鸦的雌雄？ |
| | |
| 谓天盖高？⑰ | 说天何以这样高？ |
| 不敢不局。⑱ | 却不敢不弯腰。 |
| 谓地盖厚？ | 说地何以这样厚？ |
| 不敢不蹐。⑲ | 却不敢不小心走路。 |
| 维号斯言， | 说这样呼号的话， |
| 有伦有脊。⑳ | 有道理有根据。 |
| 哀今之人， | 悲哀现在的人， |
| 胡为虺蜴？㉑ | 为什么把上者看作虺蜴？ |
| | |
| 瞻彼阪田，㉒ | 看那坡上田， |
| 有菀其特。㉓ | 有茂盛的苗。 |

天之扤我，㉔　　　　　　天要来动摇我，
如不我克，　　　　　　　如果不能制胜我，
彼求我则，㉕　　　　　　他便求我，
如不我得，　　　　　　　唯恐求不到我，
执我仇仇，㉖　　　　　　求到我又傲慢我，
亦不我力。㉗　　　　　　也不用我。

心之忧矣，　　　　　　　心里忧愁啊，
如或结之。　　　　　　　像有什么结扎它。
今兹之正，㉘　　　　　　今天这样的政治，
胡然厉矣？　　　　　　　为什么这样暴虐？
燎之方扬，　　　　　　　火烧得正旺，
宁或灭之。　　　　　　　难道有人灭它。
赫赫宗周，㉙　　　　　　威严的西周，
褒姒威之！㉚　　　　　　褒姒来灭亡它！

终其永怀，　　　　　　　既经永久伤怀，
又窘阴雨。　　　　　　　又碰上天的阴霾。
其车既载，　　　　　　　车既把东西装载，
乃弃尔辅。㉛　　　　　　抛弃了你的车箱板。
载输尔载，㉜　　　　　　堕下你的运载，
将伯助予。㉝　　　　　　呼叫大哥帮运材。

无弃尔辅，　　　　　　　不要抛弃你的车箱板，
员于尔辐。㉞　　　　　　加固你的车子辐。
屡顾尔仆，　　　　　　　屡次顾看你的奴仆，
不输尔载。　　　　　　　不要使你的运载有失落。
终逾绝险，　　　　　　　终于越过危险地，
曾是不意。㉟　　　　　　可是你却不以为意。

| 鱼在于沼， | 鱼在池沼， |
| 亦匪克乐。 | 不能快乐。 |
| 潜虽伏矣， | 潜水虽然伏了， |
| 亦孔之炤。㊱ | 但仍清楚见到了。 |
| 忧心惨惨，㊲ | 忧心惨惨， |
| 念国之为虐。 | 想国家的政事浑浊。 |

| 彼有旨酒， | 他有美酒， |
| 又有嘉肴。 | 又有好的菜肴。 |
| 洽比其邻，㊳ | 和好了他的邻居， |
| 昏姻孔云。㊴ | 跟亲眷非常好。 |
| 念我独兮， | 念我孤独啊， |
| 忧心愍愍。㊵ | 心里忧愁怎么了。 |

| 佌佌彼有屋，㊶ | 小小的人他有屋， |
| 蔌蔌方有穀。㊷ | 鄙陋的人他有禄。 |
| 民今之无禄， | 人们今天没有福禄， |
| 天夭是椓。㊸ | 天摧残他是虐。 |
| 哿矣富人，㊹ | 好过的是富人， |
| 哀此惸独！ | 哀怜我这孤独！ |

①正月：夏历四月。繁：多。　②将：大。　③京京：忧愁不止。　④癙（shǔ）忧：极忧。痒（yǎng）：病。　⑤瘉（yù）：病，转为痛苦。　⑥莠：恶。　⑦愈愈：忧惧貌。　⑧惸惸（qióng qióng）：忧念貌。　⑨并：使。臣仆：奴仆。　⑩瞻乌爰止：相传乌落在谁家，即谁家富。　⑪侯薪侯蒸：维薪维蒸，维集薪处维集草，维集贤处维集小人。　⑫梦梦：昏愦。　⑬定：定乱。　⑭弗胜：不胜过王为乱。　⑮皇上帝：指君王。　⑯伊：是。憎：恨。　⑰盖：同"盍"，何以。　⑱局：同"跼"。　⑲蹐：小步累足。　⑳伦：道也。脊：同"迹"。　㉑胡为虺蜴：言人畏惧官吏何以如虺蜴。　㉒阪

田：山坡上的田。　㉓菀（wǎn）：茂盛貌。特：特出的苗。　㉔扤（wù）：动摇。　㉕则：语助词。　㉖仇仇：傲慢貌。　㉗不我力：即不我用。　㉘正：执政者。　㉙宗周：西周。　㉚褒姒：褒国之女，周幽王后。　㉛辅：车箱板。　㉜输：堕也。　㉝伯：长者。　㉞员：益也。　㉟曾是不意：乃不以是为意。　㊱炤：一作"昭"，明也。　㊲惨惨：忧郁貌。　㊳洽：和谐。邻：亲近的人。　㊴云：周旋。　㊵慇慇：同"殷殷"，指悲痛。　㊶仳仳（cǐ cǐ）：低微。　㊷蔌蔌（sù sù）：鄙陋。穀：俸禄。　㊸天：摧残。椓：以斧劈柴，喻打击。　㊹哿（gě）：表称许。

# 十月之交

十月之交，①　　　　　十月开头，
朔日辛卯，②　　　　　初一是辛卯，
日有食之，　　　　　　又是次日食，
亦孔之丑。③　　　　　也是很不好。
彼月而微，④　　　　　那月光不亮，
此日而微。　　　　　　这天太阳也不亮。
今此下民，　　　　　　现在这儿老百姓，
亦孔之哀。　　　　　　也很哀痛怎么了。

日月告凶，⑤　　　　　日食月食告凶象，
不用其行。⑥　　　　　不用走在轨道上。
四国无政，　　　　　　四方国家无善政，
不用其良。　　　　　　不用他们的贤良。
彼月而食，　　　　　　那个月儿现月食，
则维其常，　　　　　　则是走路还从常。
此日而食，　　　　　　这天出现了日食，
于何不臧。　　　　　　有什么事情是不良。

烨烨震电，⑦　　　　　光彩照耀像雷电，

不宁不令，　　　　　政事不善不安宁。
百川沸腾，　　　　　有像百川要沸腾，
山冢崒崩；⑧　　　　　有像山顶石碎崩；
高岸为谷，　　　　　高岸降下变深谷，
深谷为陵。　　　　　深谷上升变山陵。
哀今之人，　　　　　悲哀现在的人民，
胡憯莫惩？⑨　　　　　什么惨事不戒惩？

皇父卿士，　　　　　国家大臣是皇父，
番维司徒，　　　　　番氏做了司徒。
家伯维宰，　　　　　家伯做了冢宰，
仲允膳夫，　　　　　仲允做了膳夫。
聚子内史，　　　　　聚子做了内史，
蹶维趣马，　　　　　蹶氏做了养马夫，
楀维师氏，⑩　　　　　楀氏做了师氏，
艳妻煽方处。⑪　　　　与美艳的皇后煽惑在一处。

抑此皇父，　　　　　叹息这皇父，
岂曰不时？　　　　　难道肯说自己不是？
胡为我作，　　　　　为什么让我服劳役，
不即我谋？　　　　　不和我谈事？
彻我墙屋，　　　　　拆毁我的墙屋，
田卒污莱。⑫　　　　　田里水不流草不治。
曰予不戕，　　　　　反说我没伤害你，
礼则然矣。　　　　　礼治便是如此。

皇父孔圣，⑬　　　　　皇父以为很明圣，
作都于向。　　　　　在向邑筑了都城。
择三有事，⑭　　　　　有事用人选三卿，

| | |
|---|---|
| 宣侯多藏。 | 专权敛财多宝珍。 |
| 不慭遗一老，⑮ | 不愿遗留一元老， |
| 俾守我王。 | 使他守卫我王做大臣。 |
| 择有车马， | 选择富有车马人， |
| 以居徂向。 | 用来迁居到向城。 |

| | |
|---|---|
| 黾勉从事， | 我勉力做事， |
| 不敢告劳。 | 不敢说辛劳。 |
| 无罪无辜， | 没有罪没有辜， |
| 谗口嚣嚣。 | 谗人的嘴却说诮。 |
| 下民之孽，⑯ | 百姓受了灾祸， |
| 匪降自天。 | 不是天上降一遭。 |
| 噂沓背憎，⑰ | 议论纷杂背后憎， |
| 职竞由人。⑱ | 专力争逐由人搞。 |

| | |
|---|---|
| 悠悠我里，⑲ | 忧思在我心里， |
| 亦孔之痗。⑳ | 过于忧愁转成疾。 |
| 四方有羡，㉑ | 四方的人有富裕， |
| 我独居忧。 | 我独处忧不敢息。 |
| 民莫不逸， | 人们没有不安逸， |
| 我独不敢休。 | 我独不敢自休息。 |
| 天命不彻，㉒ | 天命不遵道理行， |
| 我不敢效我友自逸。 | 我不敢效我友自安逸。 |

　　①十月：当时称谓纯阴之月，阴盛阳衰，所以发生日食。经今人研究，是周幽王六年十月朔日，即公元前776年9月6日的日食，是世界上最早的有明确记录的日食。交：交替。　②朔日辛卯：初一辛卯日。当时用天干地支记日期，故称这天为辛卯。朔指初一。　③丑：恶。当时认为日食是不好的，所以称"丑"。　④微：月无光，指月食。日无光，指日食。　⑤告凶：告天下凶兆。当时人迷信日食是天告凶。　⑥行：

道。　⑦烨烨（yè yè）：声光之盛。震电：如打雷闪电。　⑧冢：山顶。崒（zú）：碎。　⑨憯（cǎn）：乃。　⑩皇父、家伯、仲允：人名，皆称字。番、聚（Zōu）、蹶（Guì）、楀（Jǔ）：皆氏。师氏：掌司朝得失之事。　⑪艳：美色。煽：炽。方：正时。　⑫污：水不通。莱：草丛生。　⑬圣：聪明。　⑭择三：选择人任三公。　⑮懋（yìn）：愿。　⑯孽：灾难。　⑰噂（zǔn）沓：议论纷杂。　⑱职：主。竞：强。　⑲悠悠：忧思。里：病。　⑳痗（mèi）：病。　㉑羡：宽裕。　㉒天命不彻：天命不合正道。

# 雨无正

| | |
|---|---|
| 浩浩昊天， | 大大的上天， |
| 不骏其德。① | 不能长赐恩德。 |
| 降丧饥馑，② | 降下这饥荒， |
| 斩伐四国。 | 残害我四方的邦国。 |
| 旻天疾威，③ | 上天暴虐， |
| 弗虑弗图。 | 不考虑不谋图。 |
| 舍彼有罪， | 舍弃那有罪的人， |
| 既伏其辜。④ | 尽隐藏他的罪过。 |
| 若此无罪， | 像这些无罪的人， |
| 沦胥以铺。⑤ | 都沦没牵连把罪坐。 |
| | |
| 周宗既灭， | 周朝的宗亲既已灭绝， |
| 靡所止戾。⑥ | 没有地方住定当。 |
| 正大夫离居，⑦ | 正大夫离开所居住， |
| 莫知我勚。⑧ | 没有人知道我辛苦备尝。 |
| 三事大夫，⑨ | 三公大夫， |
| 莫肯夙夜。 | 莫肯早夜为国忙。 |
| 邦君诸侯， | 各国诸侯， |
| 莫肯朝夕。 | 莫肯早夜为国忙。 |

庶曰式臧，⑩ 王做事近乎有改善，
覆出为恶。 但又出来作恶哪能忘。

如何昊天， 怎样的上天，
辟言不信？⑪ 法度的话不相信？
如彼行迈， 像那走远路，
则靡所臻。⑫ 就没有知道止境。
凡百君子， 凡是众多的君子，
各敬尔身。 各自戒慎你的身。
胡不相畏？ 为什么不互相畏惧？
不畏于天！ 不怕天的雷震！

戎成不退，⑬ 战争不停，
饥成不遂。⑭ 饥荒不退。
曾我暬御，⑮ 曾经是我这小侍御，
憯憯日瘁。⑯ 忧愁得日以憔悴。
凡百君子， 凡是众多的君子，
莫肯用讯。 没有用心箴规。
听言则答，⑰ 中听的就答对，
谮言则退。⑱ 谏诤的就斥退。

哀哉不能言！ 悲哀我不能说话！
匪舌是出，⑲ 不是舌头拙于应对，
维躬是瘁。 只是身子怕憔悴。
哿矣能言，⑳ 称许的话能够说，
巧言如流， 巧言像水流，
俾躬处休。 使自身处于安乐休。

维曰于仕，㉑ 只说可以出仕，
孔棘且殆。㉒ 国事很急难任事。

| | |
|---|---|
| 云不可使， | 如说坏事不可使， |
| 得罪于天子。 | 得罪于天子。 |
| 亦云可使， | 如说坏事可以使， |
| 怨及朋友。 | 怨到朋友怎么使。 |
| | |
| 谓尔迁于王都， | 叫你迁到王的首都， |
| 曰予未有室家。 | 说我那里还没有家室。 |
| 鼠思泣血，㉓ | 忧思到哭泣出血， |
| 无言不疾！㉔ | 没有我的话不嫉。 |
| 昔尔出居， | 从前你迁出居处时， |
| 谁从作尔室？ | 谁肯做好你家室？ |

①骏：长。　②饥馑：谷不熟曰饥，菜不熟曰馑。　③疾威：暴虐。　④伏其辜：隐其罪。　⑤沦胥以铺：无罪的人皆因牵连而无辜受害。沦，陷。胥，相。铺，遍。　⑥戾：至。　⑦正大夫：大夫中的正，指大官。　⑧勚（yì）：劳。　⑨三事：三公。　⑩庶：庶几，近乎。　⑪辟言：法度之言。　⑫臻（zhēn）：至。　⑬戎成不退：即战争不息。　⑭遂：安也。　⑮蓺（xiè）御：侍御，王亲近之臣。　⑯惽惽（cǎn cǎn）：忧貌。瘁（cuì）：病。　⑰听言：顺从的话。　⑱譖（zèn）言：谗诤的话。　⑲出：通"拙"，拙劣。　⑳哿（kě）：嘉许。　㉑于：往。　㉒棘：急。殆：危。　㉓鼠：同"癙（shǔ）"，忧思。　㉔疾：通"嫉"，嫉恨。

# 小旻之什

## 小　旻①

| | |
|---|---|
| 旻天疾威， | 上天大发威风， |
| 敷于下土。② | 暴虐遍布下面土地中。 |
| 谋犹回遹，③ | 谋划邪僻， |
| 何日斯沮？④ | 哪一天才不用？ |
| 谋臧不从， | 谋划善的不从， |
| 不臧覆用。 | 不善的反而用。 |
| 我视谋犹， | 我看这些谋划， |
| 亦孔之邛！⑤ | 也是弊病多又重！ |
| | |
| 潝潝訿訿，⑥ | 相和相诋无是非， |
| 亦孔之哀。 | 也很可悲哀伤恸。 |
| 谋之其臧， | 谋划是善的， |
| 则具是违；⑦ | 便都是违反不用； |
| 谋之不臧， | 谋划不善的， |
| 则具是依。 | 便都是依从。 |
| 我视谋犹， | 我看这些谋划， |
| 伊于胡底！⑧ | 到什么时候才不用！ |
| | |
| 我龟既厌， | 我的龟甲既已厌倦， |
| 不我告犹。⑨ | 不告诉我什么是吉凶。 |
| 谋夫孔多， | 谋臣太多， |
| 是用不集。⑩ | 因此不能成功。 |
| 发言盈庭， | 发言的充满朝廷， |
| 谁敢执其咎？ | 谁敢承担那个凶？ |
| 如匪行迈谋，⑪ | 像远行不进问路人， |

是用不得于道。　　　　　因此谋事不能成功。

哀哉为犹，　　　　　　　可哀的是谋划，
匪先民是程，⑫　　　　　不以先人的为标准，
匪大犹是经；⑬　　　　　不以大谋划为定论；
维迩言是听，　　　　　　只有浅近的话听，
维迩言是争！　　　　　　只有浅近的话争！
如彼筑室于道谋，　　　　像那造屋问路人，
是用不溃于成。⑭　　　　因此谋事不能完成。

国虽靡止，⑮　　　　　　国虽狭小无居处，
或圣或否。⑯　　　　　　有圣人和不智人，
民虽靡朊，⑰　　　　　　人虽说没太多，
或哲或谋，⑱　　　　　　有哲人有谋人，
或肃或艾。⑲　　　　　　有谨慎人有聪敏人。
如彼泉流，　　　　　　　像那泉水的流快，
无沦胥以败。　　　　　　不要都沦没失败。

不敢暴虎，⑳　　　　　　不敢徒手搏虎，
不敢冯河。㉑　　　　　　不敢徒步过河。
人知其一，㉒　　　　　　人们知道这危险，
莫知其他。　　　　　　　不知还有其他危险。
战战兢兢，　　　　　　　战战兢兢要小心，
如临深渊，　　　　　　　像临近深渊难过，
如履薄冰。　　　　　　　像踏上薄冰求过。

①小旻（mín）：小天。旻，指天，因诗称天不向人民施恩德，故称
"小天"。　②敷：布施。　③犹：通"猷"，指谋策。回通（yù）：邪
僻。　④沮（jǔ）：阻止。　⑤邛（qióng）：病。　⑥潝潝（xì xì）：相互
附和。讻讻（zǐ zǐ）：同"訾訾"，相互诋毁。　⑦具：通"俱"。　⑧于：

往。底：止。　⑨犹：道。　⑩集：成就。　⑪匪行迈谋：即不进而谋。　⑫程：法。　⑬经：行。　⑭溃：遂，达到。　⑮靡止：狭小无所居。　⑯否：相对于"圣"者，当指不智者。　⑰吪（hū）：大，多。　⑱谋：聪。　⑲肃：恭谨严肃。艾（yì）：治，治事。　⑳暴虎：徒手搏虎。　㉑冯（píng）河：涉水过河。　㉒其一：指暴虎、冯河这一类危险。

# 小　宛 ①

| | |
|---|---|
| 宛彼鸣鸠，② | 小而秃尾的鸠鸟叫， |
| 翰飞戾天。③ | 高飞想上到天。 |
| 我心忧伤， | 我的心里忧愁伤痛， |
| 念昔先人。 | 想念先人从前。 |
| 明发不寐，④ | 从夜到天亮没有睡着， |
| 有怀二人。⑤ | 想念父母二人都贤。 |
| | |
| 人之齐圣，⑥ | 人的正直和聪明， |
| 饮酒温克。⑦ | 饮酒蕴藉能克制。 |
| 彼昏不知， | 那昏庸的人不知道， |
| 壹醉日富。⑧ | 一醉便夸有财资。 |
| 各敬尔仪， | 各人戒慎你威仪， |
| 天命不又。 | 天命一去没来时。 |
| | |
| 中原有菽， | 原野里有野生的豆， |
| 庶民采之。 | 百姓都可去采它。 |
| 螟蛉有子，⑨ | 螟蛾有儿子， |
| 蜾蠃负之。⑩ | 细腰蜂背起它。 |
| 教诲尔子， | 教诲那个儿子， |
| 式穀似之。⑪ | 用善教它像它。 |
| | |
| 题彼脊令， | 看那鹡鸰鸟， |

| | |
|---|---|
| 载飞载鸣。 | 一边飞一边鸣。 |
| 我日斯迈， | 我每天在远行， |
| 而月斯征。 | 你是每月在前行。 |
| 夙兴夜寐， | 早起夜睡， |
| 无忝尔所生。⑫ | 不要辱没你父母亲。 |
| | |
| 交交桑扈，⑬ | 青雀交交地叫没吃肉， |
| 率场啄粟。 | 顺着农场吃我粟。 |
| 哀我填寡，⑭ | 哀伤我穷苦寡财， |
| 宜岸宜狱，⑮ | 应该入牢应该入狱。 |
| 握粟出卜， | 拿着小米去问卜， |
| 自何能穀？ | 自己何从能得吉卦？ |
| | |
| 温温恭人， | 温和恭谨的人， |
| 如集于木。 | 好像鸟栖息在树木。 |
| 惴惴小心， | 我是惴惴小心， |
| 如临于谷。 | 像临到那山谷。 |
| 战战兢兢， | 我是战战兢兢， |
| 如履薄冰。 | 好像踏上那薄冰。 |

①小宛：小而短尾。宛，通"屈"，指鸠短尾。这诗指民有识见短的，以鸠相比，故称小而短尾。　②鸠：一说斑鸠，指短尾鸠。　③翰飞：高飞。戾：至。　④明发：天亮。　⑤二人：指父母。　⑥齐圣：正直聪明。　⑦温克：蕴藉自持。　⑧壹醉日富：一喝醉，自以为日富。　⑨螟蛉：螟蛾的幼虫。　⑩蜾蠃（guǒ luǒ）：细腰蜂。细腰蜂捉螟蛾的幼虫作为它自己幼虫的食品。古人不察，错认为细腰蜂领养螟蛉为己子。　⑪式穀似之：用善似它。古人误认细腰蜂用善使螟蛉像它。　⑫忝：辱没。尔所生：你所生，指父母。　⑬桑扈：鸟名，一名青雀，相传食肉。今无肉可食，唯啄粟而已。　⑭填寡：填，通"殄"，穷苦而寡财。　⑮岸：通"犴"，牢房。

# 小 弁①

| | |
|---|---|
| 弁彼鸒斯，② | 快乐的乌鸦， |
| 归飞提提。③ | 成群地飞回来呀。 |
| 民莫不穀， | 人们生活没有不好， |
| 我独于罹。 | 我独自陷在网罗。 |
| 何辜于天？ | 我对天犯了什么罪呀？ |
| 我罪伊何？ | 我的罪是什么？ |
| 心之忧矣， | 心里无限忧愁呀， |
| 云如之何？ | 叫我到底怎么办呀？ |
| | |
| 踧踧周道，④ | 平坦的大路， |
| 鞫为茂草。⑤ | 全是茂盛的草。 |
| 我心忧伤， | 我的心里忧伤， |
| 惄焉如捣。⑥ | 想起来像心在捣。 |
| 假寐永叹，⑦ | 穿衣裳睡只长叹， |
| 维忧用老。 | 只有忧使人老。 |
| 心之忧矣， | 心里无限忧愁呀， |
| 疢如疾首。⑧ | 烦热头痛怎了。 |
| | |
| 维桑与梓， | 故乡的桑树和梓树， |
| 必恭敬止。⑨ | 一定要恭敬它。 |
| 靡瞻匪父， | 没有瞻仰不是父， |
| 靡依匪母。 | 没有依靠不是母。 |
| 不属于毛， | 我既不属于父， |
| 不罹于里。⑩ | 我也不属于母。 |
| 天之生我， | 上天生育我， |
| 我辰安在？ | 我的时运在何处？ |
| | |
| 菀彼柳斯，⑪ | 茂密那柳枝啊， |

| | |
|---|---|
| 鸣蜩嘒嘒。⑫ | 蝉儿在鸣叫不休。 |
| 有漼者渊，⑬ | 深沉的渊泉边， |
| 萑苇淠淠。⑭ | 芦苇长得密而稠。 |
| 譬彼舟流， | 好比船儿顺水流， |
| 不知所届。⑮ | 不知到何处才休。 |
| 心之忧矣， | 心里无限忧愁呀， |
| 不遑假寐。 | 和衣躺着只缘愁。 |
| | |
| 鹿斯之奔， | 鹿儿狂跑呀， |
| 维足伎伎。⑯ | 只是四脚像飞时。 |
| 雉之朝雊，⑰ | 野鸡清晨叫呀， |
| 尚求其雌。 | 还是找个雌。 |
| 譬彼坏木， | 好像那被浸坏的树， |
| 疾用无枝。 | 因病不能长枝。 |
| 心之忧矣， | 心里无限忧愁呀， |
| 宁莫之知。 | 难道没有人知。 |
| | |
| 相彼投兔，⑱ | 观察那捕兔网捉兔， |
| 尚或先之。 | 尚且有人放了它。 |
| 行有死人， | 路上有死人， |
| 尚或墐之。⑲ | 尚且有人埋葬他。 |
| 君子秉心， | 君子居着何心， |
| 维其忍之。⑳ | 这狠心怎忍受它。 |
| 心之忧矣， | 心里无限忧愁呀， |
| 涕既陨之。 | 涕泪不断落下它。 |
| | |
| 君子信谗， | 君子听信谗言， |
| 如或酬之。 | 像有人呈酒酬答他。 |
| 君子不惠， | 君子不讲惠爱， |

| | |
|---|---|
| 不舒究之。 | 不是从容究察它。 |
| 伐木掎矣，㉑ | 斫树用绳扳倒它， |
| 析薪扡矣。㉒ | 劈薪顺理分开它。 |
| 舍彼有罪， | 舍弃那有罪人， |
| 予之佗矣。㉓ | 却把罪状加给我啊。 |
| | |
| 莫高匪山， | 不高的不是山， |
| 莫浚匪泉。 | 不深的不是渊。 |
| 君子无易由言， | 君子不要轻易出言， |
| 耳属于垣。 | 人有耳朵靠近墙垣。 |
| 无逝我梁， | 不要弄断我的鱼梁。 |
| 无发我笱！ | 不要搬动我的鱼篓！ |
| 我躬不阅，㉔ | 我的身子不被容， |
| 遑恤我后！㉕ | 不考虑我的身后！ |

①小弁（pán）：小乐。这首诗的开头讲鸒（yù），即乌鸦。又说乌鸦群飞，但它的为乐是小的，所以称"小弁"。 ②斯：语助词。 ③提提：群飞。 ④踧踧（dí dí）：指平坦。 ⑤鞠（jú）：尽。 ⑥怒（nì）：思。捣（dǎo）：捣碎。 ⑦假寐：不脱衣裳睡。 ⑧疢（chèn）：热病。 ⑨维桑与梓，必恭敬止：桑树与梓树，是父母所栽种，所以一定要恭敬。 ⑩不属于毛，不罹于里：毛在外属阳，指父。里在内属阴，指母。 ⑪菀（yù）：茂盛。 ⑫蜩（tiáo）：蝉。嘒嘒（huì huì）：蝉鸣声。 ⑬漼（cuǐ）：深。 ⑭浿浿（pèi pèi）：茂盛。 ⑮届：至。 ⑯伎伎（qí qí）：宽舒。 ⑰雊（gòu）：野鸡叫。 ⑱投：掩，关闭。 ⑲墐（jìn）：通"殣"，埋葬。 ⑳忍：残忍。 ㉑掎（jǐ）：先挖树根，再用粗绳把树扳倒。 ㉒扡（chǐ）：纹理。 ㉓佗（tuó）：加。 ㉔阅：容。 ㉕遑：暇。恤：忧。

# 巧　言

| | |
|---|---|
| 悠悠昊天，① | 遥远的上天， |

| | |
|---|---|
| 曰父母且。<sup>②</sup> | 说像父和母。 |
| 无罪无辜， | 没有罪孽受罚， |
| 乱如此帡。<sup>③</sup> | 乱这样大。 |
| 昊天已威， | 上天已经发威， |
| 予慎无罪。<sup>④</sup> | 我确实没有犯罪。 |
| 昊天泰帡， | 上天降祸太广大， |
| 予慎无辜。 | 我确实没有犯罪。 |
| | |
| 乱之初生， | 暴乱开始发生， |
| 僭始既涵。<sup>⑤</sup> | 谗言开始既经容许。 |
| 乱之又生， | 暴乱开始发生， |
| 君子信谗。 | 君子相信谗言相与。 |
| 君子如怒， | 君子如果发怒， |
| 乱庶遄沮；<sup>⑥</sup> | 暴乱近乎快阻止； |
| 君子如祉，<sup>⑦</sup> | 君子如果用贤人， |
| 乱庶遄已。 | 暴乱近乎快停止。 |
| | |
| 君子屡盟， | 君子屡次和暴乱结盟， |
| 乱是用长。 | 暴乱因此增添。 |
| 君子信盗， | 君子相信盗贼， |
| 乱是用暴。 | 暴乱因此更坚。 |
| 盗言孔甘， | 盗贼的话很甜， |
| 乱是用餤。<sup>⑧</sup> | 暴乱因此更前。 |
| 匪其止共， | 盗贼谗佞不职恭， |
| 维王之邛。<sup>⑨</sup> | 只是为王造罪愆。 |
| | |
| 奕奕寝庙，<sup>⑩</sup> | 大的宗庙， |
| 君子作之。 | 君子造它。 |
| 秩秩大猷， | 明智的大计划， |

| | |
|---|---|
| 圣人莫之。⑪ | 圣人谋划它。 |
| 他人有心， | 他人有什么心， |
| 予忖度之。 | 我能猜测它。 |
| 跃跃毚兔，⑫ | 活跃的狡兔， |
| 遇犬获之。 | 碰上狗捉住它。 |

| | |
|---|---|
| 荏染柔木，⑬ | 柔软的树， |
| 君子树之。 | 君子种它。 |
| 往来行言，⑭ | 来往的流言， |
| 心焉数之。 | 心中有数对付它。 |
| 蛇蛇硕言，⑮ | 浮夸的大话， |
| 出自口矣。 | 从嘴里说出了。 |
| 巧言如簧， | 巧妙的话像奏笙簧， |
| 颜之厚矣。 | 脸皮太厚了。 |

| | |
|---|---|
| 彼何人斯？ | 他是什么人呀？ |
| 居河之麋。⑯ | 住在河的边堤。 |
| 无拳无勇， | 没有拳力没有勇气， |
| 职为乱阶。 | 专门成为乱的阶梯。 |
| 既微且尰，⑰ | 腿有溃疡脚且肿， |
| 尔勇伊何？ | 你的勇气是什么？ |
| 为犹将多， | 施行诡计真太多， |
| 尔居徒几何？ | 你的徒侣有几多？ |

①悠悠：指长远。 ②且：语助词。 ③�（hū）：大。 ④慎：诚。 ⑤僭（jiàn）：谗言。涵：包容。 ⑥遄沮（chuán jǔ）：很快制止。 ⑦祉：福，指贤人。 ⑧餤（tán）：进。 ⑨止：职。共：恭。职恭：尽责。邛（qióng）：病。 ⑩奕奕：大貌。 ⑪莫：谋。 ⑫毚（chán）兔：狡兔。 ⑬荏（rěn）染：柔弱。 ⑭行言：流言。 ⑮蛇蛇（yí yí）：轻率。 ⑯麋：水边。 ⑰微：足病。尰：通"肿"，指足肿。

# 何人斯

| | |
|---|---|
| 彼何人斯？ | 那人是什么人啊？ |
| 其心孔艰。① | 他的心很阴沉。 |
| 胡逝我梁，② | 为什么走过我鱼梁， |
| 不入我门？ | 不进入我家大门？ |
| 伊谁云从？ | 是听从什么人的话？ |
| 维暴之云。 | 只听从暴公的言论。 |
| | |
| 二人从行， | 二人跟着走路， |
| 谁为此祸？ | 啥人造出这个祸？ |
| 胡逝我梁， | 为什么走过我鱼梁， |
| 不入唁我？ | 不进来安慰我？ |
| 始者不如今， | 开始时不像如今， |
| 云不我可。③ | 说不赞成我。 |
| | |
| 彼何人斯？ | 那人是什么人啊？ |
| 胡逝我陈？④ | 为什么走过我堂路滨？ |
| 我闻其声， | 我听到他的声音， |
| 不见其身。 | 不看见他的人身。 |
| 不愧于人， | 他既对人没有惭愧， |
| 不畏于天。 | 也不怕天神。 |
| | |
| 彼何人斯？ | 那人是什么人啊？ |
| 其为飘风。⑤ | 他是暴风入侵。 |
| 胡不自北？ | 为什么不从北边来？ |
| 胡不自南？ | 为什么不从南入侵？ |
| 胡逝我梁？ | 为什么只走我鱼梁？ |
| 只搅我心。 | 只搅乱我的心。 |

| | |
|---|---|
| 尔之安行，⑥ | 你的缓缓走， |
| 亦不遑舍； | 不休息也成； |
| 尔之亟行，⑦ | 你的快快走， |
| 遑脂尔车。⑧ | 没工夫使你车子停。 |
| 壹者之来，⑨ | 上次你的到来， |
| 云何其盱？⑩ | 说什么我把眼睁？ |
| | |
| 尔还而入， | 你回来时就进门， |
| 我心易也；⑪ | 我心变得高兴； |
| 还而不入， | 你回来不进门， |
| 否难知也。 | 使我难知情。 |
| 壹者之来， | 上次你的到来， |
| 俾我祇也。⑫ | 使我气得病不轻。 |
| | |
| 伯氏吹埙，⑬ | 你如阿哥吹埙， |
| 仲氏吹篪。⑭ | 我如阿弟吹篪。 |
| 及尔如贯，⑮ | 我和你像一绳串， |
| 谅不我知。 | 你竟对我不深知。 |
| 出此三物，⑯ | 摆出豕犬鸡， |
| 以诅尔斯。⑰ | 对神发个誓。 |
| | |
| 为鬼为蜮，⑱ | 你如做鬼做蜮， |
| 则不可得。 | 那对我就不可见得。 |
| 有靦面目，⑲ | 你有狡猾的面目， |
| 视人罔极。⑳ | 让人终究靠不得。 |
| 作此好歌， | 我作这首好歌， |
| 以极反侧。㉑ | 用来探究你的不正直。 |

①艰：险也，指心险而难测，心狠。 ②胡逝我梁：为什么走过我的鱼梁。 ③不我可：即不可我，不同意我。 ④陈：堂前的

路。 ⑤飘风：暴风。 ⑥安行：缓行。 ⑦亟行：急行。 ⑧脂：通"支"，即支车使不行。 ⑨壹者：犹云乃者。 ⑩盱（xū）：张目。 ⑪易：改变，指转愁为喜。 ⑫祇：通"疧"，病也。 ⑬埙（xūn）：古代用陶土制的乐器，吹奏用。 ⑭篪（chí）：古代竹制乐器，吹奏用。 ⑮贯：用绳串物。 ⑯三物：指犬、豕、鸡。 ⑰诅（zǔ）：誓词。 ⑱蜮（yù）：古代以为短狐一类害人的动物。 ⑲睍（tiǎn）：狡猾貌。 ⑳视：通"示"，显示。罔极：不可靠。 ㉑反侧：反覆无常，指不正直。

# 巷 伯

| | |
|---|---|
| 萋兮斐兮，① | 文采错杂啊， |
| 成是贝锦。② | 成功这贝壳样的织锦。 |
| 彼谮人者， | 那个进谗言的人， |
| 亦已大甚！ | 已经太过分！ |
| | |
| 哆兮侈兮，③ | 口张大啊口张大啊， |
| 成是南箕。④ | 成功这南箕的星宿。 |
| 彼谮人者， | 那个进谗言的人， |
| 谁适与谋？ | 谁好同他联谋？ |
| | |
| 缉缉翩翩，⑤ | 往来窃窃私语声， |
| 谋欲谮人。 | 谋用谗言来害人。 |
| 慎尔言也， | 劝你说话要谨慎， |
| 谓尔不信。 | 说你的话不可信。 |
| | |
| 捷捷幡幡，⑥ | 往来窃窃私语声， |
| 谋欲谮言。 | 谋用谗言来害人。 |
| 岂不尔受， | 岂能不接受你的话？ |
| 既其女迁。 | 既而迁怒到你的身。 |

| | |
|---|---|
| 骄人好好， | 骄人得意很高兴， |
| 劳人草草。⑦ | 劳人辛苦常艰辛。 |
| 苍天苍天， | 苍天啊苍天， |
| 视彼骄人， | 瞧瞧那骄横的人， |
| 矜此劳人！ | 哀怜那辛劳的人！ |
| | |
| 彼谮人者， | 那个进谗言的人， |
| 谁适与谋？ | 谁好同他联谋？ |
| 取彼谮人， | 把那个进谗言的人， |
| 投畀豺虎；⑧ | 投给豺虎； |
| 豺虎不食， | 豺虎不吃， |
| 投畀有北；⑨ | 投给有北去受苦； |
| 有北不受， | 有北不受， |
| 投畀有昊。 | 投给上天去受侮。 |
| | |
| 杨园之道， | 到杨园去的路， |
| 猗于亩丘。⑩ | 先从亩丘过。 |
| 寺人孟子， | 我是寺人孟子， |
| 作为此诗。 | 作这首诗。 |
| 凡百君子， | 凡是众君子， |
| 敬而听之。⑪ | 警戒地来听这首诗。 |

①萋（qī）、斐（fěi）：文采错杂貌。　②贝锦：像贝壳的织锦。　③哆（chǐ）：大。　④南箕：即二十八宿中的箕宿，四星连成梯形，像簸箕。古人认为南箕星主口舌，故比谗人。　⑤缉缉：口舌声。翩翩：本指鸟的飞翔，这里比人的往来。　⑥捷捷：指口舌声。幡幡（fān fān）：指往来。　⑦草草：劳心。　⑧畀（bì）：给。　⑨有北：极北寒冷处。　⑩猗（yǐ）：加。　⑪敬：通"警"，警惕，警戒。

# 谷 风

| | |
|---|---|
| 习习谷风，<sup>①</sup> | 和暖的东风吹着， |
| 维风及雨。 | 只有风和雨。 |
| 将恐将惧，<sup>②</sup> | 且恐且惧的时候， |
| 维予与女。 | 只有我与你。 |
| 将安将乐， | 且安且乐的时候， |
| 女转弃予。 | 你转而把我抛弃。 |
| | |
| 习习谷风， | 和暖的东风吹着， |
| 维风及颓。<sup>③</sup> | 只有暖风和狂风在一起。 |
| 将恐将惧， | 且恐且惧的时候， |
| 寘予于怀。 | 抱我在你怀里。 |
| 将安将乐， | 且安且乐的时候， |
| 弃予如遗。 | 抛弃我像丢东西。 |
| | |
| 习习谷风， | 和暖的东风吹着， |
| 维山崔嵬。<sup>④</sup> | 只有狂风吹上山顶。 |
| 无草不死， | 在狂风中没有草不死， |
| 无木不萎。 | 没有树不枯陨。 |
| 忘我大德， | 忘记我的大恩德， |
| 思我小怨。 | 想起对我的小怨恨。 |

①习习：指微风和煦。谷风：山谷中风，东风。　②将：且。　③颓
（tuí）：龙卷风。　④崔嵬（wéi）：山巅。

# 蓼 莪

| | |
|---|---|
| 蓼蓼者莪，<sup>①</sup> | 长大的莪菜， |
| 匪莪伊蒿。 | 那不是莪是蒿。 |
| 哀哀父母， | 悲哀的父母， |

| | |
|---|---|
| 生我劬劳。 | 生育我太辛劳。 |
| | |
| 蓼蓼者莪, | 长大的莪菜, |
| 匪莪伊蔚。<sup>②</sup> | 那不是莪是蔚。 |
| 哀哀父母, | 悲哀的父母, |
| 生我劳瘁。 | 生育我太劳瘁。 |
| | |
| 瓶之罄矣, | 盛酒的小瓶空了, |
| 维罍之耻。<sup>③</sup> | 是盛酒大罍的耻了。 |
| 鲜民之生, | 少福无靠的人活着, |
| 不如死之久矣! | 不如死去的久了。 |
| 无父何怙?<sup>④</sup> | 没有父亲何所依? |
| 无母何恃? | 没有母亲何所靠? |
| 出则衔恤, | 出门含着忧愁, |
| 入则靡至。 | 入门像没有到。 |
| | |
| 父兮生我, | 父亲啊生我, |
| 母兮鞠我。 | 母亲啊养我。 |
| 拊我畜我, | 抚爱我来培育我, |
| 长我育我, | 拉大我来教育我, |
| 顾我复我, | 照顾我来照顾我, |
| 出入腹我。 | 出进抱我。 |
| 欲报之德, | 要报他们的恩德, |
| 昊天罔极!<sup>⑤</sup> | 像上天那样广大怎么报得! |
| | |
| 南山烈烈,<sup>⑥</sup> | 终南山攀登难, |
| 飘风发发。<sup>⑦</sup> | 狂风吹得利害。 |
| 民莫不谷,<sup>⑧</sup> | 人没有不养父母, |
| 我独何害! | 我独为什么受这害! |

南山律律，⑨　　　　终南山攀登难，
飘风弗弗。⑩　　　　狂风吹得利害。
民莫不穀，　　　　　人没有不养父母，
我独不卒！⑪　　　　我独为什么终养难！

①蓼蓼（lù lù）：长大貌。莪（é）：一名萝，三月中茎可生食，又可蒸煮而食，香美。至秋老为蒿，则不可食。　　②蔚（wèi）：牡蒿，花如胡麻花，紫赤。实像角，无子，故称牡蒿。　　③瓶罄罍耻：瓶小罍大，罍中物分装瓶中，瓶空无物即固罍空所致，故罍以为耻。喻己小如瓶，瓶空不得养父母。瓶空由于罍空，比上之人征役不息，不能养父母。　　④怙（hù）：依靠。　　⑤昊天冈极：言父母之恩如天，广大无边，不知所以为报也。　　⑥烈烈：艰阻貌，难于攀登。　　⑦发发：疾貌。　　⑧穀：善，指养。　　⑨律律：同"烈烈"。　　⑩弗弗：犹"发发"。　　⑪卒：终，指终养父母。

# 大　东

有饛簋飧，①　　　　装满古器是晚餐，
有捄棘匕。②　　　　再有长柄进食匙。
周道如砥，③　　　　大路好像磨石平，
其直如矢。　　　　　它的笔直像箭矢。
君子所履，　　　　　君子可在路上走，
小人所视。　　　　　小民只能用眼看。
睠言顾之，④　　　　眷恋地看着它，
潸焉出涕。⑤　　　　涕泣交流为着它。

小东大东，⑥　　　　东方侯国有大小，
杼柚其空。⑦　　　　用杼柚织布都成空。
纠纠葛屦，　　　　　仔细织成的葛布鞋，
可以履霜。　　　　　可以踏霜还成功。

| | |
|---|---|
| 佻佻公子，⑧ | 轻佻的公子， |
| 行彼周行。 | 走那大路是从容。 |
| 既往既来， | 既是前去又回来， |
| 使我心疚。 | 使我看了心发痛。 |

| | |
|---|---|
| 有洌氿泉，⑨ | 有寒冷的侧出泉， |
| 无浸获薪。 | 不要浸所获柴薪。 |
| 契契寤叹，⑩ | 忧苦地叹息， |
| 哀我惮人。⑪ | 悲叹我们辛苦人， |
| 薪是获薪， | 砍伐获得的柴薪， |
| 尚可载也。 | 还可载运回来。 |
| 哀我惮人， | 悲叹我们辛苦人， |
| 亦可息也。 | 也该休息安身。 |

| | |
|---|---|
| 东人之子， | 东方侯国的子弟， |
| 职劳不来。 | 职务劳苦无人理。 |
| 西人之子，⑫ | 西方人的子弟， |
| 粲粲衣服。 | 衣服鲜明是华丽。 |
| 舟人之子，⑬ | 富人的子弟， |
| 熊罴是裘。 | 熊皮做裘暖身体。 |
| 私人之子，⑭ | 小人的子弟， |
| 百僚是试。 | 他们也来试做吏。 |

| | |
|---|---|
| 或以其酒， | 有人醉于美酒， |
| 不以其浆。⑮ | 有人不得浆汤。 |
| 鞙鞙佩璲， | 有人身上挂的是宝玉， |
| 不以其长。⑯ | 有人不得碎玉长。 |
| 维天有汉，⑰ | 天上有银河， |
| 监亦有光。 | 看上去也有光。 |

| | |
|---|---|
| 跂彼织女，⑱ | 分歧的看那织女星， |
| 终日七襄。⑲ | 整天搬迁了七场。 |
| | |
| 虽则七襄， | 虽则搬迁了七场， |
| 不成报章。⑳ | 不成织锦的纹章。 |
| 睆彼牵牛，㉑ | 看那牵牛星， |
| 不以服箱。㉒ | 不能用来背车箱。 |
| 东有启明， | 东方有启明星， |
| 西有长庚。 | 长庚星亮在西方。 |
| 有捄天毕，㉓ | 有弯曲的天毕星， |
| 载施之行。 | 排成行列没用场。 |
| | |
| 维南有箕， | 南方有箕星， |
| 不可以簸扬。 | 不可以用来簸米糠。 |
| 维北有斗，㉔ | 北方有北斗星， |
| 不可以挹酒浆。 | 不可用来舀酒浆。 |
| 维南有箕， | 南方有箕星， |
| 载翕其舌。㉕ | 它的舌头能吸北方。 |
| 维北有斗， | 北方有北斗星， |
| 西柄之揭。 | 它的柄儿举向西方。 |

①饛（méng）：满簋貌。簋（guǐ）：古代盛食物器，圆口，青铜或陶制。　②捄（qiú）：长貌。匕（bǐ）：勺，匙类。　③砥（dǐ）：磨刀石。　④睕：同"睠"。　⑤潸（shān）：泪流貌。　⑥小东大东：东方大小诸侯国。　⑦杼：织布机上持纬线的。柚：受经线的。　⑧佻佻：轻薄的。　⑨氿（guǐ）泉：侧出的泉。　⑩契契：忧苦貌。　⑪惮（dàn）：劳。　⑫西人：西周来人。　⑬舟人：有舟的人，指西人中的富人。　⑭私人之子：指家庭奴隶。　⑮浆：薄酒。　⑯鞙鞙（juān juān）：鞙通"琄"。玉貌。璲（suì）：玉佩。长：余，剩余。　⑰汉：银河。　⑱跂：通"歧"，分歧。织女三星，故称歧。　⑲七襄：七次移动

位置。　⑳报章：指织布。　㉑皖（huǎn）：明星貌。　㉒服：牛负。
箱：车箱。　㉓毕：星名，共八星，似网。　㉔斗：北斗星。　㉕翕
（xì）：引。

# 四　月

| | |
|---|---|
| 四月维夏， | 四月是夏天， |
| 六月徂暑。① | 六月到暑天。 |
| 先祖匪人， | 先祖不是他人， |
| 胡宁忍予？ | 为何宁可忍我受熬煎？ |
| | |
| 秋日凄凄， | 秋天凄凉， |
| 百卉俱腓。② | 百草都枯萎。 |
| 乱离瘼矣，③ | 乱离苦了， |
| 爰其适归。 | 何处适宜可以回归。 |
| | |
| 冬日烈烈， | 冬天凛冽， |
| 飘风发发。 | 北风不歇。 |
| 民莫不穀， | 人们没有不好过， |
| 我独何害？ | 我独自为何受逼？ |
| | |
| 山有嘉卉， | 山上有好的草木， |
| 侯栗侯梅。 | 有栗树直和梅树稠。 |
| 废为残贼，④ | 有谁做残害树的贼， |
| 莫知其尤。 | 不知道谁是树的仇。 |
| | |
| 相彼泉水， | 观察那泉水， |
| 载清载浊。 | 有时清有时浊。 |
| 我日构祸， | 我是天天遭祸， |
| 曷云能穀？ | 怎么说能有好生活？ |
| | |
| 滔滔江汉， | 滔滔的长江汉水， |

| | |
|---|---|
| 南国之纪。⑤ | 南国水流的纲纪。 |
| 尽瘁以仕， | 尽瘁去做官， |
| 宁莫我有？⑥ | 难道对我没点情谊？ |
| | |
| 匪鹑匪鸢，⑦ | 不是老雕不是鸢， |
| 翰飞戾天。 | 高飞可以飞上天。 |
| 匪鳣匪鲔， | 不是鳣鱼不是鲔鱼， |
| 潜逃于渊。 | 潜逃可以到深渊。 |
| | |
| 山有蕨薇， | 山里有蕨薇菜， |
| 隰有杞桋。⑧ | 洼地有杞桋材。 |
| 君子作歌， | 君子作这首歌， |
| 维以告哀。 | 只是用来诉悲哀。 |

①徂：往。　②腓（féi）：枯萎。　③瘼（mò）：病。　④废：大。　⑤纪：作为众川的纲纪。　⑥有：通"友"，相亲。　⑦鹑：指雕。　⑧桋（yí）：树名。

# 北山之什

## 北　山

| | |
|---|---|
| 陟彼北山， | 登上那北山， |
| 言采其杞。① | 我采那枸杞。 |
| 偕偕士子，② | 壮健的士子， |
| 朝夕从事。 | 早晚做事。 |
| 王事靡盬， | 王事没尽头， |
| 忧我父母。 | 忧我没供养的父母。 |
| | |
| 溥天之下，③ | 广大的天下， |
| 莫非王土。 | 没有不是王的疆土。 |
| 率土之滨，④ | 沿着土地到海滨， |
| 莫非王臣。 | 没有不是王的臣。 |
| 大夫不均， | 大夫派劳逸不均匀， |
| 我从事独贤。⑤ | 我做的事独自艰辛。 |
| | |
| 四牡彭彭，⑥ | 四匹雄马不安宁， |
| 王事傍傍。⑦ | 王事紧急不得停。 |
| 嘉我未老，⑧ | 赞我年未老， |
| 鲜我方将。⑨ | 夸我强壮正是好。 |
| 旅力方刚，⑩ | 我的体力正刚强， |
| 经营四方。 | 可以经管走四方。 |
| | |
| 或燕燕居息，⑪ | 有人安逸地居住休息， |
| 或尽瘁事国， | 有人为国事用尽全力。 |
| 或息偃在床，⑫ | 有人休息躺着在床， |
| 或不已于行。 | 有人不停地干他行当。 |

| | |
|---|---|
| 或不知叫号， | 有人不知道征召， |
| 或惨惨劬劳；⑬ | 有人忧郁地辛劳； |
| 或栖迟偃仰，⑭ | 有人为游息而仰躺， |
| 或王事鞅掌。⑮ | 有人为王事着忙。 |
| | |
| 或湛乐饮酒，⑯ | 有人狂欢饮酒， |
| 或惨惨畏咎； | 有人愁苦引咎； |
| 或出入风议，⑰ | 有人出进放言， |
| 或靡事不为。 | 有人事事都作。 |

①言：我。 ②偕偕：强壮貌。 ③溥：大。 ④率土之滨：循着土地的水涯，即海内的国土，即四海之内，即中国。 ⑤贤劳，艰苦。 ⑥彭彭：不得息。 ⑦傍傍：不得止。 ⑧嘉：夸奖。 ⑨鲜：珍视，重视。将：强壮。 ⑩旅力：体力。 ⑪燕燕：安息。 ⑫偃：仰卧。 ⑬惨惨：忧愁。 ⑭栖迟：游息。 ⑮鞅掌：指公事忙碌。 ⑯湛（dān）乐：过度欢乐。 ⑰风议：放言，指空发议论不做事。

# 无将大车

| | |
|---|---|
| 无将大车，① | 不要推大车， |
| 只自尘兮。 | 只是自己吃灰尘。 |
| 无思百忧， | 不要想各种忧愁， |
| 只自疧兮。② | 只是自己病上身。 |
| | |
| 无将大车， | 不要推大车， |
| 维尘冥冥。 | 只是尘土暗暗。 |
| 无思百忧， | 不要想各种忧愁， |
| 不出于颎。③ | 不出于光明是憾。 |
| | |
| 无将大车， | 不要推大车， |

维尘雍兮。④　　　　　　只是尘土遮蔽。

无思百忧，　　　　　　不要想各种忧愁，

只自重兮。⑤　　　　　　只是自己加重此弊。

①无将大车：将，率领，指推。大车本用牛拉，改用人推，力微车重，无济于事。　②痕（qí）：忧病。　③颎（jiǒng）：同"炯"，火光明亮。　④雍：蔽。　⑤重：加重。

# 小　明

明明上天，　　　　　　明明的上天，

照临下土。　　　　　　光芒照着下土。

我征徂西，　　　　　　我出征到西方，

至于艽野。①　　　　　到荒远的野处。

二月初吉，②　　　　　二月开始的吉日，

载离寒暑。　　　　　　经历了寒和暑。

心之忧矣，　　　　　　心里的忧愁啊，

其毒大苦。　　　　　　它的毒害太苦。

念彼共人，③　　　　　想那恭谨的人，

涕零如雨。　　　　　　涕泪落下像雨。

岂不怀归？　　　　　　难道不想回来？

畏此罪罟。④　　　　　怕这罪像网罟。

昔我往矣，　　　　　　从前我出征时，

日月方除。⑤　　　　　日月正在布新除故。

曷云其还，　　　　　　怎么说那回来，

岁聿云莫？　　　　　　一年又到岁暮？

念我独兮，　　　　　　念我孤独啊，

我事孔庶。⑥　　　　　我事很多难数。

心之忧矣，　　　　　　心里的忧愁啊，

| | |
|---|---|
| 惮我不暇。⑦ | 怕我没空难顾。 |
| 念彼共人， | 想那恭谨的人， |
| 睠睠怀顾。 | 眷眷多情来回顾。 |
| 岂不怀归， | 难道不想回来， |
| 畏此谴怒。 | 怕这里责备发怒。 |

| | |
|---|---|
| 昔我往矣， | 从前我出征时， |
| 日月方奥。⑧ | 日月正在和暖恢复。 |
| 曷云其还， | 怎么说那回来， |
| 政事愈蹙？ | 政事越来越迫蹙？ |
| 岁聿云莫， | 一年又到岁暮， |
| 采萧获菽。 | 采蒿草又得豆熟。 |
| 心之忧矣， | 心里的忧愁啊， |
| 自诒伊戚。⑨ | 自己造成忧独。 |
| 念彼共人， | 想那恭谨的人， |
| 兴言出宿。⑩ | 起身出外去住宿。 |
| 岂不怀归？ | 难道不想回去？ |
| 畏此反覆。⑪ | 怕这里反反覆覆。 |

| | |
|---|---|
| 嗟尔君子， | 叹息你君子啊， |
| 无恒安处， | 不要长期安处。 |
| 靖共尔位，⑫ | 安定地恭谨你的位置， |
| 正直是与。 | 和正直的人相处。 |
| 神之听之，⑬ | 审慎吧听从吧， |
| 式穀以女。 | 用善道来赐你安处。 |

| | |
|---|---|
| 嗟尔君子， | 叹息你君子啊， |
| 无恒安息。 | 不要长期安居休息。 |
| 靖共尔位， | 安定地恭谨你的位置， |

好是正直。　　　　　　爱好亲近人的正直。

神之听之，　　　　　　审慎吧听从吧，

介尔景福。⑭　　　　　　赐给你大的幸福。

①芃（qiú）野：荒远之野。　②初吉：初次来的吉日，指阴历初一、初二、初三月亮初生时称为吉日。　③共人：恭谨的人，指同僚。　④罪罟（gǔ）：罪网。　⑤除：除旧生新。　⑥庶：众多。　⑦瘅：劳。　⑧奥：通"燠"，和暖。　⑨戚：忧。　⑩兴：起来。　⑪反覆：反反覆覆，乱加罪名。　⑫靖：安定。　⑬神之听之：审慎听从。神，慎。　⑭介：给与。景：大。

# 鼓 钟

鼓钟将将，①　　　　　　敲钟的声音锵锵，

淮水汤汤。　　　　　　　淮水的声音决决。

忧心且伤。　　　　　　　忧心又痛伤，

淑人君子，　　　　　　　善人君子人，

怀允不忘。②　　　　　　怀念确实不能忘。

鼓钟喈喈，③　　　　　　敲钟的声音喈喈，

淮水湝湝。④　　　　　　淮水的声音湝湝。

忧心且悲。　　　　　　　忧心又悲咤。

淑人君子，　　　　　　　善人君子人，

其德不回。⑤　　　　　　他的道德不枉邪。

鼓钟伐鼛，⑥　　　　　　敲钟又敲大鼓，

淮有三洲。　　　　　　　声响遍及淮地三洲。

忧心且妯。⑦　　　　　　心中忧伤又发愁。

淑人君子，　　　　　　　善人君子人，

其德不犹。⑧　　　　　　他的道德一点诈没有。

| | |
|---|---|
| 鼓钟钦钦， | 敲钟声音钦钦， |
| 鼓瑟鼓琴。 | 弹瑟又弹琴。 |
| 笙磬同音。 | 吹笙击磬发同音。 |
| 以雅以南，⑨ | 奏二《雅》和二《南》音， |
| 以籥不僭。⑩ | 吹籥节舞不乱阵。 |

①将将：同"锵锵"，钟声。　②允：诚实。　③喈喈（jiē jiē）：钟声。　④湝湝（jiē jiē）：水流声。　⑤回：邪僻。　⑥鼛（gāo）：大鼓。　⑦妯（chōu）：哀悼。　⑧犹：奸邪。　⑨以：为。雅：《诗经》中有《雅》。南：《诗经》中有《周南》《召南》。　⑩籥（yuè）：古乐器，似笛，吹以节舞。僭（jiàn）：乱。

# 楚　茨

| | |
|---|---|
| 楚楚者茨，① | 植物丛生是蒺藜， |
| 言抽其棘。② | 那时除刺靠用犁。 |
| 自昔何为？ | 自古以来做什么？ |
| 我蓺黍稷。 | 我自种下黍和稷。 |
| 我黍与与，③ | 我的黍子很茂盛， |
| 我稷翼翼。④ | 我的稷子很茂密。 |
| 我仓既盈， | 我的仓库既装满， |
| 我庾维亿。⑤ | 我的露仓数有亿。 |
| 以为酒食， | 用来做酒和吃食， |
| 以享以祀， | 用来供神和祭祀， |
| 以妥以侑，⑥ | 用来安坐饮酒足嗜， |
| 以介景福。 | 用来助我得大福祉。 |
| | |
| 济济跄跄，⑦ | 众人奔走有节度， |
| 絜尔牛羊，⑧ | 祭神洁净你牛羊， |
| 以往烝尝。⑨ | 用作秋祭及冬祭。 |

| | |
|---|---|
| 或剥或亨，⑩ | 有的剥皮有煮汤， |
| 或肆或将。⑪ | 有的陈设有的供场。 |
| 祝祭于祊，⑫ | 司仪先祭庙门旁， |
| 祀事孔明。⑬ | 祭祀的事很洁净。 |
| 先祖是皇， | 先祖神灵已降临， |
| 神保是飨。⑭ | 作尸的人得安享。 |
| 孝孙有庆， | 孝孙得会有赐赏， |
| 报以介福，⑮ | 报祭用来赐大福， |
| 万寿无疆！ | 赐的是万寿无疆！ |
| | |
| 执爨踖踖，⑯ | 庖人烧火很恭谨， |
| 为俎孔硕，⑰ | 作为器具用大好， |
| 或燔或炙， | 有的烧烤有的炒， |
| 君妇莫莫。⑱ | 主妇安静态度好。 |
| 为豆孔庶， | 食器陈列得很多， |
| 为宾为客， | 做宾做客真不少， |
| 献酬交错。 | 献酒酬酒相交错。 |
| 礼仪卒度， | 礼节合法极周到， |
| 笑语卒获。 | 笑着说话都恰好。 |
| 神保是格，⑲ | 作尸的人是来了， |
| 报以介福， | 报祭用来赐大福， |
| 万寿攸酢！⑳ | 用万寿来作答报！ |
| | |
| 我孔熯矣，㉑ | 我是很恭敬了， |
| 式礼莫愆。 | 用礼没有过错好。 |
| 工祝致告，㉒ | 司仪向神来报告， |
| 徂赉孝孙。㉓ | 神往赐福孝孙好。 |
| 苾芬孝祀，㉔ | 馨香祭祀用得到， |
| 神嗜饮食。 | 神爱酒食吃得了。 |

卜尔百福，　　　　　　　赐你百种幸福好，
如几如式。㉕　　　　　　福来有期又有程。
既齐既稷，㉖　　　　　　既是整齐又快好，
既匡既敕。㉗　　　　　　既是正规又坚妙。
永锡尔极，㉘　　　　　　永远赐你福气好，
时万时亿！　　　　　　　是万是亿都得到！

礼仪既备，　　　　　　　礼仪既经完备，
钟鼓既戒，㉙　　　　　　钟鼓既经备好。
孝孙徂位，　　　　　　　孝孙既已到位，
工祝致告。　　　　　　　司仪向神祷告。
神具醉止，　　　　　　　神都吃醉了，
皇尸载起。　　　　　　　做尸的人起来了。
鼓钟送尸，　　　　　　　打鼓敲钟送尸了，
神保聿归。　　　　　　　做尸的人回去了。
诸宰君妇，　　　　　　　诸个宰夫和主妇，
废彻不迟。㉚　　　　　　撤掉祭神酒席不迟了。
诸父兄弟，　　　　　　　诸父兄弟另设席，
备言燕私。　　　　　　　完备地饮宴私自好。

乐具入奏，　　　　　　　乐器具备入奏好，
以绥后禄。　　　　　　　用来安享祭后肴。
尔肴既将，㉛　　　　　　你的肴既已摆好，
莫怨具庆。　　　　　　　没有怨言全说好。
既醉既饱，　　　　　　　既喝醉又吃饱，
小大稽首。　　　　　　　小子大人叩头祝好。
神嗜饮食，　　　　　　　神爱好饮酒吃肉，
使君寿考。　　　　　　　使你能够得寿考。
孔惠孔时，　　　　　　　很顺礼很及时，

| | |
|---|---|
| 维其尽之。 | 你尽礼又尽孝。 |
| 子子孙孙， | 你的子子孙孙， |
| 勿替引之！㉜ | 不要改变长存好。 |

①楚楚：丛生貌。茨：蒺藜。　②抽：除。棘：植物的刺。　③与与：茂盛貌。　④翼翼：繁盛貌。　⑤庾（yǔ）：露天积谷物处。　⑥侑（yòu）：劝饮食。　⑦济济：众多。跄跄（qiāng qiāng）：走路有节拍。　⑧絜：同"洁"。　⑨烝：冬祭。尝：秋祭。　⑩亨：同"烹"。　⑪肆：陈设。将：捧持。　⑫祊（bēng）：宗庙门内设祭处。　⑬明：指祭礼洁净。　⑭神保：祭时用人作尸的美称。　⑮报：报祭，国祭。　⑯爨（cuàn）：烧饭。踖踖（jí jí）：敏捷。　⑰俎（zǔ）：古祭器。　⑱莫莫：安静。　⑲格：至。　⑳酢（zuò）：回敬酒。　㉑煁（nǎn）：敬惧。　㉒工祝：主祭司仪的人。　㉓赉（ǎi）：赏赐。　㉔苾（bì）芬：芬芳。　㉕几：期。式：法。　㉖稷：通"亟"，急。　㉗匡：端正。敕：严正。　㉘极：穷极。　㉙戒：戒备。　㉚彻：通"撤"，除。　㉛将：美好。　㉜引：引长。

# 信南山

| | |
|---|---|
| 信彼南山，① | 伸展那终南山， |
| 维禹甸之。② | 只有禹来治理它。 |
| 畇畇原隰，③ | 平整那高原和洼地， |
| 曾孙田之。 | 曾孙曾经种过它。 |
| 我疆我理，④ | 我划疆界和治理， |
| 南东其亩。 | 田亩从南从东我治它。 |
| | |
| 上天同云， | 上天有阴云， |
| 雨雪雰雰。 | 下雪又纷纷。 |
| 益之以霡霂。⑤ | 加上又小雨。 |
| 既优既渥，⑥ | 既是水足又润渥， |
| 既霑既足， | 既经霑湿又满足， |

| | |
|---|---|
| 生我百谷。 | 可以生长我百谷。 |
| | |
| 疆埸翼翼，⑦ | 田地疆界很整饬， |
| 黍稷彧彧。⑧ | 黍稷种得很密植。 |
| 曾孙之穑， | 曾孙把它来收获， |
| 以为酒食。 | 用作我们的酒食。 |
| 畀我尸宾， | 给我作尸和宾客， |
| 寿考万年！ | 神赐寿考万年值！ |
| | |
| 中田有庐，⑨ | 田中种的有萝卜， |
| 疆埸有瓜。 | 田边种的有杂瓜。 |
| 是剥是菹，⑩ | 是剥萝卜是腌瓜， |
| 献之皇祖。 | 献给皇祖不为差。 |
| 曾孙寿考， | 曾孙因此得长寿， |
| 受天之祜。 | 受天赐福得称嘉。 |
| | |
| 祭以清酒， | 祭祀用的是清酒， |
| 从以骍牡，⑪ | 跟着一头红牡牛， |
| 享于祖考。 | 拿去献给先祖考。 |
| 执其鸾刀，⑫ | 拿着他的鸾刀头， |
| 以启其毛， | 用来开脱它皮毛， |
| 取其血膋。⑬ | 取出它的血和油。 |
| | |
| 是烝是享， | 冬祭请神来受享， |
| 苾苾芬芬。⑭ | 芬芬芳芳是馨香。 |
| 祀事孔明，⑮ | 祭祀的事很洁净， |
| 先祖是皇。⑯ | 先祖受祭得安享。 |
| 报以介福， | 报祭用来赐大福， |
| 万寿无疆！ | 赐给万寿称无疆！ |

①信：通"伸"，长貌。　②甸（diàn）：治理。　③畇畇（yún yún）：平整。　④疆、理：分界、治理。　⑤霢霂（mài mù）：小雨。　⑥优：雨水足。渥：沾润。　⑦埸（yì）：田畔。翼翼：整饬。　⑧彧彧（yù yù）：茂盛。　⑨庐：通"芦"，萝卜。　⑩菹（zū）：腌菜。　⑪骍（xīng）：赤色。　⑫鸾刀：有鸾铃的刀。　⑬膋（liáo）：脂肪。　⑭苾苾（bì bì）：芳香。　⑮明：犹"洁"。　⑯皇：归，归来享受。

# 甫　田

| 倬彼甫田，① | 广大的那大田， |
|---|---|
| 岁取十千。 | 每年收粮取十千。 |
| 我取其陈， | 我取其中陈旧粮， |
| 食我农人， | 养活农夫不可怜， |
| 自古有年。② | 从古以来尽丰年。 |
| 今适南亩， | 今到南亩去种田， |
| 或耘或耔，③ | 或是除草或培土， |
| 黍稷薿薿。④ | 黍稷茂盛结实坚。 |
| 攸介攸止，⑤ | 青苗长大结实止， |
| 烝我髦士。⑥ | 献我俊士称崇贤。 |
| | |
| 以我齐明，⑦ | 用我器物讲洁净， |
| 与我牺羊，⑧ | 祭神用我牛和羊， |
| 以社以方。⑨ | 祭祀社神和四方。 |
| 我田既臧， | 我田既是收获昌， |
| 农夫之庆。 | 农夫庆贺面有光。 |
| 琴瑟击鼓， | 琴瑟击鼓声高扬， |
| 以御田祖，⑩ | 用来迎接那田祖， |
| 以祈甘雨， | 用求甘雨来帮忙， |
| 以介我稷黍， | 用来长大我稷黍， |

| | |
|---|---|
| 以穀我士女。⑪ | 用来养好我男女。 |
| | |
| 曾孙来止， | 曾孙亲自来到， |
| 以其妇子， | 同他的妻和子， |
| 馌彼南亩，⑫ | 送酒饭到南亩， |
| 田畯至喜。⑬ | 田官到了用酒饭。 |
| 攘其左右，⑭ | 让开他的左右， |
| 尝其旨否。 | 尝尝味道好否。 |
| 禾易长亩，⑮ | 稻禾容易长田亩， |
| 终善且有。 | 终于长好年成有。 |
| 曾孙不怒， | 曾孙看了不发怒， |
| 农夫克敏。⑯ | 农夫能快种田亩。 |
| | |
| 曾孙之稼， | 曾孙所有的庄稼， |
| 如茨如梁。⑰ | 多如屋盖高如梁。 |
| 曾孙之庾， | 曾孙的露天仓， |
| 如坻如京。⑱ | 多如沙堆高如冈。 |
| 乃求千斯仓， | 于是求千个仓， |
| 乃求万斯箱。 | 于是求万个箱。 |
| 黍稷稻粱， | 有黍稷有稻粱， |
| 农夫之庆， | 农夫庆贺面有光。 |
| 报以介福， | 报祭用来赐大福， |
| 万寿无疆。 | 赐给他万寿无疆。 |

①倬（zhuō）：大。甫田：大田。　②有年：丰年。　③耘：锄草。耔（zǐ）：培土。　④薿薿（nǐ nǐ）：茂盛。　⑤攸介攸止：攸，语助词。介，长之。止，停止，指结实。　⑥烝：进。髦（máo）士：英俊的男人。　⑦齐（zī）明：在古器中所盛食品皆洁净。明，指洁净。齐，通"齍（zī）"，盛谷物的祭器。　⑧牺：牺牲用牛。　⑨社：土地神。方：四方神。　⑩御（yà）：迎。田祖：田神。　⑪穀：

养。 ⑫馌（yè）：送饭给耕者。 ⑬喜：通"馈"，吃酒
食。⑭攘：通"让"。 ⑮易：禾盛貌。 ⑯敏：敏捷。 ⑰茨：
积。 ⑱坻（chí）：水中高地。京：高丘。

# 大 田

| 大田多稼， | 大田里边多庄稼， |
| 既种既戒，① | 既选种子又备戒， |
| 既备乃事。 | 既完备了这些事。 |
| 以我覃耜，② | 用我锋利的耜器， |
| 俶载南亩，③ | 开始南亩种了田， |
| 播厥百谷， | 播种各种谷子事， |
| 既庭且硕，④ | 既挺直又肥大， |
| 曾孙是若。⑤ | 曾孙看了是顺事。 |

| 既方既皂，⑥ | 稻既抽穗又结实， |
| 既坚既好， | 结实既坚硬又好， |
| 不稂不莠。⑦ | 没有空壳与害草。 |
| 去其螟螣，⑧ | 除去螟虫和螣虫， |
| 及其蟊贼。⑨ | 蟊虫贼虫也除掉。 |
| 无害我田稚！⑩ | 不要害我的幼苗！ |
| 田祖有神， | 田祖有神通， |
| 秉畀炎火。⑪ | 拿了害虫给我烧。 |

| 有渰萋萋，⑫ | 乌云密布萋萋行， |
| 兴雨祁祁。⑬ | 兴起下雨田有利。 |
| 雨我公田， | 雨落我的公家田， |
| 遂及我私。 | 遂即到我私田里。 |
| 彼有不获稚， | 有没收嫩谷在那里， |
| 此有不敛穧。⑭ | 有没收谷类在这里。 |

| | |
|---|---|
| 彼有遗秉，⑮ | 有遗漏禾把在那里， |
| 此有滞穗，⑯ | 有漏落禾穗在这里， |
| 伊寡妇之利！ | 这都是寡妇得的利！ |
| | |
| 曾孙来止， | 曾孙到来了， |
| 以其妇子， | 同他的妻和子， |
| 馌彼南亩， | 送酒饭到南亩田里， |
| 田畯至喜。 | 田官来到用饮食。 |
| 来方禋祀， | 曾孙来祭四方神， |
| 以其骍黑。⑰ | 用他的牛和豕， |
| 与其黍稷， | 与他的稷和黍， |
| 以享以祀， | 用来献神行祭祀， |
| 以介景福。 | 求神赐给大福祉。 |

①种：选种。戒：准备，包括修农具，事耦耕。　②覃（yǎn）：锋利。　③俶载：开始从事。　④庭：直。　⑤若：顺。　⑥方：谷穗空壳。皂（zào）：谷结实未坚。　⑦稂：空谷。　⑧螟（míng）：蛀稻心的害虫。螣（tè）：食苗叶的害虫。　⑨蟊（máo）：食稻根的害虫。贼：食稻茎的害虫。　⑩稚（zhì）：幼禾。　⑪秉畀：执与。　⑫渰（yǎn）：云起。萋萋：云行貌。　⑬祁祁：众多貌。　⑭穧（jì）：已割而未收的农作物。　⑮秉：谷把。　⑯滞穗：遗弃的谷穗。　⑰骍黑：赤色牛、黑色豕。

# 瞻彼洛矣

| | |
|---|---|
| 瞻彼洛矣，① | 看那洛水呀， |
| 维水泱泱。② | 只有水声洋洋。 |
| 君子至止， | 君子到了这里， |
| 福禄如茨。③ | 福禄多比屋盖强。 |
| 韎韐有奭，④ | 披着蔽膝红灿灿， |

| 以作六师。 | 总领六军练兵忙。 |
|---|---|

| 瞻彼洛矣， | 看那洛水呀， |
|---|---|
| 维水泱泱。 | 只有水声洋洋。 |
| 君子至止， | 君子到了这里， |
| 鞞琫有珌。⑤ | 刀鞘上下饰物都有光。 |
| 君子万年， | 君子长寿活万年， |
| 保其家室。 | 永保家室有荣光。 |

| 瞻彼洛矣， | 看那洛水呀， |
|---|---|
| 维水泱泱。 | 只有水声洋洋。 |
| 君子至止， | 君子到了这里， |
| 福禄既同。 | 禄禄聚拢合一样。 |
| 君子万年， | 君子长寿活万年， |
| 保其家邦。 | 保护家邦永无恙。 |

①洛：洛水。　②泱泱：水深广貌。　③茨：屋盖，指广而大。　④韎韐（mèi gé）：蔽膝，用熟皮制，遮住膝部，用茜草染绛色。奭（shì）：赤色。　⑤鞞琫（bǐ běng）：刀鞘上的饰物。珌（bì）：刀鞘下的饰物。

## 裳裳者华

| 裳裳者华，① | 堂堂的鲜花， |
|---|---|
| 其叶湑兮。② | 它的叶儿茂盛啊。 |
| 我觏之子， | 我看见这个人， |
| 我心写兮。③ | 我心忧愁泻尽啊。 |
| 我心写兮， | 我心忧愁泻尽啊， |
| 是以有誉处兮。 | 因此有安乐可处啊。 |

| 裳裳者华， | 堂堂的鲜花， |
|---|---|

芸其黄矣。④　　　　　　它的花儿黄啊。
我觏之子，　　　　　　我看见这个人，
维其有章矣。⑤　　　　　只是他有文章了。
维其有章矣，　　　　　只是他有文章了，
是以有庆矣。　　　　　因此该有庆贺了。

裳裳者华，　　　　　　堂堂的鲜花，
或黄或白。　　　　　　有的黄有的白。
我觏之子，　　　　　　我看见这个人，
乘其四骆。　　　　　　驾着四匹黑鬃白毛的马。
乘其四骆，　　　　　　驾着四匹黑鬃白毛的马，
六辔沃若。　　　　　　六根辔绳很柔滑。

左之左之，⑥　　　　　左就左，
君子宜之。　　　　　　君子适宜它。
右之右之，　　　　　　右就右，
君子有之。⑦　　　　　君子适宜它。
维其有之，　　　　　　只是因为适宜它，
是以似之。⑧　　　　　因此继承祖业可靠他。

①裳裳：犹堂堂。　②湑（xǔ）：茂盛。　③写：通"泻"，泻去。　④芸：黄盛。　⑤章：文章，指文采、礼乐。　⑥左之、右之：或左或右，指左右辅弼，无不相宜。　⑦有：有此宜。　⑧似：通"嗣"，继承。

# 桑扈之什

## 桑　扈

交交桑扈，①
有莺其羽。②
君子乐胥，③
受天之祜。

交交是桑扈鸟叫，
有文采的是羽毛。
君子是快乐啊，
接受上天的福好。

交交桑扈，
有莺其领。④
君子乐胥，
万邦之屏。

交交是桑扈鸟叫，
有文采是它颈毛。
君子是快乐啊，
是万国的屏障了。

之屏之翰，⑤
百辟为宪。⑥
不戢不难，⑦
受福不那。⑧

作屏障作藩翰，
诸侯把它作为法。
又和平又恭敬，
受天降福岂不多啊。

兕觥其觩，⑨
旨酒思柔。⑩
彼交匪敖，⑪
万福来求。

牛角杯呀曲角口，
美酒味道真和柔。
不侮慢不骄傲，
万种福气自来求。

①交交：鸟叫声。桑扈：鸟名，亦叫"小桑鹰"。　②莺：指文采。　③乐胥：指乐兮。胥，语助词。　④领：头颈。　⑤翰：指屏障。　⑥辟：君主。　⑦不戢不难：不，语助词。戢，指和。难，指敬。　⑧那：多。　⑨觩（qiú）：角上曲。　⑩思：语助词。　⑪彼交匪敖：当作"匪交匪敖"。交，通"傲"，侮慢。

## 鸳 鸯

| | |
|---|---|
| 鸳鸯于飞, | 鸳鸯在飞, |
| 毕之罗之。① | 用小网大网来捉它。 |
| 君子万年, | 君子活万年, |
| 福禄宜之。 | 福禄适宜他。 |
| | |
| 鸳鸯在梁,② | 鸳鸯在鱼梁上, |
| 戢其左翼。 | 收敛它的左翅膀。 |
| 君子万年, | 君子活万年, |
| 宜其遐福。 | 适宜他永远的福望。 |
| | |
| 乘马在厩, | 骑的马在马棚里, |
| 摧之秣之。③ | 铡草来喂它。 |
| 君子万年, | 君子活万年, |
| 福禄艾之。④ | 用福禄来养他。 |
| | |
| 乘马在厩, | 骑的马在马棚里, |
| 秣之摧之。 | 用铡草来喂它。 |
| 君子万年, | 君子活万年, |
| 福禄绥之。 | 用福禄来安抚他。 |

①毕：小网，用小网来捕。罗：大网，用大网来捕。 ②梁：鱼梁，拦鱼的水坝。 ③摧（cuò）：铡草。秣（mò）：以草喂马。 ④艾：养护。

## 颊 弁

| | |
|---|---|
| 有颊者弁,① | 戴上前倾的皮帽, |
| 实维伊何?② | 这是为什么? |
| 尔酒既旨, | 你的酒既是很美好, |
| 尔肴既嘉。 | 你的菜肴又是好。 |
| 岂伊异人, | 岂是接待外姓人, |

| | |
|---|---|
| 兄弟匪他。 | 兄弟不是其他人。 |
| 茑与女萝，③ | 桑寄生和菟丝子， |
| 施于松柏。④ | 攀着松柏相连络。 |
| 未见君子， | 没有看见君子人， |
| 忧心奕奕。 | 忧心时时发作。 |
| 既见君子， | 既然看见君子人， |
| 庶几说怿。 | 情近乎有喜乐。 |
| | |
| 有颎者弁， | 戴上前倾的皮帽， |
| 实维何期？⑤ | 这是为什么？ |
| 尔酒既旨， | 你的酒既是美好， |
| 尔肴既时。 | 你的菜肴既是新作。 |
| 岂伊异人， | 岂是接待外姓人， |
| 兄弟具来。 | 兄弟全来非外族。 |
| 茑与女萝， | 桑寄生和菟丝子， |
| 施于松上。 | 攀在松上做连络。 |
| 未见君子， | 没有看见君子人， |
| 忧心恓恓。⑥ | 忧心时时发作。 |
| 既见君子， | 既然看见君子人， |
| 庶几有臧。 | 心情近乎有快乐。 |
| | |
| 有颎者弁， | 戴上前倾的皮帽， |
| 实维在首。 | 这正合适戴在头。 |
| 尔酒既旨， | 你的酒既是美好， |
| 尔肴既阜。⑦ | 你的菜肴又丰厚。 |
| 岂伊异人， | 岂是接待外姓人， |
| 兄弟甥舅。 | 是兄弟和甥舅。 |
| 如彼雨雪， | 像那天上落雪， |
| 先集维霰。⑧ | 先聚集雪珠岂能后。 |

| | |
|---|---|
| 死丧无日， | 死去丧亡没日期， |
| 无几相见。⑨ | 我们相见不会久。 |
| 乐酒今夕， | 快乐饮酒在今夕， |
| 君子维宴。 | 君子只在宴会情投。 |

①颎（kuǐ）：戴皮帽倾向前。弁（biàn）：皮帽。　②实：当作"寔"，这。伊何：为何。　③茑（niǎo）、女萝：两种寄生植物，比兄弟、亲戚相依附。　④施（yì）：蔓延。　⑤期：语助词。　⑥怲怲（bǐng bǐng）：很忧虑。　⑦阜：丰富。　⑧霰（xiàn）：雪珠。　⑨无几：没有多少。

# 车　辖

| | |
|---|---|
| 间关车之辖兮，① | 车的铁轴头发声啊， |
| 思娈季女逝兮。② | 这美好少女要出嫁啊。 |
| 匪饥匪渴， | 不再饿不再渴， |
| 德音来括。③ | 有德音来会合。 |
| 虽无好友，④ | 虽则没有好的朋友， |
| 式燕且喜。⑤ | 在宴会上且喜乐相合。 |
| | |
| 依彼平林，⑥ | 茂盛的那平地树林， |
| 有集维鷮。⑦ | 会集的有雉群。 |
| 辰彼硕女， | 适时而嫁的大姑娘， |
| 令德来教。 | 用好德行来教誉。 |
| 式燕且誉， | 且开宴且赞誉， |
| 好尔无射。⑧ | 喜爱你没有厌弃。 |
| | |
| 虽无旨酒， | 我虽然没有美酒， |
| 式饮庶几。 | 你饮一点也算数。 |
| 虽无嘉殽， | 我虽没有好菜肴， |
| 式食庶几。 | 你吃一点也算数。 |

| | |
|---|---|
| 虽无德与女， | 我虽没有美德给你， |
| 式歌且舞。 | 你还唱歌并且跳舞。 |
| | |
| 陟彼高冈， | 登那高的山冈， |
| 析其柞薪。⑨ | 斫它麻栎作柴薪。 |
| 析其柞薪， | 斫它麻栎作柴薪， |
| 其叶湑兮。⑩ | 它的叶儿很茂盛。 |
| 鲜我觏尔，⑪ | 我欢喜能看见你啊， |
| 我心写兮。 | 我心里的愁苦泻尽啊。 |
| | |
| 高山仰止， | 高山仰望就停止， |
| 景行行止。⑫ | 大路前行行又止。 |
| 四牡骓骓，⑬ | 四匹雄马不停进， |
| 六辔如琴。 | 使那六根缰绳像弹琴。 |
| 觏尔新昏， | 看见你的新婚， |
| 以慰我心。 | 用来安慰我的心。 |

①间关：车轴铁头的转动声。辖（xiá）：车轴铁头。　②娈（luán）：美好。季女：少女。逝：去，指出嫁。　③德音：美誉。括：会合。　④友：指女方。　⑤式：语助词。　⑥依：通"殷"，茂盛。平林：平地的树林。　⑦鷮（jiāo）：雉。　⑧射（yì）：厌烦。　⑨柞（zuò）：麻栎。　⑩湑（xǔ）：盛。　⑪鲜：善。觏（gòu）：见。　⑫仰止：仰望。止，语助词。景行：大路。　⑬骓骓（fēi fēi）：马行不止貌。

# 青　蝇

| | |
|---|---|
| 营营青蝇，① | 飞来飞去的苍蝇， |
| 止于樊。② | 停在篱笆上。 |
| 岂弟君子，③ | 和乐平易的君子人， |
| 无信谗言。 | 不要听信谗言乱放。 |

营营青蝇，          飞来飞去的苍蝇，

止于棘。④          停在荆棘上。

谗人罔极，⑤       谗人没有中正话，

交乱四国。          只把四方国家说冤枉。


营营青蝇，          飞来飞去的苍蝇，

止于榛。           停在榛树上。

谗人罔极，        谗人没有中正话，

构我二人。         挑拨你我二人相乱攘。


①营营：往来貌。　②樊：篱笆。　③岂弟：同"恺悌"，和乐平易。　④棘：荆棘。　⑤罔极：不中正。

# 宾之初筵

宾之初筵，        宾客初到就筵席，

左右秩秩。①       左右严肃有礼节。

笾豆有楚，②       笾豆摆设有秩序，

肴核维旅。③       肉食果品都陈列。

酒既和旨，        酒既醇和又美好，

饮酒孔偕。④       饮酒合礼无不悦。

钟鼓既设，        钟鼓奏乐既陈设，

举酬逸逸。⑤       举杯敬客有序列。

大侯既抗，⑥       箭靶既然已举起，

弓矢斯张。        张弓射箭心头热。

射夫既同，        射箭的人既然齐，

献尔发功。        献你发功效果切。

发彼有的，        发箭射靶能中的，

以祈尔爵。        来求你杯酒不绝。


籥舞笙鼓，⑦       用籥节舞笙鼓奏，

乐既和奏。　　　　　音乐既和奏调新。

烝衎烈祖，⑧　　　　进献有功的先祖，

以洽百礼。⑨　　　　用来配礼皆得申。

百礼既至，　　　　　众礼既然到了庭，

有壬有林。⑩　　　　又盛大又隆重。

锡尔纯嘏，⑪　　　　神赐给你大福气，

子孙其湛。⑫　　　　子子孙孙喜无伦。

其湛曰乐，　　　　　他们喜悦称快乐，

各奏尔能。⑬　　　　各献你能把酒斟。

宾载手仇，⑭　　　　宾客比箭找对手，

室人入又。⑮　　　　主人入射又陪客。

酌彼康爵，⑯　　　　酌那空杯的客人，

以奏尔时。⑰　　　　来敬你这位能人。


宾之初筵，　　　　　宾客的初到酒筵，

温温其恭。　　　　　态度温和又恭虔。

其未醉止，　　　　　他没有吃醉时，

威仪反反。⑱　　　　他的仪容自相连。

曰既醉止，　　　　　说是既醉了，

威仪幡幡。⑲　　　　他的仪容不相连。

舍其坐迁，⑳　　　　放弃坐礼有改变，

屡舞仙仙。㉑　　　　屡次舞蹈像成仙。

其未醉止，　　　　　他没有吃醉时，

威仪抑抑。㉒　　　　仪容自相连。

曰既醉止，　　　　　既经吃醉了，

威仪怭怭。㉓　　　　仪容不相连。

是曰既醉，　　　　　说既经醉了，

不知其秩。　　　　　不知礼仪应相连。

| | |
|---|---|
| 宾既醉止， | 宾客既经吃醉了， |
| 载号载呶。㉔ | 有的号叫有的嚷。 |
| 乱我笾豆， | 弄乱我放的笾豆， |
| 屡舞僛僛。㉕ | 屡次跳舞像发狂。 |
| 是曰既醉， | 说是既经醉了， |
| 不知其邮。㉖ | 不知失礼真荒唐。 |
| 侧弁之俄，㉗ | 侧着皮帽的时候， |
| 屡舞傞傞。㉘ | 屡次跳舞又发狂。 |
| 既醉而出， | 既醉出门回家睡， |
| 并受其福。 | 宾主都受福分强。 |
| 醉而不出， | 既醉不肯出门去， |
| 是谓伐德。㉙ | 这叫败德不可忘。 |
| 饮酒孔嘉， | 饮酒本是很好事， |
| 维其令仪。 | 只要好的礼节不相妨。 |
| | |
| 凡此饮酒， | 凡是饮这酒， |
| 或醉或否。 | 有的喝醉有的否。 |
| 既立之监， | 既经确立了酒监， |
| 或佐之史。 | 再设酒史为他友。 |
| 彼醉不臧， | 那吃醉的不知不善， |
| 不醉反耻。 | 不醉的反而负咎。 |
| 式勿从谓，㉚ | 不要从醉者作为， |
| 无俾大怠。 | 不要使他见大丑。 |
| 匪言勿言， | 不该说的不要说， |
| 匪由勿语。 | 不该从的不要受。 |
| 由醉之言， | 从了醉汉话， |
| 俾出童羖。㉛ | 使你拿出童羖又。 |
| 三爵不识， | 三杯吃了不认识， |

**矧敢多又。**㉜　　　　　　　怎敢再多劝饮酒。

①秩秩：肃敬。　②楚：成列。　③肴：肉食。核：果品。旅：陈设。　④偕：通"嘉"。　⑤酢：同"酬"，主人劝酒。逸逸：往来有次序。　⑥大侯：箭靶。抗：举起。　⑦籥（yuè）：古乐器，竹制，称舞籥，比笛长而六孔，吹籥以节舞。　⑧烝（zhēng）：进。衎（kàn）：乐。烈祖：有功的先祖。　⑨洽：合。　⑩壬：状礼大。林：状礼多。　⑪纯嘏（gǔ）：大福。　⑫湛（dān）：喜悦。　⑬奏：献。能：技能。　⑭手仇：对手。仇，指相对。　⑮室人：指主人。　⑯康爵：空杯。　⑰尔时：你这时所尊者。　⑱反反：慎重。　⑲幡幡（fān fān）：旗帜翻动。　⑳坐迁：迁动当坐之礼。　㉑仙仙（xiān xiān）：轻举貌。　㉒抑抑：慎密，指庄重。　㉓怭怭（bì bì）：不庄重，轻佻。　㉔呶（náo）：叫喊。　㉕傲傲（qī qī）：不自正。　㉖邮：通"尤"，过错。　㉗侧：倾侧。　㉘傞傞（suō suō）：醉舞不止。　㉙伐德：败坏道德。　㉚勿从谓：不要从而为之。　㉛童羖（gǔ）：没有生角的黑色公羊，指酒后妄言。　㉜又：通"侑"，劝酒。

# 鱼　藻

鱼在在藻，　　　　　　　鱼儿游在水藻中，
有颁其首。①　　　　　　摆动它的大头。
王在在镐，②　　　　　　武王住在镐京里，
岂乐饮酒。③　　　　　　欢乐地饮酒。

鱼在在藻，　　　　　　　鱼儿游在水藻中，
有莘其尾。④　　　　　　有长的尾巴。
王在在镐，　　　　　　　武王住在镐京里，
饮酒乐岂。　　　　　　　饮着酒又欢乐。

鱼在在藻，　　　　　　　鱼儿游在水藻中，
依于其蒲。⑤　　　　　　依靠在它的蒲草。

| 王在在镐， | 武王住在镐京， |
|---|---|
| 有那其居。⑥ | 有他安闲居处了。 |

①颁（fén）：大头。 ②镐：镐京。 ③岂乐：欢乐。岂，同
"恺"。 ④莘（shēn）：长。 ⑤蒲：多年生水草。 ⑥那：安闲。

# 采 菽

| 采菽采菽，① | 采大豆呀采大豆， |
|---|---|
| 筐之筥之。② | 用筐用筥来盛它。 |
| 君子来朝， | 诸侯远路来朝见， |
| 何锡予之？ | 什么东西赐给他？ |
| 虽无予之， | 虽然没有赐给他， |
| 路车乘马。③ | 送他车子和驾马。 |
| 又何予之？ | 又有什么赐给他？ |
| 玄衮及黼。④ | 龙衣绣裳赐给他。 |
| | |
| 觱沸槛泉，⑤ | 沸腾正流泉水边， |
| 言采其芹。 | 我去采摘那香芹。 |
| 君子来朝， | 诸侯远路来朝见， |
| 言观其旂。 | 我去看他车和旌。 |
| 其旂淠淠，⑥ | 他的旌旗在飘动， |
| 鸾声嘒嘒。⑦ | 车上鸾铃节奏匀。 |
| 载骖载驷， | 驾车三马或四马， |
| 君子所届。 | 诸侯已经是亲临。 |
| | |
| 赤芾在股，⑧ | 红色蔽膝披在股， |
| 邪幅在下。⑨ | 绑腿裹在膝盖下。 |
| 彼交匪纾，⑩ | 不傲慢也不怠慢， |
| 天子所予。 | 车马天子赐给他。 |
| 乐只君子， | 音乐是使诸侯乐， |

| | |
|---|---|
| 天子命之。 | 天子策命赏赐他。 |
| 乐只君子， | 音乐是使诸侯乐， |
| 福禄申之。⑪ | 再用福禄重赏他。 |
| | |
| 维柞之枝， | 只有柞木的枝条， |
| 其叶蓬蓬。 | 它的叶儿密而庞。 |
| 乐只君子， | 音乐是使诸侯乐， |
| 殿天子之邦。⑫ | 他能镇定天子的侯邦。 |
| 乐只君子， | 音乐是使诸侯乐， |
| 万福攸同。⑬ | 万福齐聚拢。 |
| 平平左右，⑭ | 左右闲雅的人， |
| 亦是率从。 | 也是相率顺从。 |
| | |
| 泛泛杨舟， | 杨木船在河里泛， |
| 绋纚维之。⑮ | 用大绳来拴住它。 |
| 乐只君子， | 音乐是使诸侯乐， |
| 天子葵之。⑯ | 天子度量赏赐他。 |
| 乐只君子， | 音乐是使诸侯乐， |
| 福禄膍之。⑰ | 福禄加重他。 |
| 优哉游哉， | 优游自在呀， |
| 亦是戾矣。⑱ | 也美好至极轮到他。 |

①菽（shū）：豆。　②筥（jǔ）：圆竹筐。　③路车：诸侯所乘之车。　④玄衮（gǔn）：浅黑色画卷龙袍。黼（fǔ）：用黑白色绣在裳上的斧形花纹。　⑤觱（bì）：沸。槛泉：正出泉水。　⑥滭滭（pèi pèi）：飘动。　⑦嘒嘒（huì huì）：有节奏。　⑧芾（fú）：通"韍"，古代官服上的蔽膝。　⑨邪幅：像绑腿的物品。　⑩彼交匪纾：彼，疑"匪"字之误。交，通"佼"，傲。纾，缓。　⑪申：重。　⑫殿：镇定。　⑬攸：所。同：聚。　⑭平平：闲雅。　⑮绋（fú）：大绳索。纚（lí）：拴。　⑯葵：通"揆"，量才使用。　⑰膍（pí）：厚

赐。　⑱戾：至，至极。

# 角　弓

| 骍骍角弓，① | 调理好牛角饰的弓， |
| 翩其反矣。② | 弦自然反弹了。 |
| 兄弟昏姻， | 兄弟是亲骨肉， |
| 无胥远矣。③ | 不要互相疏远了。 |
| | |
| 尔之远矣， | 你疏远兄弟了， |
| 民胥然矣。④ | 百姓都是这样了。 |
| 尔之教矣， | 你是这样教导了， |
| 民胥效矣。 | 百姓互相效法了。 |
| | |
| 此令兄弟，⑤ | 这样善良的兄弟， |
| 绰绰有裕。⑥ | 彼此宽容得有裕。 |
| 不令兄弟， | 不善良的兄弟， |
| 交相为瘉。⑦ | 互相作恶害自己。 |
| | |
| 民之无良， | 百姓的不善良， |
| 相怨一方。 | 互相怨恨那一方， |
| 受爵不让， | 受到爵位不相让， |
| 至于己斯亡。 | 直到自己的死亡。 |
| | |
| 老马反为驹，⑧ | 老马反而作为壮马， |
| 不顾其后。 | 不顾自己后来老。 |
| 如食宜饇，⑨ | 好像吃饭应吃饱， |
| 如酌孔取。 | 好像饮酒酌量好。 |
| | |
| 毋教猱升木，⑩ | 不要教猴子爬树， |
| 如涂涂附。⑪ | 不要像用泥来涂附。 |
| 君子有徽猷，⑫ | 君子有美德， |

| | |
|---|---|
| 小人与属。⑬ | 小人要来依附。 |
| | |
| 雨雪瀌瀌，⑭ | 下雪纷纷， |
| 见晛曰消。⑮ | 看见日光就消。 |
| 莫肯下遗， | 不肯谦下， |
| 式居娄骄。⑯ | 用自律收敛骄傲。 |
| | |
| 雨雪浮浮，⑰ | 下雪纷纷， |
| 见晛曰流。 | 看见日光变水流。 |
| 如蛮如髦，⑱ | 像南蛮像髦族， |
| 我是用忧。 | 我因此而心忧。 |

①骍骍（xīng xīng）：弓调理貌。角弓：以牛角饰的弓。 ②翩其：自然地。反矣：弹弓弦，弓弦自然回弹了。 ③胥：相。 ④胥：皆。 ⑤令：善。 ⑥绰绰：宽裕。 ⑦瘉（yù）：病。 ⑧老马反为驹：老马反而被视为壮马。 ⑨饫（yù）：饱。 ⑩猱（náo）：猿类。 ⑪如涂涂附：在污泥上面涂一层污泥。 ⑫徽：美。猷：道。 ⑬与属：附属。 ⑭瀌瀌（biāo biāo）：雪盛。 ⑮晛（xiàn）：日气。 ⑯式居娄骄：陈奂《传疏》："小人不肯卑下加礼于人，唯数数骄慢自用。"式，用。居，通"倨"，傲慢。娄，收敛。 ⑰浮浮：雪盛。 ⑱髦：西南少数民族名。

## 菀 柳

| | |
|---|---|
| 有菀者柳，① | 茂盛的柳树， |
| 不尚息焉。② | 岂不希望在它下休息。 |
| 上帝甚蹈，③ | 上帝很会变化， |
| 无自暱焉。④ | 不要自己向他亲热。 |
| 俾予靖之，⑤ | 用我去安定他， |
| 后予极焉。⑥ | 后来对我用刑罚。 |
| | |
| 有菀者柳， | 茂盛的柳树， |

| | |
|---|---|
| 不尚愒焉。⑦ | 岂不希望在它下休息。 |
| 上帝甚蹈， | 上帝很会变化， |
| 无自瘵焉。⑧ | 不要自己去亲接。 |
| 俾予靖之， | 用我去安定他， |
| 后予迈焉。⑨ | 后来对我放逐不息。 |
| | |
| 有鸟高飞， | 有鸟高飞， |
| 亦傅于天。⑩ | 直到高天。 |
| 彼人之心， | 那人的心， |
| 于何其臻？ | 在什么地方相连？ |
| 曷予靖之？ | 为何用我安定他？ |
| 居以凶矜。⑪ | 他必置我于凶险。 |

①菀（yù）：树茂盛。　②尚：庶几，希望。　③上帝：指君王。蹈：变动。　④暱（nì）：亲近。　⑤靖：安定。　⑥极：诛杀。　⑦愒（qì）：休息。　⑧瘵（zhài）：接近。　⑨迈：行，放逐。　⑩傅：至。　⑪居：语助词。凶矜：凶危。

# 都人士之什

## 都人士

彼都人士，　　　　　　那个都市的士人，
狐裘黄黄。　　　　　　黄黄的狐皮袍穿上。
其容不改，　　　　　　他的容貌不改变，
出言有章。①　　　　　说的话有文采。
行归于周，②　　　　　行为归结到忠信，
万民所望。　　　　　　为万民所瞻仰。

彼都人士，　　　　　　那个都市的士人，
台笠缁撮。③　　　　　戴着草笠或缁布冠。
彼君子女，　　　　　　那个贵族的女儿，
绸直如发。④　　　　　细密直直头发不乱。
我不见兮，　　　　　　我不看见她啊，
我心不说。　　　　　　我的心里不喜欢。

彼都人士，　　　　　　那个都市的士人，
充耳琇实。⑤　　　　　用宝石作充耳饰。
彼君子女，　　　　　　那个贵族的女儿，
谓之尹吉。⑥　　　　　称作尹氏和吉氏。
我不见兮，　　　　　　我不看见她啊，
我心菀结。⑦　　　　　我心里郁结不止。

彼都人士，　　　　　　那个都市的士人，
垂带而厉。⑧　　　　　带子垂下飘左右。
彼君子女，　　　　　　那个贵族的女儿，
卷发如虿。⑨　　　　　发像蝎尾翘在首。

| | |
|---|---|
| 我不见兮， | 我不看见她啊， |
| 言从之迈。 | 我想跟她一起走。 |
| | |
| 匪伊垂之， | 不是他把带垂下， |
| 带则有余。 | 带是有多余啊。 |
| 匪伊卷之， | 不是她有意把发卷起， |
| 发则有旟。⑩ | 发有的是上扬啊。 |
| 我不见兮， | 我看不见她， |
| 云何盱矣！⑪ | 说什么盼望啊。 |

①章：文采。　②周：忠信。　③台：草名，可以做笠。缁撮：缁布冠。　④绸：细密。　⑤琇（xiù）：美石。　⑥尹吉：尹氏、吉氏，两个大姓氏。　⑦菀结：郁结。　⑧厉：带之垂者。　⑨虿（chài）：蝎子类有毒的虫。　⑩旟（yú）：上扬。　⑪盱（xū）：盼望。

# 采　绿

| | |
|---|---|
| 终朝采绿，① | 整个早晨采绿草， |
| 不盈一匊。② | 采的不满两手掬。 |
| 予发曲局，③ | 我的头发曲而卷， |
| 薄言归沐。 | 我要回去把头沐。 |
| | |
| 终朝采蓝，④ | 整个早晨采蓝草， |
| 不盈一襜。⑤ | 采的不满一围裙。 |
| 五日为期， | 约定五天为一期， |
| 六日不詹。⑥ | 六天不回怎么云。 |
| | |
| 之子于狩， | 这个人去打猎， |
| 言韔其弓。⑦ | 我用弓袋藏他弓。 |
| 之子于钓， | 这个人去钓鱼， |
| 言纶之绳。 | 我用钓绳供他用。 |

| 其钓维何？ | 他钓的是什么鱼？ |
| 维鲂及鱮。⑧ | 有鲂鱼和鲢鱼。 |
| 维鲂及鱮， | 有鲂鱼和鲢鱼， |
| 薄言观者。⑨ | 我看他钓得真多鱼。 |

①绿：王刍，花深绿，古时作绿色染料用。　②匊（jū）：同"掬"，两手合捧。　③局：卷。　④蓝：草名，汁可染蓝色。　⑤襜（chān）：围裙。　⑥詹：到。　⑦韔（chàng）：弓袋。　⑧鱮（xù）：大头鲢。　⑨观：多。

# 黍　苗

| 芃芃黍苗，① | 长大的黍苗， |
| 阴雨膏之。 | 阴雨润泽它。 |
| 悠悠南行，② | 远远地向南走， |
| 召伯劳之。 | 召伯慰劳他。 |
| | |
| 我任我辇。③ | 我任管车又拉车， |
| 我车我牛。④ | 我扶牛车我牵牛。 |
| 我行既集，⑤ | 我南走既经成功， |
| 盖云归哉！⑥ | 何不说归去休！ |
| | |
| 我徒我御，⑦ | 我步行我驾驶， |
| 我师我旅。 | 我属师我属旅。 |
| 我行既集， | 我南走既经完成， |
| 盖云归处！ | 何不说归去安处！ |
| | |
| 肃肃谢功，⑧ | 严正的谢邑工程， |
| 召伯营之。 | 召伯经营它。 |
| 烈烈征师，⑨ | 威武前进的军队， |
| 召伯成之。 | 召伯成就它。 |

| | |
|---|---|
| 原隰既平， | 原野洼地既治平， |
| 泉流既清。 | 泉流既经澄清。 |
| 召伯有成， | 召伯有了成功， |
| 王心则宁。 | 周王心里就安宁。 |

①芃芃（péng péng）：长大貌。　②悠悠：远行。　③任：担任。辇：拉车。　④车：手扶车。牛：牵牛。　⑤集：成。　⑥盖：通"盍"，何不。　⑦徒：步行。御：驾驶。　⑧肃肃：严正。谢：指谢邑，在河南。　⑨烈烈：威武。

# 隰 桑

| | |
|---|---|
| 隰桑有阿，<sup>①</sup> | 洼地桑树长得好， |
| 其叶有难。<sup>②</sup> | 它的叶儿茂盛了。 |
| 既见君子， | 既然看见君子人， |
| 其乐如何？ | 她的快乐怎么了？ |
| | |
| 隰桑有阿， | 洼地桑树长得好， |
| 其叶有沃。<sup>③</sup> | 它的叶儿柔软了。 |
| 既见君子， | 既然看见君子人， |
| 云何不乐？ | 说什么不快乐了？ |
| | |
| 隰桑有阿， | 洼地桑树长得好， |
| 其叶有幽。<sup>④</sup> | 它的叶儿色深妙。 |
| 既见君子， | 既然看见君子人， |
| 德音孔胶。<sup>⑤</sup> | 情思确实很牢靠。 |
| | |
| 心乎爱矣， | 心里真是爱了， |
| 遐不谓矣？<sup>⑥</sup> | 怎么不说了？ |
| 中心藏之， | 内心深处藏着他， |
| 何日忘之？ | 什么时候忘掉他？ |

①阿：美貌。　②难（nuó）：盛貌。　③沃：柔。　④幽：
黑。　⑤胶：固定。　⑥遐不：何不。

# 白　华

| | |
|---|---|
| 白华菅兮，<sup>①</sup> | 白花认为菅草啊， |
| 白茅束兮。 | 用白茅草来捆它。 |
| 之子之远， | 这个人疏远我， |
| 俾我独兮。 | 使我孤独啊。 |

白华菅兮，<sup>①</sup>　　　　白花认为菅草啊，
白茅束兮。　　　　　　用白茅草来捆它。
之子之远，　　　　　　这个人疏远我，
俾我独兮。　　　　　　使我孤独啊。

英英白云，<sup>②</sup>　　　　朵朵的白云，
露彼菅茅。<sup>③</sup>　　　　下露水润泽那菅草。
天步艰难，<sup>④</sup>　　　　天神走路艰难，
之子不犹。<sup>⑤</sup>　　　　这个人不可我了。

滮池北流，<sup>⑥</sup>　　　　滮池水向北流，
浸彼稻田。　　　　　　浸润那稻田。
啸歌伤怀，　　　　　　长啸唱歌伤胸怀，
念彼硕人。　　　　　　想那大人总相连。

樵彼桑薪，　　　　　　砍那桑枝做柴薪，
卬烘于煁。<sup>⑦</sup>　　　　我烧柴在那灶。
维彼硕人，　　　　　　只有那个大人，
实劳我心。　　　　　　确实使我心劳。

鼓钟于宫，<sup>⑧</sup>　　　　在宫内敲钟，
声闻于外。　　　　　　声音听见在宫外。
念子懆懆，<sup>⑨</sup>　　　　想念你使我忧愁，
视我迈迈。<sup>⑩</sup>　　　　你看我讨厌心烦。

有鹙在梁，<sup>⑪</sup>　　　　有鹙鸟在鱼梁，

| | |
|---|---|
| 有鹤在林。 | 有白鹤在树林。 |
| 维彼硕人， | 只有那个大人， |
| 实劳我心。 | 确实忧劳我的心。 |
| | |
| 鸳鸯在梁， | 鸳鸯在鱼梁， |
| 戢其左翼。 | 收敛它的左翅膀。 |
| 之子无良， | 这个人真无良心， |
| 二三其德。 | 三心两意不一样。 |
| | |
| 有扁斯石，⑫ | 有块扁的石头， |
| 履之卑兮。 | 踏上去低下啊。 |
| 之子之远， | 这个人疏远我， |
| 俾我疧兮。⑬ | 使我生病啊。 |

①白华：白花。菅（jiān）：茅草，茎可做绳织履。白花认为菅草，一说比幽王把申后看作坏女人。　②英英：云起貌。　③露彼菅茅：露滋润菅草。　④天步：天行，一说比幽王行动。　⑤犹：可。　⑥滮（biāo）池：在陕西西安西。　⑦卬：同"昂"，指我。煁（shén）：灶火。　⑧宫：古代房子的通称，秦后始为帝王专用。　⑨懆懆（cǎo cǎo）：忧愁不安。　⑩迈迈：不悦。　⑪鹙（qiū）：水鸟名，似鹤，头颈上无毛。　⑫扁：卑下。　⑬疧（qí）：病。

# 绵　蛮

| | |
|---|---|
| 绵蛮黄鸟，① | 小小的黄鸟， |
| 止于丘阿。② | 停在山坳。 |
| 道之云远， | 路是很远， |
| 我劳如何！ | 我是怎样疲劳！ |
| 饮之食之， | 命他饮酒，命他吃饭， |
| 教之诲之。 | 教导他还告诫他。 |
| 命彼后车，③ | 命他趁副车， |

| | |
|---|---|
| 谓之载之。 | 让用车载他。 |
| | |
| 绵蛮黄鸟， | 小小的黄鸟， |
| 止于丘隅。 | 停在山腰。 |
| 岂敢惮行，④ | 难道怕走路， |
| 畏不能趋。⑤ | 怕不能快跑。 |
| 饮之食之， | 命他饮酒，命他吃饭， |
| 教之诲之。 | 教导他还告诫他。 |
| 命彼后车， | 命他趁副车， |
| 谓之载之。 | 让用车载他。 |
| | |
| 绵蛮黄鸟， | 小小的黄鸟， |
| 止于丘侧。 | 停在丘边了。 |
| 岂敢惮行， | 难道怕走路， |
| 畏不能极。⑥ | 怕不能到。 |
| 饮之食之， | 命他饮酒，命他吃饭， |
| 教之诲之。 | 教导他还告诫他。 |
| 命彼后车， | 命他趁副车， |
| 谓之载之。 | 让用车载他。 |

①绵蛮：小鸟貌。　②阿：山坳。　③后车：正车后面的副车。　④惮：怕。　⑤趋：快走。　⑥极：至。

# 瓠　叶

| | |
|---|---|
| 幡幡瓠叶，① | 飘动的葫芦叶， |
| 采之亨之。② | 采它来煮它。 |
| 君子有酒， | 君子人有酒， |
| 酌言尝之。 | 酌酒品尝它。 |
| | |
| 有兔斯首，③ | 有小兔头是白的， |

| | |
|---|---|
| 炮之燔之。④ | 用泥涂了烧它煮它。 |
| 君子有酒, | 君子人有酒, |
| 酌言献之。 | 酌酒与客敬献它。 |
| | |
| 有兔斯首, | 有小兔子头是白的, |
| 燔之炙之。⑤ | 用泥涂了烧它烤它。 |
| 君子有酒, | 君子人有酒, |
| 酌言酢之。⑥ | 宾客酌酒回敬他。 |
| | |
| 有兔斯首, | 有小兔头是白的, |
| 燔之炮之。 | 用泥涂了烧它烤它。 |
| 君子有酒, | 君子人有酒, |
| 酌言酬之。 | 酌酒再劝宾客品尝它。 |

①幡幡（fān fān）：翻动。瓠：葫芦。　②亨：同"烹"，煮。　③斯首：白头。　④炮（páo）：烧，将兔裹泥在火上烧。燔（fán）：烧。　⑤炙：将肉在火上烤。　⑥酢（zuò）：回敬酒。

# 渐渐之石

| | |
|---|---|
| 渐渐之石，① | 高峻的山石, |
| 维其高矣。 | 真是那样的高了。 |
| 山川悠远, | 山河长远, |
| 维其劳矣。② | 真是那样的广阔了。 |
| 武人东征, | 武人出兵向东征, |
| 不皇朝矣。③ | 无闲暇的日子了。 |
| | |
| 渐渐之石, | 高峻的山石, |
| 维其卒矣。④ | 真是那样的高险了。 |
| 山川悠远, | 山河长远, |
| 曷其没矣。⑤ | 何处是它的尽头了。 |

| | |
|---|---|
| 武人东征， | 武人向东出征， |
| 不皇出矣。⑥ | 无暇出离险地了。 |

| | |
|---|---|
| 有豕白蹢，⑦ | 有豕白蹄， |
| 烝涉波矣。⑧ | 众豕都渡过水了。 |
| 月离于毕，⑨ | 月接近毕星， |
| 俾滂沱矣。⑩ | 大雨落下了。 |
| 武人东征， | 武人向东出征， |
| 不皇他矣。 | 无暇顾及其他了。 |

①渐渐：通"巉巉（chán chán）"，山石高峻。　②劳：通"辽"，指广阔。　③不皇：不暇。不皇朝，犹无暇日。　④卒：通"崒（zú）"，高峻危险。　⑤曷：何。没：尽。　⑥出：脱险。　⑦蹢（dí）：蹄。　⑧烝：多。　⑨离：通"丽"，接近。毕：毕星。月接近毕星，有雨。　⑩滂沱：大雨貌。

# 苕之华

| | |
|---|---|
| 苕之华，① | 凌霄花， |
| 芸其黄矣。② | 花落时黄了。 |
| 心之忧矣， | 心中忧愁了， |
| 维其伤矣。 | 是伤透心了。 |

| | |
|---|---|
| 苕之华， | 凌霄花， |
| 其叶青青。 | 它的叶儿青青茂盛。 |
| 知我如此， | 知我活得像这样， |
| 不如无生！ | 不如不要生！ |

| | |
|---|---|
| 牂羊坟首，③ | 母羊大头， |
| 三星在罶。④ | 三颗星照在鱼篓。 |
| 人可以食， | 人可得饭吃， |

| | |
|---|---|
| 鲜可以饱！ | 少有人可吃饱相求！ |

①苕（tiáo）：凌霄花，藤本，蔓生，花将落则黄。 ②芸其黄矣：指花将落色黄，黄指蔫黄。 ③牂（zāng）羊：母羊。坟：大。母羊瘦则头大。 ④罶（liǔ）：竹篓，鱼可以进不可以出。

## 何草不黄

| | |
|---|---|
| 何草不黄？ | 哪种草不枯黄？ |
| 何日不行？ | 哪一天人不行？ |
| 何人不将？① | 哪个人不出行？ |
| 经营四方。 | 去经营那四方。 |
| | |
| 何草不玄？② | 哪种草不死不黑？ |
| 何人不矜？③ | 哪个人不独身？ |
| 哀我征夫， | 悲哀我的士兵， |
| 独为匪民！ | 独独不算人！ |
| | |
| 匪兕匪虎，④ | 不是野牛不是老虎， |
| 率彼旷野。⑤ | 沿着旷野日夜奔走。 |
| 哀我征夫， | 悲哀我的士兵， |
| 朝夕不暇。 | 早晚不得休。 |
| | |
| 有芃者狐，⑥ | 尾毛蓬松的狐狸， |
| 率彼幽草。⑦ | 沿着旷野深藏在草里。 |
| 有栈之车，⑧ | 有役事的车子， |
| 行彼周道。 | 跑在那大道里。 |

①将：行。 ②玄：黑色。 ③矜：通"鳏"，老而无妻的人。 ④兕（sì）：野牛。 ⑤率：循，沿着。 ⑥芃（péng）：毛蓬松。 ⑦幽：深暗。 ⑧有栈之车：即栈车，役车。

# 大　雅

·文王之什　|　·生民之什　|　·荡之什

方玉润《诗经原始》云：“盖《大、小雅》之分，亦以体异焉耳。读者试即《嵩高》《黍苗》二诗诵之，而其体自见。又如《宾之初筵》与《抑》诗合而咏之，而其体愈见。数诗皆前人之所谓人同、事同者也，而何以诗之词气与音节迥然不同？此可以知大、小《雅》之分矣。”

# 文王之什

## 文 王

| | |
|---|---|
| 文王在上，<sup>①</sup> | 文王的神在上， |
| 於昭于天。<sup>②</sup> | 光明显现在天上。 |
| 周虽旧邦， | 周虽然是旧邦， |
| 其命维新。 | 承受天命是新上。 |
| 有周不显，<sup>③</sup> | 周朝是光明显耀， |
| 帝命不时。<sup>④</sup> | 上帝任命适时新上。 |
| 文王陟降，<sup>⑤</sup> | 文王神的升降， |
| 在帝左右。<sup>⑥</sup> | 在上帝左右两旁。 |
| | |
| 亹亹文王，<sup>⑦</sup> | 勤勉的文王， |
| 令闻不已。<sup>⑧</sup> | 好的声望不止。 |
| 陈锡哉周，<sup>⑨</sup> | 厚赐啊周朝， |
| 侯文王孙子。<sup>⑩</sup> | 只有文王孙孙子子。 |
| 文王孙子， | 文王的孙孙子子， |
| 本支百世。<sup>⑪</sup> | 本宗支子相传百世。 |
| 凡周之士， | 凡是周朝的士子， |
| 不显亦世。<sup>⑫</sup> | 光明也能照世。 |
| | |
| 世之不显， | 照世的光明， |
| 厥犹翼翼。<sup>⑬</sup> | 他的谋划谨慎。 |
| 思皇多士，<sup>⑭</sup> | 赞美众多士子， |
| 生此王国。 | 在这个王国里诞生。 |
| 王国克生， | 王国里能够诞生， |
| 维周之桢。<sup>⑮</sup> | 都是周朝的干桢。 |
| 济济多士，<sup>⑯</sup> | 靠众多的臣子， |

文王以宁。　　　　　　　使文王得到安宁。

穆穆文王，　　　⑰　　　美好的文王，
於缉熙敬止。　　⑱　　　啊，光明诚敬为是。
假哉天命，　　　⑲　　　伟大啊天命，
有商孙子。　　　　　　商朝的孙孙子子。
商之孙子，　　　　　　商朝的孙孙子子，
其丽不亿。　　　⑳　　　它的数目上亿计。
上帝既命，　　　　　　上帝既然命令，
侯于周服。　　　㉑　　　只服从周朝做臣子。

侯服于周，　　　　　　殷人臣服于周朝，
天命靡常。　　　　　　天命无常没一定。
殷士肤敏，　　　㉒　　　殷朝的士人美好敏疾，
裸将于京。　　　㉓　　　在周京用酒祭祖相称。
厥作裸将，　　　　　　他们用酒祭祖时，
常服黼冔。　　　㉔　　　经常穿殷朝礼服相应。
王之荩臣，　　　㉕　　　做周王的忠臣，
无念尔祖。　　　㉖　　　想念你祖先相称。

无念尔祖，　　　　　　想念你的祖先，
聿修厥德。　　　　　　修明你的德行。
永言配命，　　　　　　永久配合天命，
自求多福。　　　　　　自己求多福分。
殷之未丧师，　　㉗　　　殷的未失掉众心，
克配上帝。　　　　　　能够配合上帝天命。
宜鉴于殷，　　　　　　应该以殷为鉴戒，
骏命不易。　　　㉘　　　不容易保持大命。

命之不易，　　　　　　不容易保持大命，

| | |
|---|---|
| 无遏尔躬。㉙ | 不要断送大命在你身。 |
| 宣昭义问, | 宣扬昭示好的声誉, |
| 有虞殷自天。 | 殷的喜悲从天命。 |
| 上天之载,㉚ | 上天的事, |
| 无声无臭。 | 没有味儿也没有声。 |
| 仪刑文王,㉛ | 效法文王, |
| 万邦作孚。㉜ | 万邦才会对你信任。 |

①文王在上:周文王既死,他的神在民上。　②於(wū):赞叹。昭:明著。　③有周:周朝。不显:显,光明。　④不时:时,是。　⑤陟降:升降。　⑥帝:上帝。　⑦亹亹(wěi wěi):勉力。　⑧令闻:好的声闻。　⑨陈锡:重赐,厚赐。　⑩侯:于。　⑪本支百世:本,本宗,即文王子孙。支,支子,即文王庶出子孙,均传百代。　⑫不显亦世:显世,光显于世。　⑬厥犹翼翼:其谋恭敬。　⑭皇:美。　⑮桢:支柱。　⑯济济:众多貌。　⑰穆穆:美好。　⑱於:叹美。缉熙:光明。敬:诚敬。止:语助词。　⑲假:大。　⑳其丽不亿:其数亿。　㉑侯于周服:维服从周。　㉒殷士肤敏:殷臣美好敏疾。　㉓祼(guàn):用酒祭祖。将:行。　㉔黼(fǔ):绣白黑色斧形的礼服。冔(xǔ):礼帽。称殷臣穿戴殷的礼服礼帽,说明文王以德不以强。　㉕荩(jìn)臣:忠臣。　㉖无念:念。　㉗丧师:丧失众人心。师:众。　㉘骏命不易:保大命不容易。　㉙遏:止。　㉚载:事。　㉛刑:法。　㉜孚:相信。

# 大　明

| | |
|---|---|
| 明明在下,① | 明显的恩德在下面, |
| 赫赫在上。 | 煊赫的神灵在天上。 |
| 天难忱斯,② | 天意很难相信, |
| 不易维王。 | 不易做的是治天下王。 |
| 天位殷适,③ | 天位本属殷嫡子, |

使不挟四方。④　　　　使命不能达四方。

挚仲氏任，⑤　　　　挚国中女名太任，
自彼殷商，　　　　从那个商朝挚城，
来嫁于周，　　　　来嫁到那周家，
曰嫔于京。⑥　　　　说做新妇到周京。
乃及王季，⑦　　　　是认王季做丈夫，
维德之行。　　　　只有道德才施行。
大任有身，⑧　　　　太任嫁后有了孕，
生此文王。　　　　生下文王这个人。

维此文王，　　　　只有这个文王，
小心翼翼。　　　　既是小心又谨慎。
昭事上帝，　　　　勤勉地事奉上帝，
聿怀多福。　　　　获取众多的福分。
厥德不回，　　　　他对道德不违背，
以受方国。⑨　　　　而受四方侯国的信任，

天监在下，　　　　上天监视在下面，
有命既集。⑩　　　　天命既然成就他。
文王初载，　　　　文王即位的初年，
天作之合。　　　　天作配合成了家。
在洽之阳，⑪　　　　在那洽水的北面，
在渭之涘。⑫　　　　在那渭水的水涯。

文王嘉止，⑬　　　　文王嘉礼已经详，
大邦有子。　　　　大邦有个好姑娘。
大邦有子，　　　　大邦有个好姑娘，
俔天之妹。⑭　　　　好比天帝妹子样。
文定厥祥，⑮　　　　定婚卜卦都吉祥，

| | |
|---|---|
| 亲迎于渭。 | 亲迎就在渭水旁。 |
| 造舟为梁，⑯ | 造船作为浮桥样， |
| 不显其光。 | 显耀亲迎的辉光。 |
| | |
| 有命自天， | 有那天命从天降， |
| 命此文王， | 天命这个周文王， |
| 于周于京，⑰ | 定国为周城为京， |
| 缵女维莘，⑱ | 继娶女儿国号莘， |
| 长子维行，⑲ | 长子亡故讲德行， |
| 笃生武王。⑳ | 生个武王好继承。 |
| 保右命尔， | 上天命令保佑他， |
| 燮伐大商。㉑ | 和协诸国伐殷商。 |
| | |
| 殷商之旅，㉒ | 殷商军队很是强， |
| 其会如林。㉓ | 旗子插得像林样。 |
| 矢于牧野，㉔ | 陈兵牧野是我军， |
| 维于侯兴。 | 只有周侯可以兴。 |
| 上帝临女， | 上帝亲自来照临， |
| 无贰尔心。 | 你们不要有二心。 |
| | |
| 牧野洋洋，㉕ | 牧野这里很宽广， |
| 檀车煌煌。㉖ | 檀木做车很辉煌。 |
| 驷騵彭彭，㉗ | 四匹騵马很威武， |
| 维师尚父，㉘ | 太师吕望称尚父， |
| 时维鹰扬。 | 这时就像鹰飞扬。 |
| 凉彼武王，㉙ | 辅佐武王战疆场， |
| 肆伐大商，㉚ | 疾驰前去伐大商， |
| 会朝清明。㉛ | 会合朝见天下亮。 |

①明明在下：明显的恩德施给下面人民。　②忱（chén）：

信。　③适：通"嫡"，嫡子。　④挟：达到。　⑤挚仲氏任：挚国中女姓任，叫太任。　⑥嫔（pín）：为妇。　⑦王季：太任的丈夫。　⑧有身：有孕。　⑨方国：四方诸侯之国。　⑩集：就。　⑪洽（Hé）：水名，源出陕西部阳县北。阳：水北。　⑫渭：水名，渭水亦经此入河。涘（sì）：水边。　⑬嘉：嘉礼，订婚礼。　⑭倪（qiàn）：好比。　⑮文定：订婚礼。祥：吉。　⑯梁：浮桥。　⑰于周于京：改号为周，易邑为京。　⑱缵（zuǎn）：继娶。莘：国名。娶莘国女，即太姒。　⑲长子：指周文王长子伯邑考，先死。行：德行。　⑳笃：语助词。　㉑燮（xiè）：和协。　㉒旅：众，指军队。　㉓会：通"旝"，旗。　㉔矢：陈列。　㉕洋洋：广大。　㉖煌煌：明显。　㉗骒（yuán）：赤毛白腹的马。　㉘师尚父：太师吕望。　㉙凉：假为"亮"，辅佐。　㉚肆：疾。　㉛会：合。

# 绵

绵绵瓜瓞，①　　　　　　长长不断的小瓜大瓜，
民之初生，②　　　　　　周人最初的生涯，
自土沮漆。③　　　　　　从杜水、沮水到漆水。
古公亶父，④　　　　　　古公亶父就留下，
陶复陶穴，⑤　　　　　　挖地上洞到地下洞，
未有室家。　　　　　　　他还没有居室的家。

古公亶父，　　　　　　　古公亶父不停下，
来朝走马，　　　　　　　从早上骑马走着，
率西水浒，　　　　　　　顺着西面的水边，
至于岐下。　　　　　　　直到岐山山脚下。
爰及姜女，⑥　　　　　　于是跟了姜姓女，
聿来胥宇。⑦　　　　　　来相居处做观察。

周原朊朊，⑧　　　　　　岐周原野是肥美，
堇荼如饴。⑨　　　　　　苦菜也是像糖类。

| | |
|---|---|
| 爰始爰谋，⑩ | 于是始谋又再谋， |
| 爰契我龟。⑪ | 于是龟卜定祥瑞。 |
| 曰止曰时，⑫ | 停在这里作居处， |
| 筑室于兹。 | 筑室在此真是美。 |
| | |
| 乃慰乃止，⑬ | 于是慰劳定居正， |
| 乃左乃右， | 分出左右定彼此， |
| 乃疆乃理， | 划定疆界便治理， |
| 乃宣乃亩。⑭ | 疏通田亩好整治。 |
| 自西徂东，⑮ | 从西到东有田地， |
| 周爰执事。 | 周遍事情有管理。 |
| | |
| 乃召司空， | 是召司空来管地， |
| 乃召司徒，⑯ | 是召司徒来管人， |
| 俾立室家。 | 使立室家是他们。 |
| 其绳则直， | 丈量绳子直又正， |
| 缩版以载，⑰ | 用绳捆版得上升， |
| 作庙翼翼。 | 筑庙墙版严又整。 |
| | |
| 捄之陾陾，⑱ | 用筐运土人纷纷， |
| 度之薨薨，⑲ | 填土版内人群群， |
| 筑之登登，⑳ | 筑土为墙声登登， |
| 削屡冯冯。㉑ | 削平墙土声平平。 |
| 百堵皆兴，㉒ | 百堵高墙都起来， |
| 鼛鼓弗胜。㉓ | 大鼓声音不能胜。 |
| | |
| 乃立皋门， | 于是建立起郭门， |
| 皋门有伉。㉔ | 郭门建立高相应。 |
| 乃立应门， | 于是建立起正门， |
| 应门将将。㉕ | 正门建立真严整。 |

乃立冢土，㉖　　　　　于是建立大社坛，
戎丑攸行。㉗　　　　　西戎丑类望风行。

肆不殄厥愠，㉘　　　　遂不灭掉他怨愤，
亦不陨厥问。㉙　　　　也不废掉他聘问。
柞棫拔矣，　　　　　　柞树棫树都拔了，
行道兑矣，㉚　　　　　道路通畅了，
混夷駾矣，㉛　　　　　混夷逃遁了，
维其喙矣。㉜　　　　　喘息困顿了。

虞芮质厥成，㉝　　　　虞芮求正得和平，
文王蹶厥生。㉞　　　　文王感动他善性。
予曰有疏附，　　　　　我们讲疏附有贤臣，
予曰有先后，　　　　　我们讲先后有良臣，
予曰有奔奏，㉟　　　　我们讲奔走有文臣，
予曰有御侮。　　　　　我们讲抗敌有武臣。

①绵绵：长而不断绝。瓜瓞（dié）：大瓜叫瓜，小瓜叫瓞。从小瓜长到大瓜，它的蔓长而不断绝。　②民：周人。　③土：通"杜"，水名。沮、漆：皆水名。杜水，在陕西麟游县杜山下，南流折东入武水。漆水在陕西彬县西，西南流与沮水相会，注于渭水。　④古公亶父：古代的公，名亶父，是周代太王名。　⑤陶复陶穴：挖土为室，旁穿为复，直穿为穴。旁穿，指在地上挖洞，直穿，指在地下挖洞。陶，指挖洞。　⑥爰及：于是与。　⑦胥宇：察看居处。　⑧妣妣（wǔ wǔ）：美好。　⑨堇（jǐn）：堇葵。荼（tú）：苦菜。饴（yí）：用淀粉制成的糖。　⑩始：始谋。　⑪契：刻。龟：龟壳。古人用龟壳卜吉凶，用火烧龟壳求裂纹。　⑫时：居住。　⑬慰：慰劳。止：定居。　⑭左右：分左分右。疆理：分疆界和治理。宣亩：导沟洫和治田亩。　⑮自西徂东：从西往东，指分阡陌道路。　⑯司空：管土地的官。司徒：管徒役的官。　⑰缩版：用绳捆木板，为两层，中实土为墙。载：指版

上去。　⑱捄（jiū）：用器盛土。陾陾（réng réng）：众多。　⑲度：通“塿”，填土。薨薨（hōng hōng）：指人众多。　⑳登登：指用力声。　㉑削屡（lóu）：削去墙上隆高的泥土。屡，同“偻”，土墙隆起处。冯冯（píng píng）：削土声。　㉒堵（dǔ）：墙，五版为堵。兴：起。　㉓鼛（gāo）：大鼓。　㉔皋门：王的郭门。伉（kàng）：高貌。　㉕应门：王宫的正门。将将：严正。　㉖冢土：大社神坛。有大事，必先祭大社神。　㉗戎丑：戎狄丑类。行：去，遁去。　㉘肆：遂。殄（tiǎn）：断绝。愠（yùn）：怨愤。　㉙陨：废弃。问：聘问。　㉚兑：通行。　㉛混夷：西戎名。駾（tuì）：逃窜。　㉜喙（huì）：困。　㉝虞芮：相传二国争田。质厥成：成其和平。二国到周求正，看见周人相让，以致二国自动相让，趋于和平。　㉞蹶（guì）：感动。生：通“性”，善良的本性。　㉟予：周人自称。疏附：使疏远的人归附。先后：前后辅佐相导。奔奏：同“奔走”，奔走宣传美誉。

## 棫　朴

| | |
|---|---|
| 芃芃棫朴，① | 柞树丛生多茂盛， |
| 薪之槱之。② | 砍它做柴积起来。 |
| 济济辟王，③ | 肃然起敬周文王， |
| 左右趣之。 | 左右奔去积柴来。 |
| | |
| 济济辟王， | 肃然起敬周文王， |
| 左右奉璋。④ | 左右助祭捧玉璋。 |
| 奉璋峨峨，⑤ | 捧璋群臣威仪盛， |
| 髦士攸宜。 | 俊美贤士宜称强。 |
| | |
| 淠彼泾舟，⑥ | 譬如那只泾水船， |
| 烝徒楫之。⑦ | 众人拿楫划着它。 |
| 周王于迈，⑧ | 文王兴师去征伐， |
| 六师及之。 | 六军及时跟着他。 |

| | |
|---|---|
| 倬彼云汉，⑨ | 广阔的那天河， |
| 为章于天。 | 作为文采在上天。 |
| 周王寿考， | 周文王长寿， |
| 遐不作人。⑩ | 何不作培养人。 |
| | |
| 追琢其章，⑪ | 雕琢他的文章， |
| 金玉其相。⑫ | 金玉是它的质量。 |
| 勉勉我王， | 我勤勉的周文王， |
| 纲纪四方。⑬ | 忙于整顿四方。 |

①芃芃（péng péng）：树木茂盛。棫（yù）：柞树。朴：丛生。　②槱（yóu）：积。　③辟：君。　④璋：古祭祀用的酒器，用玉制。　⑤峨峨：庄严。　⑥淠（pì）：舟行。泾：水名，源出甘肃，东南流入陕西，注于渭水，有泾清渭浊之称。　⑦烝徒：众人。楫：用楫划船。　⑧于迈：往行。　⑨倬（zhuō）：大。云汉：天河。　⑩遐不：何不。　⑪追：雕。章：文章，文采。　⑫相：本质。　⑬纲纪：张网为纲，理网为纪。

# 旱　麓

| | |
|---|---|
| 瞻彼旱麓，① | 遥望那旱山脚， |
| 榛楛济济。② | 榛树楛树真多哩。 |
| 岂弟君子，③ | 快乐平易的君子， |
| 干禄岂弟。④ | 求禄得禄真乐易。 |
| | |
| 瑟彼玉瓒，⑤ | 鲜洁的玉杓， |
| 黄流在中。 | 黄酒流在杓中。 |
| 岂弟君子， | 快乐平易的君子， |
| 福禄攸降。 | 福禄来得丰隆。 |
| | |
| 鸢飞戾天， | 鸢鸟高飞到上天， |
| 鱼跃于渊。 | 鱼儿跳跃在深渊。 |

| 岂弟君子， | 快乐平易的君子， |
|---|---|
| 遐不作人？⑥ | 何不作培养人？ |

| 清酒既载， | 清酒既经陈设了， |
|---|---|
| 驿牡既备，⑦ | 纯色的牺牲既经备了， |
| 以享以祀， | 用来献神用来祭， |
| 以介景福。 | 用来求得大福气。 |

| 瑟彼柞棫，⑧ | 茂密的柞棫枝， |
|---|---|
| 民所燎矣。 | 人民祭天所烧了。 |
| 岂弟君子， | 快乐平易的君子， |
| 神所劳矣。⑨ | 神所保佑了。 |

| 莫莫葛藟，⑩ | 茂盛的野葛， |
|---|---|
| 施于条枚。⑪ | 蔓延到树干枝条上。 |
| 岂弟君子， | 快乐平易的君子， |
| 求福不回。⑫ | 求福不用在邪法上。 |

①旱：山名。旱山在陕西汉中南郑区西南。麓：山脚。　②榛（zhēn）：树名，乔木。实为坚果，果仁可吃，可榨油。楛（hù）：树名，似荆而赤。济济：众多。　③岂弟：同"恺悌"，快乐平易。　④干：求。　⑤瑟：鲜洁。玉瓒（zàn）：古代以玉为柄的酒勺，可以斟酒祭神。　⑥遐不：何不。　⑦驿牡：红色公牛。　⑧瑟：众密。柞（zuò）、棫（yù）：均树木名。　⑨劳：劳来，保佑。　⑩莫莫：茂盛。葛藟（lěi）：野葛。　⑪施（yì）：蔓延。　⑫回：违背正道。

# 思　齐

| 思齐大任，① | 肃敬的太任， |
|---|---|
| 文王之母。 | 是文王的母亲。 |
| 思媚周姜，② | 这敬爱的周姜， |

| | |
|---|---|
| 京室之妇。 | 王室主妇在周京。 |
| 大姒嗣徽音，③ | 太姒继承了德音， |
| 则百斯男。④ | 她生了很多男人。 |
| | |
| 惠于宗公，⑤ | 文王顺从先公， |
| 神罔时怨， | 先公神没有怨痛， |
| 神罔时恫。⑥ | 先公神没有悲痛。 |
| 刑于寡妻，⑦ | 立法先施于嫡妻， |
| 至于兄弟， | 连及到兄弟， |
| 以御于家邦。⑧ | 再用到治理国中。 |
| | |
| 雍雍在宫， | 和气的人在王宫， |
| 肃肃在庙。⑨ | 恭敬的人在宗庙。 |
| 不显亦临， | 不显赫的人也让他照耀， |
| 无射亦保。⑩ | 无射才的人也加爱保。 |
| | |
| 肆戎疾不殄，⑪ | 因此大病不灭， |
| 烈假不瑕。⑫ | 光大不过头不息。 |
| 不闻亦式， | 听见好话就采纳， |
| 不谏亦入。⑬ | 听见谏劝也采纳。 |
| | |
| 肆成人有德， | 成年人有德业， |
| 小子有造。 | 年轻人有造就事业。 |
| 古之人无斁，⑭ | 古人对教育人不厌， |
| 誉髦斯士。⑮ | 赞誉有俊才的事业。 |

①思：语助词。齐（zhāi）：肃敬。大任：太任，王季的妃子。　②媚：爱慕。周姜：周太王妻。　③大姒：太姒，文王妻。嗣：继承。徽：美。　④百斯男：文王妻太姒生十男，文王众妾合太姒宜生百子。　⑤惠于宗公：顺于先公。　⑥时恫（tōng）：是痛。　⑦刑：通"型"，法。寡妻：嫡妻。　⑧御：治。　⑨雍雍（yōng yōng）：和

气。肃肃：恭敬。　⑩不显亦临，无射亦保：不显的人也观察，无射才的人也保用，重在贤，不在显与射。　⑪肆戎疾不殄：故大病不灭。大病自灭，故不灭。　⑫烈假不瑕：烈，光。假，大。瑕，过。　⑬不闻亦式，不谏亦入：即闻式谏入。不，语助词。　⑭无致（yì）：无厌。　⑮髦（máo）：俊。

# 皇　矣

| | |
|---|---|
| 皇矣上帝， | 伟大啊上帝， |
| 临下有赫。 | 亲自观察下面严明。 |
| 监视四方， | 监视四方形势， |
| 求民之莫。① | 寻求人民的安定。 |
| 维此二国，② | 夏和殷二国， |
| 其政不获。 | 它们的政治不行。 |
| 维彼四国，③ | 四方侯国谁可受天命， |
| 爰究爰度。 | 于是研究量评。 |
| 上帝耆之，④ | 上帝恨殷纣他们， |
| 憎其式廓。⑤ | 恨他们的廓争。 |
| 乃眷西顾， | 于是眷念向西看顾， |
| 此维与宅。 | 只此可与它经营。 |
| | |
| 作之屏之，⑥ | 除掉它和摒弃它， |
| 其菑其翳。⑦ | 立死和枯死的树。 |
| 修之平之， | 修剪它和平整它， |
| 其灌其栵。⑧ | 丛生和再生的树。 |
| 启之辟之， | 开发它和开辟它， |
| 其柽其椐。⑨ | 是河柳和灵寿树。 |
| 攘之剔之，⑩ | 除掉它和剔掉它， |
| 其檿其柘。⑪ | 是山桑和柘树。 |
| 帝迁明德， | 上帝迁就明白德行人， |

| | |
|---|---|
| 串夷载路。⑫ | 混夷贫瘠而自猝。 |
| 天立厥配， | 上天立了太王配偶， |
| 受命既固。 | 他接受天命既得巩固。 |
| | |
| 帝省其山，⑬ | 上帝察看岐山， |
| 柞棫斯拔， | 柞树棫树都拔光， |
| 松柏斯兑。⑭ | 松树柏树往上长。 |
| 帝作邦作对，⑮ | 上帝立国又立君， |
| 自大伯、王季。 | 从太伯到王季。 |
| 维此王季， | 只有这个王季， |
| 因心则友。 | 因他心里有友爱。 |
| 则友其兄， | 友爱他兄长， |
| 则笃其庆，⑯ | 厚待他亲人， |
| 载锡之光。 | 赐给他们荣光。 |
| 受禄无丧， | 接受福禄没有丧失， |
| 奄有四方。⑰ | 广博地拥有四方。 |
| | |
| 维此王季， | 只有这个王季， |
| 帝度其心， | 上帝度量他的心， |
| 貊其德音。⑱ | 静修他道德行为。 |
| 其德克明， | 他的美德是非明， |
| 克明克类，⑲ | 能分是非分善恶， |
| 克长克君。 | 能做族长能做君。 |
| 王此大邦， | 做这个大国的国王， |
| 克顺克比。⑳ | 能顺势能顺民情。 |
| 比于文王， | 影响一直到文王， |
| 其德靡悔。 | 他在道德上没有悔恨。 |
| 既受帝祉， | 既然受了上帝赐福， |
| 施于孙子。 | 就要传给他的子孙。 |

帝谓文王：　　　　　　　上帝对文王说：

"无然畔援，㉑　　　　　"不要跋扈，

无然歆羡，　　　　　　　不要羡慕贪婪，

诞先登于岸。"㉒　　　　先登上高岸吧。"

密人不恭，　　　　　　　密国人不恭顺，

敢距大邦，　　　　　　　敢拒绝大国教化，

侵阮徂共。　　　　　　　侵犯阮进到共啦。

王赫斯怒，　　　　　　　文王赫然发怒，

爰整其旅，　　　　　　　于是整顿他的军队，

以按徂旅，㉓　　　　　用来阻止敌往莒，

以笃于周祜，　　　　　　用来加厚周家的福分，

以对于天下。㉔　　　　用来安民心于天下。


依其在京，　　　　　　　依靠他在周京的力量，

侵自阮疆。　　　　　　　息兵归自阮国边疆。

陟我高冈：　　　　　　　登上我的高冈：

"无矢我陵，㉕　　　　"不要陈兵在我山陵，

我陵我阿，　　　　　　　我的山陵我的山冈，

无饮我泉，　　　　　　　不要饮我的泉水，

我泉我池。"　　　　　　我的泉水我的池塘。"

度其鲜原，　　　　　　　量度那广阔的平原，

居岐之阳，　　　　　　　在岐山的南方，

在渭之将。㉖　　　　　在渭水的侧旁。

万邦之方，㉗　　　　　作为万邦所效法，

下民之王。　　　　　　　是天下人民的王。


帝谓文王：　　　　　　　上帝对文王说：

"予怀明德，　　　　　　"我眷念你显明的美德，

不大声以色，㉘　　　不用声威和怒色，

| | |
|---|---|
| 不长夏以革。㉙ | 不用罚打和鞭革。 |
| 不识不知， | 好像不知不识， |
| 顺帝之则。" | 顺从上帝的法则。" |
| 帝谓文王： | 上帝对文王说： |
| "询尔仇方，㉚ | "事要征询你邻国， |
| 同尔兄弟。 | 协同好你的兄弟国。 |
| 以尔钩援，㉛ | 用你钩梯等物， |
| 与尔临冲，㉜ | 和你的临车冲车， |
| 以伐崇墉。" | 用攻崇城来破贼。" |
| | |
| 临冲闲闲，㉝ | 临车冲车整齐好， |
| 崇墉言言，㉞ | 崇国城墙高高耸， |
| 执讯连连， | 捉住俘虏连连问， |
| 攸馘安安。㉟ | 杀敌割耳也从容。 |
| 是类是祃，㊱ | 祭祀神灵求福佑， |
| 是致是附，㊲ | 送还民物抚民众， |
| 四方以无侮。 | 四方不敢来欺攻。 |
| 临冲茀茀，㊳ | 临车冲车称强雄， |
| 崇墉仡仡，㊴ | 崇国城墙高高耸， |
| 是伐是肆，㊵ | 是攻破是杀戮， |
| 是绝是忽，㊶ | 是斩绝是消灭， |
| 四方以无拂。㊷ | 四方没有违抗都服从。 |

①莫：安定。　②二国：指夏和殷。古人常以夏商兴衰为戒。　③四国：四方的侯国。　④耆(qí)：恶。　⑤憎：恨。廓：大。　⑥作：通"斫"，砍。　⑦菑(zì)：树立着枯死。翳(yì)：树倒地枯死。　⑧灌：丛生。栵(lì)：再生枝条。　⑨柽(chēng)：三春柳。椐(jū)：灵寿树。　⑩攘(rǎng)：排除。　⑪檿(yǎn)：山桑。柘(zhè)：树名，野桑。　⑫串夷：即混夷，西戎的一种。路：

贫瘠。　⑬省：察看。　⑭兑：易伸直。　⑮作对：作配，即为君。　⑯笃其庆：厚其亲。　⑰奄有：广有。　⑱貊（mò）：静。　⑲克类：能分善恶。　⑳克比：能顺比。　㉑畔援：跋扈。　㉒诞：语助词。登于岸：升岸。　㉓按：止。徂旅：往莒。旅，当作莒。　㉔对：遂。　㉕矢：陈列。　㉖将：侧。　㉗方：效法。　㉘声以色：声与色。　㉙夏以革：木棍与皮鞭。夏，夏楚，木棍。革，鞭革，皮鞭。都是刑具。　㉚仇方：与国。指邻国。　㉛钩援：攻城工具。　㉜临冲：两种战车。临，上临下。冲，冲击。　㉝闲闲：整齐貌。　㉞言言：高大貌。　㉟攸馘（guó）：从敌首级上割左耳。安安：从容貌。　㊱类：出征前祭神。祃（mà）：至所征地祭神。　㊲致：送还。附：抚慰。　㊳茀茀（fú fú）：强盛貌。　㊴仡仡（yì yì）：高耸貌。　㊵肆：杀。　㊶忽：灭。　㊷拂：违抗。

# 灵 台

经始灵台，①　　　　　开始设计造灵台，

经之营之，②　　　　　设计它规划它，

庶民攻之，③　　　　　人们都来建筑它，

不日成之。　　　　　　不到几天造成它。

经始勿亟，④　　　　　开始设计并不急，

庶民子来。　　　　　　人们像儿子般来完成它。


王在灵囿，　　　　　　文王在灵囿，

麀鹿攸伏；⑤　　　　　母鹿很贴伏；

麀鹿濯濯，⑥　　　　　母鹿优游，

白鸟翯翯。⑦　　　　　白鸟肥泽自降落。

王在灵沼，　　　　　　文王在灵沼，

於牣鱼跃。⑧　　　　　赞美满池鱼在跳。


虡业维枞，⑨　　　　　木柱横板上崇牙耸，

贲鼓维镛。⑩　　　　　挂上大鼓与大钟。

於论鼓钟，⑪　　　　　赞美敲击鼓钟，
於乐辟廱。⑫　　　　　赞美同乐在辟廱。

於论鼓钟，　　　　　　赞美敲击鼓钟，
於乐辟廱。　　　　　　赞美同乐在辟廱。
鼍鼓逢逢，⑬　　　　　鼍鼓声音蓬蓬，
矇瞍奏公。⑭　　　　　乐师奏乐祝成功。

①灵台：台名，在陕西西安市西北。下章灵囿、灵沼同。　②经之营之：规划。　③攻：制作。　④亟：同“急”。　⑤麀（yōu）：雌鹿。　⑥濯濯（zhuó zhuó）：娱游。　⑦翯翯（hè hè）：肥泽。　⑧牣（rèn）：满。　⑨虡业维枞：挂钟磬的直柱横梁上的木板，上刻着牙形。虡（jù），直柱。业，木板。枞（cōng），牙形。　⑩贲鼓：大鼓。镛：大钟。　⑪论：通“抡”，敲击。　⑫辟（bì）廱：水环丘如璧曰辟廱。古代大学，大射行礼处，在水环绕处。　⑬鼍（tuó）鼓：鳄鱼皮的鼓。　⑭矇瞍（méng sǒu）：瞎子，古以瞎子作乐师。公：通“功”。

# 下　武

下武维周，①　　　　　后人继承的只有周家，
世有哲王。　　　　　　世世有明圣的国君。
三后在天，②　　　　　三王已经在天上，
王配于京。③　　　　　武王作配在周京。

王配于京，　　　　　　武王作配在周京，
世德作求。④　　　　　当世道德作配允。
永言配命，⑤　　　　　永远秉承着天命，
成王之孚。⑥　　　　　成为周王的信任。

成王之孚，　　　　　　成为周王的信任，
下土之式。　　　　　　天下人民的法式。
永言孝思，⑦　　　　　永远继承着孝思，

| | |
|---|---|
| 孝思维则。 | 继承孝思是法则。 |
| | |
| 媚兹一人， | 爱慕武王这一人， |
| 应侯顺德。⑧ | 当是顺从祖先德。 |
| 永言孝思， | 永远留下了孝思， |
| 昭哉嗣服。⑨ | 昭示后人要继承。 |
| | |
| 昭兹来许，⑩ | 昭示那后进， |
| 绳其祖武。⑪ | 继承祖先的德行。 |
| 于万斯年， | 在一万多年份， |
| 受天之祜。 | 享受天赐的福分。 |
| | |
| 受天之祜， | 享受天赐的福分， |
| 四方来贺。 | 四方前来祝贺。 |
| 于万斯年， | 在一万多年份， |
| 不遐有佐。⑫ | 怎能没有辅佐。 |

①下武：后继。维周：只有周家。后人能继先祖的，只有周家。　②三后：指太王、王季、文王。　③王配于京：武王配行其道于周京。配，配天，秉承天命。　④作求：作述，作配。　⑤永言配命：永远配合天命。　⑥孚：信。　⑦孝思：孝心。一说"孝"指美德总称。　⑧应侯顺德：当乃顺从祖德。　⑨嗣服：继承祖业。　⑩来许：后进。　⑪祖武：祖迹，祖业。　⑫不遐：胡不。

## 文王有声

| | |
|---|---|
| 文王有声， | 文王有声誉， |
| 遹骏有声，① | 有大的声誉， |
| 遹求厥宁， | 谋求人民安宁， |
| 遹观厥成。② | 展现功业完成。 |
| 文王烝哉！③ | 文王的君道得完成啊！ |

| | |
|---|---|
| 文王受命， | 文王接受天命， |
| 有此武功； | 才有这样的武功； |
| 既伐于崇， | 既经讨伐崇国， |
| 作邑于丰。 | 建立都邑在丰。 |
| 文王烝哉！ | 文王的君道得畅通啊！ |
| | |
| 筑城伊淢，④ | 筑城要挖护城河， |
| 作丰伊匹。⑤ | 建立丰邑要配牢。 |
| 匪棘其欲，⑥ | 不是急求满他欲， |
| 遹追来孝。 | 只是追念先代的孝。 |
| 王后烝哉！ | 文王的君道能得道啊！ |
| | |
| 王公伊濯，⑦ | 文王的功劳大， |
| 维丰之垣。 | 有丰邑的城墙。 |
| 四方攸同， | 四方同归向， |
| 王后维翰。⑧ | 称文王作骨干宣扬。 |
| 王后烝哉！ | 文王的君道强啊！ |
| | |
| 丰水东注， | 丰水向东流去， |
| 维禹之绩。 | 是禹的功劳。 |
| 四方攸同， | 四方同归向， |
| 皇王维辟。⑨ | 文王行的是君道。 |
| 皇王烝哉！ | 文王的君道劳啊！ |
| | |
| 镐京辟廱， | 镐京里建立辟雍， |
| 自西自东， | 从西到东， |
| 自南自北， | 从南到北， |
| 无思不服。 | 没有哪国不服从。 |
| 皇王烝哉！ | 文王的君道雄啊！ |

| | |
|---|---|
| 考卜维王， | 考察占卜只推王， |
| 宅是镐京。 | 定居在镐京。 |
| 维龟正之， | 龟卜能决断它， |
| 武王成之。 | 武王能建成它。 |
| 武王烝哉！ | 武王的君道成就它啊！ |
| | |
| 丰水有芑， | 丰水边上有芑草， |
| 武王岂不仕！ | 武王岂有不建业啊！ |
| 诒厥孙谋，⑩ | 传授给子孙的谋划， |
| 以燕翼子。⑪ | 用来安定警戒儿子。 |
| 武王烝哉！ | 武王的君道真是好啊！ |

①遹（yù）：语助词。骏（jùn）：大。　②观：示人。厥：其。　③烝：君道。　④伊：语助词。淢（xù）：护城河。　⑤匹：配对。　⑥棘：同"急"。　⑦公：通"功"，即文王的功绩。濯（zhuó）：大。　⑧翰：骨干。　⑨辟：君。　⑩诒：传。孙谋：顺天下之谋。　⑪燕翼：安乐警戒。

# 生民之什

## 生　民

| | |
|---|---|
| 厥初生民， | 开始生育周人， |
| 时维姜嫄，① | 是由姜嫄女子， |
| 生民如何？ | 生育周人是怎样？ |
| 克禋克祀，② | 能祭天能祭祀， |
| 以弗无子。③ | 怎能没有儿子。 |
| 履帝武敏歆，④ | 踏上帝脚印很欢欣， |
| 攸介攸止，⑤ | 肚子大了怀孕了， |
| 载震载夙，⑥ | 胎儿震动又震动， |
| 载生载育， | 生下了好培养， |
| 时维后稷。 | 这就是后稷。 |
| | |
| 诞弥厥月，⑦ | 生时满足月份， |
| 先生如达。⑧ | 头生顺利像羊胎。 |
| 不坼不副，⑨ | 胎衣破裂胎盘分离， |
| 无菑无害。⑩ | 无灾无害。 |
| 以赫厥灵，⑪ | 上帝显示神威灵， |
| 上帝不宁。⑫ | 上帝还是不安宁。 |
| 不康禋祀， | 不安还是来祭祀， |
| 居然生子。 | 居然生下了儿子。 |
| | |
| 诞寘之隘巷，⑬ | 把他放在窄巷里， |
| 牛羊腓字之。⑭ | 牛羊包庇爱护它。 |
| 诞寘之平林， | 把他放在树林里， |
| 会伐平林。 | 碰上砍林救了他。 |
| 诞寘之寒冰， | 把他放在寒冰上， |

鸟覆翼之。　　　　　　　鸟儿展翅暖着他。
鸟乃去矣，　　　　　　　鸟儿飞去了，
后稷呱矣。　　　　　　　后稷呱呱哭了。
实覃实讦，⑮　　　　　　哭声又长又是大，
厥声载路。⑯　　　　　　他的声音满路了。

诞实匍匐，⑰　　　　　　他已经会爬行了，
克岐克嶷，⑱　　　　　　能够有知又有识，
以就口食。　　　　　　　能够就去找口食。
蓺之荏菽，⑲　　　　　　他种那大豆，
荏菽旆旆，⑳　　　　　　大豆长得好。
禾役穟穟，㉑　　　　　　禾穗排列好，
麻麦幪幪，㉒　　　　　　麻麦长得好，
瓜瓞唪唪。㉓　　　　　　小瓜大瓜多又好。

诞后稷之穑，　　　　　　后稷种庄稼，
有相之道。　　　　　　　有助长的门道。
茀厥丰草，㉔　　　　　　除去茂盛的草，
种之黄茂。　　　　　　　种的植物黄又好。
实方实苞，㉕　　　　　　发芽又含苞，
实种实褎，㉖　　　　　　粗壮又长好，
实发实秀，㉗　　　　　　发茎又扬花，
实坚实好，　　　　　　　坚挺结实好，
实颖实栗。㉘　　　　　　垂头又结实。
即有邰家室。㉙　　　　　封到邰地立家妙。

诞降嘉种，　　　　　　　好种子天降下，
维秬维秠，㉚　　　　　　是黑黍是麦子，
维穈维芑。㉛　　　　　　是赤米是白米。

| | |
|---|---|
| 恒之秬秠，<sup>㉜</sup> | 遍种黑黍和麦子， |
| 是获是亩； | 于是收获于是用亩计； |
| 恒之穈芑， | 遍种赤米和白米， |
| 是任是负。<sup>㉝</sup> | 于是抱起于是背起。 |
| 以归肇祀。 | 用来回去开始祭。 |

| | |
|---|---|
| 诞我祀如何？ | 我的祭祀怎么样？ |
| 或舂或揄，<sup>㉞</sup> | 或是舂米或舀米， |
| 或簸或蹂； <sup>㉟</sup> | 或是簸糠或搓米； |
| 释之叟叟，<sup>㊱</sup> | 淘起米来声叟叟， |
| 烝之浮浮；<sup>㊲</sup> | 蒸起米来气浮浮； |
| 载谋载惟， | 出主意来出计谋， |
| 取萧祭脂， | 取蒿和油来祭神， |
| 取羝以軷；<sup>㊳</sup> | 取公羊来祭路神； |
| 载燔载烈， | 就烧熟来再用烤， |
| 以兴嗣岁。<sup>㊴</sup> | 且来求得明年好。 |

| | |
|---|---|
| 卬盛于豆，<sup>㊵</sup> | 我把食物装木豆， |
| 于豆于登。<sup>㊶</sup> | 装了木豆装瓦登。 |
| 其香始升， | 它的香气开始升， |
| 上帝居歆。<sup>㊷</sup> | 上帝降临来受歆。 |
| 胡臭亶时。<sup>㊸</sup> | 香味大好又好闻。 |
| 后稷肇祀， | 后稷开始来祭祀， |
| 庶无罪悔， | 几乎没有罪和悔， |
| 以迄于今。 | 自从那时直到今。 |

①姜嫄（yuán）：姜姓部落的女酋长。　②禋（yīn）：祭天的典礼。　③以弗无子：用来除去无子。弗，指除灾去邪。　④履帝武敏歆：践踏上帝脚迹忻然。履，踏。帝武，上帝脚步。敏，借为拇，脚拇趾。歆：忻然。　⑤攸介攸止：腹大得孕。介，大。止，得到。这是踏

脚印会得孕，是神话。实际是姜嫄同人野合而得孕。　⑥载震载夙：指胎动。震，震动。夙，也指动。　⑦诞弥厥月：生育满足它月份。弥，满。月，月份。　⑧达：羊胎。　⑨不坼不副：不，语助词。坼，指胞衣分裂。副，指胎盘分离。　⑩菑：同"灾"。　⑪赫：显耀。　⑫上帝不宁：姜嫄恐"履帝武"孕受罚，故有"帝不宁"之忧，而居然生后稷，故以不祥而弃之。　⑬寘：置，放在。　⑭腓（féi）：庇护。字：慈爱。　⑮覃（tán）：长。訏（xū）：大。　⑯载路：满路。　⑰匍匐（pú fú）：爬行。　⑱岐：知意。嶷（yí）：识。　⑲蓺：同"艺"。荏（rěn）：大。　⑳旆旆（pèi pèi）：长大。　㉑禾役：禾之行列。穟穟（suì suì）：美好。　㉒幪幪（měng měng）：茂盛。　㉓唪唪（běng běng）：甚多貌。　㉔弗（fú）：除去。　㉕实：语助词。方：发芽。苞：含苞。　㉖褎（yòu）：长。　㉗发：发展。秀：扬花。　㉘颖：垂头。栗：结实。　㉙邰（Tái）：姜嫄的国名，在陕西武功县西南。　㉚秬（jù）：黑黍。秠（pī）：麦子。　㉛糜（mén）：赤苗，红米。芑（qǐ）：白苗，白米。　㉜恒：遍种。　㉝任：犹抱。　㉞揄（yóu）：舀取。　㉟蹂：通"揉"，搓米。　㊱释：淘米。叟叟：淘米声。　㊲浮浮：蒸米热气。　㊳羝（dī）：公羊。軷（bá）：祭路神。　㊴以兴嗣岁：用来兴起新年，祝新年丰收。　㊵卬：通"昂"，我。豆：木制盛熟物器。　㊶登：瓦制的器。　㊷居：语助词。歆：饗。　㊸胡臭：大芳香。亶时：诚善。

# 行苇

| 敦彼行苇，① | 聚生路边的芦苇， |
| 牛羊弗践履。 | 牛羊不要乱踩豢。 |
| 方苞方体，② | 它正含苞正成形， |
| 维叶泥泥。③ | 它的叶儿正茂盛。 |
| 戚戚兄弟，④ | 相亲的兄弟， |
| 莫远具尔。⑤ | 不要疏远要亲近。 |
| 或肆之筵，⑥ | 或摆好了筵席， |

| | |
|---|---|
| 或授之几。⑦ | 或给与几表尊敬。 |
| 肆筵设席， | 陈列筵席请客坐， |
| 授几有缉御。⑧ | 授与几子有侍候。 |
| 或献或酢， | 有人献酒有回敬， |
| 洗爵奠斝。⑨ | 洗杯献杯实敬酒。 |
| 醓醢以荐，⑩ | 肉酱肉汁用来献， |
| 或燔或炙。 | 或烧或烤正火候。 |
| 嘉殽脾臄，⑪ | 好菜牛胃兼牛舌， |
| 或歌或咢。⑫ | 有唱有咢来助欢。 |
| 敦弓既坚，⑬ | 雕弓既是很坚劲， |
| 四鍭既钧，⑭ | 四箭既是极均衡， |
| 舍矢既均，⑮ | 发箭既是均中的， |
| 序宾以贤。 | 序列都是好客人。 |
| 敦弓既句， | 雕弓既是都引满， |
| 既挟四鍭。 | 既挟四箭中的均。 |
| 四鍭如树， | 四箭中的如树立， |
| 序宾以不侮。 | 不去侮慢好客人。 |
| 曾孙维主， | 周王真是好主人， |
| 酒醴维醹，⑯ | 甜酒真是味道醇， |
| 酌以大斗， | 酌用大杯来敬客， |
| 以祈黄耇。⑰ | 来求寿考祝客人。 |
| 黄耇台背，⑱ | 寿考都像鲐鱼背， |
| 以引以翼。⑲ | 有行有扶有人敬。 |
| 寿考维祺， | 祝他寿考是祥瑞， |
| 以介景福。 | 用求大福受人敬。 |

①敦（tuán）：聚集。行（háng）苇：路边的芦苇。　②苞：含

苞。体：成形。　③泥泥：茂盛。　④戚戚：亲善。　⑤尔：同"迩"，近。　⑥筵（yán）：竹席，作为坐具。　⑦几：似矮桌。坐时可凭倚。　⑧缉御：续侍。　⑨奠斝（jiǎ）：献酒器，即敬酒。　⑩醓（tǎn）：多汁肉酱。醢（hǎi）：肉酱。　⑪脾（pí）：牛胃。臄（jué）：牛舌。　⑫咢（è）：只击鼓，不唱歌。　⑬敦（diāo）：画弓。　⑭镞（hóu）：箭。钧：同"均"。　⑮均：均射中。　⑯醹（rú）：酒质醇厚。　⑰黄耇（gǒu）：长寿老人。　⑱台背：同"鲐背"，指老人背有黑纹如鲐鱼背也。　⑲以引以翼：对老人在前牵引、在旁扶持。

# 既　醉

| 既醉以酒， | 既已饮用了醉酒， |
| 既饱以德。 | 既已饱受了恩德。 |
| 君子万年， | 君子人活一万年， |
| 介尔景福。 | 上天赐你大福泽。 |

| 既醉以酒， | 既已饮用了醉酒， |
| 尔殽既将。① | 你的菜肴美而精。 |
| 君子万年， | 君子人活一万年， |
| 介尔昭明。 | 天赐给你是光明。 |

| 昭明有融，② | 光明又盛又久长， |
| 高朗令终。 | 高明用善求始终。 |
| 令终有俶，③ | 善终有个好开始， |
| 公尸嘉告。④ | 代公的人好作颂。 |

| 其告维何？ | 他的作颂是什么？ |
| 笾豆静嘉。 | 笾豆洁美又得宜。 |
| 朋友攸摄，⑤ | 群臣宾客来辅助， |
| 摄以威仪。 | 辅助讲究是威仪。 |

| | |
|---|---|
| 威仪孔时， | 威仪用得很适时， |
| 君子有孝子。 | 君子又都是孝子。 |
| 孝子不匮， | 孝子永远不穷乏， |
| 永锡尔类。⑥ | 天赐给他大法子。 |
| | |
| 其类维何？ | 他的法子是什么？ |
| 室家之壸。⑦ | 治家推广到治国。 |
| 君子万年， | 君子活到一万年， |
| 永锡祚胤。⑧ | 永赐子孙多福泽。 |
| | |
| 其胤维何？ | 天赐子孙是什么？ |
| 天被尔禄。 | 天给你的是禄福。 |
| 君子万年， | 君子活到一万年， |
| 景命有仆。⑨ | 天赐大命有着附。 |
| | |
| 其仆维何？ | 天附大命是什么？ |
| 釐尔女士。⑩ | 赐你生女像士子。 |
| 釐尔女士， | 赐你生女像士子， |
| 从以孙子。⑪ | 从而给你好孙子。 |

①将：精美。　②有融：又明。　③俶（chù）：始。　④公尸：代公作尸的人。　⑤摄：辅佐，指助祭。　⑥类：法程。　⑦壸（kǔn）：古时宫中巷，引申为广。　⑧祚（zuò）：福。胤（yìn）：后代。　⑨仆：附。《笺》："天之大命又附着于女。"女：汝，你。　⑩釐尔女士：予汝女子有士行。釐（lí）：给予。　⑪从以孙子：相从以好孙子。

## 凫 鹥

| | |
|---|---|
| 凫鹥在泾，① | 野鸭鸥鸟聚泾水， |
| 公尸来燕来宁。 | 代公人宴来安宁。 |
| 尔酒既清， | 你的美酒既澄清， |

尔肴既馨。　　　　　　　你的菜肴既香馨。
公尸燕饮，　　　　　　　代公的人来宴饮，
福禄来成。②　　　　　　　天赐福禄成就你。

凫鹥在沙，③　　　　　　　野鸭鸥鸟在沙滩，
公尸来燕来宜。　　　　　　代公人宴会相宜。
尔酒既多，　　　　　　　你的美酒既然多，
尔肴既嘉。　　　　　　　你的菜肴又新奇。
公尸燕饮，　　　　　　　代公的人来宴饮，
福禄来为。④　　　　　　　天赐福禄相助你。

凫鹥在渚，　　　　　　　野鸭鸥鸟在水渚，
公尸来燕来处。　　　　　　代公人宴来安处。
尔酒既湑，　　　　　　　你酒既滤得澄清，
尔肴伊脯。⑤　　　　　　　你的菜肴干肉煮。
公尸燕饮，　　　　　　　代公的人来宴饮，
福禄来下。　　　　　　　天把福禄降你处。

凫鹥在潨，⑥　　　　　　　野鸭鸥鸟在水涯，
公尸来燕来宗。⑦　　　　　代公人宴会极好。
既燕于宗，⑧　　　　　　　既经宴会在宗庙，
福禄攸降。　　　　　　　天把福禄降下来。
公尸燕饮，　　　　　　　代公的人来宴饮，
福禄来崇。⑨　　　　　　　福禄重重来得好。

凫鹥在亹，⑩　　　　　　　野鸭鸥鸟在峡门，
公尸来止熏熏。　　　　　　代公人来到欣欣。
旨酒欣欣，⑪　　　　　　　好酒香气可以闻，
燔炙芬芬。　　　　　　　烧的烤的味芬芬。
公尸燕饮，　　　　　　　代公的人来宴饮，

无有后艰。　　　　　　没有后难可以云。

①凫（fú）：野鸭。鹥（yī）：鸥鸟。泾（Jīng）：水名。　②成：成就，指以福禄成全之。　③沙：沙滩。　④为：助。　⑤脯（fǔ）：干肉。　⑥潀（zhōng）：水涯。　⑦宗：尊敬。　⑧于宗：在宗庙。　⑨崇：申，重，增加。　⑩亹（mén）：峡中两岸对峙如门处。　⑪来止熏熏、旨酒欣欣：俞樾《古书疑义举例》认为当作"来止欣欣""旨酒熏熏"。"熏"同"醺"，指酒味。

# 假　乐

假乐君子，<sup>①</sup>　　　　美好的成王，
显显令德。　　　　　　明显德行有善良。
宜民宜人，　　　　　　适宜安民和用人，
受禄于天。　　　　　　受到天赐福禄长。
保右命之，<sup>②</sup>　　　　天命保佑他，
自天申之。　　　　　　天神告诫他。

干禄百福，<sup>③</sup>　　　　求得福禄有多样，
子孙千亿。　　　　　　子孙多到千亿强。
穆穆皇皇，　　　　　　做人美好又堂皇，
宜君宜王，　　　　　　宜做国君又做王，
不愆不忘，<sup>④</sup>　　　　没有过错没遗忘，
率由旧章。　　　　　　一切都照旧规章。

威仪抑抑，<sup>⑤</sup>　　　　所有仪容都美好，
德音秩秩。<sup>⑥</sup>　　　　所有德音都守常。
无怨无恶，　　　　　　没有怨恨没有恶，
率由群匹。<sup>⑦</sup>　　　　都从群臣好主张。
受福无疆，　　　　　　接受福禄多无限，
四方之纲。　　　　　　作为四方的纪纲。

| | |
|---|---|
| 之纲之纪， | 作为四方的纪纲， |
| 燕及朋友。 | 欢宴朋友真是好。 |
| 百辟卿士，⑧ | 诸侯卿士都说好， |
| 媚于天子。 | 面对天子都亲好。 |
| 不解于位， | 不懈怠他的职位， |
| 民之攸墍。⑨ | 人民安心都守道。 |

①假：同"嘉"，美好。君子：指成王。 ②右：同"佑"，佑助。 ③干：求。 ④愆（qiān）：过失。 ⑤抑抑：美好。 ⑥秩秩：有秩序。 ⑦群匹：群臣。 ⑧百辟（bì）：百君，指诸侯。卿士：指诸侯的大臣。 ⑨墍（jì）：安息。

# 公 刘

| | |
|---|---|
| 笃公刘，① | 诚厚的公刘， |
| 匪居匪康， | 不敢安居图安康， |
| 乃场乃疆，② | 于是划田界划地界， |
| 乃积乃仓；③ | 于是露囤于是装仓； |
| 乃裹餱粮，④ | 于是裹了干粮， |
| 于橐于囊，⑤ | 放进小袋和大囊， |
| 思辑用光。⑥ | 人民和睦国有光芒。 |
| 弓矢斯张， | 对敌弓箭就开张， |
| 干戈戚扬，⑦ | 还用干戈和斧扬， |
| 爰方启行。⑧ | 于是方才开始出行。 |
| | |
| 笃公刘， | 诚厚的公刘， |
| 于胥斯原。⑨ | 于是察看这田原。 |
| 既庶既繁， | 既是人多又繁荣， |
| 既顺乃宣，⑩ | 既顺民情人心宽， |
| 而无永叹。 | 没有人怨发长叹。 |

陟则在巘，⑪　　　　　　登上小山望田原，
复降在原。　　　　　　　往下又走在平原。
何以舟之？⑫　　　　　　用什么来佩带呢？
维玉及瑶，　　　　　　　用美玉和琼瑶，
鞞琫容刀。⑬　　　　　　还有刀鞘饰物和佩刀。

笃公刘，　　　　　　　　诚厚的公刘，
逝彼百泉，　　　　　　　往看那百泉流，
瞻彼溥原；　　　　　　　望那广阔的平原；
乃陟南冈，　　　　　　　登上南面的山丘，
乃觏于京。　　　　　　　于是看见那京丘。
京师之野，　　　　　　　那是京师的野地头，
于时处处，　　　　　　　于是处处可居，
于时庐旅，⑭　　　　　　于是可以建新居，
于时言言，　　　　　　　于是话他当说那个话，
于时语语。　　　　　　　于是语他当讲那个语。

笃公刘，　　　　　　　　诚厚的公刘，
于京斯依，　　　　　　　在京地依居后，
跄跄济济，⑮　　　　　　趋走有节的众多臣，
俾筵俾几，　　　　　　　使设筵席使几留，
既登乃依。⑯　　　　　　有登筵席有依几留。
乃造其曹，⑰　　　　　　于是祭猪神把神求，
执豕于牢，　　　　　　　捉猪在猪牢，
酌之用匏。⑱　　　　　　酌酒用葫芦瓢。
食之饮之，　　　　　　　给他们吃和饮，
君之宗之。　　　　　　　做国君、族长尊敬他。

笃公刘，　　　　　　　　诚厚的公刘，

| | |
|---|---|
| 既溥既长， | 土地既广又很长， |
| 既景乃冈，⑲ | 既是测影在山冈， |
| 相其阴阳，⑳ | 观察它的阴和阳， |
| 观其流泉， | 观察流泉定方向， |
| 其军三单；㉑ | 轮流当兵来驻防； |
| 庶其隰原， | 洼地平原好测量， |
| 彻田为粮，㉒ | 治理田亩好种粮， |
| 度其夕阳，㉓ | 测量西山的夕阳， |
| 豳居允荒。 | 豳地居处确是广。 |

| | |
|---|---|
| 笃公刘， | 诚厚的公刘， |
| 于豳斯馆。 | 在豳地做公馆。 |
| 涉渭为乱，㉔ | 横渡渭河把工施， |
| 取厉取锻。㉕ | 取砺石又取细锻。 |
| 止基乃理，㉖ | 立定基址治田亩， |
| 爰众爰有。㉗ | 人口众多物富有。 |
| 夹其皇涧，㉘ | 夹着皇涧是住处， |
| 溯其过涧。㉙ | 逆溯过涧是田亩。 |
| 止旅乃密，㉚ | 众人居住是密集， |
| 芮鞫之即。㉛ | 水边河曲住处有。 |

①笃（dǔ）：忠厚。　②埸（yì）：田界。疆：边界。　③积：露积。　④餱（hóu）粮：干粮。　⑤橐（tuó）：小袋。　⑥辑：和睦。　⑦戚扬：斧钺。戚，小斧；扬，大斧。　⑧爰：语助词。方：始。　⑨胥：相，察看。　⑩宣：宣畅，通畅。　⑪巘（yǎn）：小山。　⑫舟：带。　⑬鞞琫（bǐng běng）：刀鞘上的饰物。容刀：佩刀。　⑭庐旅：房舍。　⑮跄跄：步趋有节。济济：庄严。　⑯既登：指登席。乃依：指依几。几，坐时凭倚的矮桌。　⑰造：通"祰"，指告祭。曹：通"褿"，指祭豕神。　⑱匏（páo）：葫芦。　⑲景：同"影"。冈：山冈。　⑳阴阳：山北山南。　㉑三单：轮流驻

兵。　㉒彻：开发。　㉓夕阳：山的西边。　㉔乱：横渡。　㉕厉：
通"砺"，磨刀石。锻：石。　㉖止：居。乃理：理田野。　㉗众：指
人口增多。有：指物丰。　㉘皇：涧名。　㉙过：涧名。　㉚旅：众。
密：安。　㉛芮（ruì）：水涯。鞫（jū）：水曲。

# 泂　酌

| | |
|---|---|
| 泂酌彼行潦，① | 远远舀那路积水， |
| 挹彼注兹，② | 舀水倒在这里后， |
| 可以馈饎。③ | 可以蒸饭可热酒， |
| 岂弟君子， | 平易的君子人， |
| 民之父母。 | 是人民的父母。 |
| | |
| 泂酌彼行潦， | 远远舀那路积水， |
| 挹彼注兹， | 舀水倒在这里后， |
| 可以濯罍。④ | 可以洗净瓦杯向客酬。 |
| 岂弟君子， | 平易的君子人， |
| 民之攸归。 | 人民归顺的好友。 |
| | |
| 泂酌彼行潦， | 远远舀那路积水， |
| 挹彼注兹， | 舀水倒在这里后， |
| 可以濯溉。⑤ | 可以洗净漆杯向客酬。 |
| 岂弟君子， | 平易的君子人， |
| 民之攸塈。⑥ | 可使人民休息久。 |

　　①泂（jiǒng）：远。行潦（lǎo）：路上积水。　②挹：舀。注：倒
下。　③馈（fēn）：蒸饭。饎（chì）：酒食。　④罍（léi）：古瓦器
名，可以盛酒。　⑤濯（zhuó）：洗涤。溉（gài）：通"概"，漆尊，酒
器。　⑥塈（xì）：休息。

# 卷　阿

| | |
|---|---|
| 有卷者阿，① | 有起伏的大土山， |
| 飘风自南。 | 疾风从南方吹来。 |
| 岂弟君子， | 快乐平易的君子， |
| 来游来歌， | 游玩来又唱歌来， |
| 以矢其音。② | 陈述他的德音来。 |
| | |
| 伴奂尔游矣，③ | 优游闲暇你游了， |
| 优游尔休矣。 | 逍遥自得你休息了。 |
| 岂弟君子， | 快乐平易的君子， |
| 俾尔弥尔性，④ | 使你终养你性命， |
| 似先公酋矣。⑤ | 继承先公大业久了。 |
| | |
| 尔土宇畇章，⑥ | 你的领土版图， |
| 亦孔之厚矣。 | 也是得天独厚了。 |
| 岂弟君子， | 快乐平易的君子， |
| 俾尔弥尔性， | 使你终养你性命， |
| 百神尔主矣。 | 百神做你的主了。 |
| | |
| 尔受命长矣， | 你受天命长久了， |
| 茀禄尔康矣。⑦ | 福禄使你安康了。 |
| 岂弟君子， | 快乐平易的君子， |
| 俾尔弥尔性， | 使你终养你性命， |
| 纯嘏尔常矣。⑧ | 天赐大福是经常了。 |
| | |
| 有冯有翼，⑨ | 有依靠有辅助， |
| 有孝有德。 | 有孝行有美德。 |
| 以引以翼。 | 导引辅助在亲侧。 |
| 岂弟君子， | 快乐平易的君子， |

| | |
|---|---|
| 四方为则。 | 四方用你做法则。 |
| | |
| 颙颙卬卬，<sup>⑩</sup> | 人民仰望志高昂， |
| 如圭如璋， | 有像玉圭像玉璋， |
| 令闻令望。 | 有美名和好声望。 |
| 岂弟君子， | 快乐平易的君子， |
| 四方为纲。 | 四方用你做纪纲。 |
| | |
| 凤凰于飞， | 凤凰在飞， |
| 翙翙其羽，<sup>⑪</sup> | 众多鸟儿展两翅， |
| 亦集爰止。 | 聚集树上才息止。 |
| 蔼蔼王多吉士，<sup>⑫</sup> | 王朝有众多善士， |
| 维君子使， | 只听君子驱使， |
| 媚于天子。 | 他们敬爱天子。 |
| | |
| 凤凰于飞， | 凤凰在飞， |
| 翙翙其羽， | 众多鸟儿展两翅， |
| 亦傅于天。 | 高飞飞到了上天。 |
| 蔼蔼王多吉人， | 王朝有众多善士， |
| 维君子命， | 只听君子命令， |
| 媚于庶人。 | 亲爱众人和善士。 |
| | |
| 凤凰鸣矣， | 凤凰叫了， |
| 于彼高岗。 | 在那高冈。 |
| 梧桐生矣， | 梧桐生长了， |
| 于彼朝阳。 | 在那朝阳照的地方。 |
| 菶菶萋萋，<sup>⑬</sup> | 梧桐长得茂盛， |
| 雝雝喈喈。 | 凤凰叫得和顺。 |
| | |
| 君子之车， | 君子的车， |

| | |
|---|---|
| 既庶且多。 | 既是众来又是多。 |
| 君子之马， | 君子的马， |
| 既闲且驰。 | 训练有素善奔波。 |
| 矢诗不多，⑭ | 我献诗多， |
| 维以遂歌。 | 只是用它成为歌。 |

①卷（quán）：曲。阿：大土山。　②矢：陈述。　③伴奂：优游闲暇。　④俾尔弥尔性：使你终其寿命。弥，终。性，寿命。　⑤似先公酋：继承祖宗功业长久。"似"通"嗣"。酋，久。　⑥土宇：土地屋宅，代指领土封地。版（bǎn）章：犹版图。　⑦茀（fú）：小福。康：安康。　⑧纯嘏（gǔ）：大福。纯，大。　⑨冯（píng）：依托。翼：庇护。　⑩颙颙（yóng yóng）：仰慕。卬卬（áng áng）：繁盛。　⑪翙翙（huì huì）：众多。　⑫蔼蔼（ǎi ǎi）：众多而有容仪。　⑬菶菶（běng běng）：茂盛。　⑭矢诗不多：献诗多。矢，献。不，语助词。

# 民　劳

| | |
|---|---|
| 民亦劳止， | 人民也劳苦够了， |
| 汔可小康。① | 求得可以稍稍安康。 |
| 惠此中国，② | 惠爱这些京师人， |
| 以绥四方。 | 用来安定四方。 |
| 无纵诡随，③ | 不要放纵谲诈的人， |
| 以谨无良。 | 用来谨防不善良。 |
| 式遏寇虐，④ | 用来遏止暴虐抢掠， |
| 憯不畏明。⑤ | 不要怕高明人强梁。 |
| 柔远能迩，⑥ | 怀柔远人能及近， |
| 以定我王。 | 用来安定我周王。 |
| | |
| 民亦劳止， | 人民也劳苦够了， |
| 汔可小休。 | 求得可以稍休处。 |

惠此中国，　　　　　　惠爱这些京师人，
以为民逑。⑦　　　　　　用作人民的相聚。
无纵诡随，　　　　　　不要放纵谲诈的人，
以谨惛恢。⑧　　　　　　用来谨防喧吵咒诅。
式遏寇虐，　　　　　　用来遏止暴虐抢掠，
无俾民忧。　　　　　　不要使人民多忧虑。
无弃尔劳，　　　　　　不要抛弃你的功劳，
以为王休。　　　　　　用来作为王的美誉。

民亦劳止，　　　　　　人民也劳苦够了，
汔可小息。　　　　　　求得可以稍稍休息。
惠此京师，　　　　　　惠爱这些京师人，
以绥四国。　　　　　　用来安定四方侯国。
无纵诡随，　　　　　　不要放纵谲诈的人，
以谨罔极。　　　　　　用来谨防没有准则。
式遏寇虐，　　　　　　用来遏止暴虐和掠夺，
无俾作慝。⑨　　　　　不要使人作恶。
敬慎威仪，　　　　　　敬慎人民的仪容，
以近有德。　　　　　　用来接近美德。

民亦劳止，　　　　　　人民也劳苦够了，
汔可小愒。⑩　　　　　求得可以小休一会。
惠此中国，　　　　　　惠爱这些京师人，
俾民忧泄。⑪　　　　　使人民忧愁疏散。
无纵诡随，　　　　　　不要放纵谲诈的人，
以谨丑厉。⑫　　　　　用来谨防众恶为害。
式遏寇虐，　　　　　　用来遏制暴虐和掠夺，
无俾正败。⑬　　　　　不要使正道失败。
戎虽小子，⑭　　　　　你虽是年轻人，

| | |
|---|---|
| 而式弘大。 | 可是作用广大。 |
| | |
| 民亦劳止， | 人民也劳苦够了， |
| 汔可小安。 | 求得可以稍稍安闲。 |
| 惠此中国， | 惠爱这些京师人， |
| 国无有残。 | 国内没有残患。 |
| 无纵诡随， | 不要纵容谲诈的人， |
| 以谨缱绻。⑮ | 用来谨防奉迎成患。 |
| 式遏寇虐， | 用来遏制暴虐掠夺， |
| 无俾正反。 | 不要使政治变幻。 |
| 王欲玉女，⑯ | 王啊！我想成就你， |
| 是用大谏。⑰ | 特此用力劝谏。 |

①汔（qì）：求。　②中国：指京师。　③诡随：谲诈谩欺之人。　④式遏：用以制止。　⑤憯（cǎn）：乃。明：高明。　⑥柔远：怀柔远方人。能迩：能从近处人。　⑦逑：聚。　⑧惛怓（hūn náo）：喧哗。　⑨慝（tè）：罪恶。　⑩愒（qì）：休息。　⑪泄（xiè）：通"渫"，除去。　⑫丑厉：众恶。　⑬无俾正败：无使正道败坏。　⑭戎：你。　⑮缱绻（qiǎn quǎn）：紧紧缠绕。比喻小人固结其君。　⑯玉女：玉汝，成就你。　⑰大谏：力谏。

# 板

| | |
|---|---|
| 上帝板板，① | 上帝行为反常， |
| 下民卒瘅。② | 下面人民尽遭难。 |
| 出话不然，③ | 说的好话不算数， |
| 为犹不远。④ | 做的谋划没远算。 |
| 靡圣管管，⑤ | 没有圣人只有乱， |
| 不实于亶。⑥ | 没有诚信不忠善。 |
| 犹之未远， | 做的谋划没远算， |

| | |
|---|---|
| 是用大谏。 | 因此用了大谏劝。 |
| 天之方难， | 上天正要降灾难， |
| 无然宪宪。⑦ | 不要高兴弄戏玩。 |
| 天之方蹶，⑧ | 上天正要降动乱， |
| 无然泄泄。⑨ | 不要多话来论断。 |
| 辞之辑矣，⑩ | 如果政教协和了， |
| 民之洽矣。 | 人民就安定了。 |
| 辞之怿矣，⑪ | 如果政教败坏了， |
| 民之莫矣。⑫ | 人民就受苦了。 |
| 我虽异事，⑬ | 我们虽然管不同的事， |
| 及尔同僚。 | 我和你是同僚。 |
| 我即尔谋， | 我就同你商量， |
| 听我嚣嚣。⑭ | 听我说话你骄傲。 |
| 我言维服，⑮ | 我说的话是实事， |
| 勿以为笑。 | 不要认为开玩笑。 |
| 先民有言， | 古人曾经有句话， |
| 询于刍荛。⑯ | 有事问到割草和老樵。 |
| 天之方虐， | 上天正在暴虐， |
| 无然谑谑。⑰ | 不要这样来戏谑。 |
| 老夫灌灌，⑱ | 老夫谆谆和你讲， |
| 小子蹻蹻。⑲ | 小子骄傲是轻薄。 |
| 匪我言耄， | 不是我话是老昏， |
| 尔用忧谑。⑳ | 是你用了多戏谑。 |
| 多将熇熇，㉑ | 多把气盛对待人， |
| 不可救药。 | 真是不可以救药。 |
| 天之方懠，㉒ | 上天正在发怒， |

无为夸毗。㉓　　　　不要卑身顺着干。
威仪卒迷，㉔　　　　人的威仪尽迷乱，
善人载尸。㉕　　　　善人好比死尸般。
民之方殿屎，㉖　　　人民正在苦呻吟，
则莫我敢葵。㉗　　　对我猜疑都不敢。
丧乱蔑资，㉘　　　　人民经乱财资空，
曾莫惠我师。㉙　　　怎不施恩于民众。

天之牖民，㉚　　　　上天的引导人民，
如埙如篪，㉛　　　　像埙和篪的和洽，
如璋如圭，㉜　　　　像圭和璋的合璧，
如取如携。㉝　　　　像取和携的合一，
携无曰益，㉞　　　　不要说携有阻塞，
牖民孔易。㉟　　　　引导人民很容易。
民之多辟，㉟　　　　人多邪狭，
无自立辟。㊱　　　　不要自己多立法。

价人维藩，㊲　　　　武人是国的藩篱，
大师维垣。㊳　　　　太师是国的城墙。
大邦维屏，　　　　　大邦是国的屏障，
大宗维翰。㊴　　　　大宗是国的栋梁。
怀德维宁，　　　　　怀有美德使国安宁，
宗子维城。　　　　　大宗的儿子是国的城。
无俾城坏，　　　　　不要使城坏，
无独斯畏。㊵　　　　不要害怕孤独众人。

敬天之怒，　　　　　敬畏上天的发怒，
无敢戏豫。　　　　　不敢当儿戏。
敬天之渝，㊶　　　　敬畏上天的变化，

| | |
|---|---|
| 无敢驰驱。㊷ | 不敢放纵自己奔马。 |
| 昊天曰明, | 上天那么明朗, |
| 及尔出王。㊸ | 连你可以出去游荡。 |
| 昊天曰旦,㊹ | 上天那么光明, |
| 及尔游衍。 | 连你可以游逛外出。 |

①板板：反常。　②瘅（dān）：病。　③出话不然：发出好话，不以为对。　④犹：指谋划。　⑤靡圣管管：眼中没有圣人，无所依靠。管管，指无所依靠。　⑥不实于亶（dǎn）：亶，诚。《笺》："不能用实于诚信之言，言行相违。"　⑦宪宪：犹欣欣。　⑧蹶（guì）：动。　⑨泄泄：多言。　⑩辞：指政教。辑：指和睦。　⑪怿（yì）：通"斁"，败坏。　⑫莫：通"瘼"，病。　⑬异事：职务有异。　⑭嚣嚣（áo áo）：通"敖敖"，不听善言。　⑮服：事。　⑯刍荛（ráo）：割草打柴的人。　⑰谑谑（xuè xuè）：戏笑。　⑱灌灌：诚恳。　⑲蹻蹻（jué jué）：骄傲。　⑳忧：当作"优"，调戏。　㉑熇熇（hè hè）：火盛。　㉒怃（qí）：怒。　㉓夸毗（pí）：柔顺貌，指屈己卑身。　㉔卒迷：尽迷乱。　㉕载尸：如尸，不语。　㉖殿屎（xī）：呻吟。　㉗葵：通"揆"，猜度。　㉘蔑资：无财。　㉙师：众民。　㉚牖：通"诱"，诱导。　㉛如埙如篪：埙（xūn），土制乐器，有六孔，吹奏用。篪（chí），竹制器，像笛，有八孔。两乐器吹奏可相和。　㉜如璋如圭：半圭叫璋，合璋为圭，指相配合。　㉝如取如携：取携极易。　㉞益：通"隘"，塞。　㉟多辟：多邪行为。　㊱立辟：立法。　㊲价（jiè）人：披甲人，武人。　㊳大师：太师，三公之一。维垣：作为城墙。　㊴大宗：大的宗族。　㊵畏：通"威"，指威严。　㊶渝：变。　㊷驰驱：指放纵。　㊸王：往。　㊹旦：明。

# 荡之什

## 荡

| 荡荡上帝，① | 法度败坏的上帝， |
| 下民之辟。② | 像下面人民的暴君。 |
| 疾威上帝，③ | 暴戾的上帝， |
| 其命多辟。④ | 他的命令多邪淫。 |
| 天生烝民， | 上天生下众民， |
| 其命匪谌。⑤ | 他的命令不真诚。 |
| 靡不有初， | 不是没有好开头， |
| 鲜克有终。 | 却很少能够有所成。 |

| 文王曰咨， | 文王说：唉， |
| 咨女殷商。 | 唉叹你们殷商。 |
| 曾是强御，⑥ | 曾是强横， |
| 曾是掊克，⑦ | 曾是聚敛， |
| 曾是在位， | 曾是在位称王， |
| 曾是在服。⑧ | 曾是各在职事。 |
| 天降滔德，⑨ | 上天降下不好的行藏， |
| 女兴是力。⑩ | 你们是出力帮忙。 |

| 文王曰咨， | 文王说：唉， |
| 咨女殷商。 | 唉叹你们殷商。 |
| 而秉义类，⑪ | 你们执持强族， |
| 强御多怼，⑫ | 强横多得怨恨， |
| 流言以对，⑬ | 流言可以得逞， |
| 寇攘式内。⑭ | 强抢强取得猖狂。 |
| 侯作侯祝，⑮ | 于是怨谤于是诅咒， |

靡届靡究。⑯                没穷没尽没收场。

文王曰咨，                文王说：唉，
咨女殷商。                唉叹你们殷商。
女炰烋于中国，⑰          你们在国中咆哮，
敛怨以为德。              招集怨恨以为德。
不明尔德，                不明是你们的德，
时无背无侧。⑱            不知反叛不知反侧。
尔德不明，                你们对德是不明，
以无陪无卿。              因此无陪臣无卿相。

文王曰咨，                文王说：唉，
咨女殷商。                唉叹你们殷商。
天不湎尔以酒，⑲          天不沉醉你们用酒，
不义从式。⑳              不宜放纵你们发狂。
既愆尔止，㉑              既经行止失当，
靡明靡晦。                无论晴明或阴凉。
式号式呼，                你们大号又大呼，
俾昼作夜。                把那白天作夜场。

文王曰咨，                文王说：唉，
咨女殷商。                唉叹你们殷商。
如蜩如螗，㉒              像蝉那样噪，
如沸如羹。                像沸的羹汤。
小大近丧，                小事大事都近丧亡，
人尚乎由行。              人们还在学样。
内奰于中国，㉓            国中怒着那怨恨，
覃及鬼方。㉔              沿及到远方。

文王曰咨，                文王说：唉，

咨女殷商。　　　　　　唉叹你们殷商。

匪上帝不时，　　　　　不是上帝不善良，

殷不用旧。　　　　　　是殷商不用旧规章。

虽无老成人，　　　　　虽然没有老成人，

尚有典刑。　　　　　　但还是有典刑。

曾是莫听，　　　　　　怎么就是不去听，

大命以倾。　　　　　　国家的大命只好倾。


文王曰咨，　　　　　　文王说：唉，

咨女殷商。　　　　　　唉叹你们殷商。

人亦有言，　　　　　　人有这样的话，

颠沛之揭，㉕　　　　　颠倒的树根露出土壤，

枝叶未有害，　　　　　枝叶没有害，

本实先拨。㉖　　　　　本根先受伤。

殷鉴不远，　　　　　　殷商的鉴不远，

在夏后之世。　　　　　就在夏王的世上。


①荡荡：指法度败坏。　②辟（bì）：君王。　③疾威：暴戾。　④辟（pì）：邪僻。　⑤谌（chén）：诚。　⑥曾：乃。强御：强暴。　⑦掊（póu）克：聚敛。　⑧在服：在职。　⑨滔德：慢德，不好的行为。　⑩女兴是力：汝兴起是用力。　⑪而秉义类：尔执持强族。义类，指强族。　⑫怼（duì）：怨。　⑬对：遂，成就。　⑭攘（rǎng）：夺取。　⑮侯作侯祝：侯，是。作，诅。祝，咒。　⑯靡届靡究：无穷无尽。　⑰炰然（páo xiāo）：即咆哮，怒吼。　⑱无背无侧：不知反叛不知反侧。背，背逆。侧，倾仄，邪僻。　⑲沔（miǎn）：沉迷。　⑳不义从式：不宜纵试。　㉑尔止：你的行止。　㉒蜩（tiáo）：蝉。螗（táng）：蝉的一种。　㉓奰（bì）：怒。　㉔覃：延。鬼方：远方。　㉕颠沛之揭：颠倒拔起的根露出土壤。揭，指见根。　㉖拨：败坏。

# 抑

| | |
|---|---|
| 抑抑威仪，<sup>①</sup> | 缜密威严的仪容， |
| 维德之隅。<sup>②</sup> | 只是表示品德的方正。 |
| 人亦有言， | 人有这样的话， |
| 靡哲不愚。 | 没有哲人不愚蠢。 |
| 庶人之愚， | 众人的愚蠢， |
| 亦职维疾。 | 也是本身造成的毛病。 |
| 哲人之愚， | 哲人的愚蠢， |
| 亦维斯戾。<sup>③</sup> | 也是只怕罪刑。 |

无竞维人，<sup>④</sup>　　　要想争强靠贤人，
四方其训之。　　　四方国家有教训。
有觉德行，<sup>⑤</sup>　　　有了真正的德行，
四国顺之。　　　四方国家都归顺。
讦谟定命，<sup>⑥</sup>　　　大谋决定好发令，
远犹辰告。<sup>⑦</sup>　　　远大谋划报国人。
敬慎威仪，　　　敬慎威严的仪容，
维民之则。　　　这是人民的模型。

其在于今，　　　事情到当今，
兴迷乱于政；<sup>⑧</sup>　　　迷乱在国政；
颠覆厥德，　　　颠倒了德行，
荒湛于酒。　　　沉湎在于酒。
女虽湛乐从，　　　你喜欢纵情嗜酒，
弗念厥绍。<sup>⑨</sup>　　　不顾祖业的继承。
罔敷求先王，<sup>⑩</sup>　　　不广求先王的遗训，
克共明刑。　　　怎能执掌用明刑。

肆皇天弗尚，⑪　　　　于是遭皇天厌弃，
如彼泉流，　　　　　像那泉水流一样，
无沦胥以亡。　　　　不要沉沦都败亡。
夙兴夜寐，　　　　　早早起来深夜睡，
洒埽廷内，⑫　　　　洒扫室内地方，
维民之章。　　　　　这是人民的规章。
修尔车马，　　　　　修好你的马车，
弓矢戎兵，　　　　　弓箭兵器各样，
用戒戎作，⑬　　　　用来戒备西戎打仗，
用逷蛮方。⑭　　　　用来治理蛮方。

质尔人民，⑮　　　　告诫你的人民，
谨尔侯度，　　　　　谨慎你诸侯的法度，
用戒不虞。　　　　　用来防备突发的事件。
慎尔出话，　　　　　谨慎你发出的话语，
敬尔威仪，　　　　　慎重你威严的行举，
无不柔嘉。⑯　　　　没有安善不赞许。
白圭之玷，　　　　　白圭上的污点，
尚可磨也；　　　　　还可以磨去；
斯言之玷，　　　　　这话的缺点，
不可为也。　　　　　不可除去。

无易由言，　　　　　不要轻易发言，
无曰苟矣。⑰　　　　不要说苟且的话了。
莫扪朕舌，　　　　　没人扪住我舌头，
言不可逝矣。⑱　　　话不可追回了。
无言不雠，⑲　　　　无话语没有回应，
无德不报。　　　　　无德行没有报答。
惠于朋友，　　　　　施恩惠给朋友，

| | |
|---|---|
| 庶民小子。 | 以及庶民年轻人。 |
| 子孙绳绳，⑳ | 子孙相戒慎， |
| 万民靡不承。 | 万民没有不相顺。 |
| | |
| 视尔友君子， | 对你结交的君子人， |
| 辑柔尔颜，㉑ | 容颜柔和又有神， |
| 不遐有愆。 | 没有一点小过错。 |
| 相在尔室， | 看你在室有精神， |
| 尚不愧于屋漏。㉒ | 还不愧在暗处。 |
| 无曰不显， | 不要说暗室不显明， |
| 莫予云觏， | 不要说不能看见我， |
| 神之格思，㉓ | 神的亲临， |
| 不可度思， | 不可猜测， |
| 矧可射思!㉔ | 何况可以厌倦神! |
| | |
| 辟尔为德，㉕ | 修明你的美德， |
| 俾臧俾嘉。 | 做善做美。 |
| 淑慎尔止， | 好好谨慎你容止， |
| 不愆于仪。 | 不错失于威仪。 |
| 不僭不贼， | 没过失不害人， |
| 鲜不为则。 | 很少不为当法则。 |
| 投我以桃， | 投给我用桃子， |
| 报之以李。 | 报答他用李子。 |
| 彼童而角，㉖ | 那童羊装上角， |
| 实虹小子。㉗ | 实际上败坏了你小子。 |
| | |
| 荏染柔木，㉘ | 柔软的木料， |
| 言缗之丝。㉙ | 安上丝线可发音。 |
| 温温恭人， | 温和恭敬的人， |

维德之基。　　　　　有美德可胜任。
其维哲人，　　　　　他是哲人，
告之话言，　　　　　告诉他好话，
顺德之行。　　　　　顺着美德去行。
其维愚人，　　　　　他是愚人，
覆谓我僭，㉚　　　　反说我不可信，
民各有心。　　　　　人各自有心。

於呼小子，　　　　　唉，小子，
未知臧否。　　　　　还不知道坏和好。
匪手携之，　　　　　不但亲手提携你，
言示之事。　　　　　话里示你事相告。
匪面命之，　　　　　不但当面告诫你，
言提其耳。　　　　　说话提你耳朵相教。
借曰未知，㉛　　　　假使说你不知道，
亦既抱子。　　　　　也已经把儿子抱。
民之靡盈，　　　　　人若没有自满，
谁夙知而莫成？㉜　　谁说早知晚成好？

昊天孔昭，　　　　　上天很明白，
我生靡乐。　　　　　我的生活没有快乐。
视尔梦梦，㉝　　　　看你懵懂，
我心惨惨。㉞　　　　我心作痛。
诲尔谆谆，　　　　　教你谆谆，
听我藐藐。㉟　　　　听我藐藐。
匪用为教，　　　　　不是作教，
覆用为虐。㊱　　　　反当戏谑。
借曰未知，　　　　　假使说你无知，
亦聿既耄。㊲　　　　也难说既老。

| 於乎小子， | 唉，小子， |
|---|---|
| 告尔旧止。 | 告你旧的章程。 |
| 听用我谋， | 听用我的谋划， |
| 庶无大悔。 | 近乎没有大悔恨。 |
| 天方艰难， | 天正在降灾难， |
| 曰丧厥国。 | 要亡掉你的国和京。 |
| 取譬不远， | 打比方不远， |
| 昊天不忒。㊳ | 上天岂能不明。 |
| 回遹其德，㊴ | 你邪僻你德行， |
| 俾民大棘。㊵ | 使人民危急难行。 |

①抑抑：缜密。　②隅：屋角，比方正。　③戾（lì）：罪。　④无竞维人：无强于得贤人。无竞，竞也。　⑤觉：指正直。　⑥讦（xū）谟：大谋。　⑦辰：时。告：宣告。　⑧兴：语助词。　⑨绍：继承。指继承先人传统。　⑩敷：铺。　⑪肆：于是。尚：佑。　⑫廷内：朝堂内。　⑬戎作：伐戎事。　⑭逷（tì）：治理。　⑮质：诚。　⑯柔嘉：安善。　⑰苟：苟且。　⑱逝：往。　⑲雠（chóu）：应验。　⑳绳绳（mǐn mǐn）：戒慎。　㉑辑柔：和安。　㉒屋漏：居之西北隅，即暗处，为藏神之处，代指神。　㉓格：至。　㉔矧（shěn）：况。射：厌。　㉕辟：法。　㉖童：童羊。　㉗虹（hóng）：同"讧"，指溃乱。　㉘荏染：柔弱。　㉙缗（mín）：安上弦。　㉚僭（jiàn）：不信。　㉛借：假如。　㉜莫：同"暮"。　㉝梦梦：昏乱。　㉞惨惨：悲伤。　㉟藐藐：忽略貌。　㊱覆：反。　㊲耄（mào）：老。　㊳忒（tè）：差。　㊴遹（yù）：邪僻。　㊵棘：通"急"，危难。

## 桑　柔

| 菀彼桑柔，① | 茂盛的桑树叶子嫩， |
|---|---|
| 其下侯旬，② | 它的下面绿荫匀， |
| 捋采其刘。③ | 采了叶子没绿荫。 |

瘼此下民，④

不殄心忧。⑤

仓兄填兮，⑥

倬彼昊天，⑦

宁不我矜？

晒苦树下的人民，

人民不断心忧愁。

类似丧亡来已久啊，

广大明察的上天，

难道不哀怜我人民？

四牡骙骙，⑧

旟旐有翩。

乱生不夷，

靡国不泯。⑨

民靡有黎，⑩

具祸以烬。⑪

於乎有哀，

国步斯频。⑫

四匹雄马不停跑，

鸟旗龟旗车上飘。

祸乱产生不平静，

没有一国不纷扰。

国的中间没黎民，

都遭灾祸成灰烬。

叹息之中有悲哀，

国运危急心不平。

国步蔑资，⑬

天不我将。⑭

靡所止疑，⑮

云徂何往？

君子实维，⑯

秉心无竞。⑰

谁生厉阶，

至今为梗？⑱

国运穷困没资财，

天不助我实难办。

没有居处终疑难，

说走不知何处去？

君子实干也是难，

存心只是好争竞。

谁人生出这祸根，

直到今天还作梗。

忧心慇慇，⑲

念我土宇。

我生不辰，

逢天僤怒。⑳

自西徂东，

忧心隐隐还痛苦，

常常想念我国土。

我生不逢好时辰，

碰上上天发重怒。

自从西方到东方，

| | |
|---|---|
| 靡所定处。 | 没有一所定居处。 |
| 多我觏痻，㉑ | 我是遭逢很多苦， |
| 孔棘我圉。㉒ | 十分紧急我疆土。 |
| | |
| 为谋为毖，㉓ | 为国出谋要谨慎， |
| 乱况斯削。 | 乱情可能得减削。 |
| 告尔忧恤， | 告你怎样忧国家， |
| 诲尔序爵。 | 教你怎样封官爵。 |
| 谁能执热， | 谁遇到了苦热， |
| 逝不以濯？ | 能不在水洗濯？ |
| 其何能淑， | 可这怎能做得好， |
| 载胥及溺。 | 只能相互水中溺。 |
| | |
| 如彼溯风， | 像面向那个暴风， |
| 亦孔之僾。㉔ | 也很像气喘哮。 |
| 民有肃心，㉕ | 人民本有进取心， |
| 荓云不逮。㉖ | 却使他们做不到。 |
| 好是稼穑， | 喜好聚敛又吝啬， |
| 力民代食。㉗ | 使民出力代替吃。 |
| 稼穑维宝， | 聚敛吝啬算是宝， |
| 代食维好。 | 代替吃食算做好。 |
| | |
| 天降丧乱， | 上天降下丧乱， |
| 灭我立王。 | 灭掉我拥立的王。 |
| 降此蟊贼，㉘ | 降下这些吃苗虫， |
| 稼穑卒痒。 | 田里庄稼都吃光。 |
| 哀恫中国， | 哀痛国中的人民， |
| 具赘卒荒。㉙ | 都像赘疣田都荒。 |
| 靡有旅力， | 没有众力怎救灾， |

以念穹苍。㉚　　　　　用来感动穹苍。

维此惠君，　　　　　只有这样好仁君，
民人所瞻。　　　　　人民认同好瞻仰。
秉心宣犹，㉛　　　　执心遍求好谋划，
考慎其相。　　　　　考虑谨用他的相。
维彼不顺，　　　　　只有那个不顺君，
自独俾臧。　　　　　用人独行以为良。
自有肺肠，　　　　　独自有那肺与肠，
俾民卒狂。　　　　　使那人民都发狂。

瞻彼中林，　　　　　看那个树林中，
牲牲其鹿。㉜　　　　许多野鹿步从容。
朋友已谮，㉝　　　　朋友已经不相信，
不胥以穀。㉞　　　　不相友好记心中。
人亦有言，　　　　　人也有过这样说，
进退维谷。　　　　　进退维谷走不通。

维此圣人，　　　　　只有这样的圣人，
瞻言百里。　　　　　眼睛远看有百里。
维彼愚人，　　　　　只有那些愚蠢人，
复狂以喜。　　　　　又像发狂又自喜。
匪言不能，　　　　　不是有话不能说，
胡斯畏忌。㉟　　　　话说一下怕猜忌。

维此良人，　　　　　只有这个是好人，
弗求弗迪。㊱　　　　不去贪求不钻营。
维彼忍心，　　　　　只有那个忍心人，
是顾是复。　　　　　是顾望来是反复。
民之贪乱，㊲　　　　人民作乱有原因，

| | |
|---|---|
| 宁为荼毒？ <sup>38</sup> | 谁愿为此受荼毒？ |
| 大风有隧，<sup>39</sup> | 大风吹得很迅猛， |
| 有空大谷。 | 有从空洞大山谷。 |
| 维此良人， | 只有这个善良人， |
| 作为式穀。 | 所做善事无过错。 |
| 维彼不顺， | 只有那个不顺眼， |
| 征以中垢。 | 做事不正又混浊。 |
| | |
| 大风有隧， | 大风吹得很迅猛， |
| 贪人败类。<sup>40</sup> | 贪人败坏那宗族。 |
| 听言则对， | 听到顺话便对答， |
| 诵言如醉。 | 听到谏言像醉客。 |
| 匪用其良， | 不是用人好的话， |
| 复俾我悖。<sup>41</sup> | 反而使我遭逆悖。 |
| | |
| 嗟尔朋友， | 叹息你的朋友， |
| 予岂不知而作。<sup>42</sup> | 我岂不知你所作。 |
| 如彼飞虫，<sup>43</sup> | 像那飞鸟， |
| 时亦弋获。 | 有时也被捉。 |
| 既之阴女，<sup>44</sup> | 既然我在庇护你， |
| 反予来赫。<sup>45</sup> | 反而对我来威赫。 |
| | |
| 民之罔极， | 人民的不中正， |
| 职凉善背。<sup>46</sup> | 主要相信善背人。 |
| 为民不利， | 这样做事民不利， |
| 如云不克。 | 还说恐怕不能胜。 |
| 民之回遹， | 人民的邪僻， |
| 职竞用力。 | 主要你崇尚暴力争。 |

| | |
|---|---|
| 民之未戾，<sup>⑪</sup> | 人民生活不安定， |
| 职盗为寇。<sup>⑱</sup> | 主要朝廷有盗行。 |
| 凉曰不可，<sup>⑲</sup> | 说你不可这样做， |
| 覆背善詈。<sup>㊿</sup> | 又是背后大骂人。 |
| 虽曰匪予， | 虽说以我话为非， |
| 既作尔歌。 | 还是作歌求改正。 |

①菀（wǎn）：茂盛。　②旬：树荫蔽遮均匀。　③刘：剥落而稀，叶子稀少。　④瘼（mò）：病。　⑤殄（tiǎn）：断绝。　⑥仓兄填兮：桑树叶采完了，等于丧亡。《笺》："丧亡之道滋久长。"仓，丧；兄，滋；填，久。　⑦倬（zhuō）：明察。　⑧骙骙（kuí kuí）：不息。　⑨泯（mǐn）：乱。　⑩民靡有黎：黎民没有。黎，黑首。　⑪具：通"俱"。烬：灰烬。　⑫国步斯频：国运危急。频，急。　⑬蔑资：无资财。　⑭将：助。　⑮疑：定。　⑯实维：是作。　⑰秉心无竞：执心好争。无，语辞。　⑱梗（gěng）：指害人。　⑲慇慇（yīn yīn）：忧伤。　⑳惮（dàn）怒：重怒。　㉑瘝（mín）：病。　㉒圉（yǔ）：边疆。　㉓毖：慎重。　㉔僾（ài）：窒息。　㉕肃：进取。　㉖俜（pīng）云不逮：前进的使不及门。俜，使。　㉗好是稼穑，力民代食：爱好居家啬啬的人，令人民力作代食。稼穑，通"家啬"，指家居啬啬聚敛。　㉘蟊贼：虫食苗根曰蟊，食节曰贼。　㉙具赘卒荒：具备像赘疣的人，则田荒。　㉚念：感动。　㉛宣犹：遍谋。　㉜甡甡（shēn shēn）：众多。　㉝谮（zèn）：诬陷，中伤。　㉞縠：善。　㉟胡斯畏忌：何此畏惧。　㊱求：贪求。迪：钻营。　㊲贪乱：贪欲作乱。　㊳荼毒：毒害。　㊴隧：状迅疾。　㊵败类：败坏宗族。　㊶复俾我悖：反使我悖逆。复，反。　㊷而：你。　㊸飞虫：飞鸟。　㊹阴：同"荫"，庇护。　㊺反予来赫：反而迁怒于我。　㊻职凉善背：主信小人，善于背正道。凉，通"谅"，信。　㊼戾：安定。　㊽职盗为寇：主作盗，为寇害。　㊾凉：语助词。　㊿善：大。詈（lì）：骂。

# 云 汉

| 倬彼云汉，<sup>①</sup> | 那个广大的天河， |
| 昭回于天。<sup>②</sup> | 光芒在天上转运。 |
| 王曰於乎， | 王说：唉， |
| 何辜今之人？ | 今天的人有何罪？ |
| 天降丧乱， | 上天降下这丧乱， |
| 饥馑荐臻。<sup>③</sup> | 饥荒相接都发生。 |
| 靡神不举， | 没有神道不祭祀， |
| 靡爱斯牲。 | 没有吝惜那牺牲。 |
| 圭璧既卒，<sup>④</sup> | 玉圭玉璧已用完， |
| 宁莫我听？ | 难道我诉不听闻？ |

| 旱既大甚， | 旱得既然太厉害， |
| 蕴隆虫虫。<sup>⑤</sup> | 暑天打雷热得很。 |
| 不殄禋祀， | 没有断绝那祭祀， |
| 自郊徂宫。<sup>⑥</sup> | 从祭天到官祭神。 |
| 上下奠瘗，<sup>⑦</sup> | 祭上祭下或埋压， |
| 靡神不宗。 | 没有神道不敬重。 |
| 后稷不克，<sup>⑧</sup> | 祖宗后稷不能救， |
| 上帝不临。 | 昊天上帝不亲临。 |
| 耗斁下土，<sup>⑨</sup> | 破坏天下的土地， |
| 宁丁我躬？ | 难道正当我的身？ |

| 旱既大甚， | 旱得既然太厉害， |
| 则不可推。 | 灾情就是不可推。 |
| 兢兢业业，<sup>⑩</sup> | 害怕危险没有用， |
| 如霆如雷。 | 好像霹雳像打雷。 |
| 周余黎民， | 周朝余下的百姓， |

靡有孑遗。⑪　　　　　　好像没有留下来。
昊天上帝，　　　　　　昊天上帝降大旱，
则不我遗。⑫　　　　　　也不对我来问慰。
胡不相畏，　　　　　　为什么不怕旱灾，
先祖于摧？⑬　　　　　　祖宗的神不怕毁？

旱既大甚，　　　　　　旱得既然太厉害，
则不可沮。　　　　　　就是不可以阻拦。
赫赫炎炎，⑭　　　　　　旱气迫人热气来，
云我无所。⑮　　　　　　使我无处逃这灾。
大命近止，⑯　　　　　　大命接近停止了，
靡瞻靡顾。　　　　　　没有看前看后来。
群公先正，⑰　　　　　　诸侯卿士众位神，
则不我助。　　　　　　不能助我除灾情。
父母先祖，　　　　　　父母先祖的神灵，
胡宁忍予？　　　　　　怎么忍心我受灾情？

旱既大甚，　　　　　　旱得既然太厉害，
涤涤山川。⑱　　　　　　山川干涸无水神。
旱魃为虐，　　　　　　旱鬼对人作虐待，
如惔如焚。　　　　　　到处像烧又像焚。
我心惮暑，　　　　　　我的心里怕暑热，
忧心如熏。　　　　　　心里忧愁像火熏。
群公先正，　　　　　　诸侯卿士众位神，
则不我闻。　　　　　　对我祷告不恤问。
昊天上帝，　　　　　　昊天上帝降灾情，
宁俾我遯？⑲　　　　　　难道使我长受困？

旱既大甚，　　　　　　旱得既然太厉害，

| | |
|---|---|
| 黾勉畏去。<sup>⑳</sup> | 怕旱勉力除痛苦。 |
| 胡宁瘨我以旱，<sup>㉑</sup> | 为何用旱来害我， |
| 憯不知其故。<sup>㉒</sup> | 还不知道它缘故。 |
| 祈年孔夙， | 求年成好祭祀办得早， |
| 方社不莫。 | 祭四方祭社神不迟暮。 |
| 昊天上帝， | 昊天上帝降旱灾， |
| 则不我虞。 | 就不把我来忖度。 |
| 敬恭明神， | 我恭敬神明， |
| 宜无悔怒。 | 应该没有触犯众神怒。 |
| | |
| 旱既大甚， | 旱得既然太厉害， |
| 散无友纪。<sup>㉓</sup> | 散乱无纪使人愁。 |
| 鞫哉庶正，<sup>㉔</sup> | 穷困小人成庶正， |
| 疚哉冢宰，<sup>㉕</sup> | 怀着疚心冢宰愁， |
| 趣马师氏，<sup>㉖</sup> | 管马的做教育官， |
| 膳夫左右。 | 膳夫做王的左右。 |
| 靡人不周，<sup>㉗</sup> | 没有一人不用赒， |
| 无不能止。 | 没有不能而停止不救。 |
| 瞻卬昊天， | 仰头看看那上天， |
| 云如何里？ | 说什么呢使我忧？ |
| | |
| 瞻卬昊天， | 仰头看看那上天， |
| 有嘒其星。<sup>㉘</sup> | 有光闪闪它的星。 |
| 大夫君子， | 大夫和君子们， |
| 昭假无赢。<sup>㉙</sup> | 祭祀无不用真诚。 |
| 大命近止， | 大命接近停止了， |
| 无弃尔成。 | 不要放弃你功勋。 |
| 何求为我， | 何必为我有要求， |
| 以戾庶正。 | 用来安定众官心。 |

瞻卬昊天，　　　仰头看看那上天，
曷惠其宁？　　　何时安惠民安宁？

①倬（zhuō）：大。云汉：天河。　②昭：光。回：运转。　③荐臻（zhēn）：接连来。　④卒：尽。　⑤蕴隆虫虫：暑雷而热。蕴，指暑。隆，指雷。虫虫，指热。　⑥宫：指宗庙。　⑦奠：祭天。礼神之物，置之地。瘞：祭地。礼神之物，埋之土。　⑧克：能。　⑨斁（dù）：败坏。　⑩兢兢：恐。业业：危。　⑪孑遗：遗留。　⑫遗：赠物。　⑬于摧：将毁。　⑭赫赫：旱。炎炎：热。　⑮云：遮蔽。　⑯大命：国命。　⑰群公：指先世诸侯。先正：指先世卿士。　⑱涤涤：除尽。　⑲遯：通"困"。　⑳黾（mǐn）勉：勉力。去：除去。　㉑瘨（diān）：病害。　㉒憯（cǎn）：曾，竟。　㉓友：通"有"。纪：纲纪。　㉔鞫哉庶正：鞫（jū），穷困。庶正，众官之长，相当于后世宰相。　㉕冢宰：众长之长。相当于后世宰相。　㉖趣马师氏：管马的做教育官。　㉗周：周济。　㉘嘒（huì）：微光。　㉙昭假无赢：祭祀无差。

## 崧　高

崧高维岳，①　　　山极高的是名山，
骏极于天。②　　　高到极点高到天。
维岳降神，　　　只有名山降生神，
生甫及申。③　　　降生甫侯和申伯相连。

维申及甫，　　　只有申伯及甫侯，
维周之翰，　　　使周朝的屏障保全，
四国于蕃，④　　　四方侯国的藩篱，
四方于宣。⑤　　　四方侯国的城垣。

亹亹申伯，⑥　　　勤勉的申伯，
王缵之事，　　　王使申伯治南国，
于邑于谢，　　　使他建邑在谢地，

南国是式。⑦　　　　　　南方侯国作统治。
王命召伯：　　　　　　　王命令召伯：
"定申伯之宅。　　　　　"决定申伯住宅事。
登是南邦，⑧　　　　　　成为南方的侯国，
世执其功。"　　　　　　执掌他功传后世。"

王命申伯：　　　　　　　王命令申伯：
"式是南邦。　　　　　　"作为南方侯国的法程。
因是谢人，　　　　　　　依靠谢邑的人，
以作尔庸。"⑨　　　　　建好你的城。"
王命召伯：　　　　　　　王命令召伯：
"彻申伯土田。"　　　　　"申伯田地你治成。"
王命傅御，⑩　　　　　　王命令申伯家臣，
"迁其私人"。　　　　　"迁申伯的家人"。

申伯之功，⑪　　　　　　申伯的功业，
召伯是营。　　　　　　　召伯来经营。
有俶其城，⑫　　　　　　修缮他的城，
寝庙既成，　　　　　　　寝宫宗庙既建成，
既成藐藐。⑬　　　　　　建成宫庙很壮美。
王锡申伯，　　　　　　　王赐申伯有功臣，
四牡蹻蹻，⑭　　　　　　四匹雄马很雄壮，
钩膺濯濯。⑮　　　　　　金钩胸缨都光明。

王遣申伯，　　　　　　　王派申伯回国，
路车乘马。　　　　　　　赐他大车乘马好。
"我图尔居，　　　　　　"我算计你的住处，
莫如南土。　　　　　　　没有像南方好。
锡尔介圭，⑯　　　　　　赐你大玉圭，

| | |
|---|---|
| 以作尔宝。 | 用作你的宝。 |
| 往近王舅，<sup>⑰</sup> | 去吧王的舅， |
| 南土是保。" | 南方土地是安保。" |
| | |
| 申伯信迈，<sup>⑱</sup> | 申伯过宿回国去， |
| 王饯于郿。 | 王饯申伯在郿地。 |
| 申伯还南， | 申伯回到南方去， |
| 谢于诚归。<sup>⑲</sup> | 诚心回到谢邑去。 |
| 王命召伯， | 王又命令给召伯， |
| 彻申伯土疆。 | 治理申伯的疆地。 |
| 以峙其粻，<sup>⑳</sup> | 用来备好你的粮， |
| 式遄其行。<sup>㉑</sup> | 加快申伯回国去。 |
| | |
| 申伯番番，<sup>㉒</sup> | 申伯威武回了国， |
| 既入于谢， | 既到谢邑就进入。 |
| 徒御啴啴。<sup>㉓</sup> | 徒步坐车都欣欣， |
| 周邦咸喜， | 全国臣民都喜悦。 |
| 戎有良翰。<sup>㉔</sup> | 你们今天有好君， |
| 不显申伯， | 光荣显耀的申伯， |
| 王之元舅， | 王的大娘舅， |
| 文武是宪。<sup>㉕</sup> | 文德武功是法则。 |
| | |
| 申伯之德， | 申伯的美德， |
| 柔惠且直。 | 柔和惠爱并正直。 |
| 揉此万邦，<sup>㉖</sup> | 用来安顺那万国， |
| 闻于四国。 | 声誉闻达四方国。 |
| 吉甫作诵， | 吉甫作了这篇颂， |
| 其诗孔硕， | 他的诗意有特色， |
| 其风肆好，<sup>㉗</sup> | 他的风格非常好， |

以赠申伯。㉘　　　　　　用来增美贤申伯。

①崧（sōng）：山高。岳：指四岳，东岳泰山，西岳华山，南岳衡山，北岳恒山。那个中岳嵩山是后起的，所以先说四岳。　②骏（jùn）：通"峻"，高大。　③生甫及申：甫侯和申伯，皆周宣王时大臣。一说甫即仲山甫，一说甫即甫侯，即穆王时作《吕刑》之甫侯之子孙。今即释为甫侯。　④四国：四方诸侯国。于蕃：为藩篱。　⑤于宣：为垣，做墙。宣，指墙。　⑥亹亹（wěi wěi）：勤勉。　⑦南国：南方国家。式：法，取法。　⑧登：成为。　⑨庸：通"墉"，城墙。　⑩傅御：家臣之长。　⑪功：指建筑谢城的功业。　⑫俶（chù）：修缮。　⑬蹠蹠（miǎo miǎo）：美好。　⑭蹻蹻（jué jué）：强壮。　⑮濯濯（zhuó zhuó）：光明。　⑯介：通"玠"，大圭。　⑰迄（jì）：犹了。　⑱信：再宿。迈：走。　⑲谢于诚归：诚心要回到谢邑去。　⑳峙（zhì）：储备。糇（zhāng）：粮食。　㉑遄（chuán）：速。　㉒番番：勇武。　㉓徒御：徒步的和乘车的两种人。啴啴（tān tān）：和乐。　㉔戎：你们。　㉕宪：法则。　㉖揉（róu）：使服从。　㉗肆好：极好。　㉘赠：增。

# 烝 民

| | |
|---|---|
| 天生烝民，① | 上天生了众民， |
| 有物有则。② | 有事物就有法则。 |
| 民之秉彝，③ | 人民执持常规， |
| 好是懿德。 | 爱好的是美德。 |
| 天监有周， | 上天察视周朝， |
| 昭假于下。④ | 明显地到达下面侯国。 |
| 保兹天子， | 保佑这个天子， |
| 生仲山甫。⑤ | 生仲山甫这英哲。 |
| | |
| 仲山甫之德， | 仲山甫的美德， |
| 柔嘉维则。 | 柔和美好是准则。 |

令仪令色，　　　　　　　好仪容加好脸色，
小心翼翼。　　　　　　　小心谨慎真难得。
古训是式，　　　　　　　古来教训是法式，
威仪是力。　　　　　　　威望仪表他用力。
天子是若，⑥　　　　　　天子这就选择他，
明命使赋。⑦　　　　　　政令使他布侯国。

王命仲山甫，　　　　　　周王命令仲山甫，
式是百辟。　　　　　　　作为诸侯的法式。
缵戎祖考，　　　　　　　继承祖先的事业，
王躬是保。　　　　　　　保佑王身的业绩。
出纳王命，　　　　　　　接受传达王命令，
王之喉舌。　　　　　　　作为周王的喉舌。
赋政于外，　　　　　　　传布政令在朝外，
四方爰发。⑧　　　　　　四方诸侯于是发。

肃肃王命，⑨　　　　　　尊严周王的命令，
仲山甫将之。⑩　　　　　仲山甫执行它。
邦国若否，⑪　　　　　　朝廷上的善恶，
仲山甫明之。　　　　　　仲山甫辨明它。
既明且哲，　　　　　　　既辨明又聪哲，
以保其身。　　　　　　　用来保全他身子。
夙夜匪懈，　　　　　　　早晚不懈怠难得，
以事一人。　　　　　　　用来侍奉一人责。

人亦有言，　　　　　　　人有这样的话，
柔则茹之，⑫　　　　　　柔软的吃掉它，
刚则吐之。　　　　　　　刚强的吐出它。
维仲山甫，　　　　　　　只有仲山甫，

柔亦不茹，　　　　　　柔软的也不吃它，
刚亦不吐。　　　　　　刚强的也不吐它。
不侮矜寡，　　　　　　不欺侮孤寡的人，
不畏强御。　　　　　　不害怕强横的人。

人亦有言，　　　　　　人有这样的话，
德輶如毛，⑬　　　　　道德虽轻像根毛，
民鲜克举之。　　　　　人少能够举起它。
我仪图之，⑭　　　　　我曾度量它，
维仲山甫举之，　　　　只有仲山甫举起它，
爱莫助之。⑮　　　　　可惜没人帮助他。
衮职有缺，⑯　　　　　天子的职务有缺点，
维仲山甫补之。　　　　只有仲山甫补救他。

仲山甫出祖，⑰　　　　仲山甫出去祭路神，
四牡业业，⑱　　　　　四匹雄马壮又强，
征夫捷捷，⑲　　　　　跟随的人喜洋洋，
每怀靡及。⑳　　　　　每有怀私顾不上。
四牡彭彭，㉑　　　　　四匹雄马声彭彭，
八鸾锵锵。　　　　　　八个鸾铃响当当。
王命仲山甫，　　　　　周王命令仲山甫，
城彼东方。　　　　　　筑城在那个东方。

四牡骙骙，㉒　　　　　四匹雄马真强壮，
八鸾喈喈。㉓　　　　　八个鸾铃响当当。
仲山甫徂齐，　　　　　仲山甫到齐国去，
式遄其归。㉔　　　　　催他速回添荣光。
吉甫作诵，　　　　　　吉甫作了这篇颂，
穆如清风。　　　　　　柔和如像清风扬。

| | |
|---|---|
| 仲山甫永怀， | 永远怀念仲山甫， |
| 以慰其心。 | 用来安慰他衷肠。 |

①烝（zhēng）：众。　②物：事物，行事。则：法则。　③彝（yí）：常规，常道。　④昭假：明致，精神明显地到达神。　⑤仲山甫：周的诸侯之一，封于樊，今河南济源市西南。　⑥若：顺从。　⑦明命使赋：王的明命使他传布。赋，传布。　⑧发：行。　⑨肃肃：庄严。　⑩将：奉行。　⑪若否：善恶。　⑫茹：吃。　⑬輶（yóu）：轻。　⑭仪图：度量谋画。仪：度。　⑮爱：惜。　⑯衮职：指天子职。衮，天子的龙衣。　⑰祖：路祭。　⑱业业：指高大。　⑲捷捷（qiè qiè）：指喜乐。　⑳每怀靡及：每人怀其私，无及于事。　㉑彭彭：蹄声。　㉒骙骙（kuí kuí）：强壮。　㉓喈喈（jié jié）：车铃声。　㉔遄（chuán）：速。

# 韩　奕

| | |
|---|---|
| 奕奕梁山，① | 高大的梁山， |
| 维禹甸之。② | 禹来治理它。 |
| 有倬其道，③ | 宽广的路， |
| 韩侯受命。 | 韩侯接受王命用它。 |
| 王亲命之： | 周王亲自命令他： |
| "缵戎祖考，④ | "继承你的先祖好， |
| 无废朕命！ | 不要把我命令废掉。 |
| 夙夜匪解， | 早晚不要懈怠， |
| 虔共尔位！ | 虔诚恭敬你职位好！ |
| 朕命不易。 | 我的命令不改变， |
| 榦不庭方，⑤ | 匡正不朝国的路遥， |
| 以佐戎辟。"⑥ | 用来辅佐你君的正道。" |
| | |
| 四牡奕奕， | 四匹雄马气昂昂， |
| 孔修且张。⑦ | 马身很长又强壮。 |

| | |
|---|---|
| 韩侯入觐， | 韩侯进京来朝见， |
| 以其介圭， | 把他大圭来献上， |
| 入觐于王。 | 进京朝拜见周王。 |
| 王锡韩侯， | 王赐韩侯有多样， |
| 淑旂绥章，⑧ | 善旂妥帖显文章， |
| 簟茀错衡。 | 车帘文采交错光。 |
| 玄衮赤舄， | 黑袍红鞋都堂皇， |
| 钩膺镂锡，⑨ | 金钩胸饰兼缕饰， |
| 鞹鞃浅幭，⑩ | 皮裹车板虎皮张， |
| 鞗革金厄。⑪ | 皮缰金木饰金黄。 |
| | |
| 韩侯出祖， | 韩侯出门作路祭， |
| 出宿于屠。 | 路远出宿在屠地。 |
| 显父饯之， | 显父设席来饯他， |
| 清酒百壶。 | 清酒百壶在席里。 |
| 其肴维何？ | 他的菜肴是什么？ |
| 炰鳖鲜鱼。 | 烹鳖鲜鱼都在里。 |
| 其蔌维何？ | 他的蔬菜是什么？ |
| 维笋及蒲。 | 有笋和嫩蒲在里。 |
| 其赠维何？ | 他的受赠是什么？ |
| 乘马路车。 | 乘马大车都在里。 |
| 笾豆有且，⑫ | 食器笾豆花样多， |
| 侯氏燕胥。⑬ | 诸侯参加都在里。 |
| | |
| 韩侯取妻， | 韩侯娶妻要行礼， |
| 汾王之甥，⑭ | 妻是汾王的甥女， |
| 蹶父之子。⑮ | 又是蹶父的女子。 |
| 韩侯迎止， | 韩侯自作迎亲礼， |
| 于蹶之里。 | 迎亲自到蹶父里。 |

| | |
|---|---|
| 百两彭彭， | 百辆彩车声彭彭， |
| 八鸾锵锵， | 八个鸾铃声锵锵， |
| 不显其光。 | 大显荣耀的光芒。 |
| 诸娣从之， | 众陪嫁女跟从她， |
| 祈祈如云。 | 多得像云能飞扬。 |
| 韩侯顾之，⑯ | 韩侯看了心欢喜， |
| 烂其盈门。 | 光彩满门喜气扬。 |
| | |
| 蹶父孔武， | 蹶父为人很勇武， |
| 靡国不到， | 没有侯国不曾去。 |
| 为韩姞相攸， | 为女儿韩姞相女婿， |
| 莫如韩乐。 | 没有像韩土快乐可与。 |
| 孔乐韩土， | 最快乐是韩地可据， |
| 川泽訏訏， | 那河川可羡慕， |
| 鲂鲡甫甫，⑰ | 鲂鱼鲡鱼大而著， |
| 麀鹿噳噳，⑱ | 麋鹿众多在林下， |
| 有熊有罴， | 有熊有罴都可据， |
| 有猫有虎。⑲ | 有猫有虎胜别处。 |
| 庆既令居， | 既以为善好居处， |
| 韩姞燕誉。⑳ | 韩姞安居有好誉。 |
| | |
| 溥彼韩城， | 广大的那韩城， |
| 燕师所完。 | 燕国人所经营。 |
| 以先祖受命， | 因为祖先曾受命， |
| 因时百蛮。 | 统有百蛮的能人。 |
| 王锡韩侯， | 周王赐地给韩侯， |
| 其追其貊，㉑ | 那是西戎北狄人。 |
| 奄受北国， | 统有北方诸侯国， |
| 因以其伯。 | 以他为霸而称伯。 |

实墉实壑，㉒　　　　增城墙深城池，
实亩实籍。㉓　　　　清田亩征户籍。
献其貔皮，㉔　　　　献他的白狐皮，
赤豹黄罴。㉕　　　　再献赤豹和黄罴。

①奕奕（yì yì）：高大。梁山：在陕西韩城市西北。　②甸：治理。　③倬（zhuō）：宽大。道：路。　④缵（zuǎn）：继承。戎：你。　⑤榦（gàn）：匡正。不庭方：不朝见朝廷之国。方，指国。　⑥戎辟：你君。　⑦修、张：长大。　⑧淑旂：美丽的画，交龙的旗。绥章：安全挂起。　⑨钖（yáng）：马头上的饰物。　⑩鞹鞃（kuò hóng）：用皮裹的车中供人凭靠的皮包横木。浅幭（miè）：用浅毛皮裹的车上覆盖物。　⑪鞗（tiáo）革：皮的马缰绳。金厄：金属环，缠辔头。　⑫笾（biān）：盛果脯的竹器。豆：木制食器，高足。且（jū）：多。　⑬侯氏：诸侯。燕胥：皆宴。胥，皆。　⑭汾王：周厉王逃到山西汾水附近，人们称他为汾王。　⑮蹶（jué）父：周朝的卿大夫。　⑯顾：当时嫁娶的礼。　⑰甫甫：大。　⑱噳噳（yǔ yǔ）：众多。　⑲猫：指山猫。　⑳燕誉：安乐。　㉑追：西戎。貊（mò）：北狄。　㉒壑：深沟。　㉓籍：税。　㉔貔（pí）：白狐。　㉕罴（pí）：棕熊。

# 江　汉

江汉浮浮，①　　　　长江汉水滚滚流，
武夫滔滔。②　　　　武人气势雄赳赳。
匪安匪游，　　　　不是求安不是出游，
淮夷来求。③　　　　而是把淮夷来挽救。
既出我车，　　　　既然发出我的车，
既设我旟。　　　　既把鸟旗挡车头。
匪安匪舒，④　　　　不是求安不是求舒服，
淮夷来铺。⑤　　　　淮夷来归好怀柔。

江汉汤汤，⑥　　　　长江汉水流洋洋，

| | |
|---|---|
| 武夫洸洸。⑦ | 武人威风凛凛强。 |
| 经营四方， | 平定四方叛变国， |
| 告成于王。 | 报告成功给宣王。 |
| 四方既平， | 四方叛变既平定， |
| 王国庶定。⑧ | 王国安定国势张。 |
| 时靡有争，⑨ | 这就没有战争事， |
| 王心载宁。 | 宣王心里就安康。 |
| | |
| 江汉之浒， | 长江汉水的水边， |
| 王命召虎： | 宣王命令召伯虎： |
| "式辟四方， | "用法开辟四方国， |
| 彻我疆土。⑩ | 发展我朝的疆土。 |
| 匪疚匪棘，⑪ | 不是有病不求急， |
| 王国来极。"⑫ | 王国从来用法辅。" |
| 于疆于理， | 治好国疆治田地， |
| 至于南海。 | 一直到达南海土。 |
| | |
| 王命召虎： | 宣王命令召伯虎： |
| "来旬来宣。⑬ | "要巡视要安抚。 |
| 文武受命， | 文王武王受天命， |
| 召公维翰。⑭ | 召康公是国的柱。 |
| 无曰予小子， | 不要自说我是小子， |
| 召公是似。⑮ | 召康公事业要继嗣。 |
| 肇敏戎公，⑯ | 勉力建立功业成， |
| 用锡尔祉。" | 就把福泽赐给你。" |
| | |
| "釐尔圭瓒，⑰ | "赐你圭柄好玉勺， |
| 秬鬯一卣。⑱ | 黑黍香酒一杯焉。 |
| 告于文人， | 祭告文德人， |

| | |
|---|---|
| 锡山土田。 | 赐你山川和土田。 |
| 于周受命, | 你在周朝受王命, |
| 自召祖命。" | 封同召祖受命焉。" |
| 虎拜稽首,⑲ | 召虎下拜来叩头, |
| "天子万年!" | "天子寿命有万年!" |
| | |
| 虎拜稽首, | 召虎拜谢来叩头, |
| "对扬王休,⑳ | "颂扬周王有美德, |
| 作召公考,㉑ | 制作召公考上辞, |
| 天子万寿!" | 天子万寿多福泽!" |
| 明明天子,㉒ | 勤奋不已好天子, |
| 令闻不已。 | 美好声望不能息。 |
| 矢其文德,㉓ | 施行他的美好德, |
| 洽此四国。㉔ | 协和这个四方国。 |

①浮浮:强盛貌。  ②滔滔:水流盛大。当作"江汉滔滔,武夫浮浮"。  ③求:征伐。  ④舒:缓慢。  ⑤铺:通"抚",安抚。  ⑥汤汤(shāng shāng):水势广。  ⑦洸洸(guāng guāng):威武。  ⑧庶:幸。  ⑨时:是。  ⑩彻:开发。  ⑪疚:病。棘:急。  ⑫极:准则。  ⑬来旬来宣:来,语助词。旬,巡视。宣,宣抚。  ⑭召公:召虎的先祖,指助武王灭商的召公奭,谥康公。维翰:是桢干。  ⑮似:通"嗣",继承。  ⑯肇敏:勉力。戎公:汝功,你的功业。  ⑰釐:赐。圭瓒(zàn):玉柄酒勺。  ⑱秬鬯(jù chàng):黑黍酒。卣(yǒu):古酒器。  ⑲稽(qǐ)首:叩头礼。  ⑳对扬:颂扬。王休:王的美德。  ㉑作召公考:作召穆公辞,这辞刻在庙器上。  ㉒明明:勤勉。  ㉓矢:施行。  ㉔洽:协和。

# 常　武

| | |
|---|---|
| 赫赫明明,① | 声威煊赫又明智, |
| 王命卿士, | 宣王命令封卿士, |

南仲大祖，②
大师皇父。③
"整我六师，
以修我戎，
既敬既戒，④
惠此南国！"

王谓尹氏：⑤
"命程伯休父，⑥
左右陈行。
戒我师旅，
率彼淮浦，⑦
省此徐土。"⑧
不留不处，⑨
三事就绪。⑩

赫赫业业，⑪
有严天子。
王舒保作，⑫
匪绍匪游。⑬
徐方绎骚，⑭
震惊徐方。
如雷如霆，
徐方震惊。

王奋厥武，
如震如怒。
进厥虎臣，
阚如虓虎。⑮

托名太祖封南仲，
命令皇父做太师。
"整顿我国的六军，
用来训练我兵士，
既已警惕又戒备，
加爱这个南国是！"

宣王告诉尹吉甫：
"命封程伯大司马，
左右排列好战阵。
勤戒我们的队伍，
率领他们到淮浦，
视察这个徐国土。"
诛其君来吊其民，
三卿建立就安抚。

军威煊赫向前进，
威严天子不急行。
宣王舒缓保安定，
军不怠缓不游行。
徐国内部正扰乱，
徐国君臣都震惊。
像打霹雳像打雷，
徐国君臣都震惊。

宣王奋起他威武，
有像打雷像发怒。
进用虎臣领大军，
咆哮有像那猛虎。

| | |
|---|---|
| 铺敦淮濆，⑯ | 大设阵势淮水边， |
| 仍执丑虏。⑰ | 就捉那些众俘虏。 |
| 截彼淮浦，⑱ | 截断敌方在淮浦， |
| 王师之所。 | 送俘直到王师所。 |
| | |
| 王旅啴啴，⑲ | 王师盛大有威力， |
| 如飞如翰，⑳ | 好像鸷鸟飞得疾， |
| 如江如汉， | 好像长江像汉水， |
| 如山之苞，㉑ | 像山本根能确立， |
| 如川之流， | 像河水流永不灭， |
| 绵绵翼翼。㉒ | 继续接连不断绝。 |
| 不测不克， | 不可测度不可胜， |
| 濯征徐国。㉓ | 大军讨徐一定入。 |
| | |
| 王犹允塞。㉔ | 宣王谋划确信诚。 |
| 徐方既来，㉕ | 徐国已经来称臣， |
| 徐方既同， | 徐国已经来归同， |
| 天子之功。 | 这是天子立了功。 |
| 四方既平， | 四方既然已太平 |
| 徐方来庭。㉖ | 徐国已经来朝廷。 |
| 徐方不回，㉗ | 徐国不敢违王命， |
| 王曰还归。 | 王说回朝不必停。 |

①赫赫：威严貌。明明：明智貌。　②南仲大祖：在太祖庙里立南仲为卿，表示这是太祖的意思。　③大师皇父：命令皇父做太师。　④既敬既戒：既是警惕，又是戒备。敬，同"警"，警惕。　⑤尹氏：指尹吉甫。　⑥命程伯休父：命令程伯，字休父，任大司马。　⑦淮浦：淮水水边。　⑧省：察看。徐土：徐国国土。　⑨不留不处：不，语助词。留，同"刘"，杀，即杀其君。处，吊，即吊其民。　⑩三事：指立三个卿。　⑪业业：指军队前

进。 ⑫王舒保作：王行军舒缓安全。即军队不舒缓，王舒缓。 ⑬匪
绍：不是舒缓，指军队不舒缓。游：遨游，游逛。 ⑭绎（yì）骚：乱
动，乱扰。 ⑮阚（hǎn）：虎怒。虓（xiāo）：虎叫。 ⑯铺敦：大陈
列。濆（fén）：大堤。 ⑰仍：就。 ⑱截：截断。 ⑲嘽嘽（tān
tān）：盛大。 ⑳翰（hàn）：高飞鸟。 ㉑苞：根本。 ㉒绵绵：连
续不断。翼翼：壮盛。 ㉓濯（zhuó）：大。 ㉔王犹允塞：王谋信
实。 ㉕来：归顺。 ㉖来庭：来朝见。 ㉗不回：不违反。

# 瞻卬

瞻卬昊天，①　　　　　　抬头望着那上天，
则不我惠。　　　　　　对我就是不施恩。
孔填不宁，②　　　　　　很久不能来安宁，
降此大厉。③　　　　　　降下这个是大恶。
邦靡有定，　　　　　　国家没有能安定，
士民其瘵。　　　　　　士民都是害了病。
蟊贼蟊疾，　　　　　　禾苗受到害虫病，
靡有夷届。④　　　　　　没有到头没有尽。
罪罟不收，⑤　　　　　　罪人入网网不收，
靡有夷瘳。⑥　　　　　　病人没有见病瘳。

人有土田，　　　　　　人家有田地，
女反有之。　　　　　　你却反去占有它。
人有民人，　　　　　　人家有家奴，
女复夺之。　　　　　　你却又是去夺他。
此宜无罪，　　　　　　这人应该没有罪，
女反收之。　　　　　　你却反去逮捕他。
彼宜有罪，　　　　　　那人应该有罪，
女复说之。⑦　　　　　　你却再去解脱他。

| | |
|---|---|
| 哲夫成城， | 智慧的男子能建筑城墙， |
| 哲妇倾城。 | 智慧的妇人却能毁城墙。 |
| 懿厥哲妇，⑧ | 唉，那个智慧的妇人， |
| 为枭为鸱。 | 是枭是鸱都一样。 |
| 妇有长舌， | 妇人有长舌， |
| 维厉之阶。 | 是败坏的祸殃。 |
| 乱匪降自天， | 乱不是从天上降， |
| 生自妇人！ | 生在妇人的身上！ |
| 匪教匪诲， | 没人教她做坏事， |
| 时维妇寺。⑨ | 她和阉人是一样。 |
| | |
| 鞫人忮忒，⑩ | 奸人巧弄害人术， |
| 谮始竟背。 | 谗言开始终背逆。 |
| 岂曰不极， | 难道说是不极坏， |
| 伊胡为慝？ | 她为什么作恶迹？ |
| 如贾三倍， | 好像经商利三倍， |
| 君子是识。 | 君子对此有见识。 |
| 妇无公事， | 妇人没有做女功， |
| 休其蚕织。 | 放弃她们的蚕织。 |
| | |
| 天何以刺？ | 上天为何来责问？ |
| 何神不富？⑪ | 神道为何不施恩？ |
| 舍尔介狄，⑫ | 放纵你的大坏人， |
| 维予胥忌。 | 只是对我相怨恨。 |
| 不吊不祥，⑬ | 你是不善又不祥， |
| 威仪不类。⑭ | 威仪不修怎样论。 |
| 人之云亡， | 好人都说已散去， |
| 邦国殄瘁！ | 国家失人更贫困！ |

| | |
|---|---|
| 天之降罔，⑮ | 上天降下那罗网， |
| 维其优矣。 | 只是那样宽大了。 |
| 人之云亡， | 好人都说已散去， |
| 心之忧矣。 | 心里真是忧伤了。 |
| 天之降罔， | 上天降下那罗网， |
| 维其几矣。⑯ | 只是那样危险了。 |
| 人之云亡， | 好人都说已散去， |
| 心之悲矣。 | 心里很是悲伤了。 |
| | |
| 觱沸槛泉，⑰ | 沸腾上涌的槛泉， |
| 维其深矣。 | 是那样的深了。 |
| 心之忧矣， | 心里有忧伤了， |
| 宁自今矣！ | 难道从今天生了！ |
| 不自我先， | 不先从我生， |
| 不自我后。 | 不后从我生。 |
| 藐藐昊天， | 广大的上天， |
| 无不克巩。 | 没有不能固自身。 |
| 无忝皇祖， | 不要有辱你祖宗， |
| 式救尔后。 | 要救你后代子孙。 |

①瞻卬：瞻仰。卬，同"仰"。　②填（chén）：通"陈"，久。　③厉：恶。　④夷：语助词。　⑤收：逮捕。　⑥瘳（chōu）：病愈。　⑦说：通"脱"，脱罪。　⑧懿：通"噫"，叹词。　⑨寺：寺人，阉人。　⑩鞠（jū）人：奸人。忮忒（zhì tè）：害人。　⑪富：福。　⑫介狄：元凶。　⑬吊：善。　⑭类：善。　⑮罔：通"网"。　⑯几：危。　⑰觱（bì）沸：涌出。槛（jiàn）泉：喷涌而出的泉水。

# 召　旻

| | |
|---|---|
| 旻天疾威，① | 上天急着使威风， |

| | |
|---|---|
| 天笃降丧。 | 天降灾荒使人丧。 |
| 瘨我饥馑，② | 病我粮荒又菜荒， |
| 民卒流亡。 | 人民到处都流亡。 |
| 我居圉卒荒！③ | 我的住处尽荒凉！ |
| | |
| 天降罪罟， | 上天降下有罪网， |
| 蟊贼内讧。 | 贼人内争自相伤。 |
| 昏椓靡共，④ | 昏阉完全不供职， |
| 溃溃回遹；⑤ | 胡乱邪僻多冤枉； |
| 实靖夷我邦。⑥ | 实在毁灭我家邦。 |
| | |
| 皋皋訿訿，⑦ | 态度顽固又懒惰， |
| 曾不知其玷。 | 不知他们都玷污。 |
| 兢兢业业， | 虽然小心自惊恐， |
| 孔填不宁。 | 很久不安怎能过。 |
| 我位孔贬。 | 我的职位贬低过。 |
| | |
| 如彼岁旱， | 像那年荒有旱象， |
| 草不溃茂，⑧ | 百草不能茂盛长， |
| 如彼栖苴。⑨ | 像那水中浮的草。 |
| 我相此邦， | 我是观察这个邦， |
| 无不溃止。 | 没有不是溃烂亡。 |
| | |
| 维昔之富不如时， | 昔富不像今日贫， |
| 维今之疚不如兹。 | 今贫又加今日病。 |
| 彼疏斯粺，⑩ | 那些吃粗粮今反细， |
| 胡不自替？ | 何不自己来告退？ |
| 职兄斯引！⑪ | 主况更是引长计！ |

| | |
|---|---|
| 池之竭矣， | 池水枯竭了， |
| 不云自频。⑫ | 不说水从滨外来。 |
| 泉之竭矣， | 泉水枯竭了， |
| 不云自中。⑬ | 不说水从泉中来。 |
| 溥斯害矣， | 灾害已经普遍了， |
| 职兄斯弘。 | 主况更是扩大哉。 |
| 不灾我躬！ | 灾害怎不向我来！ |
| | |
| 昔先王受命， | 从前先王受天命， |
| 有如召公， | 贤臣有的像召公， |
| 日辟国百里。 | 每天开拓国土有百里。 |
| 今也日蹙国百里。 | 如今日减百里中。 |
| 於乎哀哉！ | 呜呼哀哉！ |
| 维今之人， | 只有今天的人中， |
| 不尚有旧！⑭ | 不崇尚有旧的事功！ |

①昊（hào）天：上天。　②瘨（diān）：灾害。　③居圉（yǔ）：居御，住处。　④椓（zhuó）：宫刑的人，指阉人。《郑笺》："昏、椓皆奄人也。椓，椓毁阴者也。"共：同"供"，供职。　⑤溃溃：乱。回遹：邪僻。　⑥靖夷：平定。　⑦皋皋：顽固。訿訿（zǐ zǐ）：懒惰。　⑧溃：遂。　⑨苴（chá）：水中草。　⑩疏：糙米。粺（bài）：细米。昔贤者禄薄食粗，今反之。　⑪职兄斯引：主况斯引。指奸佞小人长居高位。职，主。兄，况。引，长，延长。　⑫自频：由于海滨。　⑬自中：来自中央。　⑭旧：旧的事功。

# 颂

颂是配有音乐又有舞蹈的诗，颂的特点就是有舞蹈。《左传》襄公二十九年，称吴公子季札聘问鲁国，请观周朝赐给鲁国的音乐。他看到颂，加以赞美。说："为之歌《颂》，曰：'至矣哉！直而不倨，曲而不屈，迩而不逼，远而不携，迁而不淫，复而不厌，哀而不愁，乐而不荒，广而不宣，施而不费，取而不贪，处而不底，行而不流。五声和，八风平，节有度，守有序，盛德之所同也。'"这是讲颂的音乐的。总的来说，颂的音乐是和平的，有节度的，不过分的。《毛诗序》说："颂者，美盛德之形容，以其成功，告于神明者也。"要用音乐来表演盛德，季札的话或可供想象。朱熹《诗集传》："盖颂与容，古字通用，故《序》以此言之。"《序》讲"形容"，提到"美盛德之形容"。对颂讲"形容"，即讲颂的形象，讲颂的舞姿。

# 周颂清庙之什

## 清 庙

| | |
|---|---|
| 於穆清庙，① | 啊，美好的清庙， |
| 肃雍显相。② | 严敬雍和光显的助祭好。 |
| 济济多士， | 众多仪容美好的朝臣， |
| 秉文之德， | 秉承文王的美德， |
| 对越在天。③ | 颂扬他在天英灵好。 |
| 骏奔走在庙，④ | 快些奔走在宗庙， |
| 不显不承，⑤ | 光荣地继承， |
| 无射于人斯！⑥ | 对人没什么烦恼！ |

①於：叹词。穆：美好。清庙：祭文王的庙。　②肃雍：严敬和好。显相：指有明德光显的公卿诸侯助祭。　③对越：对扬，报答。　④骏：快。　⑤不显不承：不，语助词。显，光耀。承，继承。　⑥射（yì）：同"斁"，厌。

## 维天之命

| | |
|---|---|
| 维天之命， | 只有上天的命令， |
| 於穆不已。 | 啊！美好不停。 |
| 於乎不显，① | 啊！这是光明啊， |
| 文王之德之纯！ | 文王的德美而纯！ |
| 假以溢我，② | 借来丰富我， |
| 我其收之。③ | 我来接受它。 |
| 骏惠我文王， | 快谢厚爱我的文王， |
| 曾孙笃之。④ | 孙辈切实厚待他。 |

①显：指光明。　②假以溢我：借文王之美德来增我。　③收：

受。　④曾孙：自称。笃：厚行。

# 维　清

维清缉熙，<sup>①</sup>　　　　　只有清明才光明，
文王之典。　　　　　　文王的典章是清明。
肇禋，<sup>②</sup>　　　　　　开始祭祀，
迄用有成，<sup>③</sup>　　　　直到有功业成，
维周之祯。<sup>④</sup>　　　　这是周家的祥祯。

①缉熙：光明。　②肇禋（yīn）：开始祭祀。指文王征伐前的祭天。　③迄：至。有成：有天下。　④祯：吉祥。

# 烈　文

烈文辟公，<sup>①</sup>　　　　有功烈文德的君公，
锡兹祉福，　　　　　　赐给这个福泽安康。
惠我无疆，　　　　　　惠爱我们没有止境，
子孙保之。　　　　　　子孙永远安保它。
无封靡于尔邦，<sup>②</sup>　　不要有大罪对你邦，
维王其崇之。<sup>③</sup>　　　你们一定要崇敬王。
念兹戎功，<sup>④</sup>　　　　想念他的大功，
继序其皇之。<sup>⑤</sup>　　　继承弘扬他的光芒。
无竞维人，　　　　　　最强的只有得贤人，
四方其训之。　　　　　来归顺的有四方。
不显维德，　　　　　　光显的只有美德，
百辟其刑之。　　　　　诸侯都依他作榜样。
於乎前王不忘！　　　　唉，前王美德不能忘！

①烈：指功。文：指德。辟（bì）公：君公。文王起初不称王，为诸侯之一。　②封靡：大累，指大罪。封，通“丰”。靡，为羁

糜。　③维：乃。崇：尊敬。　④戎功：大功。　⑤皇：美好，光大。

# 天　作

| | |
|---|---|
| 天作高山，① | 天生万物在岐山， |
| 大王荒之。② | 太王治理它。 |
| 彼作矣， | 太王经营它， |
| 文王康之。③ | 文王安定它。 |
| 彼徂矣，④ | 他们到过了， |
| 岐有夷之行，⑤ | 岐山有了平路， |
| 子孙保之。 | 子孙安保它。 |

①作：生长。高山：指岐山。　②荒：大，治理。　③康：安定。　④徂（cú）：往，到。　⑤夷之行：平的路。

# 昊天有成命

| | |
|---|---|
| 昊天有成命，① | 上天有明白的命令， |
| 二后受之。② | 文王、武王接受它。 |
| 成王不敢康， | 成王不敢求安乐， |
| 夙夜基命宥密。③ | 承受天命日夜信从宽仁安静， |
| 於缉熙， | 唉，光明， |
| 单厥心，④ | 专诚他的心， |
| 肆其靖之。⑤ | 故他得到天下的安定。 |

①成命：犹明命。　②二后：指文王、武王。　③夙夜：日夜。基命：王者始承的天命。宥密：宽宁。宥，通"有"，语助词。　④单：同"亶"，信。　⑤靖：安和。

# 我　将

| | |
|---|---|
| 我将我享，① | 我献大祭， |

| | |
|---|---|
| 维羊维牛， | 是用羊用牛来祭， |
| 维天其右之。② | 只是求上天佑助他。 |
| 仪式刑文王之典，③ | 用文王的典章方法， |
| 日靖四方。④ | 天天求安定四方。 |
| 伊嘏文王， | 伟大的文王， |
| 既右飨之。⑤ | 既经受祭上天帮助他。 |
| 我其夙夜， | 我还是日夜不懈怠， |
| 畏天之威， | 敬畏上天的威严， |
| 于时保之。⑥ | 于是保住他。 |

①我将我享：我大献祭。将，大。享，献祭。　②右：佑助。之：代指国家，下同。　③仪式刑：则用法。仪，则。式，用。刑，法。　④靖：安定。　⑤既右飨之：既佑助而祭享之。飨，神来受享。　⑥时：是。

# 时　迈

| | |
|---|---|
| 时迈其邦，① | 按时巡视诸侯国， |
| 昊天其子之。 | 上天对周像爱子啊。 |
| 实右序有周，② | 诚心保佑帮周朝， |
| 薄言震之，③ | 武王威力震天下， |
| 莫不震叠。④ | 没有一国不害怕。 |
| 怀柔百神， | 再怀安百神， |
| 及河乔岳。⑤ | 连及河神岳神。 |
| 允王维后， | 武王不愧是国君， |
| 明昭有周， | 明显地保护周朝， |
| 式序在位。 | 序列在位百官在朝。 |
| 载戢干戈， | 把干戈聚拢来， |
| 载櫜弓矢。⑥ | 把弓箭藏起来。 |
| 我求懿德， | 我求有美德， |

肆于时夏。⑦　　　　　于是布达到中国。

允王保之。⑧　　　　　确实是武王长保这美德。

①迈：行，指巡视。　　②右序：保佑帮助。　　③薄：语助词。　　④震叠：震动惧怕。叠，借作"慴"，故为惧。　　⑤乔岳：高山。　　⑥櫜（gāo）：藏弓箭的袋，指装袋。　　⑦肆：遂。夏：华夏。　　⑧允：确实。

## 执　竞

执竞武王，①　　　　　执持自强是武王，

无竞维烈。②　　　　　功业无比克殷商。

不显成康，③　　　　　显耀的成王康王，

上帝是皇。④　　　　　上帝赞美的君王。

自彼成康，　　　　　自从那成王康王，

奄有四方，　　　　　统治侯国的四方，

斤斤其明，⑤　　　　　考察英明无错差，

钟鼓喤喤。⑥　　　　　钟鼓相和声喤喤。

磬筦将将，⑦　　　　　磬管应和声锵锵，

降福穰穰。⑧　　　　　降下福泽多穰穰。

降福简简，⑨　　　　　降下福泽盛而大，

威仪反反。⑩　　　　　威风容仪重堂皇。

既醉既饱，　　　　　既醉饱而无礼违，

福禄来反。⑪　　　　　福禄复来惠赐长。

①执竞：执持自强。执，持。竞，自强。　　②烈：功业，指伐纣克商。　　③成康：指成王、康王。　　④皇：美。　　⑤斤斤：明察。　　⑥喤喤（huáng huáng）：指声大而和。　　⑦筦：通"管"，指竹制乐器。将将：指管乐器会集声。　　⑧穰穰（ráng ráng）：众多貌。　　⑨简简：盛大貌。　　⑩反反：慎重。反，假作"昄"。　　⑪反：反复。

# 思　文

| | |
|---|---|
| 思文后稷，<sup>①</sup> | 后稷的文德， |
| 克配彼天。 | 能够配享那个上天。 |
| 立我烝民，<sup>②</sup> | 种粮养活了众民， |
| 莫匪尔极。<sup>③</sup> | 没有不是与你德相连， |
| 贻我来牟，<sup>④</sup> | 天赐给我瑞麦， |
| 帝命率育。 | 上帝命令与民种育相连。 |
| 无此疆尔界， | 没有此疆那界分划， |
| 陈常于时夏。<sup>⑤</sup> | 布陈农政于华夏。 |

①思：语助词。文：文德。　②立：假借为"粒"，谷粒。烝民：众民。烝，同"蒸"，众也。　③极：至德。　④来牟：来，小麦。牟（móu），大麦。　⑤陈常：布政。时：是。夏：华夏。

# 周颂臣工之什

## 臣 工

嗟嗟臣工！ ①　　　　　唉唉！臣子做侯国官，

敬尔在公。　　　　　　敬谨你们在公家称能。

王釐尔成，②　　　　　王董理你们的收成，

来咨来茹。③　　　　　来询问来度称。

嗟嗟保介！④　　　　　唉唉！保护收成的人！

维莫之春，　　　　　　在这暮春，

亦又何求？⑤　　　　　还有什么要求？

如何新畬？⑥　　　　　怎么对新田熟田去耕耘？

於皇来牟，⑦　　　　　好美啊天赐的麦，

将受厥明。⑧　　　　　大受它的收成。

明昭上帝，　　　　　　明见的上帝，

迄用康年。⑨　　　　　到现在都使年成丰登。

命我众人：　　　　　　命令我的众人：

庤乃钱镈，⑩　　　　　准备好农具，

奄观铚艾。⑪　　　　　察看镰刀割麦收成。

①臣工：臣官，指诸侯的卿士。　②王釐尔成：王理汝之收成。釐，通"理"，董理。成，指收获。　③咨：谋。茹：度。　④保介：保护田界的人。介，通"甲"，指武士。　⑤又：有。　⑥新畬（yú）：新田熟田。耕未三年叫"新"，过三年叫"畬"。　⑦皇：美。　⑧将受厥明：大受其成。明，成，指收成。　⑨迄用康年：至今用丰年赐我。　⑩庤（zhì）：储备。钱（jiǎn）：农具，似铁铲。镈（bó）：锄。　⑪奄：全，尽。铚（zhì）：小镰刀。艾（yì）：割。

## 噫 嘻

| | |
|---|---|
| 噫嘻成王, | 啊啊！成王, |
| 既昭假尔。① | 既经招请了您。 |
| 率时农夫, | 统帅农民百姓, |
| 播厥百谷。 | 播种那百谷忙耕耘。 |
| 骏发尔私,② | 快开发你们私田, |
| 终三十里。 | 尽在三十里耕耘。 |
| 亦服尔耕, | 竭力从事你们的耕耘, |
| 十千维耦。③ | 十千个人齐耦耕。 |

①昭假：招请。假，通"格"，至，降临。尔：指所请的神，即成王之灵。 ②骏发：快开发。 ③耦（ǒu）：两人各持一耜，并肩耕种。

## 振 鹭

| | |
|---|---|
| 振鹭于飞,① | 成群的白鹭在飞, |
| 于彼西雝。② | 在那西边的水泽里。 |
| 我客戾止,③ | 我的客人到来, |
| 亦有斯容。④ | 也有这样高洁的容仪。 |
| 在彼无恶,⑤ | 在那个国里没人厌恶, |
| 在此无斁。⑥ | 在这里没人厌弃。 |
| 庶几夙夜,⑦ | 早晚勤勉差不多, |
| 以永终誉。⑧ | 永远保持着美誉。 |

①振：群飞貌。 ②雝（yōng）：水泽。 ③我客：指宋国诸侯微子。戾（lì）：到。 ④斯容：这样的容貌，指像白鹭一样的高洁。 ⑤无恶：无人厌恶。 ⑥无斁（yì）：无人厌弃。 ⑦夙夜：从早到夜。 ⑧永：永远。终誉：终久称誉。

# 丰　年

| | |
|---|---|
| 丰年多黍多稌。① | 丰收年多黍多稻。 |
| 亦有高廪，② | 也有仓库很是高， |
| 万亿及秭。③ | 积粮万万及亿亿。 |
| 为酒为醴， | 做酒做甜酒都好， |
| 烝畀祖妣，④ | 进献先祖和先妣， |
| 以洽百礼， | 用来配合百礼好， |
| 降福孔皆。⑤ | 降下福禄都是好。 |

①稌（tú）：稻。　②廪（lǐn）：仓库。　③秭（zǐ）：万万为亿，亿亿为秭。　④烝：进。畀（bì）：给予。　⑤皆：通"嘉"。

# 有　瞽

| | |
|---|---|
| 有瞽有瞽，① | 盲乐师盲乐师， |
| 在周之庭。 | 在周朝的朝廷。 |
| 设业设虡，② | 设立木版和木架， |
| 崇牙树羽，③ | 崇牙上面饰羽形， |
| 应田县鼓，④ | 小鼓大鼓都悬挂， |
| 鞉磬柷圉。⑤ | 鞉磬柷圉都可听。 |
| 既备乃奏， | 既经备齐就可奏， |
| 箫管备举。⑥ | 箫管齐奏无不灵。 |
| 喤喤厥声，⑦ | 它的声音喤喤响， |
| 肃雍和鸣，⑧ | 舒缓协调声和鸣， |
| 先祖是听。 | 先祖神灵下来听。 |
| 我客戾止， | 我的客人到来后， |
| 永观厥成。⑨ | 长久观到乐奏成。 |

①有：语助词。瞽（gǔ）：瞎子，古以瞎子为乐师。　②业：大版。虡（jù）：木架。木架上有大版，可以挂钟鼓。　③崇牙：设在大版上，

像牙齿，可以挂钟鼓的。树羽：在崇牙上饰的五彩鸟羽。　④应：小鼓。田：大鼓。县鼓：应田都是悬挂的鼓。　⑤鞉（táo）：摇鼓。磬：石磬，击之则鸣。柷（zhù）：如漆桶，中有椎柄，令左右击，为开始演奏的信号。圉（yǔ）：状如伏虎，敲击以止乐。　⑥备举：一齐奏乐。　⑦喤喤（huáng huáng）：洪亮和谐。　⑧肃雍：舒缓和谐。　⑨成：乐一终为一成。

# 潜

| 猗与漆沮，① | 好啊那漆水和沮水， |
|---|---|
| 潜有多鱼。② | 水里柴堆上有多鱼。 |
| 有鳣有鲔，③ | 有大鲤鱼有鲟鱼， |
| 鲦鲿鰋鲤。④ | 有白条鱼、黄颊鱼、鲇鱼、鲤鱼。 |
| 以享以祀， | 用来献祖用来祭祀， |
| 以介景福。⑤ | 用来求得大福气。 |

①猗（yī）与：好啊。漆沮（jū）：岐山下面的两条河，在今陕西省境内。　②潜：水中柴堆，供鱼止息，以便捕捉。　③鳣（zhān）：大鲤鱼。鲔（wěi）：鲟鱼。　④鲦（tiáo）：白条鱼。鲿（cháng）：黄颊鱼。鰋（yǎn）：鲇鱼。　⑤介：求。景：大。

# 雍

| 有来雍雍，① | 这助祭来的人极和顺， |
|---|---|
| 至止肃肃。② | 到来以后严肃又恭敬。 |
| 相维辟公，③ | 助祭的有诸侯， |
| 天子穆穆。④ | 天子庄严又和顺。 |
| 於荐广牡，⑤ | 啊，进献的大雄牛， |
| 相予肆祀。⑥ | 助我陈列那祭品。 |
| 假哉皇考，⑦ | 美啊，我的先父， |
| 绥予孝子。⑧ | 安定我这孝子身。 |

| | |
|---|---|
| 宣哲维人，⑨ | 明哲的只有贤人， |
| 文武维后。 | 能文能武只有君。 |
| 燕及皇天，⑩ | 安抚及到上天意， |
| 克昌厥后。 | 能够昌盛他的后。 |
| 绥我眉寿， | 安定我来赐我寿， |
| 介以繁祉。 | 用多种福气来保佑。 |
| 既右烈考，⑪ | 既保佑有功业的先父， |
| 亦右文母。⑫ | 有文德的先母亦保佑。 |

①雍雍：和顺貌。　②肃肃：严肃恭敬貌。　③相：助祭。辟公：诸侯。　④穆穆：庄严和气貌。　⑤於（wū）：语助词。荐：进献。广牡：大的雄牛。　⑥肆祀：陈列祭祀。　⑦假哉：美哉。　⑧绥：安定。　⑨宣哲：明哲，指文王为人明哲睿智。　⑩燕：安。　⑪右：保佑。烈考：有功业的先父。　⑫文母：有文德的先母。

# 载　见

| | |
|---|---|
| 载见辟王，① | 开始朝见到君王， |
| 曰求厥章。 | 礼仪要求合规章。 |
| 龙旂阳阳，② | 龙旗色彩很鲜明， |
| 和铃央央，③ | 和铃发声声央央， |
| 鞗革有鸧，④ | 马辔饰物都有光， |
| 休有烈光。⑤ | 美好饰物有大光。 |
| 率见昭考，⑥ | 相率来祭那武王， |
| 以孝以享。 | 用孝思来献祭享。 |
| 以介眉寿， | 以求长寿的荣光， |
| 永言保之， | 永远保有周天下， |
| 思皇多祜。⑦ | 多种福气沾成王。 |
| 烈文辟公，⑧ | 武烈文德的诸侯， |
| 绥以多福， | 天用多福来安定， |

俾缉熙于纯嘏。⑨　　　　　使有大福作明光。

①载：开始。辟（bì）王：君王，指成王。　②龙旂：龙旗，画龙的旗。阳阳：色彩鲜明。　③和铃：两种铃，和在车上，铃在旗上。央央：铃声。　④鞗（tiáo）革：马辔头。鸧（qiāng）：马辔头的金饰有光彩。　⑤休：美。烈光：大光。　⑥率：相率。昭考：指武王。　⑦思皇：指成王。　⑧烈文：有功业，有文德。辟（bì）公：诸侯。　⑨俾：使。缉熙：光明。纯嘏（gǔ）：大福。

# 有　客

| | |
|---|---|
| 有客有客， | 客人来客人来， |
| 亦白其马。 | 他用白马驾车乘。 |
| 有萋有且，① | 有文采又壮盛， |
| 敦琢其旅。② | 妆饰着他随从人。 |
| 有客宿宿，③ | 客人住一宿又一宿， |
| 有客信信，④ | 客人住一信又一信， |
| 言授之絷，⑤ | 我给他用拴马索， |
| 以絷其马。 | 来拴他马不让行。 |
| 薄言追之， | 客人走了又追他， |
| 左右绥之。⑥ | 左右想法安定他。 |
| 既有淫威，⑦ | 既然有大的威德， |
| 降福孔夷。⑧ | 神把大福降给他。 |

①萋：文采交错。且（jū）：盛，多。　②敦（duī）琢：妆饰打扮。　③宿宿：住二夜。　④信信：住四夜。　⑤言：我。絷（zhí）：拴马索。　⑥左右：用计。　⑦淫：大。威：德。　⑧孔夷：很大。

# 武

| | |
|---|---|
| 於皇武王，① | 啊，伟大的武王， |
| 无竞维烈。② | 没人强过他的功业。 |

允文文王，③　　　　　确实讲美德的文王，

克开厥后。　　　　　能够开创后人基业。

嗣武受之，　　　　　武王继承接受它，

胜殷遏刘，④　　　　战胜殷商遏残杀，

耆定尔功。⑤　　　　致使确定您的功业。

①於（wū）：赞叹词。　②烈：功业。　③允：确实。　④刘：残
杀。　⑤耆（zhǐ）：致。

# 周颂闵予小子之什

## 闵予小子

| | |
|---|---|
| 闵予小子，① | 可怜我小子， |
| 遭家不造，② | 遭遇家里的不幸了， |
| 嬛嬛在疚。③ | 孤独地在忧伤中。 |
| 於乎皇考，④ | 唉，伟大的王考， |
| 永世克孝！⑤ | 永世能够尽孝！ |
| 念兹皇祖，⑥ | 想念这位伟大的祖考， |
| 陟降庭止。⑦ | 神灵升降在朝廷了。 |
| 维予小子， | 我小子一人， |
| 夙夜敬止。 | 早晚恭敬谨慎。 |
| 於乎皇王， | 唉，伟大的武王， |
| 继序思不忘！⑧ | 继承大业永思不忘！ |

①闵（mǐn）：可怜。予小子：我小子，成王自称。 ②不造：不幸。 ③嬛嬛（qióng qióng）：孤独貌。 ④於乎：呜呼。皇考：指武王。 ⑤永世：终于一世。 ⑥皇祖：指祖父。 ⑦陟降：升降，上下。庭：通"廷"。 ⑧继序：继承王业。

## 访　落

| | |
|---|---|
| 访予落止，① | 谋政我开始怎样， |
| 率时昭考。② | 是遵循显赫的先父之道行。 |
| 於乎悠哉，③ | 唉，太遥远啊， |
| 朕未有艾！④ | 我未有经历进行。 |
| 将予就之，⑤ | 我勉强继承王位， |
| 继犹判涣。⑥ | 继谋恐分散难行。 |

| | |
|---|---|
| 维予小子， | 我小子一人， |
| 未堪家多难。 | 家有多难不堪担任。 |
| 绍庭上下，⑦ | 神灵继续在朝廷升降， |
| 陟降厥家。 | 升降在我家进行。 |
| 休矣皇考，⑧ | 美啊，伟大的先父， |
| 以保明其身！⑨ | 用来保佑我一身！ |

①访：访问。指向群臣谋政。落：开始。止：语助词。　②率：遵循。时：是。昭考：显赫的先父，指武王。　③於乎：呜呼。悠：远。　④朕：成王自称。艾：阅历，指成王年幼无知。　⑤就之：接近他，指就位。　⑥继犹：继续图谋。判涣：分散。　⑦绍：继续。上下：或升上或降下。　⑧休：美。　⑨保明：保佑。

# 敬　之

| | |
|---|---|
| 敬之敬之，① | 戒慎啊戒慎啊， |
| 天维显思，② | 天道善恶是显明， |
| 命不易哉！③ | 秉承天命不易啊！ |
| 无曰高高在上！ | 不说高高在上不显明， |
| 陟降厥士，④ | 升上降下巡察， |
| 日监在兹。 | 每天监视都在此。 |
| 维予小子， | 我小子一人， |
| 不聪敬止？ | 敢不聪达不戒慎？ |
| 日就月将，⑤ | 日有成就月有奉行， |
| 学有缉熙于光明。⑥ | 学问靠积累到光明。 |
| 佛时仔肩，⑦ | 有人辅佐我担当责任， |
| 示我显德行。 | 指示我显出德行。 |

①敬：戒慎。　②天维显：天道善恶明显。思：语助词。　③易：容易。　④士：《说文》："士，事也。"《笺》："天上下其事，谓转运日月，

施其所行，日日瞻视，近在此也。" ⑤日就：每日成就。月将：每月奉行。 ⑥缉熙：积渐广大。 ⑦佛：通"弼（bì）"，辅佐。时：是。仔肩：责任。

## 小 毖

| | |
|---|---|
| 予其惩而毖后患！<sup>①</sup> | 我是警戒而谨防后患！ |
| 莫予荓蜂，<sup>②</sup> | 不要引我扰乱群蜂， |
| 自求辛螫。<sup>③</sup> | 自己惹得蜂来辣刺。 |
| 肇允彼桃虫，<sup>④</sup> | 开始相信是那桃虫， |
| 拚飞维鸟。<sup>⑤</sup> | 翻飞就是一只鸟儿。 |
| 未堪家多难，| 不堪忍受我家多难容， |
| 予又集于蓼。<sup>⑥</sup> | 我又落入在蓼草中。 |

①惩：警戒。毖（bì）：谨防。 ②荓（píng）蜂：扰动蜂群。 ③辛螫（zhē）：辛辣痛。 ④肇：开始。允：相信。桃虫：鹪鹩，小鸟。古人认为桃虫能生雕。 ⑤拚（fān）飞：翻飞。 ⑥蓼（liǎo）：一种有苦味的草。

## 载 芟

| | |
|---|---|
| 载芟载柞，<sup>①</sup> | 开始除草除树木， |
| 其耕泽泽。<sup>②</sup> | 开垦耕地土分崩。 |
| 千耦其耘，<sup>③</sup> | 一千对耦耕来除草， |
| 徂隰徂畛。<sup>④</sup> | 到新开湿地到旧田埂。 |
| 侯主侯伯，| 国君和他长子， |
| 侯亚侯旅，| 国君次子和他众子都来耕， |
| 侯强侯以。<sup>⑤</sup> | 国中壮人和助耕人。 |
| 有嗿其馌，<sup>⑥</sup> | 有送饭和吃饭声， |
| 思媚其妇，| 讨好送饭的妇女， |
| 有依其士。<sup>⑦</sup> | 爱悦耕作的男人。 |
| 有略其耜，<sup>⑧</sup> | 那锋利的是犁头， |

| | |
|---|---|
| 俶载南亩。⑨ | 始耕向阳的田塍。 |
| 播厥百谷， | 种下那些百种谷， |
| 实函斯活。⑩ | 种子饱满能够生。 |
| 驿驿其达，⑪ | 接连不断地出土， |
| 有厌其杰。⑫ | 美好的苗苗壮生。 |
| 厌厌其苗，⑬ | 美好的是它禾苗， |
| 绵绵其麃。⑭ | 细密的是它末梢。 |
| 载获济济，⑮ | 开始收割的人多， |
| 有实其积， | 果实堆积露天里， |
| 万亿及秭。⑯ | 多到万万及亿亿。 |
| 为酒为醴， | 做成清酒和甜酒， |
| 烝畀祖妣，⑰ | 进献先祖和先妣， |
| 以洽百礼。 | 用来和协成百礼。 |
| 有飶其香，⑱ | 饭菜缭绕的喷香， |
| 邦家之光。 | 这为国家增荣光。 |
| 有椒其馨，⑲ | 酒醴缭绕的香气， |
| 胡考之宁。⑳ | 这使老人得安康。 |
| 匪且有且，㉑ | 不料有此竟如此， |
| 匪今斯今， | 不料有今竟如今， |
| 振古如兹。㉒ | 从古以来都如此。 |

①芟（shān）：除草。柞（zé）：伐树。　②泽泽：土地松散貌。　③千耦：一千对两人并耕。耘：除草。　④徂（cú）：前往。隰（xí）：新开垦的低田。畛（zhěn）：以前开垦的田界。　⑤侯主：国君。侯伯：国君长子。侯亚：国君次子。侯旅：国君以外的众子弟。侯强：国君手下强壮的奴隶。侯以：侯与，其他帮忙的人。　⑥噉（tǎn）：众人吃饭声。馌（yè）：送饭。　⑦依：爱悦。　⑧略：锋利。耜（sì）：犁头。　⑨俶（chù）载：首先耕好。南亩：向阳的田。　⑩实：种子。函：充满。活：生机。　⑪驿驿：接连不断。达：指出土。　⑫有

厌：美好。其杰：它的壮苗。　⑬厌厌：美好。　⑭绵绵：细密。麃（biāo）：禾苗末梢。　⑮济济：众多。　⑯万亿：万万。秭（zǐ）：亿亿。指粮多。　⑰烝（zhēng）：进献。畀（bì）：给予。　⑱苾（bì）：芬香。　⑲椒（jiāo）：香气缭绕。馨（xīn）：芳香。　⑳胡考：老人。　㉑匪且有且：非此有此。　㉒振古：从古以来。

# 良 耜

| | |
|---|---|
| 畟畟良耜，① | 深耕入土的好犁头， |
| 俶载南亩。 | 开始耕种向阳田。 |
| 播厥百谷， | 播种那百类好谷， |
| 实函斯活。 | 种子生机满相连。 |
| 或来瞻女， | 有人前来看望你， |
| 载筐及筥，② | 载了方筐和圆筥， |
| 其饟伊黍。③ | 他的饭是黄小米。 |
| 其笠伊纠，④ | 他的斗笠真结实， |
| 其镈斯赵，⑤ | 他的锄头真好使。 |
| 以薅荼蓼，⑥ | 用来除去荼和蓼， |
| 荼蓼朽止。 | 荼草蓼草都朽死。 |
| 黍稷茂止， | 小米高粱茂盛长， |
| 获之挃挃。⑦ | 镰刀收割声吱吱。 |
| 积之栗栗，⑧ | 堆积谷物多又多， |
| 其崇如墉，⑨ | 它的高像城墙起， |
| 其比如栉。⑩ | 排列紧密像梳齿。 |
| 以开百室， | 打开上百储藏库， |
| 百室盈止， | 装满百室好停止， |
| 妇子宁止。 | 妇子心里才安止。 |
| 杀时犉牡，⑪ | 杀那公牛来祭祀， |
| 有捄其角。⑫ | 有那弯曲的犄角。 |

| | |
|---|---|
| 以似以续，<sup>⑬</sup> | 延续前人来继续， |
| 续古之人。<sup>⑭</sup> | 继续古人讲农事。 |

①畟畟（cè cè）：耜深耕入地。耜（sì）：犁头。　②筐：方形竹器。筥（jǔ）：圆形竹器。　③饷（xiǎng）：送来的饭。黍：黄米饭。　④纠：纠结，结实。　⑤镈（bó）：锄头。赵（tiǎo）：锋利。　⑥薅（hāo）：除草。荼蓼：陆上或水中的秽草。　⑦挃挃（zhì zhì）：镰刀割禾声。　⑧栗栗：众多貌。　⑨墉（yōng）：城墙。　⑩比：排列。栉（zhì）：梳篦齿。　⑪时：是。犉（rún）牡：七尺高的大公牛。　⑫捄（qiú）：长而弯曲。　⑬似：通"嗣"，继承。　⑭续古之人：继续古人的做法。

## 丝衣

| | |
|---|---|
| 丝衣其纻，<sup>①</sup> | 丝制祭服多鲜净， |
| 载弁俅俅。<sup>②</sup> | 戴了皮帽很恭顺。 |
| 自堂徂基，<sup>③</sup> | 从堂到阶都查过， |
| 自羊徂牛。 | 从羊到牛查祭牲。 |
| 鼐鼎及鼒，<sup>④</sup> | 大鼎小鼎查祭品， |
| 兕觥其觩， | 兕角杯弯曲列陈， |
| 旨酒思柔。 | 好酒想起文德好。 |
| 不吴不敖，<sup>⑤</sup> | 不喧哗来不骄傲， |
| 胡考之休！<sup>⑥</sup> | 故能长寿是美好！ |

①丝衣：丝织祭服。纻（fóu）：鲜洁貌。　②载：通"戴"。弁（biàn）：皮帽。俅俅（qiú qiú）：恭顺貌。　③基：台阶。　④鼐（nài）：大鼎。鼒（zī）：小鼎。　⑤吴：喧哗。敖：通"傲"。　⑥胡考：长寿。休：美好。

## 酌<sup>①</sup>

| | |
|---|---|
| 於铄王师，<sup>②</sup> | 好啊武王的军队， |

| 遵养时晦。③ | 遵循时势计韬晦。 |
| 时纯熙矣，④ | 一朝大光明了， |
| 是用大介。⑤ | 于是用大甲兵。 |
| 我龙受之，⑥ | 我的荣宠受天命， |
| 跻跻王之造。⑦ | 勇武是周王造就成。 |
| 载用有嗣，⑧ | 王用的人有继承， |
| 实维尔公允师。⑨ | 您的功业确可效法成。 |

①酌：言武王能酌量取得祖先之道以养民。　②於（wū）：赞美。铄（shuò）：美。　③遵养时晦：即遵时养晦。时，时势。晦，韬晦。　④纯熙：大光明。　⑤大介：大甲兵。　⑥龙：光荣，荣宠。　⑦跻跻（jiǎo jiǎo）：勇武貌。造：成就。　⑧嗣：继承。　⑨实：是。维：语助词。尔：你，指武王。公：通"功"。允师：确实效法。

# 桓①

| 绥万邦， | 安定成万诸侯国， |
| 娄丰年，② | 经常得到丰收年， |
| 天命匪解。③ | 天命对周不懈息。 |
| 桓桓武王， | 桓桓的是武王威严， |
| 保有厥士，④ | 保有他的功业， |
| 于以四方。 | 更四方相连。 |
| 克定厥家， | 能够安定他的家， |
| 於昭于天，⑤ | 啊，功德显耀在上天， |
| 皇以间之。⑥ | 用美德来取代纣天下。 |

①桓：桓桓，威武貌。　②娄：通"屡"，经常。　③解：通"懈"，懈怠。　④厥：其。士：犹事，指功业。　⑤於（wū）：叹词。　⑥间：代替。

## 赉 ①

| | |
|---|---|
| 文王既勤止， | 文王既然勤劳啊， |
| 我应受之。 | 我应当继承他。 |
| 敷时绎思， ② | 布陈恩泽不断继承他， |
| 我徂维求定， ③ | 我去伐纣只求安定， |
| 时周之命。 ④ | 是上天给周朝的命令。 |
| 於绎思！ ⑤ | 啊，应该不断继承他！ |

①赉（lài）：赏赐。武王赏赐功臣。　②敷：布。时：是。绎（yì）：连续不断。思：语助词。　③徂（cú）：往。　④时：是。周之命：周朝所接受的天命。　⑤於（wū）：叹词。

## 般 ①

| | |
|---|---|
| 於皇时周， ② | 啊，伟大的是周朝， |
| 陟其高山， ③ | 登上四岳的高山， |
| 嶞山乔岳。 ④ | 还有小山和高山， |
| 允犹翕河， ⑤ | 允水犹水合于黄河。 |
| 敷天之下， ⑥ | 普天之下， |
| 裒时之对， ⑦ | 聚集群神来配祭， |
| 时周之命。 ⑧ | 是周朝接受了天命啊。 |

①般：乐。写周成王的快乐，故称“般”。　②於（wū）：叹词。时：是。　③陟（zhì）：登上。　④嶞（duò）山：小山。　⑤允：通“沇”，亦名济水。犹：通“洈”，水名。翕：合。河：黄河。允犹二水，合于黄河。　⑥敷：普。　⑦裒（póu）：聚集。对：配，指配祭。　⑧时：是。周之命：周朝的命令。

# 鲁颂

朱熹《诗集传》："鲁，少皞之墟，在《禹贡》徐州，蒙、羽之野，成王以封周公长子伯禽，今袭庆、东平府，沂、密、海等州，即其地也。成王以周公有大勋劳于天下，故赐伯禽以天子之礼乐。鲁于是乎有颂，以为庙乐。其后又自作诗以美其君，亦谓之颂。"

## 驷①

| | |
|---|---|
| 驷驷牡马，② | 肥壮的雄马， |
| 在坰之野。③ | 在极远的荒野。 |
| 薄言驷者，④ | 肥壮的马是那些， |
| 有骓有皇，⑤ | 有黑白马和黄白马， |
| 有骊有黄，⑥ | 有黑马和黄马， |
| 以车彭彭。⑦ | 用车来驾都是强壮马， |
| 思无疆，⑧ | 想它们跑得没止境， |
| 思马斯臧。⑨ | 这些马是很好的马。 |
| | |
| 驷驷牡马， | 肥壮的雄马， |
| 在坰之野。 | 在极远的荒野。 |
| 薄言驷者， | 肥壮的马是那些， |
| 有骓有驱，⑩ | 有苍白马和黄白马， |
| 有骍有骐，⑪ | 有赤黄马和青黑马， |
| 以车伾伾。⑫ | 用车来驾都是强壮马， |
| 思无期，⑬ | 想它们跑得没穷期， |
| 思马斯才。 | 这些马是有才的马。 |
| | |
| 驷驷牡马， | 肥壮的雄马， |
| 在坰之野。 | 在极远的荒野。 |
| 薄言驷者， | 肥壮的马是那些， |

有骓有骆，⑭　　　　　有青黑马和黑白马，

有骝有雒，⑮　　　　　有赤黑马和黑白马，

以车绎绎。⑯　　　　　用车来驾都是强壮马。

思无斁，⑰　　　　　　想它们跑得没厌倦，

思马斯作。⑱　　　　　这些马是能够振作的马。


骊骊牡马，　　　　　　肥壮的雄马，

在坰之野。　　　　　　在极远的荒野。

薄言骊者，　　　　　　肥壮的马是那些，

有骃有騢，⑲　　　　　有黑白马和赤白马，

有驔有鱼，⑳　　　　　有脚胫长毛和眼边长毛的马，

以车祛祛。㉑　　　　　用车来驾都是强壮马。

思无邪，　　　　　　　想它们跑得无邪念，

思马斯徂。㉒　　　　　这些马是会跑的好马。

①骊（jiōng）：歌颂鲁侯养马肥壮。　②牡马：雄马。　③坰（jiōng）：远郊。城外叫郊，郊外叫牧，牧外叫野，野外叫林，林外叫坰。　④薄、言：皆语助词。　⑤骊（yù）：黑马白股。皇：黄白相杂的马。　⑥骊：黑马。黄：黄马。　⑦彭彭：强壮有力貌。　⑧思：思虑。无疆：无止境。　⑨臧：善，优良。　⑩雒（zhuī）：苍白杂色马。驱（pī）：黄白杂色马。　⑪骍（xīng）：赤黄色的马。骐：青黑色的马。　⑫伾伾（pī pī）：强壮有力貌。　⑬无期：无穷期。　⑭骓（tuó）：青黑色马。骆（luò）：黑鬃白马。　⑮骝（liú）：赤身黑鬣的马。雒（luò）：黑身白鬣的马。　⑯绎绎：跑得快。　⑰无斁（yì）：无厌。　⑱作：振作。　⑲骃（yīn）：浅黑带白的马。騢（xiá）：赤白色的马。　⑳驔（diàn）：脚胫有长毛的马。鱼：二目外长白毛的马。　㉑祛祛（qū qū）：强健貌。　㉒徂：善跑。

# 有　驷

有驷有驷，①　　　　　肥壮马肥壮马，

| 驷彼乘黄。② | 他驾四匹肥壮黄马。 |
|---|---|
| 夙夜在公，③ | 从早到晚在公家， |
| 在公明明。④ | 勤勉在公家。 |
| 振振鹭，⑤ | 群飞白鹭鸟， |
| 鹭于下。 | 白鹭飞向下。 |
| 鼓咽咽，⑥ | 鼓声有节奏， |
| 醉言舞。 | 醉醺醺地起舞。 |
| 于胥乐兮！⑦ | 都快乐啊！ |

| 有駜有駜， | 肥壮马肥壮马， |
|---|---|
| 驷彼乘牡。 | 他驾四匹肥壮雄马。 |
| 夙夜在公， | 从早到晚在公家， |
| 在公饮酒。 | 饮酒在公家。 |
| 振振鹭， | 群飞白鹭鸟， |
| 鹭于飞。 | 白鹭振飞下。 |
| 鼓咽咽， | 鼓声有节奏， |
| 醉言归。 | 醉醺醺地归去。 |
| 于胥乐兮！ | 都快乐啊！ |

| 有駜有駜， | 肥壮马肥壮马， |
|---|---|
| 驷彼乘骃。⑧ | 他驾四匹肥壮青骊马。 |
| 夙夜在公， | 从早到晚在公家， |
| 在公载燕。 | 宴会在公家。 |
| 自今以始， | 从现在开始， |
| 岁其有。 | 年年有丰收啊。 |
| 君子有穀，⑨ | 君子僖公有善政， |
| 诒孙子。 | 留给孙子。 |
| 于胥乐兮！ | 都快乐啊！ |

①驷（bì）：马强壮貌。　②乘黄：四匹黄马。乘，指四匹。　③凤夜：从早到夜。　④明明：勤勉。明，通"勉"。　⑤振振：群飞貌。鹭：白鹭鸟，以比洁白之士。　⑥鼓咽咽：鼓声有节奏。　⑦胥乐：皆乐。　⑧骍（xuān）：青黑色马。　⑨穀：善。

# 泮 水

| 思乐泮水，<sup>①</sup> | 快乐啊泮水， |
|---|---|
| 薄采其芹。<sup>②</sup> | 在水中采那芹菜忙。 |
| 鲁侯戾止，<sup>③</sup> | 鲁侯来到了， |
| 言观其旂。<sup>④</sup> | 我看他的旂上有文章。 |

思乐泮水，<sup>①</sup>　　快乐啊泮水，
薄采其芹。<sup>②</sup>　　在水中采那芹菜忙。
鲁侯戾止，<sup>③</sup>　　鲁侯来到了，
言观其旂。<sup>④</sup>　　我看他的旂上有文章。
其旂茷茷，<sup>⑤</sup>　　他的旗在飘扬，
鸾声哕哕。<sup>⑥</sup>　　鸾铃丁当响。
无小无大，　　官不论大小，
从公于迈。　　跟从僖公前行。

思乐泮水，　　快乐啊泮水，
薄采其藻。　　在水中采那水藻。
鲁侯戾止，　　鲁侯来到了，
其马蹻蹻。<sup>⑦</sup>　　他的马勇骁。
其马蹻蹻，　　他的马勇骁，
其音昭昭。<sup>⑧</sup>　　他的声音明嘹。
载色载笑，　　脸色和善还带笑，
匪怒伊教。<sup>⑨</sup>　　不会发怒唯指教。

思乐泮水，　　快乐啊泮水，
薄采其茆。<sup>⑩</sup>　　在水中采那莼菜好。
鲁侯戾止，　　鲁侯来到，
在泮饮酒。<sup>⑪</sup>　　在泮宫饮酒了。
既饮旨酒，　　既饮了好酒，

永锡难老。⑫　　　　　　永久赐给他难老。
顺彼长道，　　　　　　顺着他走远征路，
屈此群丑。⑬　　　　　　制服这些群丑了。

穆穆鲁侯，⑭　　　　　　庄重和善的鲁侯，
敬明其德。⑮　　　　　　恭敬修明他的道德。
敬慎威仪，　　　　　　敬慎他威严的仪容，
维民之则。⑯　　　　　　作为人民的法则。
允文允武，⑰　　　　　　确实有文才有武略，
昭假烈祖。⑱　　　　　　有功先祖感召到。
靡有不孝，⑲　　　　　　家法没个不效法，
自求伊祜。　　　　　　日求天赐他福好。

明明鲁侯，　　　　　　勤勉的鲁侯，
克明其德。　　　　　　能够修明他的道德。
既作泮宫，　　　　　　既然造好了泮宫，
淮夷攸服。　　　　　　淮夷服从来就职。
矫矫虎臣，⑳　　　　　　勇武如虎的大臣，
在泮献馘。㉑　　　　　　在泮宫献馘。
淑问如皋陶，㉒　　　　　善于断问像皋陶，
在泮献囚。　　　　　　泮宫审囚献给国。

济济多士，㉓　　　　　　众多贤良的士子，
克广德心。　　　　　　能推仁德的心胸。
桓桓于征，㉔　　　　　　威武军队去出征，
狄彼东南。㉕　　　　　　扫荡淮夷南到东。
烝烝皇皇，㉖　　　　　　生气勃勃又威风，
不吴不扬。㉗　　　　　　不喧哗不宣扬。
不告于讻，㉘　　　　　　不诉讼不争功，

| | |
|---|---|
| 在泮献功。 | 只在泮宫献武功。 |
| 角弓其觩，㉙ | 角弓弦松改弦急， |
| 束矢其搜。㉚ | 众箭成束声飕飕。 |
| 戎车孔博， | 兵车大又大， |
| 徒御无斁。 | 步行坐车无倦容。 |
| 既克淮夷， | 既然战胜淮夷敌， |
| 孔淑不逆。 | 化为善良不背叛。 |
| 式固尔犹， | 因为固守你计谋， |
| 淮夷卒获。 | 淮夷终究得服从。 |
| 翩彼飞鸮，㉛ | 翩翩飞的那鸮鸟， |
| 集于泮林。 | 停在泮水的树林。 |
| 食我桑黮，㉜ | 吃我的桑葚， |
| 怀我好音。㉝ | 送给我善德音。 |
| 憬彼淮夷，㉞ | 觉悟的那淮夷， |
| 来献其琛。㉟ | 来赠他的宝珍。 |
| 元龟象齿， | 大龟和象牙， |
| 大赂南金。㊱ | 厚献的是南金。 |

①泮（pàn）水：泮宫前的半月形水池。泮宫是诸侯国的学宫。　②薄：赶快。芹：水芹菜。　③鲁侯：指鲁僖公。戾：到来。　④言：我。　⑤茷茷（pèi pèi）：飘扬貌。⑥哕哕（huì huì）：铃和声。　⑦跻跻（jiǎo jiǎo）：雄壮貌。　⑧昭昭：嘹亮貌。　⑨伊教：维教，只是教导。　⑩茆（mǎo）：莼菜。　⑪在泮：在泮宫。　⑫难老：长寿。　⑬群丑：对敌人的蔑称，指淮夷。　⑭穆穆：庄重和善貌。　⑮敬明：恭敬修明。　⑯则：法则。　⑰允：确实。　⑱昭假：明至。假，通"格"，至也。烈祖：有功业的祖先。　⑲孝：同"效"。　⑳矫矫：壮健貌。　㉑献馘（guó）：不服者杀而献其左耳。　㉒皋陶：舜的法官，善于断狱。　㉓济济：众多。㉔桓桓：威武貌。㉕狄：扫荡。㉖烝

烝：生气勃勃。皇皇：声势大。 ㉗不吴：不喧哗。 ㉘讻（xióng）：争辩。 ㉙觩（qiú）：弓弯曲弦松，换弦急的。 ㉚束矢：众矢。搜：飕飕发箭声。 ㉛鸮（xiāo）：猫头鹰。 ㉜桑黮：同"桑葚"，桑树果实。 ㉝怀：馈。 ㉞憬（jǐng）：悔悟。 ㉟琛（chēn）：珍宝。 ㊱南金：南方产的黄金。

# 闷　宫

| | |
|---|---|
| 闷宫有侐，① | 神秘庙宇是清静， |
| 实实枚枚。② | 广大而雕饰细密。 |
| 赫赫姜嫄，③ | 威赫的姜嫄， |
| 其德不回。④ | 她的德行纯正不邪僻。 |
| 上帝是依，⑤ | 她是依靠上帝， |
| 无灾无害， | 无灾又无害， |
| 弥月不迟。⑥ | 满足十月生产不迟。 |
| 是生后稷， | 生下了后稷， |
| 降之百福。 | 天降赐他百种福。 |
| 黍稷重穋，⑦ | 黍稷先后种后先熟， |
| 稙稚菽麦。⑧ | 豆麦前后栽。 |
| 奄有下国，⑨ | 拥有天下的各国， |
| 俾民稼穑。⑩ | 使人民都种庄稼。 |
| 有稷有黍， | 有黍有稷， |
| 有稻有秬。⑪ | 有稻有秬。 |
| 奄有下土， | 拥有天下的土地， |
| 缵禹之绪。⑫ | 继承夏禹的业绩。 |
| | |
| 后稷之孙，⑬ | 后稷的后代， |
| 实维大王，⑭ | 就是这太王， |
| 居岐之阳，⑮ | 住在岐山的南面， |
| 实始翦商。⑯ | 开始谋划灭殷商。 |

至于文武，⑰　　　　　到了文王和武王，
缵大王之绪，　　　　继承太王的事业，
致天之届，⑱　　　　　执行上天的讨伐，
于牧之野。⑲　　　　　在那牧地的原野。
无贰无虞，　　　　　没有二心没有疑虑，
上帝临女！　　　　　上帝亲自看着你！
敦商之旅，⑳　　　　　消灭商朝的兵力，
克咸厥功。　　　　　能够共同建功业。
王曰叔父，㉑　　　　　成王说：叔父，
建尔元子，㉒　　　　　建立您长子的事业，
俾侯于鲁。　　　　　使他在鲁做君侯，
大启尔宇，　　　　　大力开发您的侯国，
为周室辅。　　　　　做周朝辅助的事业！

乃命鲁公，　　　　　于是王命令鲁公，
俾侯于东。　　　　　侯国建立在周东。
锡之山川，　　　　　赐给他山川，
土田附庸。㉓　　　　　赐他土田做附庸。
周公之孙，　　　　　周公的后代，
庄公之子，㉔　　　　　庄公的儿子，
龙旂承祀，　　　　　龙旂承接祭祀礼，
六辔耳耳。㉕　　　　　六根辔头柔和下垂。
春秋匪解，　　　　　不懈怠春秋祭祀，
享祀不忒。㉖　　　　　不差错献祭享祀。
皇皇后帝！　　　　　伟大的天帝！
皇祖后稷！　　　　　伟大的祖先后稷！
享以骍牺，㉗　　　　　祭献用红牛做牺牲，
是飨是宜，　　　　　是享用是适宜的祭祀，

| | |
|---|---|
| 降福既多。 | 天降的福既多。 |
| 周公皇祖， | 伟大祖先周公， |
| 亦其福女！ | 也赐福给您！ |

| | |
|---|---|
| 秋而载尝，㉘ | 秋天开始行尝祭， |
| 夏而楅衡，㉙ | 夏天修理牛棚， |
| 白牡骍刚。㉚ | 白公牛和赤公牛。 |
| 牺尊将将，㉛ | 牛角杯相撞声锵锵， |
| 毛炰胾羹。㉜ | 带毛烧熟和切块烧羹。 |
| 笾豆大房，㉝ | 笾豆和大杯， |
| 万舞洋洋，㉞ | 规模宏大《万舞》洋洋。 |
| 孝孙有庆， | 孝的子孙有吉祥， |
| 俾尔炽而昌， | 使您兴旺而盛昌， |
| 俾尔寿而臧！ | 使您长寿而康强！ |
| 保彼东方， | 保护那个东方国， |
| 鲁邦是常。 | 鲁国江山要久常。 |
| 不亏不崩， | 不会亏损不会崩， |
| 不震不腾。 | 不会震荡不翻腾。 |
| 三寿作朋，㉟ | 三个寿人作友朋， |
| 如冈如陵。 | 像山陵像山冈。 |

| | |
|---|---|
| 公车千乘， | 鲁公兵车有千辆， |
| 朱英绿縢，㊱ | 矛有红缨有绿绳， |
| 二矛重弓。㊲ | 佩有二矛带二弓。 |
| 公徒三万， | 鲁公兵有三万人， |
| 贝胄朱绶，㊳ | 头盔饰贝缀红线， |
| 烝徒增增。㊴ | 大军密密又层层。 |
| 戎狄是膺， | 戎狄前来遭击抗， |
| 荆舒是惩， | 楚舒前来是戒惩， |

| | |
|---|---|
| 则莫我敢承。 | 没有谁敢来相敌。 |
| 俾尔昌而炽， | 使您昌大而盛炽， |
| 俾尔寿而富！ | 使您长寿而富庶！ |
| 黄发台背，㊵ | 黄头发和鲐鱼背， |
| 寿胥与试。 | 老来相与进言事。 |
| 俾尔昌而大， | 使您昌盛而强大， |
| 俾尔耆而艾！㊶ | 使您老而又年轻！ |
| 万有千岁， | 活到万又千岁年， |
| 眉寿无有害。 | 虽寿而又无灾事。 |

| | |
|---|---|
| 泰山岩岩，㊷ | 泰山石头高峻， |
| 鲁邦所詹。 | 鲁国人所仰望。 |
| 奄有龟蒙，㊸ | 拥有了龟山蒙山， |
| 遂荒大东， | 于是扩充到极东， |
| 至于海邦， | 至于海上的邦国， |
| 淮夷来同。㊹ | 淮夷纷纷来会同。 |
| 莫不率从， | 没有不相率来服从， |
| 鲁侯之功。 | 都是鲁侯立的功。 |

| | |
|---|---|
| 保有凫绎，㊺ | 保有凫山和绎山， |
| 遂荒徐宅，㊻ | 扩充到徐人居处。 |
| 至于海邦， | 至于海上各个邦， |
| 淮夷蛮貊，㊼ | 淮夷和南蛮北貊， |
| 及彼南夷， | 以及南夷各个邦， |
| 莫不率从。 | 没有不相率来服从。 |
| 莫敢不诺， | 没有敢不来归从， |
| 鲁侯是若。 | 鲁侯命令全顺从。 |

| | |
|---|---|
| 天赐公纯嘏， | 天赐鲁公以大福， |

| | |
|---|---|
| 眉寿保鲁。 | 长寿保全鲁士子。 |
| 居常与许，<sup>48</sup> | 居住常邑和许邑， |
| 复周公之宇。 | 恢复周公的土址。 |
| 鲁侯燕喜， | 鲁侯设宴喜庆贺， |
| 令妻寿母， | 有寿母和好妻子， |
| 宜大夫庶士。 | 也宴饮大夫众士。 |
| 邦国是有， | 国泰民安的鲁国， |
| 既多受祉， | 既多受天赐福祉， |
| 黄发儿齿。<sup>49</sup> | 使他生出黄发儿齿。 |
| | |
| 徂徕之松，<sup>50</sup> | 徂徕山上的松， |
| 新甫之柏，<sup>51</sup> | 新甫山上的柏， |
| 是断是度， | 是砍下是剖开， |
| 是寻是尺。 | 是几寻是几尺。 |
| 松桷有舄，<sup>52</sup> | 松树做椽粗又大， |
| 路寝孔硕。<sup>53</sup> | 庙堂正殿高又大。 |
| 新庙奕奕，<sup>54</sup> | 新庙神采飞扬， |
| 奚斯所作；<sup>55</sup> | 是奚斯所盖； |
| 孔曼且硕，<sup>56</sup> | 广阔而宏大， |
| 万民是若。<sup>57</sup> | 万民都说是顺洽。 |

①闷（bì）宫：神秘的宫殿，指祭祀后稷母亲姜嫄的庙。侐（xù）：清静。　②实实：广大。枚枚：雕饰细密。　③赫赫：威严。　④回：邪僻。　⑤依：依靠。　⑥弥月：满月，指怀胎满十月。　⑦重：先种后熟的。穋（lù）：后种先熟的。　⑧稙（zhí）：先种的庄稼。稺（zhì）：后种的庄稼。菽（shū）：大豆。　⑨奄有：全有。下国：天下的国家。　⑩俾（bǐ）：使。　⑪秬（jù）：黑谷子。　⑫缵（zuǎn）：继承。绪：事业。　⑬孙：后代。　⑭大王：太王，指古公亶父。　⑮岐：岐山。阳：南面。　⑯翦商：消灭商朝。　⑰文

武：文王、武王。　⑱致：执行。届：通“殛”，罚。　⑲牧：牧野，今河南淇县西南。　⑳敦：通“凋”，凋残。旅：军队。　㉑王：周成王。叔父：指周公旦。　㉒元子：长子。　㉓附庸：附属国家。　㉔庄公：鲁庄公。　㉕耳耳：柔和貌。　㉖不忒（tè）：没有差错。　㉗骍（xīng）牺：赤色牛做牺牲。　㉘载尝：始祭，指秋祭。尝，秋祭名。　㉙楅（bì）衡：指修牛栏。　㉚骍刚：红色公牛。　㉛牺尊：牛角杯。将将：杯撞击声。　㉜毛炰（páo）：连毛烧熟的肉。胾（zì）：切块的肉。　㉝大房：大杯。　㉞万舞：一种舞名。洋洋：指场面宏大。　㉟三寿：上寿九十，中寿八十，下寿七十。作朋：为友。　㊱朱英：矛头饰的红缨。绿縢（téng）：束弓套的绿绳。　㊲重弓：二弓。　㊳朱綅（qīn）：红线。　㊴烝：众。增增：密密层层。　㊵台背：鲐背，像鲐背，指老人。　㊶艾：青黑。　㊷岩岩：山石高峻。　㊸龟：龟山，在山东泗水县东北。蒙：蒙山，在山东蒙阴县。　㊹同：会同，朝贡。　㊺凫：凫山，在山东邹城西南。绎（Yì）：峄山，在山东邹城东南。　㊻徐宅：徐人居地。　㊼貊（mò）：指少数民族。　㊽许：许邑，在鲁西。　㊾儿齿：老人齿落复生。　㊿徂徕：山名，在山东泰安市东南。　(51)新甫：山名，在山东新泰市西北。　(52)松桷：松木椽子。舄（xì）：大。　(53)路寝：庙堂正殿。孔硕：很高大。　(54)奕奕：神采飞扬。　(55)奚斯：鲁僖公大夫。　(56)曼：广。　(57)若：顺。

# 商颂

朱熹《诗集传》云:"契为舜司徒,而封于商,传十四世,而汤有天下。其后三宗迭兴(《史记·殷本纪》称'太宗''中宗''高宗'使殷国复兴),及纣无道,为武王所灭。封其庶兄微子启于宋,修其礼乐,以奉商后。其地在《禹贡》徐州泗滨,西及豫州盟猪之野。其后政衰,商之礼乐日以放失。七世至戴公时,大夫正考甫得《商颂》十二篇于周太师,归以祀其先王。至孔子编《诗》而又亡其七篇(按《诗》非孔子所编)。……"

方玉润《诗经原始》:"……然《颂》之编,不始于孔子。'颂'之名,自商始有之。……愚谓颂之体始于商,而盛于周。鲁,其末焉者耳。然必合三诗而其体始备,亦犹后世之论唐诗有盛、中、晚三唐之分,此三《颂》之体所由辨也。而乃先周而后商者,何哉?盖先周者,尊本朝;后商者,溯诗源,编《诗》体例应如是耳。"

## 那

| | |
|---|---|
| 猗与那与,① | 盛大啊繁多啊, |
| 置我鞉鼓。② | 设置我的手摇鼓。 |
| 奏鼓简简,③ | 敲鼓的声音洪大, |
| 衎我烈祖。④ | 快乐我有功业的先祖。 |
| 汤孙奏假,⑤ | 汤的后代奏报, |
| 绥我思成。⑥ | 赐我太平好报。 |
| 鞉鼓渊渊,⑦ | 手摇鼓音深深, |
| 嘒嘒管声。⑧ | 清亮的是管乐声。 |
| 既和且平, | 既谐和且平正, |
| 依我磬声。 | 依伴着我的击磬声。 |

| | |
|---|---|
| 於赫汤孙，⑨ | 啊，显赫的汤后代， |
| 穆穆厥声！⑩ | 和美的奏乐声！ |
| 庸鼓有斁⑪ | 谐和的钟鼓声， |
| 万舞有奕。⑫ | 《万舞》显得娴熟又有神。 |
| 我有嘉客， | 我有助祭好客人， |
| 亦不夷怿？⑬ | 不也喜欢平和声？ |
| 自古在昔， | 从远古在从前， |
| 先民有作， | 先民就是这样作， |
| 温恭朝夕，⑭ | 从早到晚温良恭敬， |
| 执事有恪。⑮ | 办起事来谨慎恭敬。 |
| 顾予烝尝，⑯ | 顾念我的冬祭秋祭， |
| 汤孙之将。⑰ | 扶助汤后代祭祀相延。 |

①猗（yī）：盛大。与：叹词。那：繁多，指武功。　②置：设立。鞉（táo）鼓：有两耳的摇鼓，摇时两耳击鼓发声。　③简简：和谐洪大声。　④衎（kàn）：使欢乐。烈祖：有功业的祖先，指汤。　⑤孙：后代。奏假：奏告。假，通"徦"，告。　⑥绥：安。成：平，太平，指汤取得太平。　⑦渊渊：指鼓声。　⑧嘒嘒（huì huì）：清亮声。管声：管乐声。　⑨於（wū）：叹词。赫：显赫。　⑩穆穆：和美貌。　⑪庸：通"镛"，大钟。斁（yì）：洪大调和。　⑫奕：娴熟。　⑬夷怿（yì）：喜悦。　⑭温恭：温文恭敬。　⑮恪（kè）：谨慎恭敬。　⑯顾：《笺》："犹念也。"烝：冬祭。尝：秋祭。　⑰将：奉。

## 烈　祖

| | |
|---|---|
| 嗟嗟烈祖！① | 唉唉，有功业的祖先， |
| 有秩斯祜，② | 天赐大福与功大相连， |
| 申锡无疆，③ | 重重赏赐无边， |
| 及尔斯所。④ | 直到你所在处所。 |
| 既载清酤，⑤ | 既陈设清酒来前， |

| | |
|---|---|
| 赉我思成。⑥ | 赏赐我太平好报。 |
| 亦有和羹，⑦ | 也有和羹极妍， |
| 既戒既平。⑧ | 既已调和味和平。 |
| 鬷假无言，⑨ | 向神祷告默无声， |
| 时靡有争， | 当时肃敬没争喧， |
| 绥我眉寿， | 赐我与长寿相连， |
| 黄耇无疆。⑩ | 我的黄发有寿无边。 |
| 约軧错衡，⑪ | 革束车毂雕饰横木， |
| 八鸾鸧鸧。⑫ | 八个鸾铃声连绵。 |
| 以假以享，⑬ | 迎神前来受祭享， |
| 我受命溥将。⑭ | 我受天命大久延。 |
| 自天降康， | 从天降下安康， |
| 丰年穰穰。⑮ | 谷物众多又丰年。 |
| 来假来飨，⑯ | 神的到来受享， |
| 降福无疆。 | 降下的福无边。 |
| 顾予烝尝，⑰ | 顾念我的秋祭冬祭， |
| 汤孙之将。⑱ | 扶助汤后代祭祀相延。 |

①烈祖：有功业的祖先，指成汤。　②秩：大。　③申锡：反复赏赐。无疆：无穷无尽。　④斯所：此地，指宋国。　⑤载：设。酤（gū）：酒。　⑥赉（lài）：赏赐。成：平，指太平。　⑦和羹：调和的浓汤。　⑧既戒：既已完备调和。戒，备。平：和平。和羹的调味是和平的。　⑨鬷（zōng）假：祷告。无言：指默默祷告。　⑩黄耇（gǒu）：黄发老人。　⑪约軧（qí）：用皮束车毂。错横：雕刻车前横木。　⑫八鸾：八个鸾铃。鸧鸧（qiāng qiāng）：铃声。　⑬以假（gé）：迎神。以享：神受享。　⑭溥（pǔ）将：广大而长远。　⑮穰穰（ráng ráng）：丰盛貌。　⑯来假：神来。来飨（xiǎng）：神受享。　⑰烝：冬祭。尝：秋祭。　⑱将：扶助。

# 玄　鸟

| | |
|---|---|
| 天命玄鸟，① | 上天命令燕子， |
| 降而生商，② | 降下卵来生出商， |
| 宅殷土芒芒。③ | 住在殷土一片茫茫。 |
| 古帝命武汤，④ | 上帝命令武王成汤， |
| 正域彼四方。⑤ | 征服疆域有四方。 |
| 方命厥后，⑥ | 命令各酋长， |
| 奄有九有。⑦ | 统有九州做他们的王。 |
| 商之先后，⑧ | 商的先王祖先， |
| 受命不殆，⑨ | 接受天命不懈怠， |
| 在武丁孙子。⑨ | 武丁是汤后代最贤。 |
| 武丁孙子， | 武丁是汤贤后代， |
| 武王靡不胜。⑩ | 武王事业没有不胜任。 |
| 龙旂十乘，⑪ | 打起龙旗车十辆， |
| 大糦是承。⑫ | 承担大祭行在前。 |
| 邦畿千里，⑬ | 国都附近有千里， |
| 维民所止。 | 人民所居紧相连。 |
| 肇域彼四海，⑭ | 开始拥有那四海， |
| 四海来假，⑮ | 四海君主来朝见， |
| 来假祈祈，⑯ | 来朝见的人众多， |
| 景员维河。⑰ | 国界与黄河相连。 |
| 殷受命咸宜，⑱ | 殷受天命很相宜， |
| 百禄是何。⑱ | 天赐百禄担在肩。 |

①玄鸟：燕子。　②生商：传说有娀（sōng）氏女简狄，吞燕子卵有孕，生下商族祖先契（Xiè）。　③宅：居住。殷土：殷国土地。芒芒：广大。　④古帝：上帝。武汤：威武的成汤王。　⑤正域：正其疆域。四方：四方四面，指天下。　⑥方：遍。后：君，指各酋长。　⑦奄：

全部。九有：九州。　⑧先后：先王。　⑨武丁孙子：武丁好后代。武丁是汤九代孙，所以孙子指后代。　⑩武王：指汤。　⑪乘：辆。　⑫大糦（chì）：大祭。　⑬邦畿（jī）：国都附近。　⑭肇域：开始拥有。四海：四海之内，指中国。　⑮来假：来到。假，通"格"，到。　⑯祈祈：众多。　⑰景员：通"广运"，东西为广，南北为运。指大的国界。河：黄河。　⑱何：通"荷"，承受。

# 长　发

| | |
|---|---|
| 濬哲维商，① | 明哲的只是殷商， |
| 长发其祥。 | 久已发现它吉祥。 |
| 洪水芒芒，② | 大水一片白茫茫， |
| 禹敷下土方。③ | 禹治水理天下四方。 |
| 外大国是疆，④ | 京城外划定大国边疆， |
| 幅陨既长。⑤ | 面积既经增长。 |
| 有娀方将，⑥ | 有娀国正在盛强， |
| 帝立子生商。⑦ | 上帝立女生殷商。 |
| | |
| 玄王桓拨，⑧ | 玄王武勇奋发， |
| 受小国是达， | 受封到小国令通达， |
| 受大国是达。 | 受封到大国令通达。 |
| 率履不越，⑨ | 遵照礼法不超越， |
| 遂视既发。⑩ | 遂即视察教令发。 |
| 相土烈烈，⑪ | 孙子相土真威武， |
| 海外有截。⑫ | 在海外整治乱国。 |
| | |
| 帝命不违， | 上帝命令不可违， |
| 至于汤齐。⑬ | 与汤齐名是一回。 |
| 汤降不迟， | 汤的降生正适时， |
| 圣敬日跻。⑭ | 圣敬之德上升时。 |

| | |
|---|---|
| 昭假迟迟，⑮ | 向神祷告诚迟迟， |
| 上帝是祇，⑯ | 上帝是神受敬奉， |
| 帝命式于九围。⑰ | 上帝命令导九州。 |
| | |
| 受小球大球，⑱ | 接受了小玉和大玉， |
| 为下国缀旒。⑲ | 作为各国的表章一流。 |
| 何天之休，⑳ | 担负上天的美意， |
| 不竞不绒，㉑ | 不争不急求， |
| 不刚不柔。 | 不刚也不柔。 |
| 敷政优优，㉒ | 发布政令平和又宽容， |
| 百禄是遒。㉓ | 百种福禄都聚拢。 |
| | |
| 受小共大共，㉔ | 接受小宝玉和大宝玉， |
| 为下国骏厖。㉕ | 作为各国的庇护公。 |
| 何天之龙，㉖ | 担负上天的光宠， |
| 敷奏其勇，㉗ | 施展他的英勇， |
| 不震不动， | 不震惊不摇动， |
| 不戁不竦，㉘ | 不胆怯不惊恐， |
| 百禄是总。 | 百种福禄都来从。 |
| | |
| 武王载旆，㉙ | 商汤车子树大旗， |
| 有虔秉钺，㉚ | 坚强地执着大斧， |
| 如火烈烈， | 猛烈得像团烈火， |
| 则莫我敢曷。㉛ | 没有谁敢阻挡我。 |
| 苞有三蘖，㉜ | 树根生了三枝杈， |
| 莫遂莫达。 | 不能上长不能大。 |
| 九有有截，㉝ | 九州治理归一统， |
| 韦顾既伐，㉞ | 韦国顾国既讨伐， |
| 昆吾夏桀。㉟ | 昆吾夏桀又治理。 |

| 昔在中叶，㊱ | 从前商朝在中叶， |
|---|---|
| 有震且业。㊲ | 确有威震立大势， |
| 允也天子， | 诚然是天以为子， |
| 降予卿士。 | 天降给他好卿士。 |
| 实维阿衡，㊳ | 这就是阿衡伊尹， |
| 实左右商王。 | 确能辅佐商王事。 |

①濬（jùn）哲：明哲。　②芒芒：广大。芒，通"茫"。　③敷下土方：治理天下土地。　④外大国是疆：夏以外的大国划定疆。　⑤幅陨：面积。长（zhǎng）：增长。　⑥有娀（sōng）：国名。方将：正兴盛。　⑦立子：立女子，指姜嫄。　⑧玄王：契的谥号。桓拨：武勇奋发。　⑨率履：遵行。不越：不超出礼法。　⑩发：行，施行。　⑪相土：契的孙子。烈烈：威武。　⑫海外：指遥远处。有截：整治不乱。　⑬汤齐：和汤一样。　⑭日跻（jī）：每日上升。　⑮昭假：祷告。迟迟：久久不息。　⑯祗（zhī）：尊敬。　⑰式于九围：领导九州。　⑱球：玉。　⑲缀旒（liú）：旗上的飘带，指表识。缀，表。旒，章。　⑳何：通"荷"，承受。休：美。　㉑竞：争。絿（qiú）：急。　㉒敷政：发布政令。优优：宽容。　㉓逑（qiú）：聚集。　㉔共：通"珙"，指美玉。　㉕骏厖（méng）：庇护。　㉖龙：宠。　㉗敷奏：施展。　㉘戁（nǎn）：恐惧。　㉙武王：指商汤。斾（pèi）：大旗。　㉚有虔：坚强。钺（yuè）：大斧。　㉛曷：通"遏"，阻挡。　㉜苞：树桩。指夏桀。三蘖：新生的枝，比韦、顾、昆吾。　㉝九有：九州。截：整治不乱。　㉞韦：国名，故址在今河南省滑县东南。顾：国名，故址在今山东省鄄城县东北。　㉟昆吾：国名，故址在今河南省许昌市东。夏桀：夏朝的末代君主。　㊱中叶：商朝中期。　㊲业：大。　㊳阿衡：商代官名，指大臣伊尹。

# 殷　武

| 挞彼殷武，① | 神速是那殷商武丁， |
|---|---|
| 奋伐荆楚。② | 奋起讨伐荆楚。 |

采入其阻，③　　　　　深入到它的险阻，
哀荆之旅，④　　　　　掳获楚军作俘虏，
有截其所，⑤　　　　　整治了他们处所，
汤孙之绪。⑥　　　　　汤的后代业绩树。

维女荆楚，　　　　　　你们荆楚
居国南乡。　　　　　　住在我国的南乡。
昔有成汤，　　　　　　从前有成汤，
自彼氐羌，⑦　　　　　从那远方的氐羌，
莫敢不来享，　　　　　没有敢不来进贡，
莫敢不来王，⑧　　　　没有敢不来朝见王，
曰商是常。⑨　　　　　对商来说这是尊崇。

天命多辟，⑩　　　　　上天命令众诸侯，
设都于禹之绩。　　　　设立都城禹治地。
岁事来辟，⑪　　　　　年年到时来朝见，
勿予祸适，⑫　　　　　不过问不谴责，
稼穑匪懈。　　　　　　不废庄稼不可懈怠田役。

天命降监，　　　　　　上天命令向下监察，
下民有严。　　　　　　天下人民谨慎又惊惶。
不僭不滥，　　　　　　不敢越礼，不敢过度，
不敢怠遑。　　　　　　不敢暇怠。
命于下国，　　　　　　施令于诸侯各国，
封建厥福。　　　　　　分封立国福禄有光。

商邑翼翼，⑬　　　　　商朝都邑整饬，
四方之极。　　　　　　是四方侯国的表率。
赫赫厥声，　　　　　　威赫的声望，
濯濯厥灵，⑭　　　　　光明的威灵，

| | |
|---|---|
| 寿考且宁， | 神赐长寿且安宁， |
| 以保我后生。 | 来保佑我的后生。 |
| | |
| 陟彼景山，⑮ | 登上那景山， |
| 松柏丸丸。⑯ | 松柏挺拔正直。 |
| 是断是迁， | 于是砍断于是运出， |
| 方斫是虔，⑰ | 于是用刀削于是用刀琢。 |
| 松桷有梴，⑱ | 松树椽子太长大， |
| 旅楹有闲，⑲ | 众柱太大实难成， |
| 寝成孔安。⑳ | 正殿落成很平安。 |

①挞：通"达"，行动迅速貌。殷武：殷王武丁。 ②荆楚：荆州的楚国。 ③罙："深"的本字。阻：阻碍处。 ④裒（póu）：俘虏。 ⑤截：整治。 ⑥汤孙：汤的后代，指武丁。绪：业绩。 ⑦氐羌：古代西北的两种少数民族。 ⑧来王：来朝见。 ⑨常：通"尚"，尊崇。一说常，指常君。《笺》："氐羌远夷之国，来献来见，曰商王是吾常君也。" ⑩多辟：多君，指诸侯。 ⑪来辟（bì）：犹来朝。 ⑫祸适：指谴责。 ⑬翼翼：整饬，整齐，有条理。 ⑭濯濯：指光明。 ⑮景山：在商故都西亳（bó），今河南偃师。 ⑯丸丸：光直。 ⑰斫（zhuó）：砍。虔：削。 ⑱松桷：用松树做的椽子。梴（chān）：长貌。 ⑲旅楹：众柱。有闲：即闲闲，粗大。 ⑳寝：正殿。

**图书在版编目（CIP）数据**

诗经全译 / 周振甫译注 . -- 郑州：大象出版社，
2021.4

ISBN 978-7-5711-0627-0

Ⅰ.①诗… Ⅱ.①周… Ⅲ.①古体诗—诗集—中国—
春秋时代②《诗经》—译文 Ⅳ.① I222.2

中国版本图书馆 CIP 数据核字 (2020) 第 081795 号


# 诗经全译

SHIJING QUANYI

周振甫　译注

| | |
|---|---|
| 出 版 人 | 汪林中 |
| 责任编辑 | 司　雯 |
| 美术编辑 | 王晶晶 |
| 责任校对 | 牛志远　安德华 |
| 书籍设计 | 刘孟宗 |
| 装帧制造 | 墨白空间 |

出版发行　**大象出版社**（郑州市郑东新区祥盛街 27 号　邮政编码 450016）
　　　　　发行科　0371-63863551　总编室 0371-65597936

网　　址　www.daxiang.cn

印　　刷　北京汇林印务有限公司　电话：010-69261461

经　　销　全国新华书店

开　　本　889 mm × 1194 mm　1/32

印　　张　12.5

字　　数　348 千字

版　　次　2021 年 4 月第 1 版　2021 年 4 月第 1 次印刷

定　　价　46.00 元

若发现印、装质量问题，影响阅读，请与承印厂联系调换。